Der Mensch

DORLING KINDERSLEY
London, New York, Melbourne, München und Delhi

Projektbetreuung Dr Rob Houston, Esther Ripley
Redaktion Rosie O'Neill, Kitty Blount, Andrea Mills

Weblink-Betreuung Niki Foreman, Phil Hunt, Clare Lister

Cheflektorat Linda Esposito

Digital Development Manager Fergus Day
DTP Koordination Tony Cutting

Projektkoordination Andrew Macintyre, Caroline Buckingham
Fachliche Beratung Dr. Sue Davidson

Leitung Gestaltung Owen Peyton Jones, Jacqui Swan, Adrienne Hutchinson

Illustrationen Robin Hunter, Lee Gibbons, Rajeev Doshi

Chefbildlektorat Diane Thistlethwaite
Bildrecherche Franziska Marking, Marie Ortu
Bildarchiv Sarah Mills, Kate Ledwith

Herstellung Emma Hughes

Art Director Simon Webb

Für die deutsche Ausgabe:
Programmleitung Monika Schlitzer
Projektbetreuung Martina Glöde
Herstellungsleitung Dorothee Whittaker
Herstellung und Reihengestaltung Mareike Hutsky

Bibliografische Information Der Deutschen Bibliothek
Die Deutsche Bibliothek verzeichnet diese Publikation in der Deutschen Nationalbibliografie; detaillierte bibliografische Daten sind im Internet über http://dnb.ddb.de abrufbar.

Titel der englischen Originalausgabe:
e.explore Human Body

Übersetzung Martin Kliche
Satz Catherine Avak
Redaktion Christa Söhl

ISBN 978-3-8310-1292-3

Colour reproduction by Colourscan, Singapore
Printed and bound in China by Toppan

Besuchen Sie uns im Internet
www.dk.com

Hinweis
Die Informationen und Ratschläge in diesem Buch sind von den Autoren und vom Verlag sorgfältig erwogen und geprüft, dennoch kann eine Garantie nicht übernommen werden. Eine Haftung der Autoren bzw. des Verlags und seiner Beauftragten für Personen-, Sach- und Vermögensschäden ist ausgeschlossen.

Der Mensch

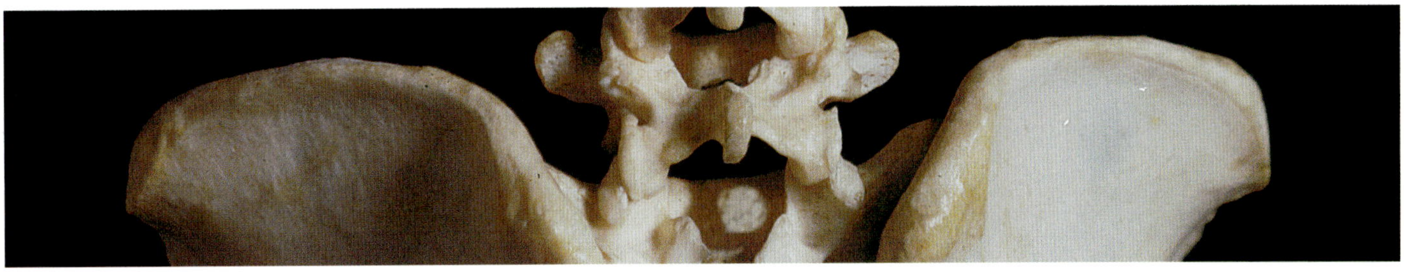

Von Richard Walker

DORLING KINDERSLEY

milkmoon

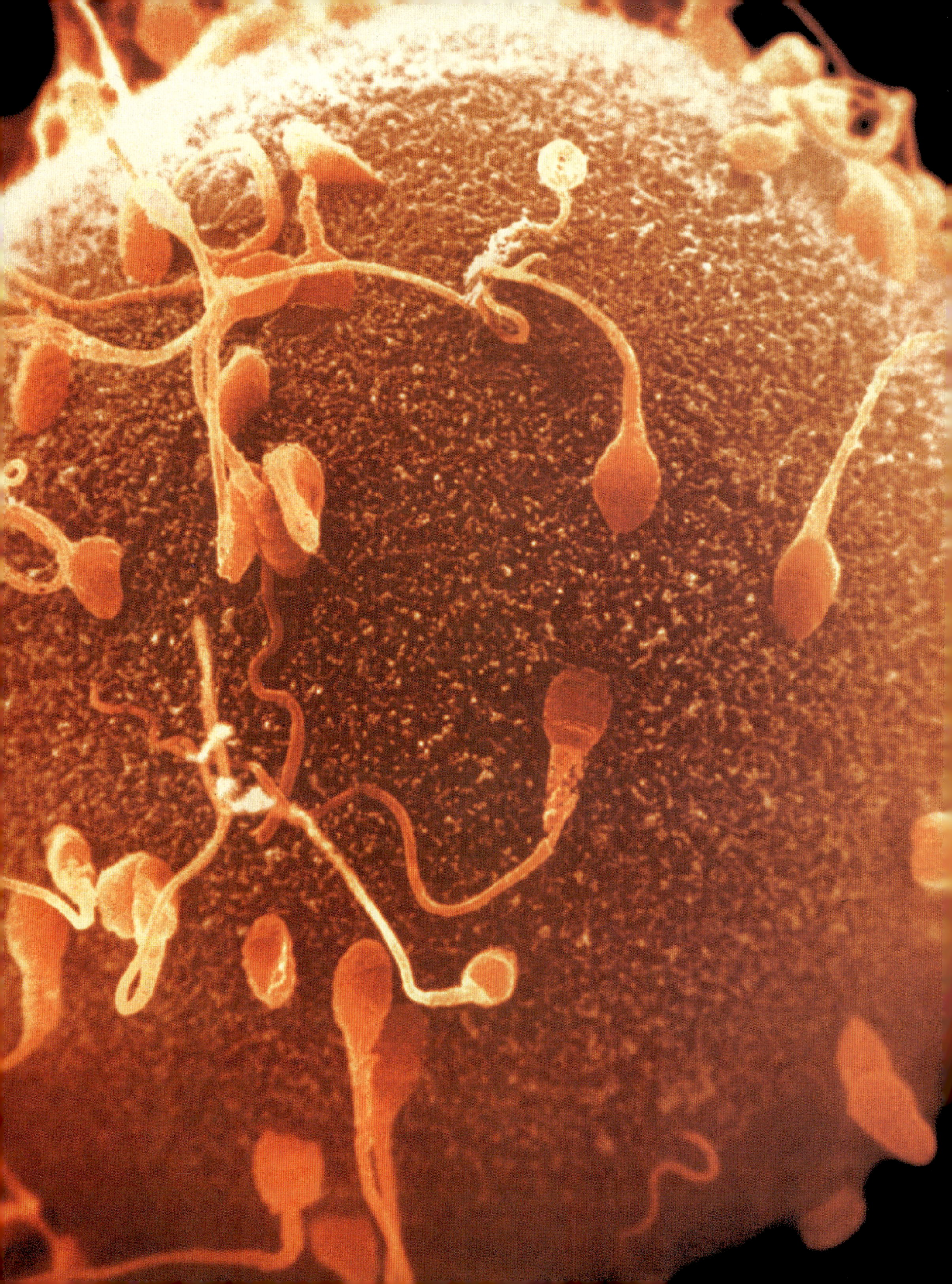

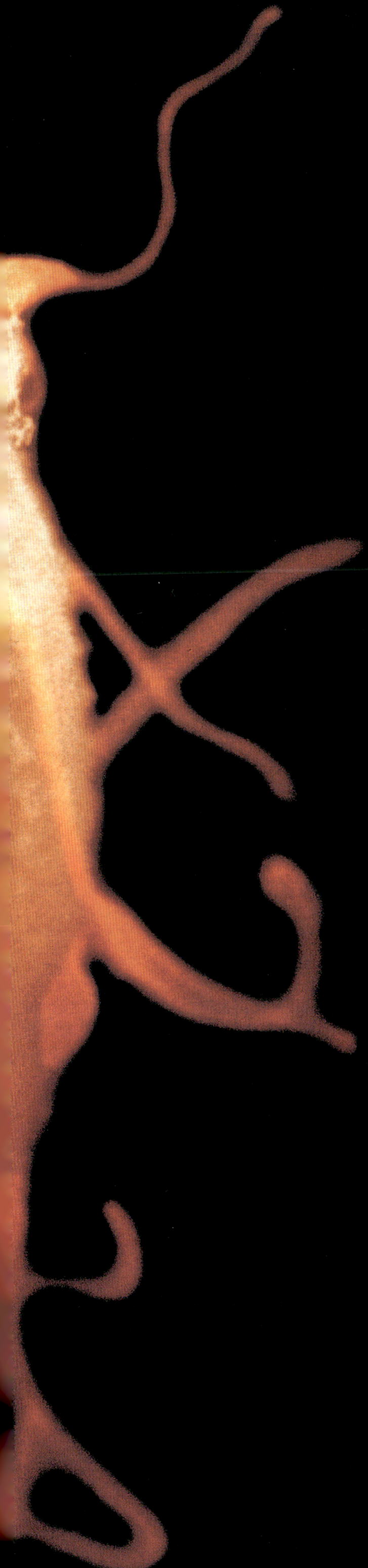

INHALT

VOM BUCH INS INTERNET UND ZURÜCK

Dieses Buch hat seine eigene Internetseite. Zu jedem Thema im Buch findest du ein extra gekennzeichnetes Stichwort. Dieses kannst du als Suchbegriff auf der Internetseite eingeben und erhältst viele tolle Internet-Links zum Thema.

http://www.WissenmitLinks.de

1 Gib die Internetadresse ein.

2 Finde im Buch den Suchbegriff zum Thema.

Beachte, dass nur die im Buch angegebenen Suchbegriffe zu den richtigen Links auf der Internetseite führen.

3 Gib den Suchbegriff ein, z.B.

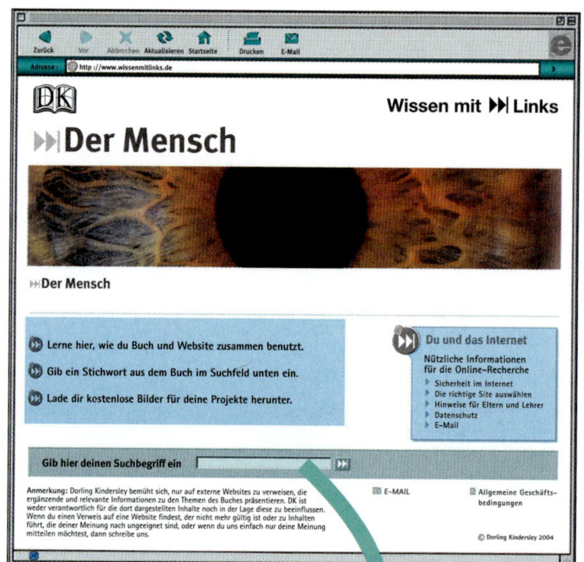

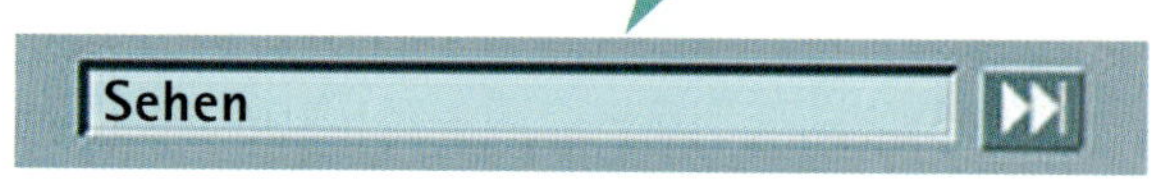

Das solltest du beachten, wenn du im Internet surfst:

- Hole dir immer die Erlaubnis eines Erwachsenen, bevor du online gehst.
- Gib nie persönliche Informationen preis (z.B. Name, Adresse etc.).
- Beantworte keine E-Mails von Fremden.
- Triff dich nie mit jemandem, den du im Internet kennen gelernt hast.
- Wenn du nach deinem Namen oder deiner E-Mail-Adresse gefragt wirst, wende dich erst an einen Erwachsenen.

Eltern: Der Verlag überprüft die Links regelmäßig. Dennoch kann sich der Inhalt ändern. Dorling Kindersley ist nur für seine eigene Website verantwortlich. Wir empfehlen Ihnen, Ihre Kinder zu beaufsichtigen, wenn sie online sind, Chat Rooms zu meiden und Filtersoftware zu installieren.

4

Klicke den Link an, der dich interessiert.

So ist das Auge aufgebaut.

Hier findest du Bilder und Grafiken, Animationen, Video-Clips, Sounds, virtuelle Rundgänge, interaktive Quizspiele, weitere Informationen und Zeittafeln.

5

Lade dir fantastische Bilder herunter.

Bilder | Der Mensch

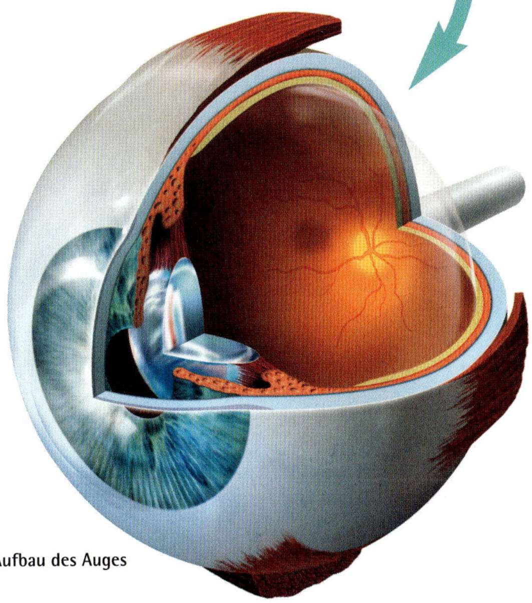

Aufbau des Auges

Die Bilder darfst du kostenfrei, jedoch nur für deinen eigenen Gebrauch verwenden.

Schlage im Buch ein neues Thema nach ...

ERFORSCHUNG DES KÖRPERS

Unser aktuelles Wissen über den menschlichen Körper ist das Ergebnis jahrhundertelanger Forschung. In Europa erfolgten die größten Fortschritte, nachdem im 16. Jh. die Sektion von Leichen erlaubt wurde. Mit der Erfindung der Betäubungsmittel im 19. Jh. wurde die Chirurgie vielseitiger und Röntgenstrahlen erlaubten erstmals »Blicke« in den Körper. Bessere bildgebende Verfahren helfen seit Mitte des 20. Jhs., Funktionen im lebenden Körper zu beobachten.

▲ **ÄGYPTISCHE INSTRUMENTE**
Die Menschen im Altertum waren genauso neugierig auf ihren Körper und dessen Erkrankungen, wie wir es heute auch sind. Einige der besten Ärzte dieser Zeit kamen aus Ägypten. Sie sezierten (öffneten) Leichen, führten einfache Operationen durch und schrieben ihre Ergebnisse auf. Dieses Flachrelief an einem Tempel nördlich von Assuan, ist über 2000 Jahre alt und zeigt chirurgische Instrumente, die von diesen Ärzten benutzt wurden.

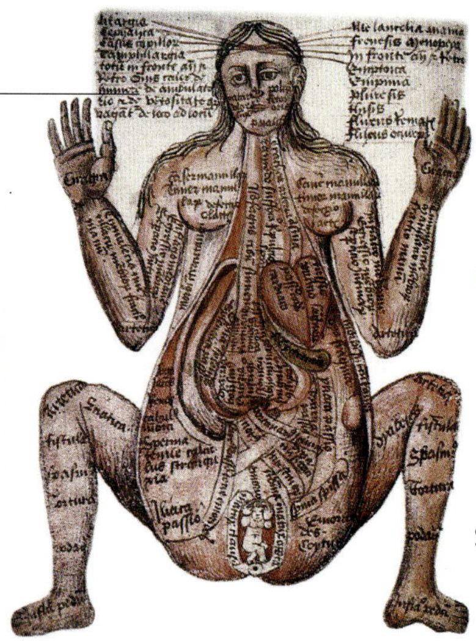

Zeichnung einer Frau mit astrologischen Texten

MYTHEN STATT FAKTEN ►
Bis in das 15./16. Jh. prägten die Lehren des griechischen Arztes Galen, der im 2. Jh. lebte, das Wissen über den menschlichen Körper. Seine Anschauungen und Missverständnisse blieben lange Zeit unbestritten. Anatomische Zeichnungen aus dieser Zeit wie diese von einer Frau waren ungenau und entsprachen daher mehr dem Glauben als dem Wissen.

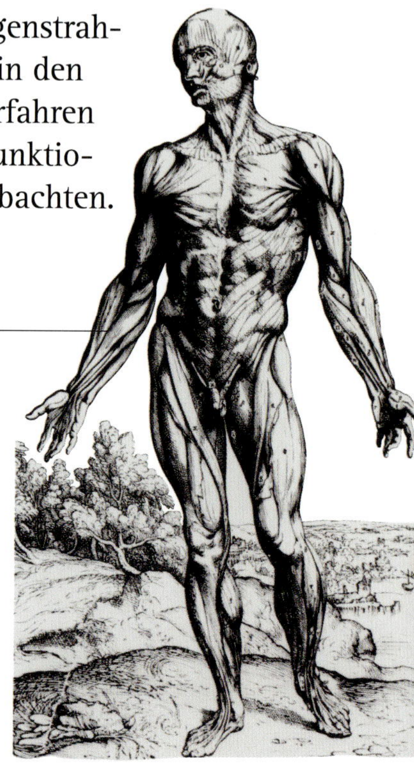

Die Armmuskeln sind sehr genau dargestellt.

ANATOMISCHE GENAUIGKEIT ►
Die Leichenöffnung, die lange Zeit in Europa verboten war, wurde im 16. Jh. erlaubt. Der flämische Arzt Andreas Vesal obduzierte Leichen und veröffentlichte mithilfe eines begabten Malers 1543 sein Werk *Sieben Bücher über den Bau des menschlichen Körpers.* Seine sorgfältigen Beschreibungen wie z. B. diese Zeichnung der Skelettmuskeln widerlegten alte Weisheiten und förderten das Verständnis vom menschlichen Körper.

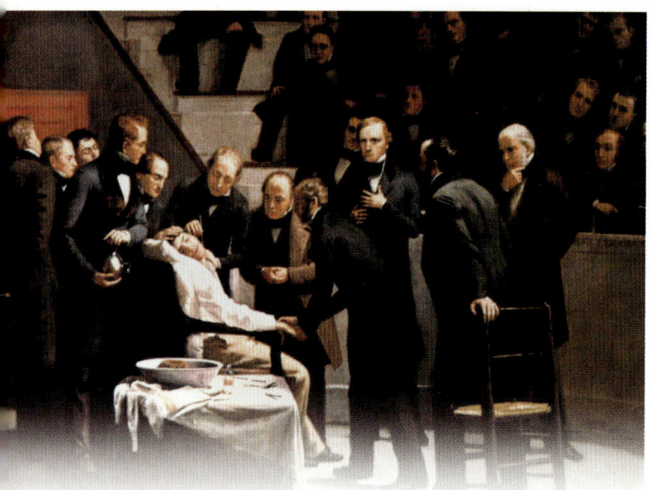

▲ **BETÄUBUNGSMITTEL**
Unter Narkose verspüren Patienten bei chirurgischen Eingriffen keinen Schmerz. Bei einer Kieferoperation wurde 1846 in Boston zum ersten Mal eine Patientin mit Äther betäubt (oben). Bevor die Narkose eingeführt wurde, mussten sich die Chirurgen beeilen, weil die Patienten unter fürchterlichen Schmerzen litten. Mithilfe von Betäubungsmitteln können Chirurgen auch komplizierte Operationen ausführen.

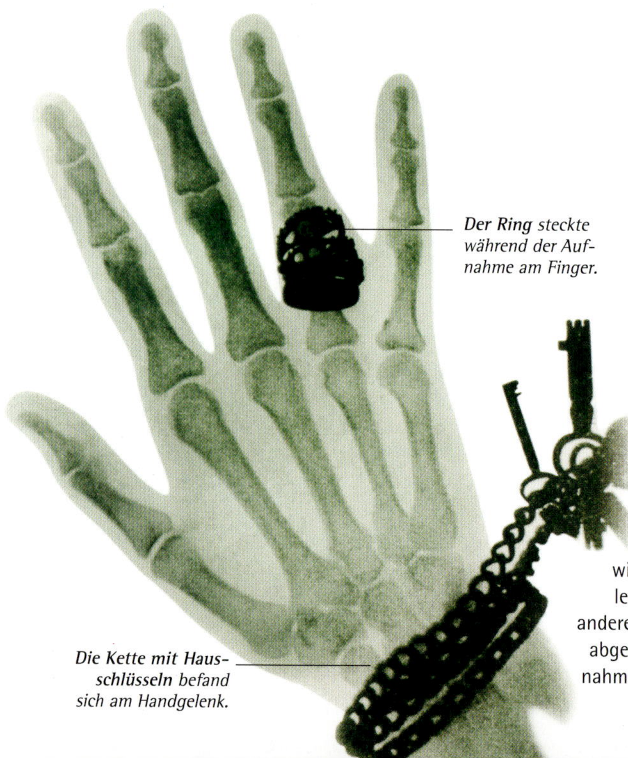

Der Ring steckte während der Aufnahme am Finger.

Die Kette mit Hausschlüsseln befand sich am Handgelenk.

◄ **RÖNTGENAUFNAHME AUS DEM 19. JH.**
Der deutsche Physiker Wilhelm Röntgen entdeckte 1895 energiereiche Strahlen, die er X-Strahlen nannte. Er beobachtete, dass bestimmte Gewebearten wie z. B. Knochen die Strahlen weniger durchließen als andere und auf einer Fotoplatte abgebildet wurden. Diese Aufnahme (links) entstand ein Jahr nach seiner Entdeckung.

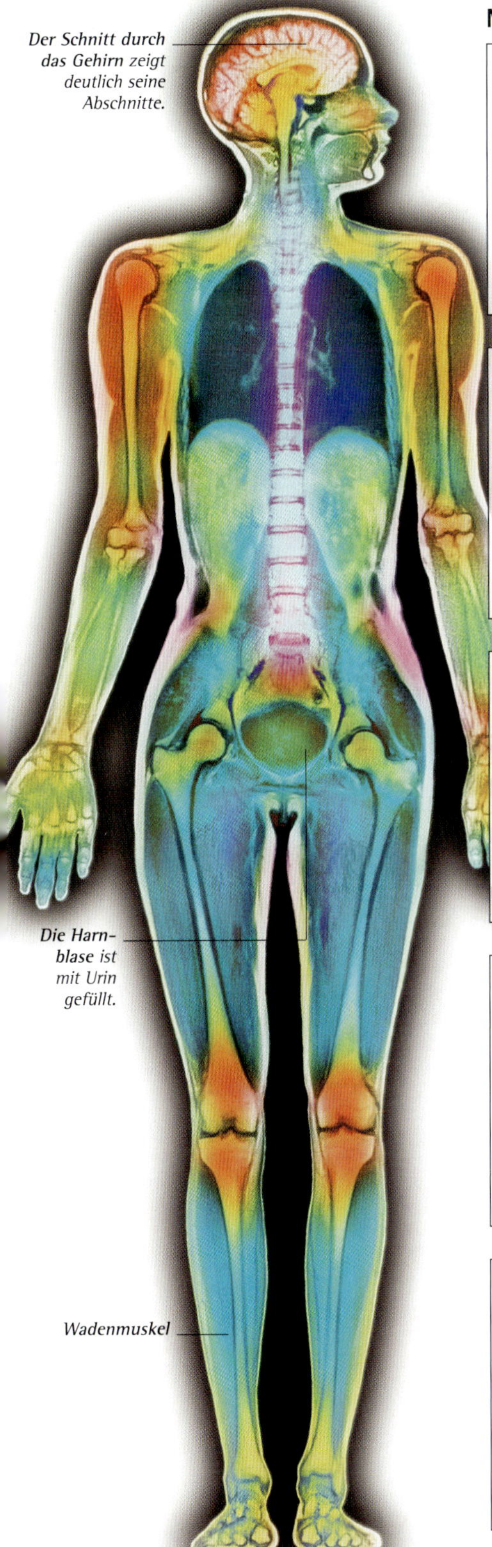

▲ MRT-AUFNAHME

Die Magnetresonanztomografie (auch Kernspinresonanz) ist ein modernes bildgebendes Verfahren, das hoch aufgelöste Bilder von weichen Geweben wie z. B. dem Gehirn aufnimmt. Der Patient liegt dabei in einer Röhre, die ein starkes Magnetfeld erzeugt und Radiowellen ausstrahlt. Im Körper werden bestimmte Elektronen angeregt, die ihre Energie wieder abgeben. Ein Computer setzt dann alle Messwerte zu einem Bild zusammen.

MODERNE BILDGEBENDE VERFAHREN

PET-AUFNAHMEN

Die Positronenemissionstomografie (PET) misst die Aktivität in Geweben. Diese Aufnahme zeigt, welche Gebiete (farbige Stellen) in der linken Hirnhälfte aktiv sind, wenn ein Mensch spricht. Der Patient muss dazu radioaktiven Traubenzucker essen, der in die Gehirnzellen gelangt und radioaktive Positronen abgibt. Diese Positronen werden vom Gerät gemessen.

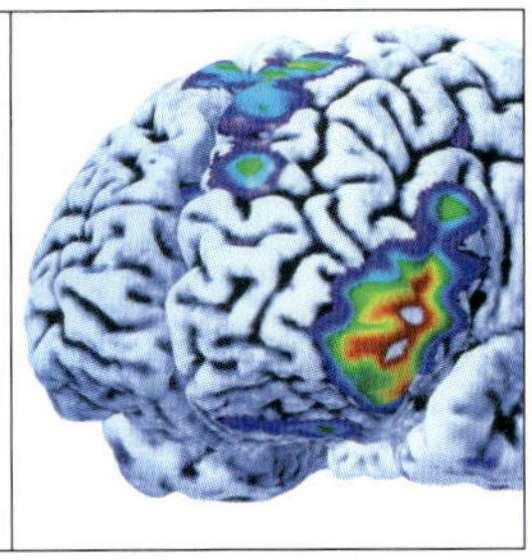

CT-AUFNAHME

Bei der Computertomografie (CT) liegt der Patient in einer sich drehenden Röhre, die ihn schichtweise mit Röntgenstrahlen abtastet. Ein Computer setzt die Messwerte zu einem Bild zusammen. Daraus können auch dreidimensionale Bilder wie das rechts entstehen, das Brustkorb, Schultergürtel und Rückgrat zeigt.

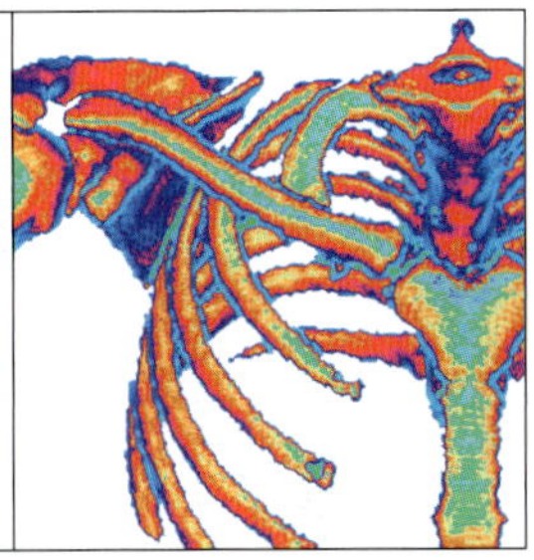

ULTRASCHALL

Ein Ultraschallgerät untersucht den Körper mit hochfrequenten Schallwellen, die vom Gewebe reflektiert werden. Die entstehenden Echos wandelt ein Computer in Bilder um. Eine Ultraschalluntersuchung ist eine ungefährliche Methode, um z. B. einen Embryo (rechts) im Mutterleib zu untersuchen. Sie zeigt Bewegungen wie z. B. den Herzschlag.

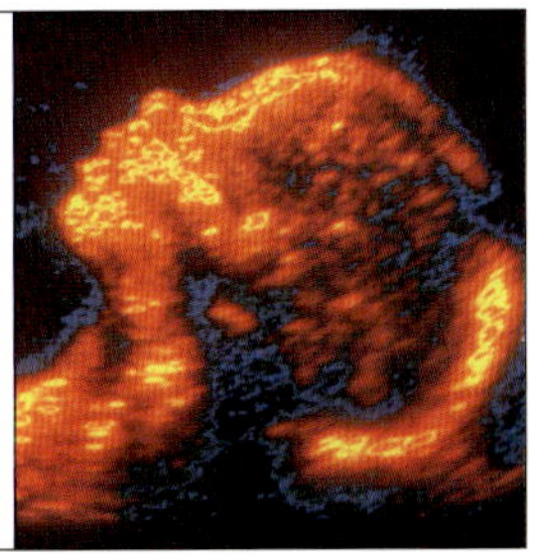

KONTRASTMITTELRADIOGRAFIE

Auf Röntgenaufnahmen sind feste Gewebe wie Knochen, jedoch keine weichen Gewebe wie Blutgefäße, zu erkennen. Kontrastmittel absorbieren Röntgenstrahlen, um z. B. Hohlorgane wie den Darm darzustellen. Diese nachträglich gefärbte Aufnahme zeigt einen Dickdarm, der durch das Kontrastmittel Bariumsulfat sichtbar wurde.

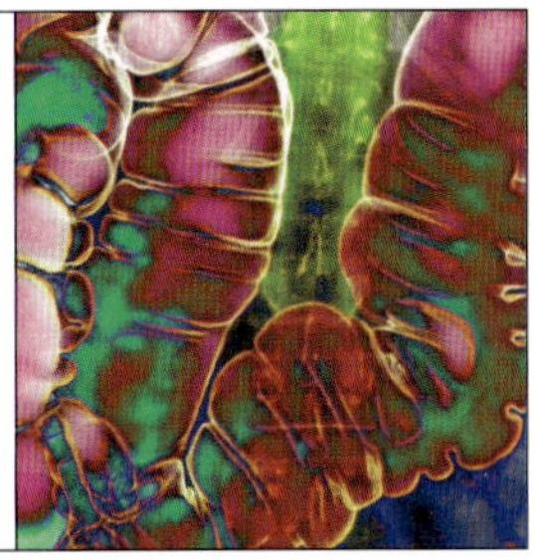

MR-ANGIOGRAFIE

Die Magnetresonanz-Angiografie (MRA) ist eine Art der MRT (links), um Blutgefäße deutlich darzustellen. Manchmal werden auch Kontrastmittel benutzt, um Gefäße leichter erkennen zu können. Die Aufnahme zeigt gesunde Arterien (rot) im unteren Bauchraum und die Aorta, die sich in die linke und rechte äußere Hüftarterie teilt.

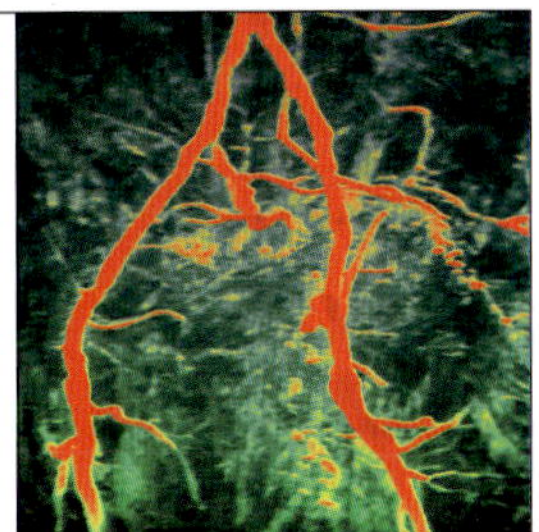

REM

Obwohl das Rasterelektronenmikroskop (REM) nicht zu den bildgebenden Verfahren zählt, kann man damit Bilder von toten Zellen und Geweben aufnehmen. Das Mikroskop tastet ein Objekt mit einem Elektronenstrahl ab und erzeugt daraus ein dreidimensionales Bild. Die Aufnahme zeigt ein Haar (grün), das aus der Haut (pink) hervorragt.

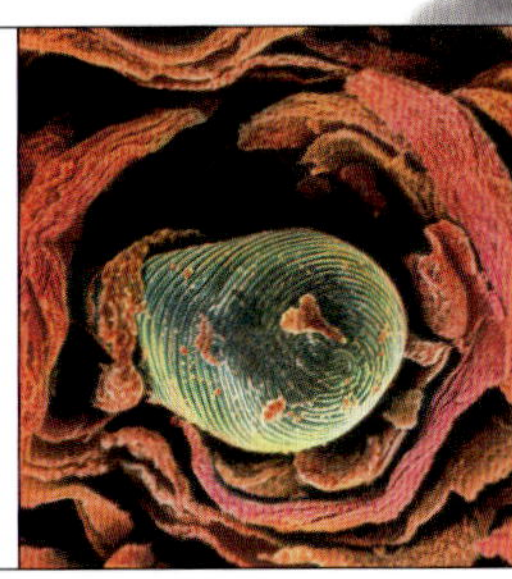

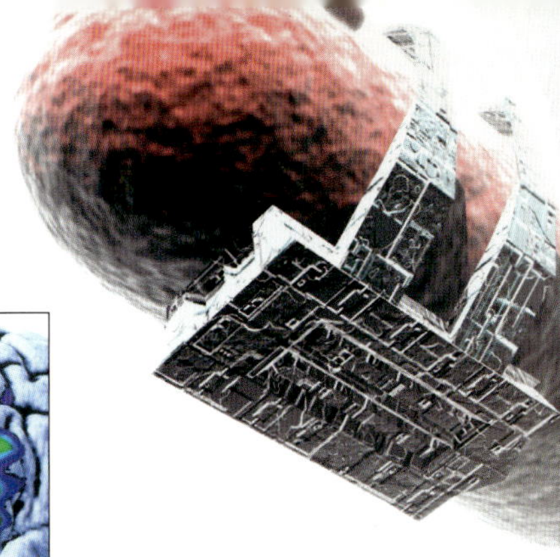

▲ NANOTECHNOLOGIE

In Zukunft werden vielleicht winzige Roboter, die Nanoroboter, in unserem Blut umherschwimmen. Die moderne Nanotechnologie baut solche mikroskopisch kleinen Roboter, die ihre Energie aus Blutzucker und Sauerstoff gewinnen. Sie könnten unsere Körperabwehr unterstützen, um z. B. Bakterien zu beseitigen, oder sie werden eingesetzt, um verletzte Blutgefäße zu reparieren.

BAUSTEINE DES LEBENS

Mehr als 100 Billionen (100000000000000) mikroskopisch kleine Einheiten, die Zellen, sind die Bausteine des Körpers. Durch Untersuchungen mit Lichtmikroskopen und starken Elektronenmikroskopen wissen wir, wie Zellen aussehen und wie sie funktionieren. Unser Körper besteht aus ungefähr 200 verschiedenen Zellarten wie z. B. Epithel-, Fett-, Nerven-, Eizellen und Spermien. Obwohl sich die meisten Zellen durch ihre Form, Größe und Aufgaben unterscheiden, teilen sie gemeinsame Merkmale. Jede Zelle besitzt eine Membran, einen Kern, ein zähflüssiges Zytoplasma und Organellen für bestimmte Aufgaben. Neue Zellen entstehen durch Zellteilung, um alte oder beschädigte Zellen zu ersetzen und damit junge Menschen wachsen können.

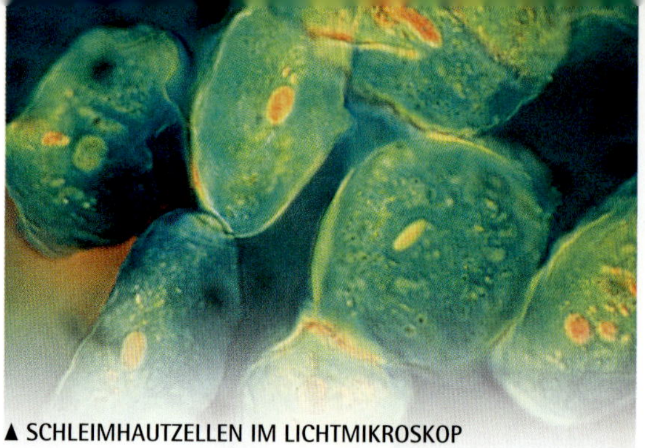

▲ **SCHLEIMHAUTZELLEN IM LICHTMIKROSKOP**
Wie Pflastersteine eine Straße bedecken breite, fast quadratische Epithelzellen die Innenseite des Mundes. Diese Aufnahme entstand unter einem Lichtmikroskop. Man kann den Zellkern (orange) und das Zytoplasma (grün) in jeder Zelle erkennen. Doch leider reicht die Vergrößerung nicht aus, um alle Strukturen im Zytoplasma zu zeigen, die man im Modell unten sehen kann. Schleimhautzellen gehören zu den Epithelzellen. Sie bilden die innere und die äußere Schicht von Organen.

Zellen

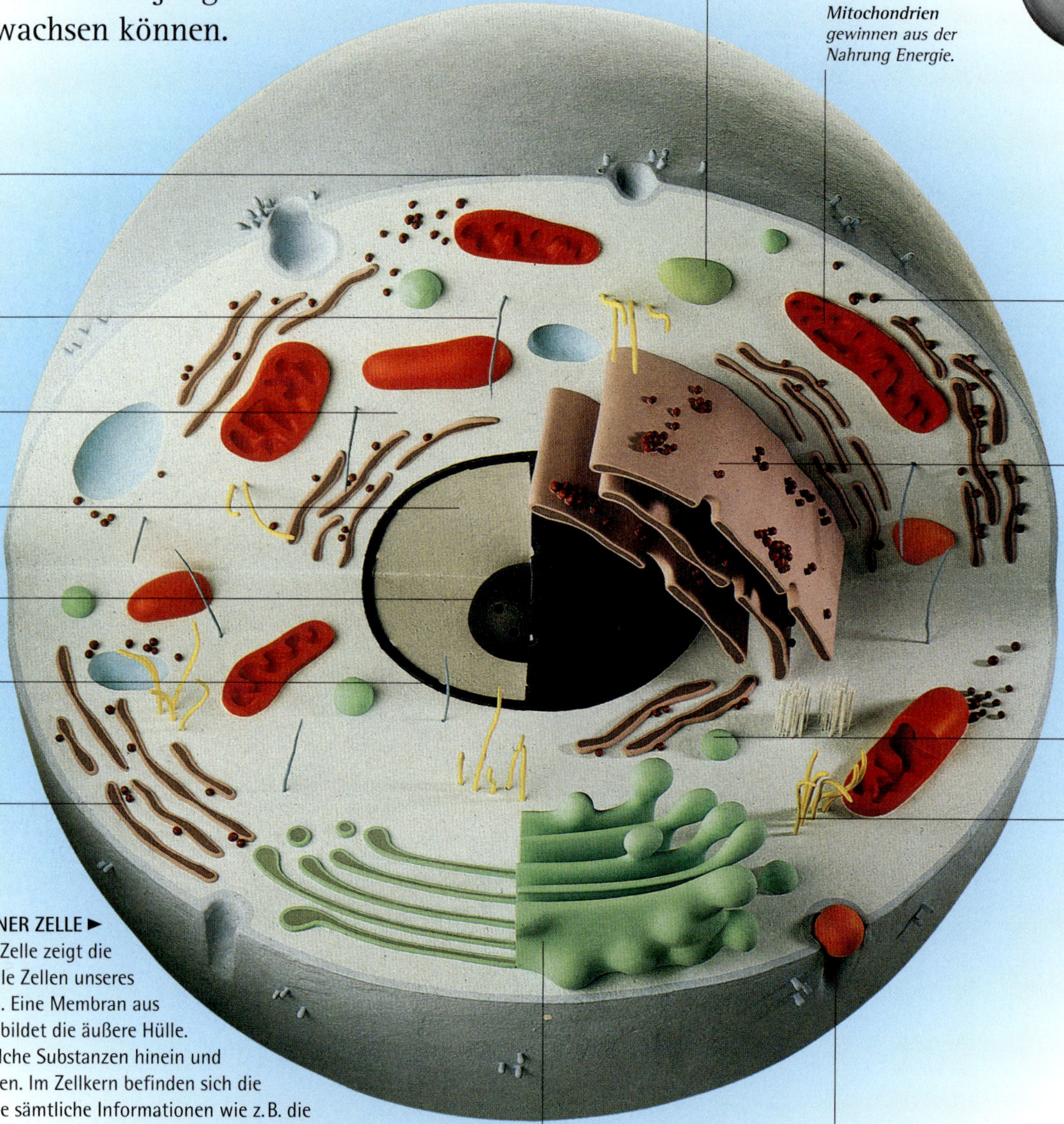

Lysosomen bauen alte Organellen ab.

***Mitochondrien** gewinnen aus der Nahrung Energie.*

***Die Plasmamembran** schützt als äußere Hülle die Zelle.*

***Mikrofilamente** bilden das »Skelett« der Zelle (Zytoskelett).*

***Das Zytoplasma** ist eine klare, zähflüssige Substanz.*

***Der Zellkern** speichert die Erbinformationen.*

***Im Kernkörperchen** entstehen die Ribosomen.*

***Die Kernmembran** trennt den Kern vom Zytoplasma.*

***Im glatten endoplasmatischen Retikulum** entstehen die Lipide (Fette).*

***Die Ribosomen** setzen Eiweiße (Proteine) zusammen.*

***Das raue endoplasmatische Retikulum**, an dem die Ribosomen sitzen, verändert und transportiert Proteine.*

***Peroxisomen** zerstören schädliche Substanzen.*

***Mikrotubuli** bilden einen weiteren Teil des Zytoskeletts (Skelett der Zelle). Sie sind kleine Röhren, mit deren Hilfe sich Organellen in der Zelle bewegen.*

***Der Golgiapparat** transportiert vom endoplasmatischen Retikulum produzierte Substanzen.*

***Durch Pinozytose** nimmt die Zelle Wasser auf.*

AUFBAU EINER ZELLE ►
Diese »typische« Zelle zeigt die Merkmale, die alle Zellen unseres Körpers besitzen. Eine Membran aus Lipiden (Fetten) bildet die äußere Hülle. Sie kontrolliert, welche Substanzen hinein und hinaus gelangen. Im Zellkern befinden sich die Chromosomen, die sämtliche Informationen wie z. B. die »Baupläne« enthalten. Um den Zellkern ist das Zytoplasma, das viele Organellen enthält. Dazu zählen z. B. Peroxisomen, die schädliche Substanzen abbauen, und Ribosomen, die Eiweiße bilden. Organellen sind die Organe einer Zelle.

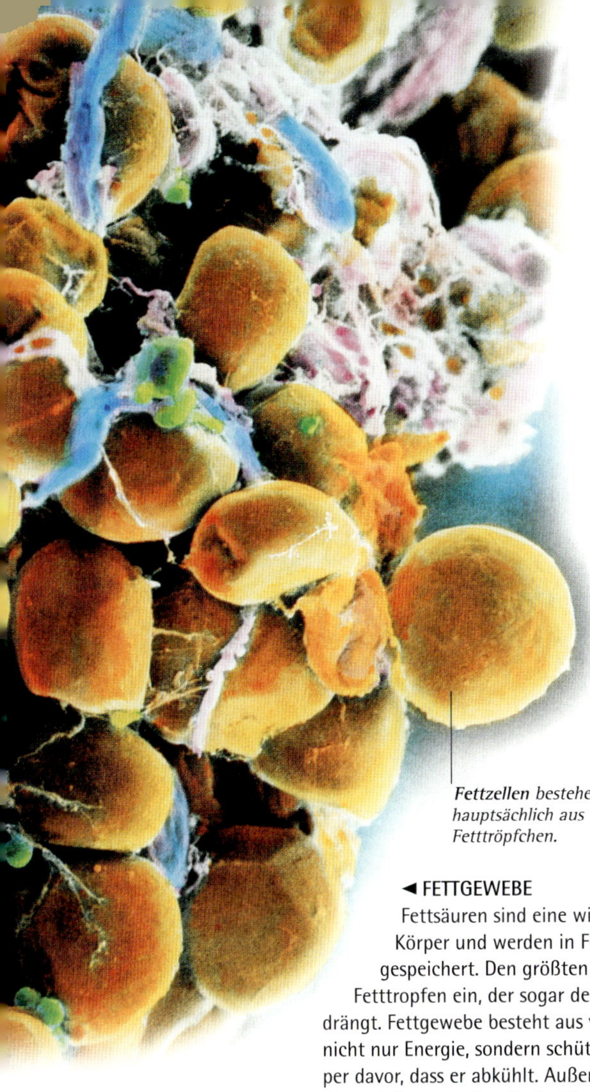

Fettzellen bestehen hauptsächlich aus Fetttröpfchen.

◄ FETTGEWEBE

Fettsäuren sind eine wichtige Energiequelle für den Körper und werden in Fettzellen oder Adipozyten gespeichert. Den größten Teil einer Fettzelle nimmt ein Fetttropfen ein, der sogar den Zellkern an den Rand verdrängt. Fettgewebe besteht aus vielen Fettzellen. Sie liefern nicht nur Energie, sondern schützen unter der Haut den Körper davor, dass er abkühlt. Außerdem stützen und schützen sie auch Organe wie z. B. die Nieren und die Augäpfel.

ZELLTEILUNG

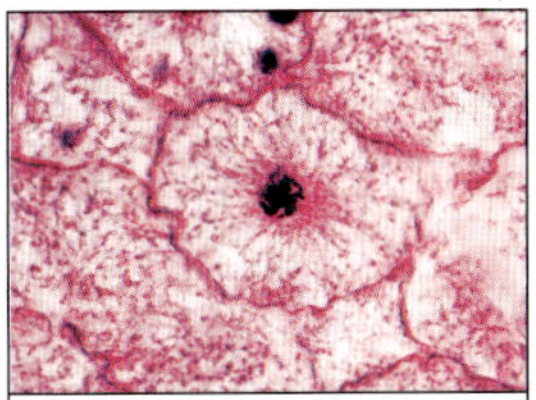

VORBEREITUNG (INTERPHASE)
Durch die Zellteilung entstehen zwei Tochterzellen, die mit ihrer Mutterzelle »identisch« sind. Im Zellkern der Elternzelle befinden sich 46 Chromosomen, die sämtliche Erbinformationen tragen. Vor der Zellteilung ziehen sich die fadenartigen Chromosomen zusammen und verdoppeln sich, sodass zwei gleiche Chromosomensätze entstehen.

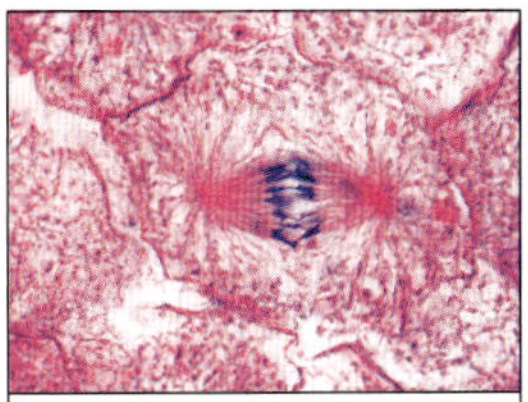

MITOSE
In der nächsten Phase, die man Mitose nennt, trennen sich die Chromosomensätze und bilden eigenständige Chromosomen. Die Kernmembran löst sich auf und die neuen Chromosomen (schwarz) werden durch Mikrotubuli (rote Fäden) an entgegengesetzte Pole der Zelle gezogen, sodass sich an jedem Ende 46 Chromosomen befinden.

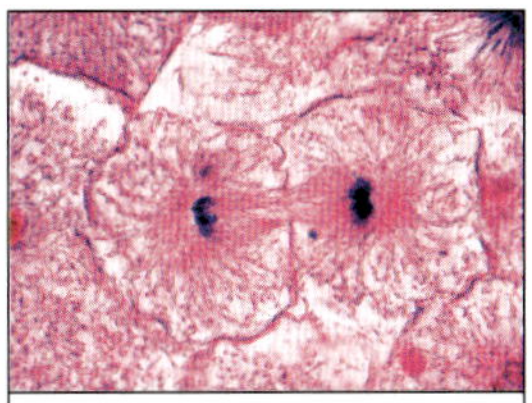

ZWEI NEUE ZELLEN ENTSTEHEN
Im letzten Stadium der Mitose bildet sich eine neue Membran und ein neuer Zellkern entsteht. Die Organellen wandern zu den Polen, sodass beide Zellen identische Chromosomen und Organellen besitzen. Durch diesen Ablauf arbeiten die Tochterzellen wie die Mutterzelle, um Gewebe zu erneuern oder damit der Körper wächst.

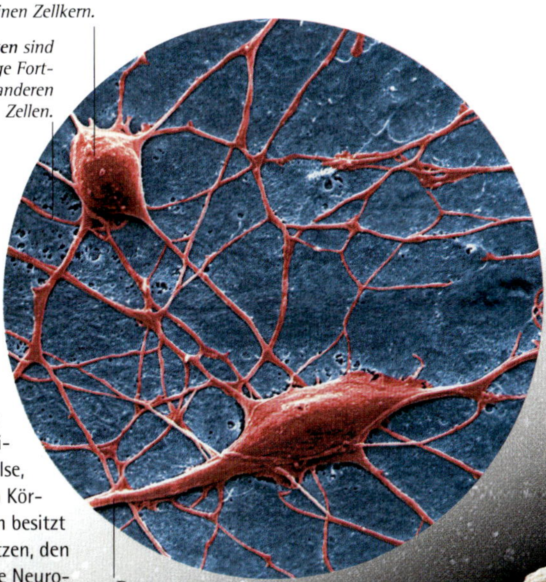

Das Neuron enthält einen Zellkern.

Dendriten sind fadenartige Fortsätze zu anderen Zellen.

Das Axon entspringt am Zellkörper.

NERVENZELLEN ►

Diese Aufnahme zeigt zwei von Milliarden Nervenzellen oder Neuronen, die das Nervensystem bilden. Neuronen leiten elektrische Signale, die Nervenimpulse, mit hoher Geschwindigkeit weiter, um Köperaktivitäten zu steuern. Jedes Neuron besitzt einen Zellkörper mit langen Fortsätzen, den Dendriten, die Nervenimpulse an andere Neuronen weiterleiten. Nervenfasern, die Axone, leiten Signale vom Zellkörper zu den Muskeln und werden bis zu 1 m lang.

WIE LANGE LEBEN ZELLEN?

ZELLART	*AUFGABE*	*LEBENSDAUER*
Dünndarmzelle	Nahrungsaufnahme	36 Stunden
Weiße Blutzelle	Krankheitsabwehr, Immunantwort	13 Tage
Rote Blutzelle	Sauerstofftransport	120 Tage
Leberzelle	vielseitige Stoffwechselaufgaben	500 Tage
Nervenzelle	Weiterleitung von Signalen	bis zu 100 Jahre

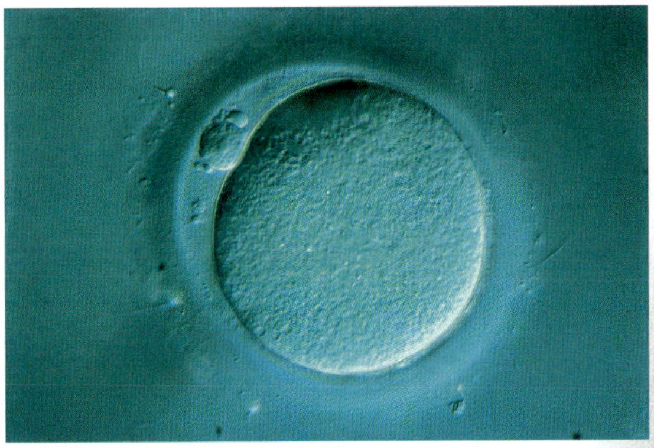

▲ EIZELLEN

Eine der größten Zellen im Körper ist die runde Eizelle (Ovum) mit fast 0,1 mm Durchmesser. Eizellen sind die weiblichen Geschlechtszellen, die millionenfach in den Eierstöcken bereits vor der Geburt entstehen. Erst in der Pubertät wird jeden Monat eine Eizelle freigesetzt. Eizellen enthalten wie Spermien nur eine Hälfte der Erbanlagen. Doch im Gegensatz zu den stromlinienförmigen Spermien können sie sich nicht selbst fortbewegen.

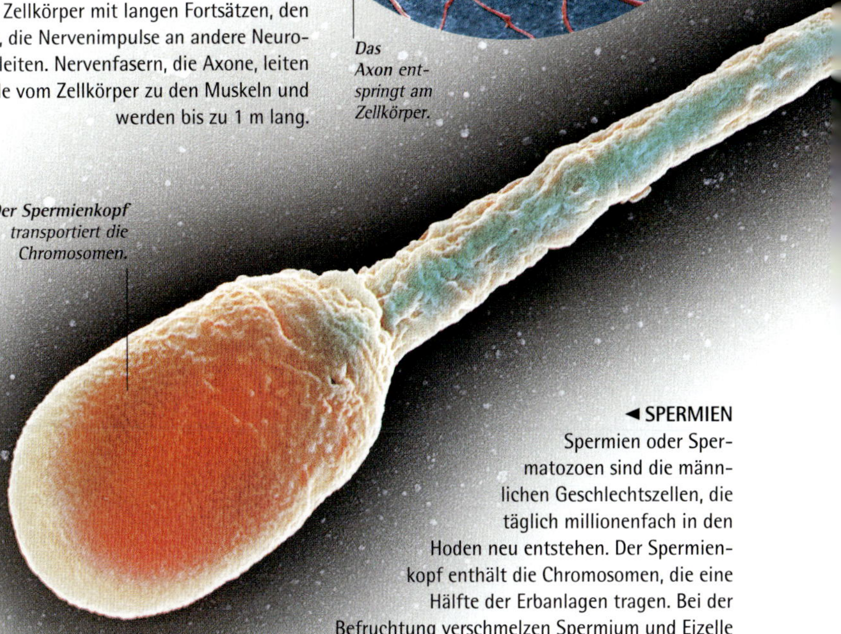

Der Spermienkopf transportiert die Chromosomen.

◄ SPERMIEN

Spermien oder Spermatozoen sind die männlichen Geschlechtszellen, die täglich millionenfach in den Hoden neu entstehen. Der Spermienkopf enthält die Chromosomen, die eine Hälfte der Erbanlagen tragen. Bei der Befruchtung verschmelzen Spermium und Eizelle (mit der anderen Hälfte der Erbanlagen) zu einer befruchteten Eizelle, der Zygote.

AUFBAU DES KÖRPERS

Unser Körper besteht aus verschiedenen Strukturen von einfachen Zellen über Gewebe, Organe bis zu Organsystemen und der höchsten Struktur, dem Körper. Gleichartige Zellen lagern sich zu Geweben zusammen. Mehrere Gewebearten bilden Organe wie den Magen oder das Herz. Organe und Gewebe, die zusammen eine gemeinsame Aufgabe wie z. B. die Verdauung erfüllen, bilden die zwölf verschiedenen Organsysteme. Sie arbeiten nicht unabhängig voneinander, sondern wirken zusammen, damit der Körper als Ganzes existiert.

Körpersysteme

DIE WICHTIGSTEN KÖRPERORGANE

ORGANSYSTEM	*ORGAN*	*GRÖSSE BEI ERWACHSENEN*
Nervensystem	Gehirn	1,45–1,6 kg
Skelett	Oberschenkelknochen (Länge)	40–45 cm
Kreislauf	Herz (Masse)	250–350 g
Verdauung	Leber	1,4 kg
Drüsen	Hirnanhangdrüse (Durchmesser)	1–1,5 cm
Atmung	Lunge (Masse)	0,5 kg
Harnwege	Blase, gefüllt	700–800 ml
Haut	Haut (Masse)	4–5 kg

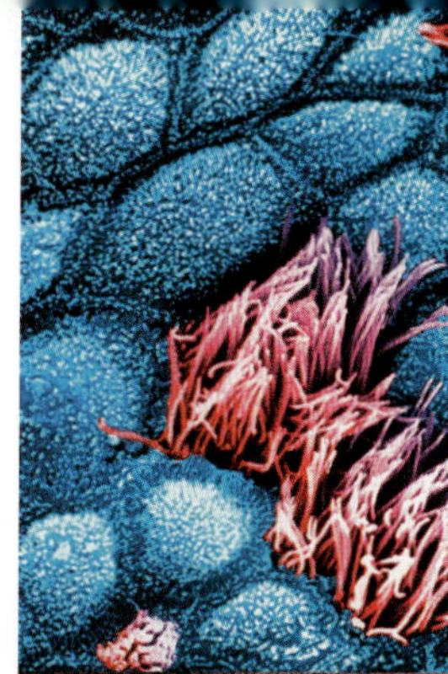

◄ **EPITHELGEWEBE**
Das Epithelgewebe oder Epithel bedeckt und schützt den Körper und bildet die innere Schicht von Hohlorganen und Körperhöhlen. Diese Vergrößerung zeigt das Epithel der Luftröhre (Trachea). Diese Schicht aus eng nebeneinander liegenden Zellen verhindert, dass schädliche Mikroorganismen eindringen. Epithelzellen teilen sich ständig, um abgenutzte Zellen zu ersetzen.

◄ **MUSKELGEWEBE**
Die Zellen des Muskelgewebes, die Muskelfasern, kontrahieren (ziehen sich zusammen), wenn sie durch Nervensignale stimuliert werden. Skelettmuskeln (links) bestehen aus quer gestreifter Muskulatur und sitzen an den Knochen. Herzmuskeln, die nur im Herzen vorkommen, pumpen Blut durch den Körper. In den Wänden der Hohlorgane und Gefäße befindet sich glatte Muskulatur.

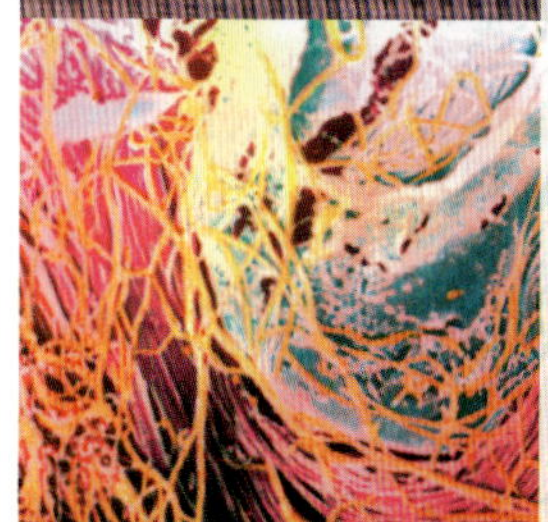

◄ **BINDEGEWEBE**
Die vielfältigste Gewebeart, das Binde- und Stützgewebe, erfüllt verschiedene Aufgaben im Körper. Das straffe Bindegewebe besteht aus reißfesten Kollagenfasern wie in Bändern und Sehnen. Das lockere Bindegewebe dient dazu, Organe zu stützen und Wasser zu speichern. Das retikuläre (netzartige) Bindegewebe ist Bestandteil des Knochenmarks und verschiedener Organe.

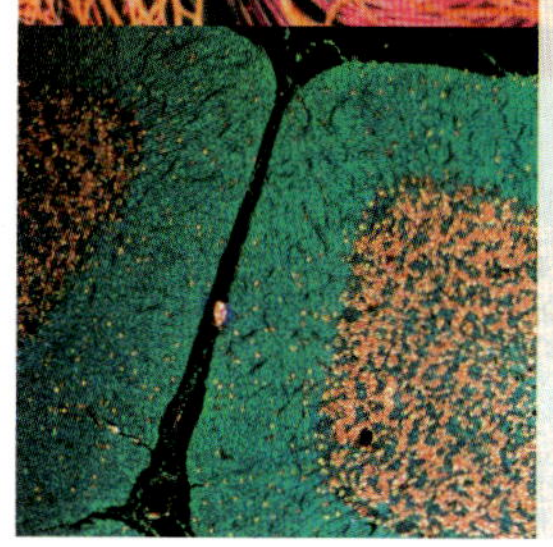

◄ **NERVENGEWEBE**
Das wichtigste Verständigungs- und Steuersystem des Körpers – Gehirn, Rückenmark und Nerven – besteht aus Nervengewebe. Es enthält Nervenzellen oder Neuronen, die elektrische Signale als Nervenimpulse weiterleiten und Gliazellen, welche die Neuronen unterstützen. Das Bild links zeigt einen Schnitt durch das Nervengewebe des Kleinhirns, das Bewegungen koordiniert.

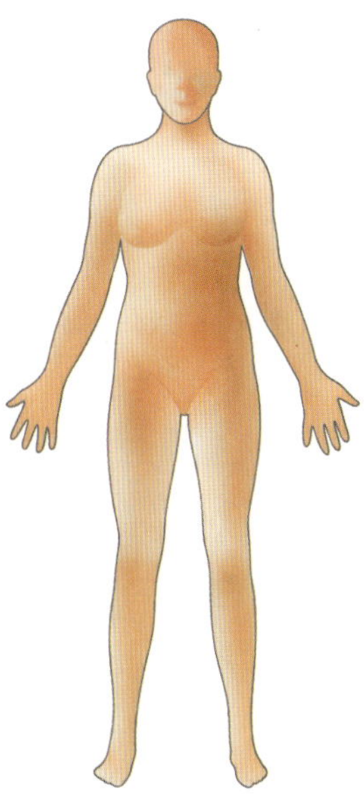

▲ **HAUT UND HAUTANHANG**
Unsere äußere Körperhülle besteht aus Haut, Haaren und Nägeln. Die Haut bildet eine wasserdichte Barriere, damit der Körper nicht austrocknet und seine Temperatur regulieren kann. Sie schützt ihn auch vor UV-Strahlen und infektiösen (ansteckenden) Mikroorganismen.

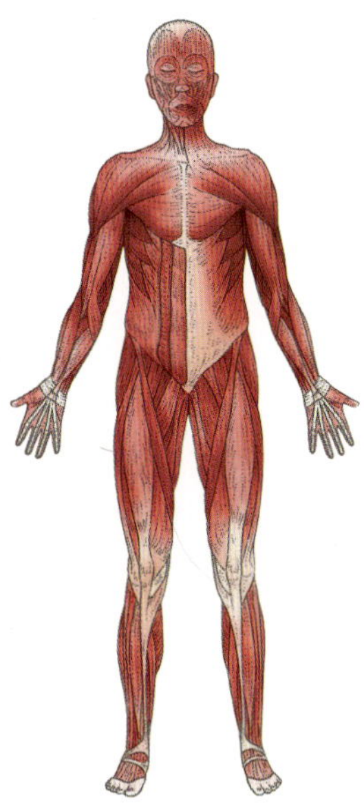

▲ **MUSKULATUR**
Den größten Teil der Muskulatur bilden ungefähr 640 Skelettmuskeln, die sich zusammenziehen (Kontraktion) oder erschlaffen (Relaxation). Sie ziehen über Gelenke an Knochen. An den Knochen sind sie über zugfeste Bindegewebsfasern, die Sehnen, befestigt.

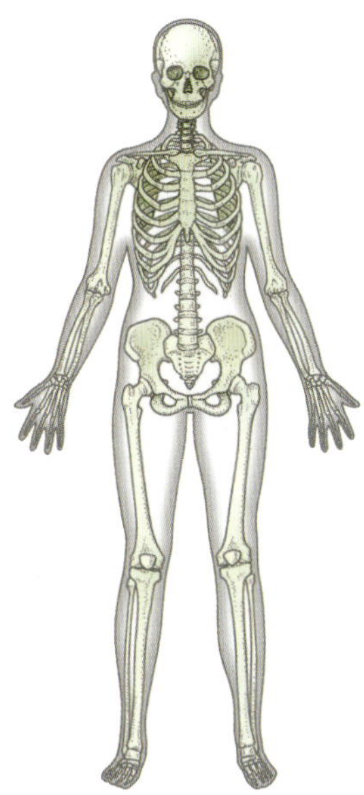

▲ **SKELETT**
Das Skelett ist ein stabiler und beweglicher Stützapparat aus Knochen, Knorpel und Bändern. Es trägt den Körper, verleiht ihm seine Gestalt, schützt innere Organe und dient zur Fortbewegung. Die Knochen speichern Mineralien wie Kalzium und bilden die Blutzellen.

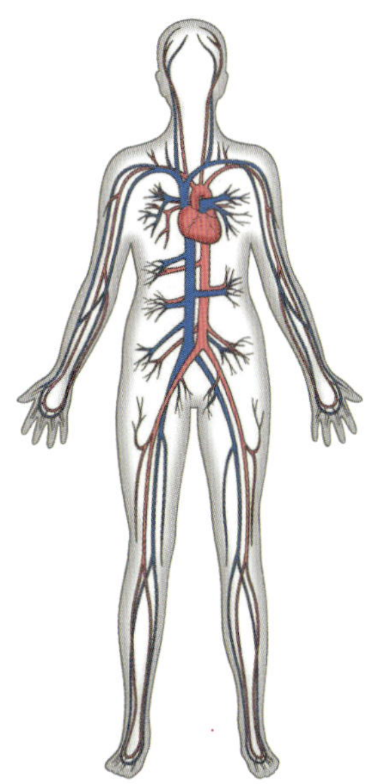

▲ **KREISLAUF**
Zum Kreislaufsystem zählen das Herz, ein Netzwerk aus Blutgefäßen und Blut, das durch sie strömt. Blut versorgt die Zellen mit lebensnotwendigen Nährstoffen und entsorgt Abbauprodukte. Es hält auch die Körpertemperatur aufrecht und bekämpft Infektionen.

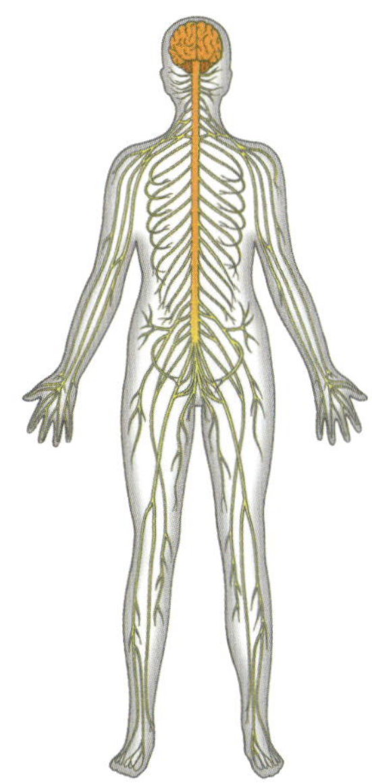

▲ **NERVEN**
Das Nervensystem ist das wichtigste Steuersystem des Körpers. Gehirn und Rückenmark, die zusammen das zentrale Nervensystem (ZNS) bilden, verarbeiten und speichern eingehende Informationen. Die Nerven leiten Signale vom ZNS zu anderen Körperzellen weiter.

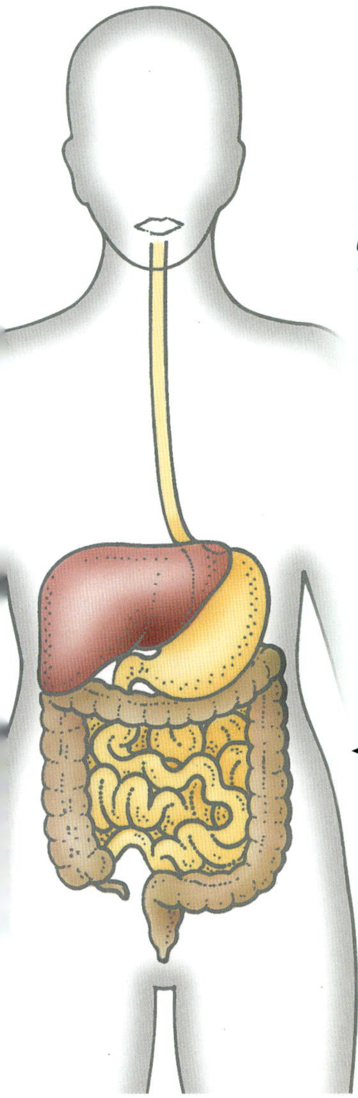

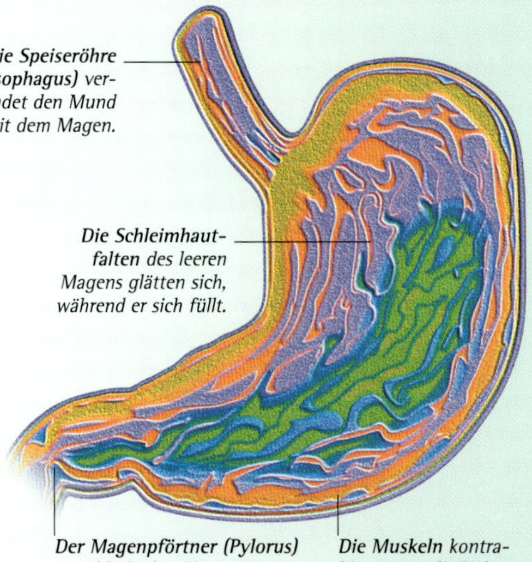

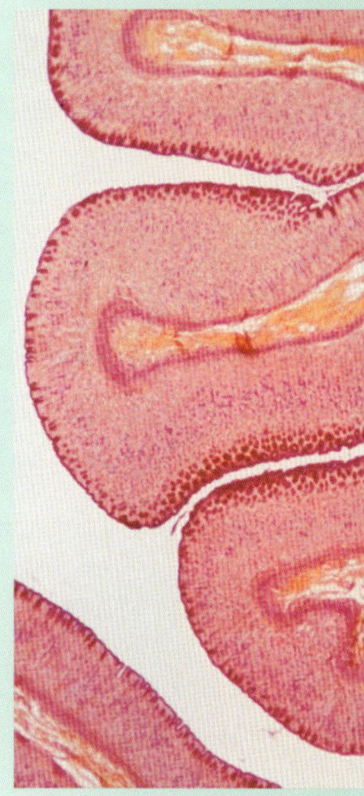

◄ SYSTEM – VERDAUUNG
Das Verdauungssystem nimmt Nahrung auf und verarbeitet sie. Es besteht aus mehreren Organen, die miteinander verbunden sind und zusammenarbeiten. Die Speiseröhre befördert z. B. die aufgenommene Nahrung zum Magen, der sie zu Speisebrei aufbereitet.

▲ ORGAN – MAGEN
Als Teil des Verdauungssystems sammelt der Magen gekaute Nahrung und verdaut einen Teil davon. Er besitzt wie andere Organe – z. B. die Niere – eine charakteristische Form und besteht aus verschiedenen Geweben wie z. B. Muskelgewebe, das den Magen kontrahiert. Andere Gewebe versorgen ihn mit Blut oder Nervensignalen oder bilden die innere Schicht.

▲ GEWEBE – SCHLEIMHAUT
Diese mikroskopische Aufnahme zeigt die gefaltete Innenschicht des Magens, die man Schleimhaut (Mukosa) nennt. Die Magenwand besteht aus drei Geweben. Eine dünne Schicht aus Epithelgewebe kleidet die Innenseite des Magens aus. Darunter liegt eine dickere Schicht aus Bindegewebe, außen befinden sich drei Schichten glatter Muskulatur.

▲ ZELLEN – EPITHELIEN
Diese Vergrößerung zeigt Zellen des Epithelgewebes, das den Magen und den Ausgangskanal einer Magendrüse auskleidet. Die Membranen der Epithelzellen bilden eine feste Barriere, damit der sehr saure Magensaft (Salzsäure) nicht das darunter liegende Bindegewebe zerstört. Um sich selbst vor dem Magensaft zu schützen, sondern Epithelzellen Schleim (Mukus) ab.

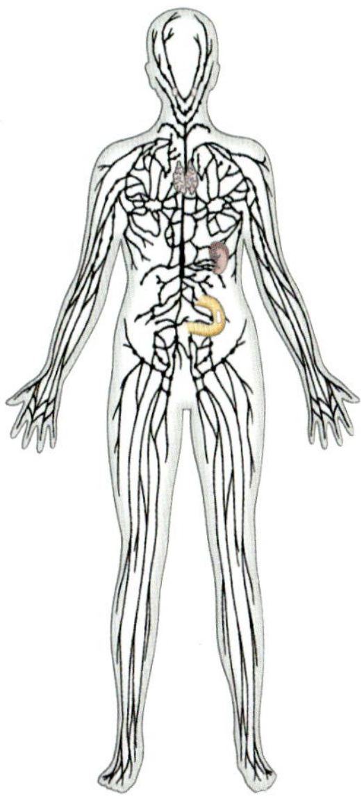

▲ LYMPHE UND IMMUNITÄT
Das Lymphsystem leitet überschüssige Flüssigkeit, die Lymphe, von den Geweben in den Blutkreislauf ab und filtert sie, um Krankheitserreger und Abbauprodukte zu entfernen. Zum Immunsystem zählen die Lymphozyten, die den Körper vor Keimen schützen.

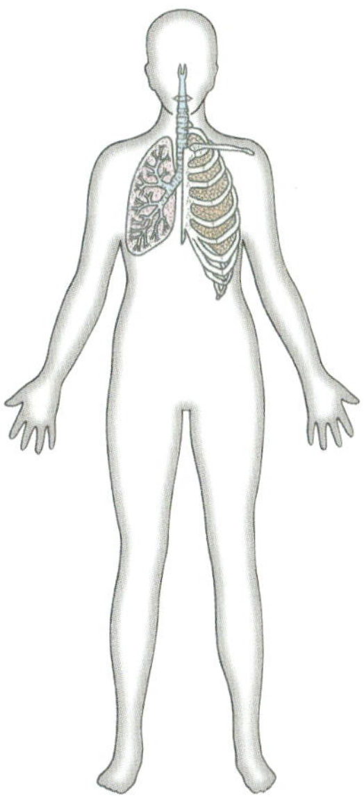

▲ ATMUNG
Das Atmungssystem, das aus dem Atemtrakt und den Lungen besteht, versorgt den Körper mit Sauerstoff. Jede Zelle braucht Sauerstoff, um Energie zu gewinnen. In den Lungen geht Sauerstoff aus der Luft in das Blut über und Kohlendioxid wird in die Luft abgegeben.

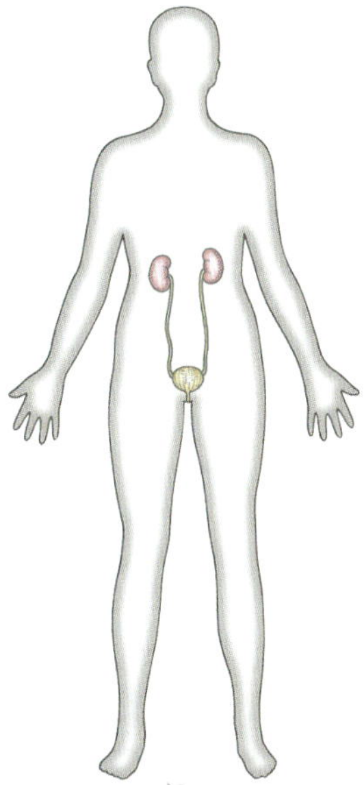

▲ HARNWEGE
Zum Harnsystem gehören Nieren, Harnleiter, Blase und Harnröhre. Die Nieren filtern das Blut und entfernen überschüssiges Wasser und schädliche Abbauprodukte wie den Harnstoff. Der Harn sammelt sich in der Blase und wird durch die Harnröhre ausgeschieden.

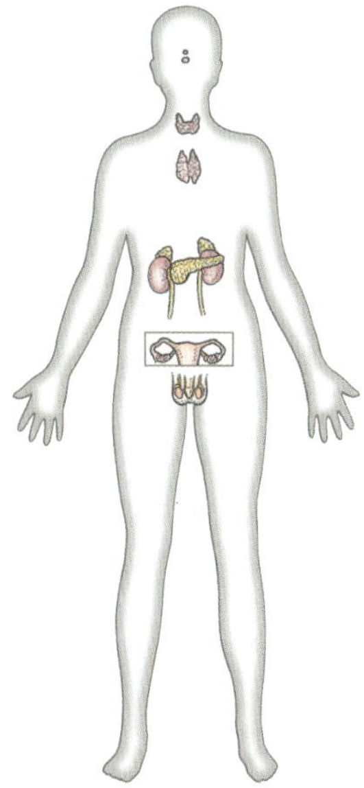

▲ DRÜSEN
Das endokrine System steuert viele Körperprozesse wie z. B. Fortpflanzung und Stoffwechsel. Es besteht aus Drüsen, die in das Blut chemische Substanzen absondern, die Hormone. Sie gelangen mit dem Blutstrom an ihre Zielzellen und lösen dort bestimmte Reaktionen aus.

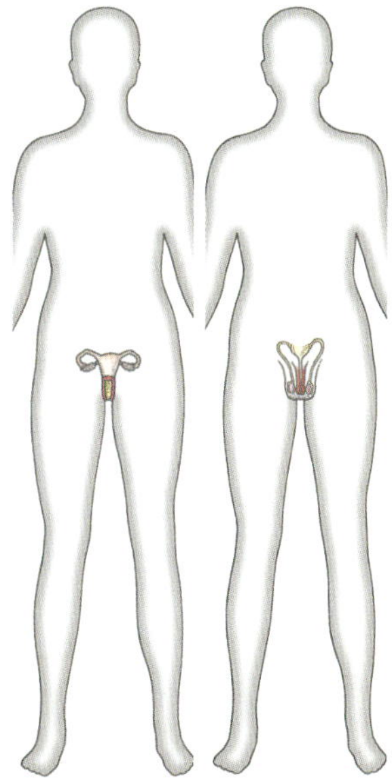

▲ FORTPFLANZUNG
Mit diesem System können Frauen und Männer Kinder zeugen. Die männlichen und weiblichen Geschlechtsmerkmale bilden sich in der Pubertät heraus. Eine Frau besitzt Eizellen, die von männlichen Spermien befruchtet werden und sich zu einem Kind entwickeln können.

SKELETT

Das Skelett ist ein starker und biegsamer Stützapparat, das aus Bändern, Knochen und Knorpel besteht. Es trägt den Körper, schützt seine inneren Organe und bewegt ihn, wenn Muskeln an ihm ziehen. Knochen, die ungefähr 20 % des Körpergewichts ausmachen, stellen Blutzellen her und speichern Kalzium, das für die Zähne notwendig ist. Reißfester und dehnbarer Knorpel bedeckt die Knochenenden in den Gelenken und formt Ohren und Nase. Bänder halten die Skelettknochen zusammen.

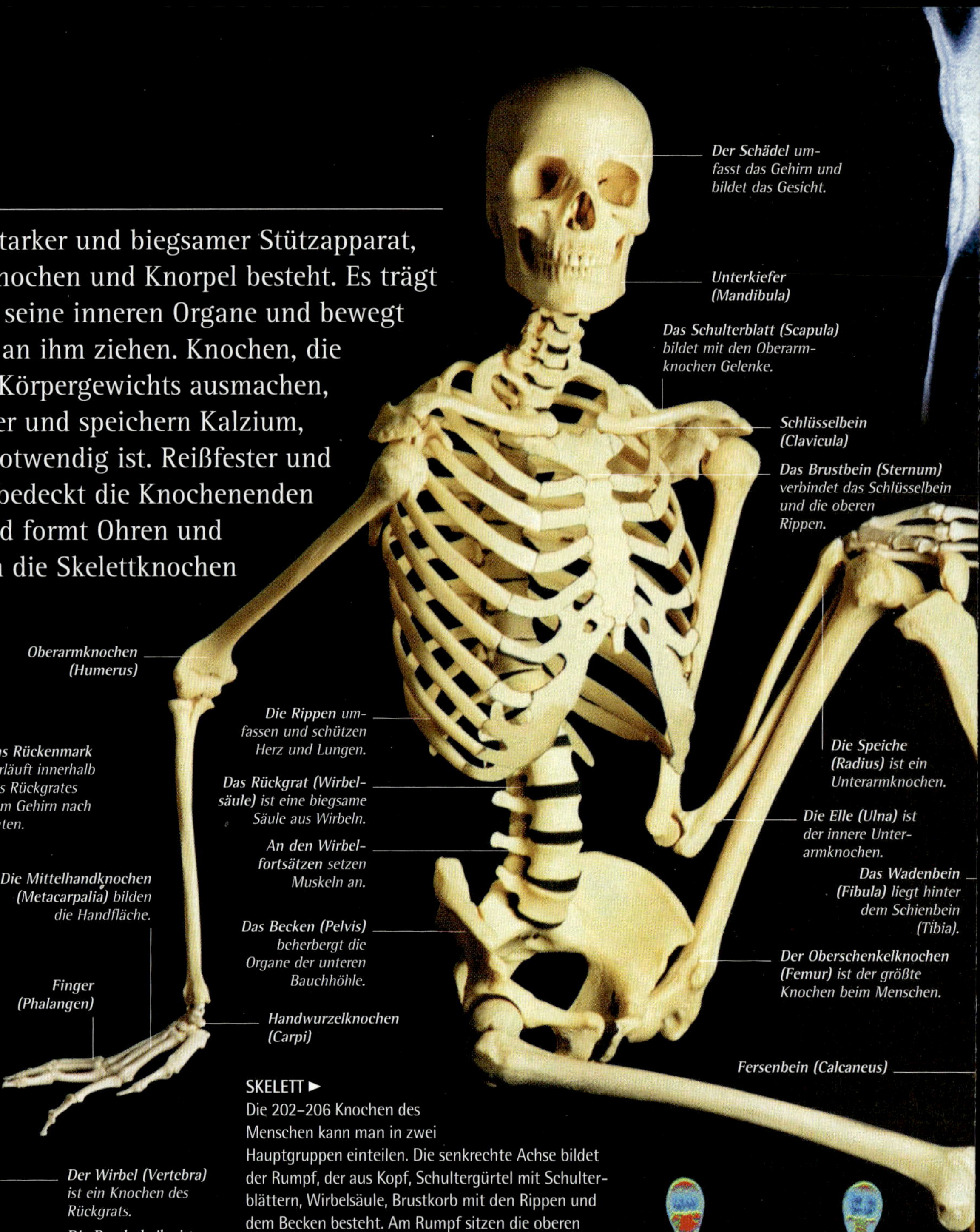

SKELETT ►
Die 202–206 Knochen des Menschen kann man in zwei Hauptgruppen einteilen. Die senkrechte Achse bildet der Rumpf, der aus Kopf, Schultergürtel mit Schulterblättern, Wirbelsäule, Brustkorb mit den Rippen und dem Becken besteht. Am Rumpf sitzen die oberen (Arme) und unteren (Beine) Gliedmaßen, die man auch Extremitäten nennt. Arme und Hände können Objekte greifen, während Beine und Füße den Körper bewegen und sein Gewicht tragen.

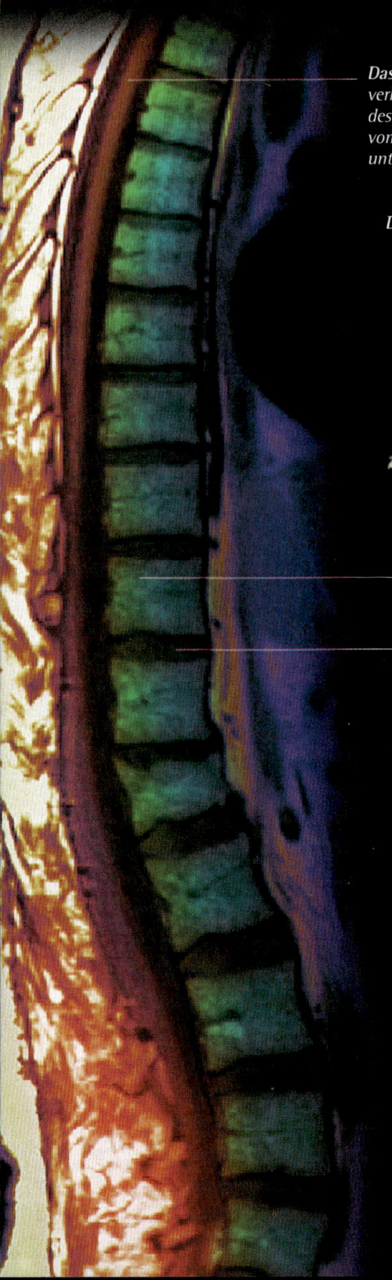

◄ RÜCKGRAT
In dieser MRT-Aufnahme ist das Rückgrat zu sehen, das die Hauptachse des Körpers bildet. Das Rückgrat besteht aus 24 einzelnen Knochen, den Wirbeln, und weiteren neun Knochen, die zu Kreuzbein und Steißbein verschmolzen sind. Zwischen den Wirbeln dämpfen Knorpelscheiben (Bandscheiben) die Bewegungen. Sie bilden mit den Wirbeln einen Kanal, in dem das Rückenmark mit den Nervenfasern verläuft. Die S-Form verleiht dem Rückgrat Stabilität, dämpft Stöße und hält den Oberkörper im Gleichgewicht.

ISOTOPENAUFNAHME

Diese Isotopenaufnahme eines gesunden Körpers zeigt, welche Bereiche des Skeletts aktiv sind. Dazu wird ein radioaktives Element in den Körper gespritzt, das die Knochenzellen aufnehmen. Aktive Zellen nehmen mehr Isotopen auf als weniger aktive und strahlen mehr Gammastrahlen aus, die von einem Detektor gemessen und mit einem Computer zu Bildern verarbeitet werden. Bereiche mit hoher Aktivität (»heiße Zonen«) erscheinen rot, während Bereiche mit wenig Aktivität (»kalte Zonen«) blau erscheinen. Bei Erkrankungen wie z. B. Krebs sind Bereiche sehr aktiv, die normalerweise kaum aktiv sind.

hoch — niedrig
KNOCHENAKTIVITÄT

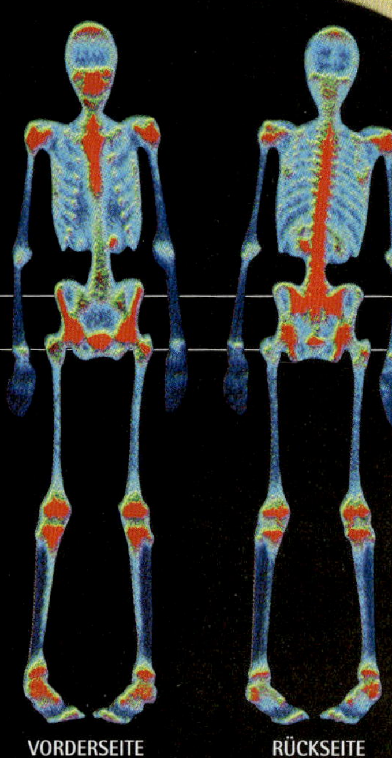

VORDERSEITE — RÜCKSEITE

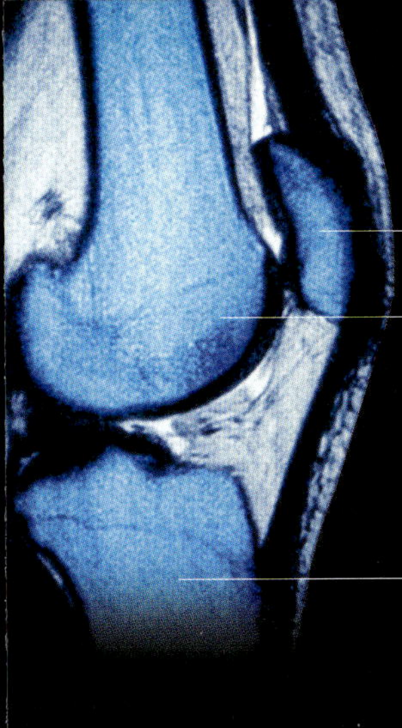

▲ KNIEGELENK
Diese MRT-Aufnahme zeigt die Knochen, Knorpel und Bänder eines Kniegelenks von der Seite. Gelenke sind die Verbindungen zwischen zwei Knochen. Im Kniegelenk treffen Oberschenkel und Schienbein aufeinander. Die meisten Gelenke sind in mehrere Richtungen beweglich. Das Kniegelenk kann das Bein strecken und anziehen, während wir gehen, rennen oder springen.

@ ⏭ Skelett

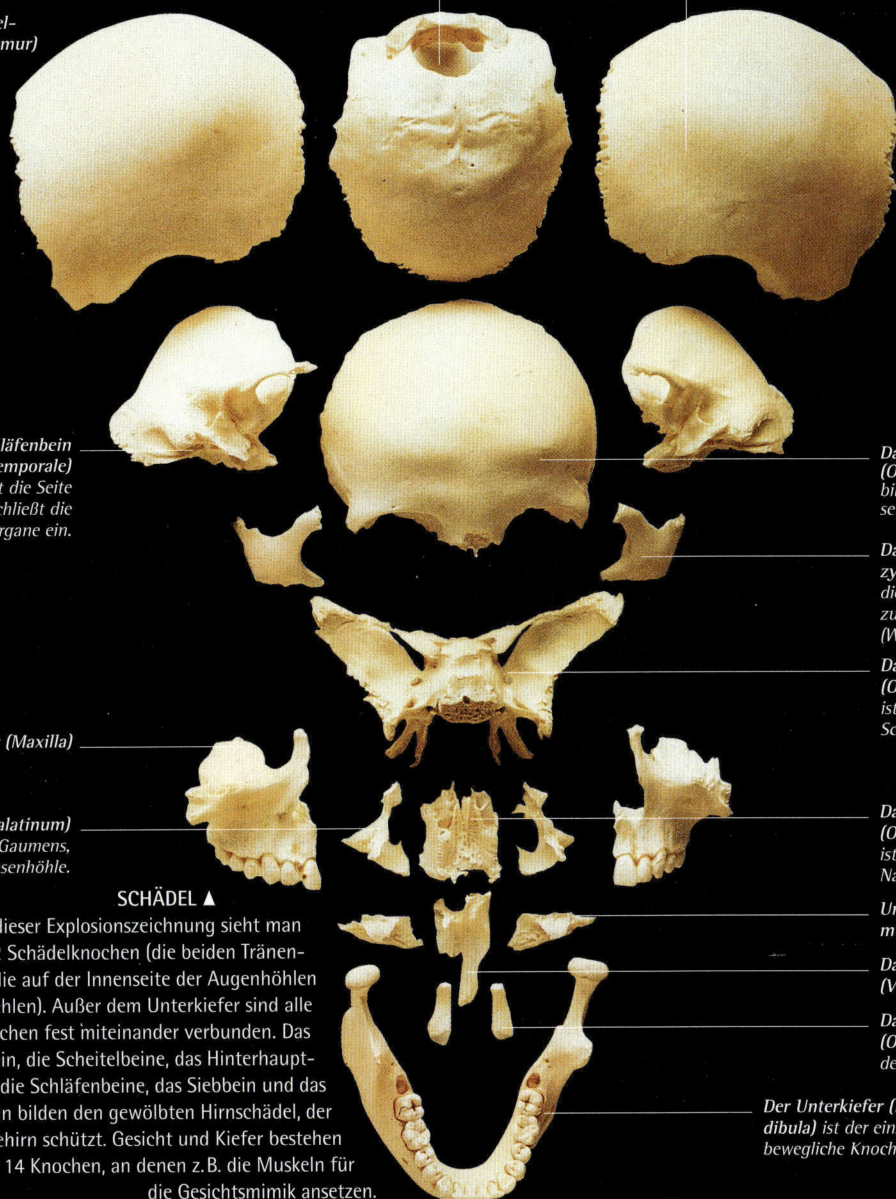

SCHÄDEL ▲
In dieser Explosionszeichnung sieht man 20 der 22 Schädelknochen (die beiden Tränenbeine, die auf der Innenseite der Augenhöhlen sitzen, fehlen). Außer dem Unterkiefer sind alle Knochen fest miteinander verbunden. Das Stirnbein, die Scheitelbeine, das Hinterhauptbein, die Schläfenbeine, das Siebbein und das Keilbein bilden den gewölbten Hirnschädel, der das Gehirn schützt. Gesicht und Kiefer bestehen aus 14 Knochen, an denen z.B. die Muskeln für die Gesichtsmimik ansetzen.

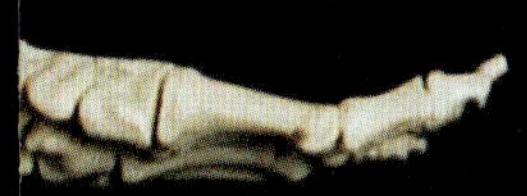

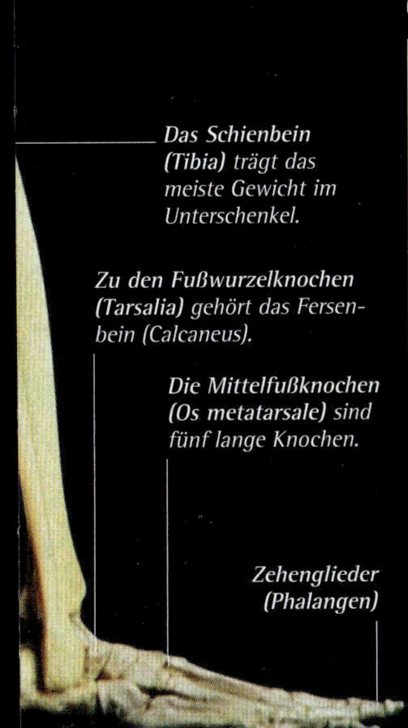

GESICHTSREKONSTRUKTION

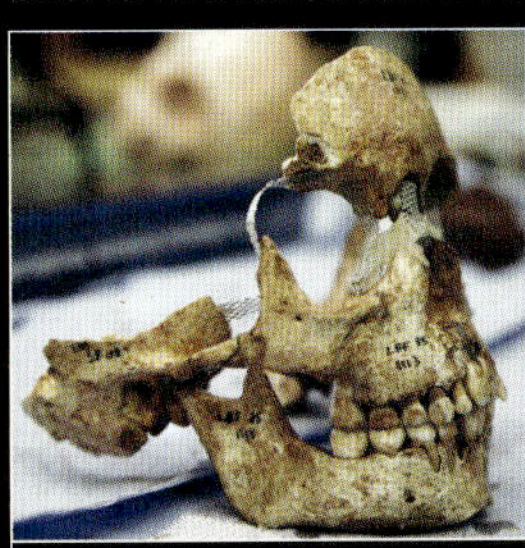

ARCHÄOLOGISCHE FUNDE
Knochen und Zähne sind die einzigen Körperteile, die nach dem Tod erhalten bleiben. Dieser Schädel wurde an einer archäologischen Fundstelle ausgegraben. Alte Skelette verraten viel über Nahrungsaufnahme, Lebensweise oder Krankheiten der Verstorbenen. Aus einem Schädel kann man das Gesicht wiederherstellen.

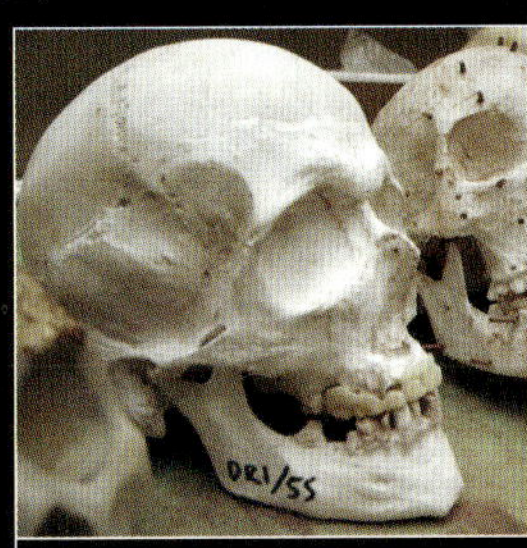

GIPSABDRUCK VOM SCHÄDEL
Nachdem der Schädel gereinigt ist, wird ein Gipsabdruck angefertigt und fehlende Teile werden ergänzt. Die Rekonstruktion ist Aufgabe eines forensischen Bildhauers – jemand, der wissenschaftliche und künstlerische Fähigkeiten besitzt, um aus den Merkmalen eines Schädels ein Gesicht zu formen.

NEUE MUSKELN FORMEN
Die Schädelform und die Gesichtsmuskeln bestimmen, wie Kopf und Gesicht aussehen. Bildhauer nutzen ihr Wissen von der Anatomie, um die »Knochen« des Gipsabdrucks mit »Muskeln« aus Ton zu bedecken. Die Dicke der Muskelschichten im Gesicht und am Kopf wird mit kleinen Holzstäbchen wie oben im Bild gemessen.

LETZTER SCHLIFF
Nachdem alle Muskeln erneuert wurden, erhält der Schädel eine Haut aus Ton, um ihm ein erkennbares Gesicht zu geben. Archäologen zeigen mit Gesichtsrekonstruktionen anschaulich, wie unsere Vorfahren aussahen und lebten. Aber auch die Polizei benutzt diese Methode, um z.B. Mordopfer zu identifizieren.

KNOCHEN

Knochen sind feuchte, lebende Organe, die aus hartem Knochengewebe, Blutgefäßen und Nerven bestehen. Die Grundlage des Knochengewebes bilden Kalziumsalze, die ihm die Härte geben, Kollagenfasern, die es fest und biegsam machen, und Zellen, welche die Knochensubstanz bilden. Alle Knochen sind außen fester als innen. Dadurch werden sie gleichzeitig hart und auch leicht: Gemessen am Gewicht sind sie sechsmal härter als Stahl. Trotz ihrer Härte können Knochen auch brechen, sie reparieren sich jedoch auch selbst. Knochen tragen nicht nur den Körper, sondern erzeugen Blutzellen und speichern Kalzium.

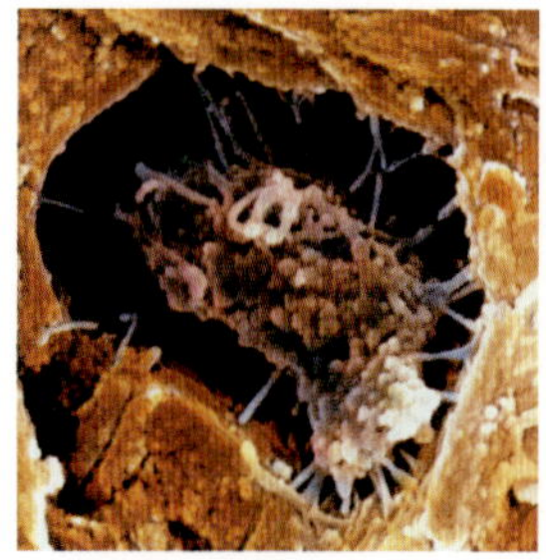

▲ OSTEOBLASTEN
Die Knochen entstehen durch Zellen, die Osteoblasten. Sie bilden die Knochensubstanz und werden dann zu reifen Knochenzellen, die man Osteozyten nennt. Das Bild zeigt eine Osteozyte in einem Hohlraum des Knochenmarks. Osteozyten erhalten das Knochengewebe.

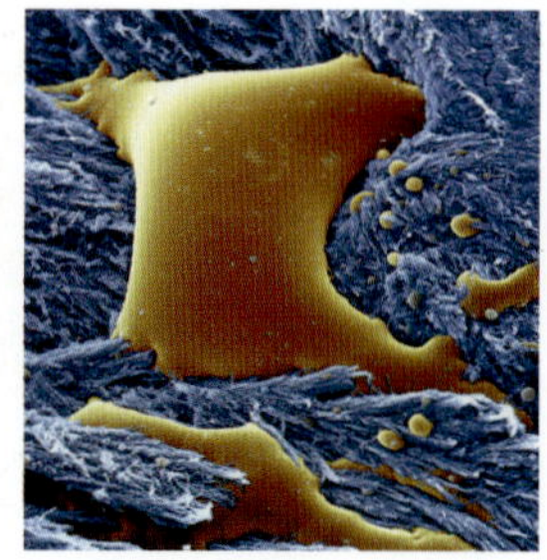

▲ OSTEOKLASTEN
Knochen erneuern sich ständig, um Belastungen standzuhalten. Osteoklasten (goldgefärbt) bauen Knochensubstanz ab und Osteoblasten bilden sie. Beide Zellen regulieren die Kalziumkonzentration im Blut, indem sie Kalzium abgeben oder in die Knochensubstanz einbauen.

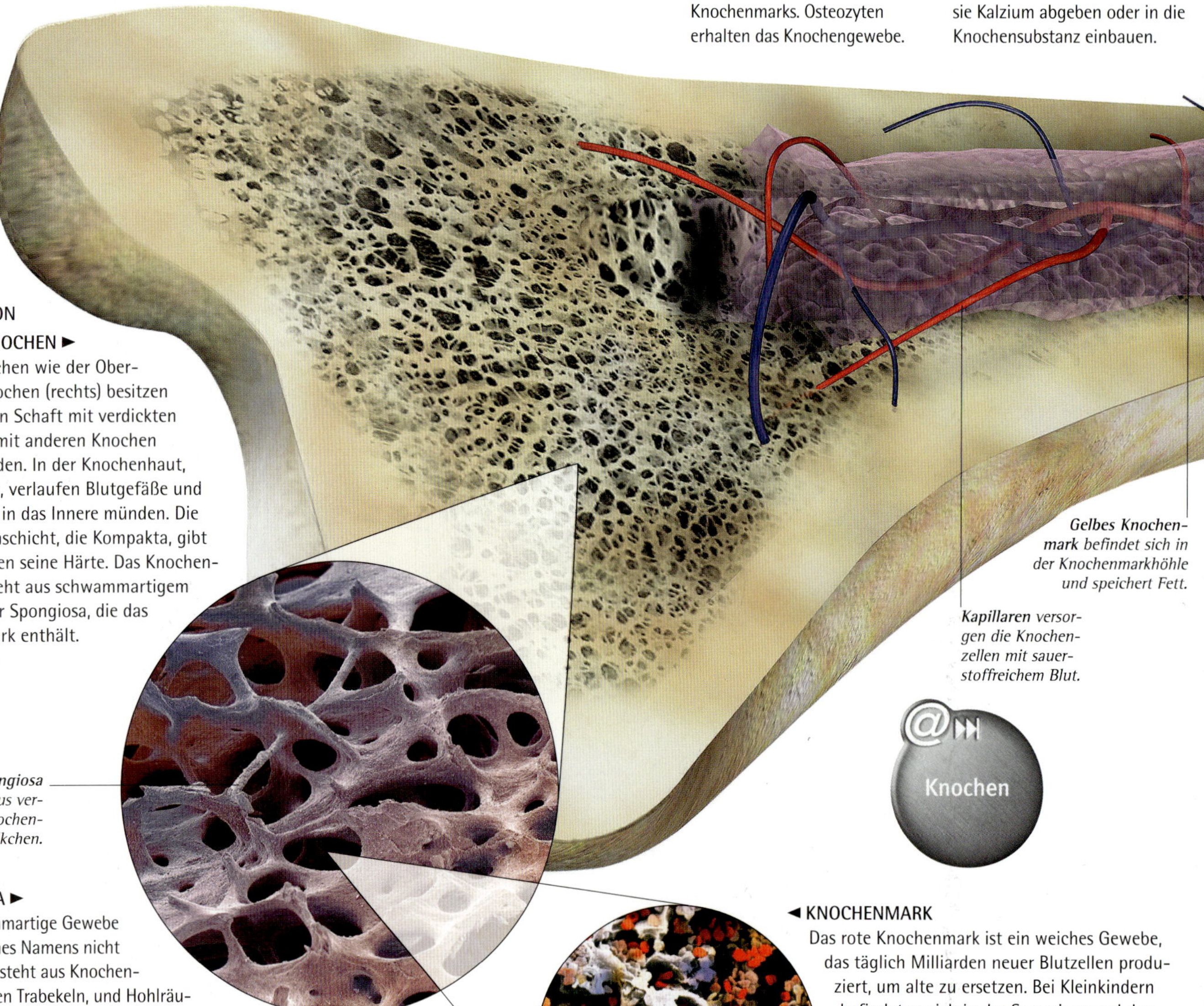

AUFBAU VON RÖHRENKNOCHEN ►
Röhrenknochen wie der Oberschenkelknochen (rechts) besitzen einen langen Schaft mit verdickten Enden, die mit anderen Knochen Gelenke bilden. In der Knochenhaut, dem Periost, verlaufen Blutgefäße und Nerven, die in das Innere münden. Die feste Außenschicht, die Kompakta, gibt dem Knochen seine Härte. Das Knocheninnere besteht aus schwammartigem Gewebe, der Spongiosa, die das Knochenmark enthält.

*Gelbes Knochen**mark** befindet sich in der Knochenmarkhöhle und speichert Fett.*

***Kapillaren** versorgen die Knochenzellen mit sauerstoffreichem Blut.*

Die Spongiosa besteht aus verbunden Knochenbälkchen.

SPONGIOSA ►
Das schwammartige Gewebe ist trotz seines Namens nicht weich. Es besteht aus Knochenbälkchen, den Trabekeln, und Hohlräumen. Durch diesen Aufbau sind Knochen hart und leicht. Ein Skelett, das nur aus fester Substanz bestehen würde, wäre so schwer, dass man es nicht mehr bewegen könnte. Erst durch die Kombination aus Kompakta und Spongiosa können Knochen den Körper tragen und Belastungen aushalten, ohne das Gesamtgewicht zu erhöhen.

***Rote und weiße Blutkörperchen** entstehen im roten Knochenmark.*

◄ KNOCHENMARK
Das rote Knochenmark ist ein weiches Gewebe, das täglich Milliarden neuer Blutzellen produziert, um alte zu ersetzen. Bei Kleinkindern befindet es sich in der Spongiosa und den Schäften der Röhrenknochen. Der größte Teil des roten Knochenmarks wird bei Jugendlichen durch gelbes Knochenmark ersetzt, das als Fettspeicher dient. Die Produktion von Blutzellen findet bei Erwachsenen nur noch in den oberen Schaftenden von Oberschenkel- und Oberarmknochen und in den platten Knochen statt.

◄ OSTEONEN IN KOMPAKTEN KNOCHEN

Dieses Schnittbild zeigt ein Osteon, das man auch Havers'sches System nennt. Die feste Außenschicht der Knochen, die Kompakta, enthält Millionen dieser winzigen Einheiten. Jede Einheit, oder Osteon, wird von Lamellen gebildet, die aus Knochensubstanz bestehen. In winzigen Lücken zwischen den Lamellen, den Lakunen, befinden sich Osteozyten, die das Knochengewebe erhalten. Die Lamellen umschließen einen Kanal, den Havers'schen Kanal, in dem Blutgefäße und Nerven (beide rot gefärbt) verlaufen. Osteonen liegen parallel nebeneinander und bilden feste, Gewicht tragende Säulen. Sie sorgen dafür, dass die Außenschicht der Knochen hart und stabil ist.

Venen führen sauerstoffarmes Blut von den Knochenzellen weg.

Osteonen sind ringförmige Einheiten, aus denen die Kompakta besteht.

Das Periost ist eine dünne Schicht aus Bindegewebe, das den Knochen umhüllt.

Die Kompakta ist die harte, dichte Außenschicht der Knochen.

SCHWERELOSIGKEIT

Astronauten bewegen sich im Weltraum fast schwerelos, weil die Schwerkraft der Erde dort schwächer wirkt. Auf der Erde dagegen zieht sie uns nach unten. Während wir gehen, rennen oder springen, müssen unsere Knochen Belastungen widerstehen, weil sie bei diesen Bewegungen auch das Körpergewicht tragen. Knochen erneuern sich deshalb ständig, um den Körper zu tragen.

Im Weltraum dagegen wirkt die Schwerkraft nur gering. Die Knochen, die kein Gewicht mehr tragen müssen, verlieren jeden Monat etwa ein Prozent Knochenmasse. Nach einem langen Aufenthalt im Weltraum brechen sie daher leichter – deshalb sind lange Raumflüge wie z. B. eine dreijährige Reise zum Mars unmöglich.

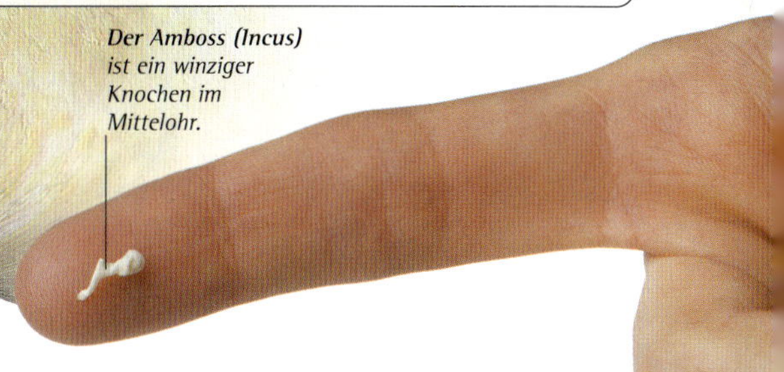

Der Amboss (Incus) ist ein winziger Knochen im Mittelohr.

▲ DIE KLEINSTEN KNOCHEN

Auf der Fingerspitze liegt der Amboss (Incus), einer der drei Gehörknöchelchen, die zu den kleinsten Knochen im Körper zählen. Die beiden anderen sind Hammer (Malleus) und der noch kleinere Steigbügel (Stapes), der nur 5 mm lang ist. Die Gehörknöchelchen sitzen im Mittelohr und sind über Gelenke verbunden. Sie übertragen Schallwellen an das Innenohr.

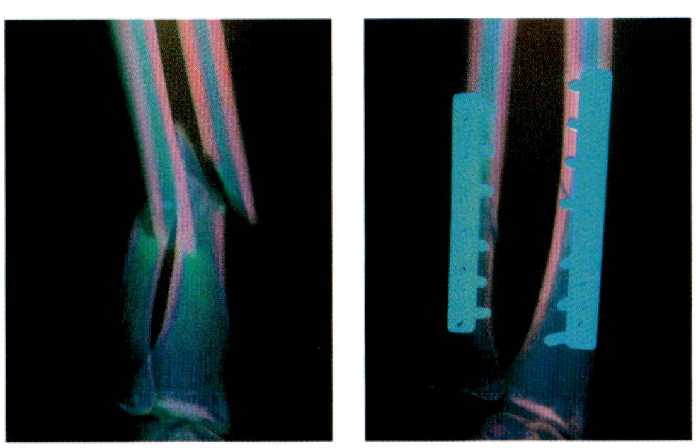

▲ KNOCHENBRÜCHE RUHIG STELLEN

Die Röntgenaufnahme (oben links) zeigt einen bösen Knochenbruch (Fraktur) von Elle und Speiche im Unterarm, bei dem die Knochenenden auseinander stehen. Um den Knochenbruch zu behandeln, werden die Enden eingerichtet (zusammengesetzt) und der Unterarm mit einem Verband oder Gips ruhig gestellt. Bei der Fraktur oben rechts verbinden Stahlnägel und Platten die gebrochenen Knochenenden, um sie in der richtigen Stellung zu halten.

WIE KNOCHEN SICH SELBST HEILEN

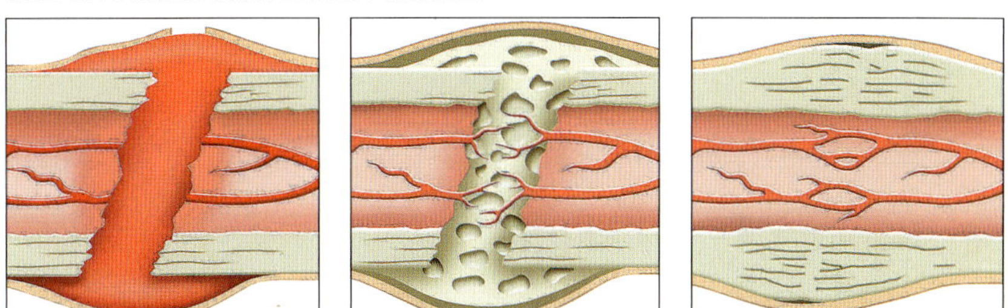

BILDUNG VON BLUTGERINNSEL
Einige Stunden nach einem Bruch beginnt der Knochen, sich selbst zu heilen. Zwischen den Bruchenden bildet sich ein Blutgerinnsel (oben). Das Blutgerinnsel verschließt die abgerissenen Blutgefäße im Knochen und im Periost, um die Blutung zu stillen. Die Bruchstelle ist angeschwollen und schmerzt.

BILDUNG VON KALLUS
Einige Tage nach dem Unfall bildet sich neues Periost. Das Gerinnsel wird durch Kallus ersetzt, der aus weichem Bindegewebe besteht. Drei bis vier Wochen später, nachdem Blutgefäße in den Kallus gewachsen sind, wandeln Osteoblasten das Bindegewebe in porösen Knochen um und verbinden die Bruchenden.

BILDUNG NEUER KNOCHEN
Nach einigen Monaten ist die Heilung fast abgeschlossen. Knochenzellen bilden aus dem porösen Knochen eine neue Knochenmarkhöhle. Sie entfernen auch die Verdickung aus Kallus und bilden eine neue, harte Kompakta, die den Knochen wieder stärkt und seine ursprüngliche Form wieder herstellt.

GELENKE

Das Skelett ist kein starres Gerüst – seine Knochen sind über Gelenke verbunden. Gelenke halten die Knochen zusammen und erlauben Bewegungen. Sie können fest oder beweglich sein. Feste Gelenke, die Haften, erlauben gar keine oder nur eingeschränkte Bewegungen. Die meisten der etwa 400 Gelenke im Körper wie die im Knie sind frei beweglich, sie nennt man echte Gelenke. In ihnen schützt eine Schicht aus hyalinem Knorpel die Knochenenden. Bei Fugen sind die Knochen dagegen durch Faserknorpel, Bänder oder Knochennähte fest miteinander verbunden.

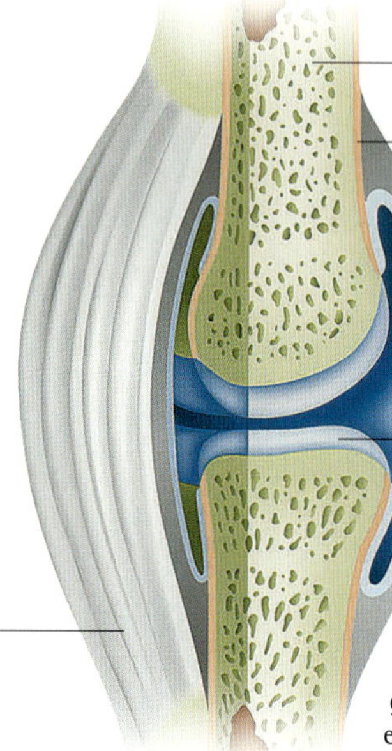

◄ ECHTE GELENKE
Bei echten Gelenken sind die Knochenenden, die von hyalinem Knorpel bedeckt sind, durch einen Spalt getrennt, der Gelenkschmiere (Synovia) enthält. Dadurch entsteht bei einer Bewegung weniger Reibung als zwischen zwei Eiswürfeln, die aneinander reiben. Das Gelenk ist von einer Gelenkkapsel aus Bindegewebe umschlossen, die häufig durch Bänder verstärkt ist. Die innere Kapselschicht, die Synovialmembran, sondert die Gelenkschmiere ab.

ECHTE GELENKE

KUGELGELENK
Das Schultergelenk (zwischen Oberarmknochen und Schulterblatt) und das Hüftgelenk (zwischen Oberschenkelknochen und Darmbein) sind typische Kugelgelenke, die Bewegungen in drei Richtungen erlauben. Der kugelförmige Gelenkkopf passt genau in die Gelenkpfanne.

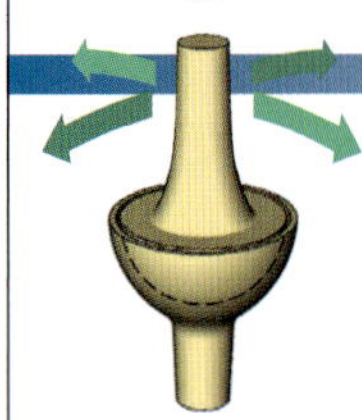

EIGELENK
Der eiförmige Gelenkkopf passt in die Gelenkpfanne und erlaubt Bewegungen in zwei Richtungen (vorne – hinten, seitlich). Man findet sie im Handgelenk – zwischen Speiche und Handwurzelknochen – und an den Mittelhandknochen.

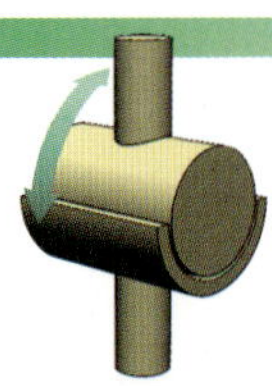

SCHARNIERGELENK
Ellbogen, Knie, Finger und Zehen besitzen Scharniergelenke, die Bewegungen in nur eine Richtung (strecken oder beugen) erlauben. Der zylindrische Gelenkkopf passt genau in die röhrenartige Gelenkpfanne und verhindert seitliche Bewegungen.

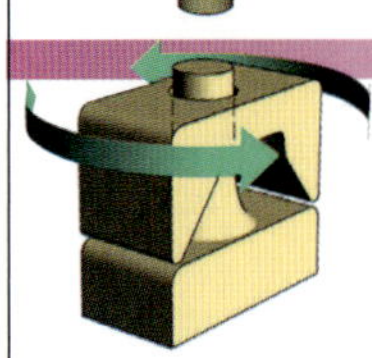

RAD- ODER ZAPFENGELENK
Beim Radgelenk dreht sich die Gelenkpfanne um den Gelenkkopf. Es erlaubt nur Drehbewegungen. Der Fortsatz des zweiten Halswirbels ragt in eine Lücke des ersten, sodass man den Kopf drehen kann.

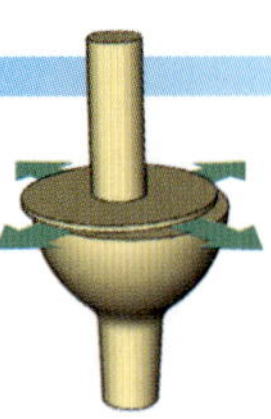

FLACHGELENK
Die ebenen Flächen von Gelenkpfanne und -kopf, die fest zusammengehalten werden, gleiten in einem Flachgelenk übereinander. Es erlaubt geringe seitliche Bewegungen. Flachgelenke findet man z.B. zwischen den Handwurzelknochen.

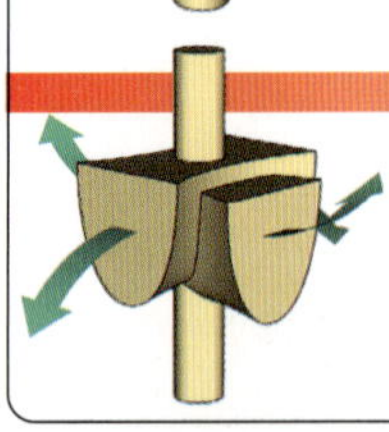

SATTELGELENK
Ein Sattelgelenk besteht aus zwei u-förmigen Oberflächen, die im rechten Winkel zueinander stehen – ähnlich wie ein Reiter auf einem Pferd. Es erlaubt Bewegungen in zwei Richtungen wie z.B. das Daumengelenk.

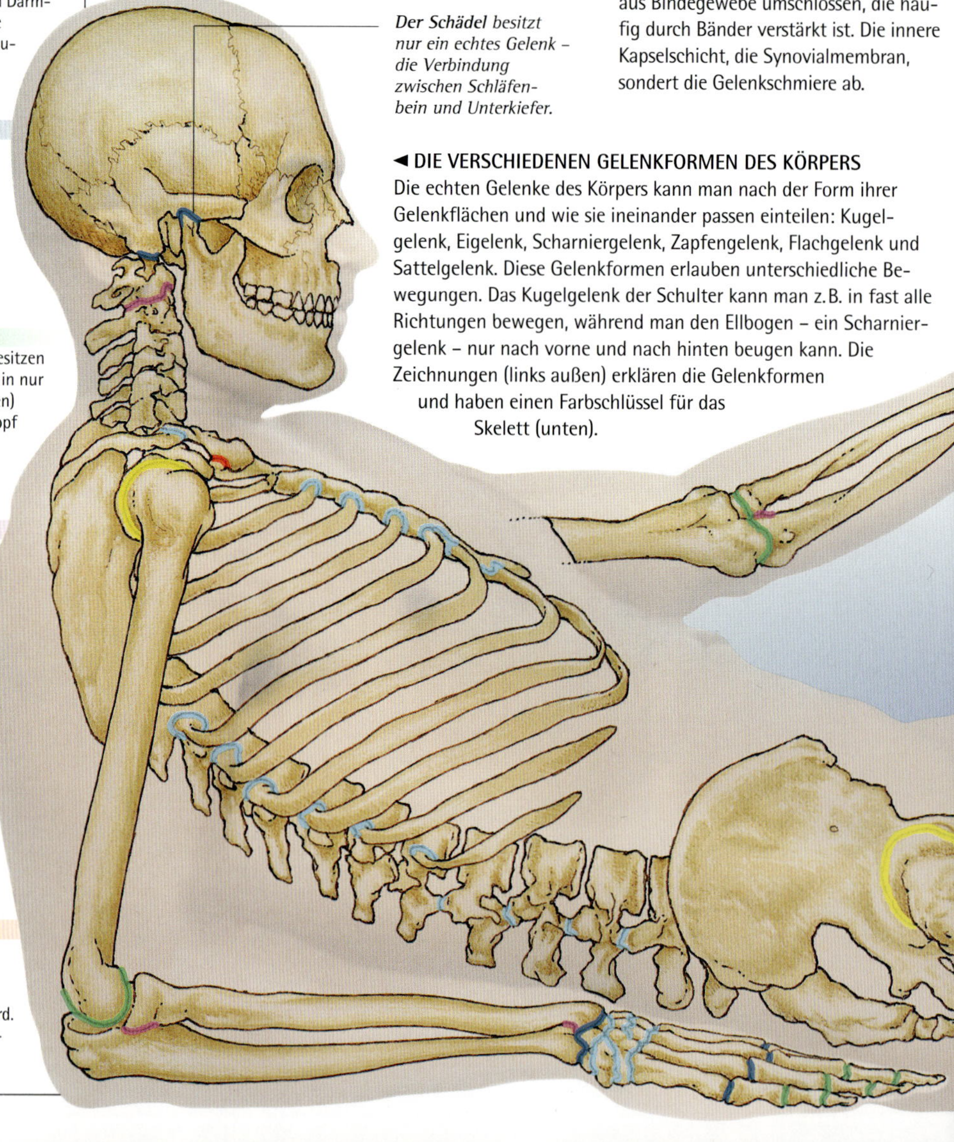

◄ DIE VERSCHIEDENEN GELENKFORMEN DES KÖRPERS
Die echten Gelenke des Körpers kann man nach der Form ihrer Gelenkflächen und wie sie ineinander passen einteilen: Kugelgelenk, Eigelenk, Scharniergelenk, Zapfengelenk, Flachgelenk und Sattelgelenk. Diese Gelenkformen erlauben unterschiedliche Bewegungen. Das Kugelgelenk der Schulter kann man z.B. in fast alle Richtungen bewegen, während man den Ellbogen – ein Scharniergelenk – nur nach vorne und nach hinten beugen kann. Die Zeichnungen (links außen) erklären die Gelenkformen und haben einen Farbschlüssel für das Skelett (unten).

FUGEN ►

Wenn sich Schädelknochen bewegen, können sie das Gehirn schädigen. Sie sind deshalb durch Knochennähte, die man Sutura nennt, fest verbunden. Die gezackten Ränder der Knochen passen ineinander wie Puzzleteile. Eine Schicht Bindegewebe verstärkt jede Naht. Erst mit dem 30. Lebensjahr ist das Bindegewebe durch Knochen ersetzt und benachbarte Knochen sind zusammengewachsen.

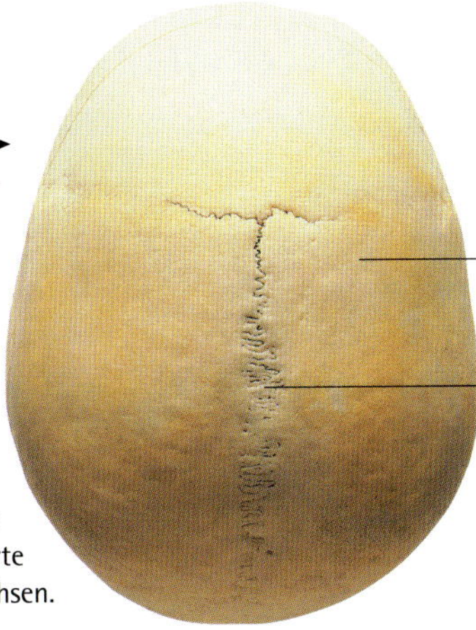

Scheitelbein *– eines von zwei des Schädels*

Pfeilnaht, *zwischen linkem und rechtem Scheitelbein*

KÜNSTLICHER KNORPEL

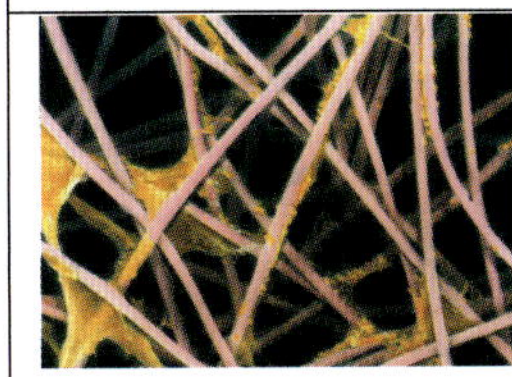

WACHSENDER KNORPEL

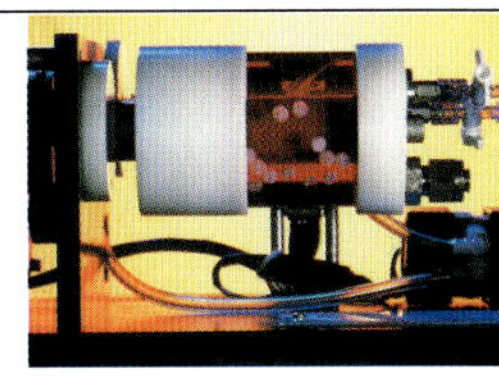

BIOREAKTOR IN BETRIEB

Künstlicher Knorpel kann den Knorpelüberzug in Gelenken ersetzen, der durch Krankheiten oder nach Unfällen abgenutzt ist. Dazu werden Knorpelzellen (Chondrozyten) des Patienten auf einem Netz aus künstlichen Fasern (oben links) kultiviert (zum Wachsen gebracht). Dies findet in einem Bioreaktor statt (oben rechts), der sich dreht, damit alle Knorpelzellen genügend Nährstoffe erhalten. Der künstliche Knorpel wird dann auf die Flächen des geschädigten Gelenks verpflanzt. Die künstlichen Fasern werden abgebaut, sodass nur natürliches Knorpelgewebe zurückbleibt.

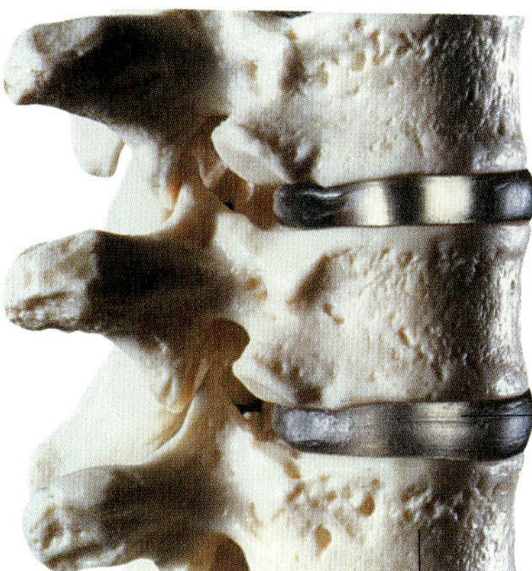

Bandscheiben *verbinden Wirbel durch Haften mit geringer Beweglichkeit.*

Wirbel *bilden den größten Teil des Rückgrats.*

◄ HAFTEN MIT GERINGER BEWEGUNG

Diese Knochenverbindungen erlauben nur eingeschränkte Bewegungen – ein Beispiel sind die Bandscheiben zwischen den Wirbeln (links). Die Wirbelsäule ist erst durch das Zusammenspiel aller Bandscheiben beweglich und kann sich nach vorne, hinten oder zur Seite beugen. Die Bandscheiben, die aus Faserknorpel bestehen, dienen auch als Stoßdämpfer, während wir aufrecht gehen oder laufen.

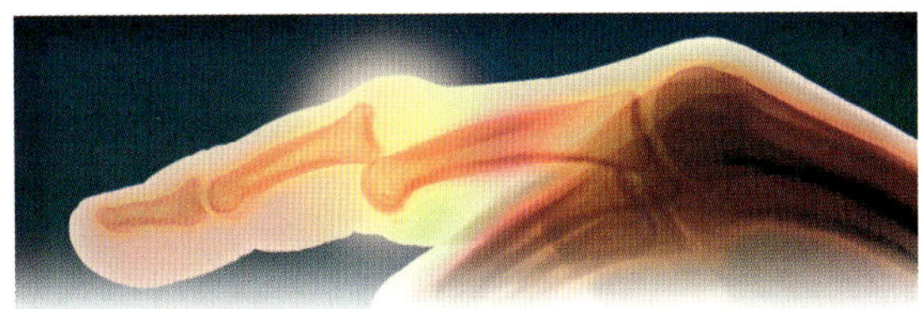

▲ VERRENKUNGEN

Wenn ein Gelenk verrenkt oder ausgerenkt ist (z.B. durch einen Sportunfall oder einen Sturz), haben sich die Knochen gegeneinander verschoben. Fingerknöchel wie in diesem Röntgenbild sind häufiger verrenkt als das Schultergelenk. Durch die Verrenkung können die Bänder der Kapsel reißen und sie schädigen, was zu Schmerzen, Schwellungen und Blutergüssen führt. Bei der Behandlung werden die Knochen wieder in ihre ursprüngliche Lage gezogen.

Künstliches Kniegelenk

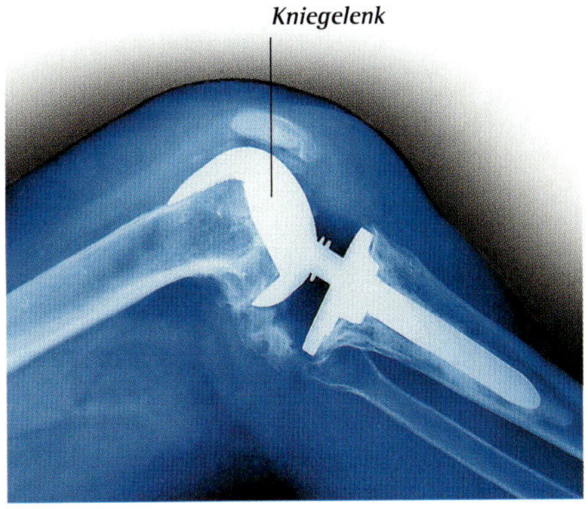

◄ KÜNSTLICHE GELENKE

Der Knorpel auf den Gelenkflächen kann durch Krankheiten oder Unfälle abnutzen. Durch die erhöhte Reibung entstehen Schmerzen und das Gelenk wird unbeweglich. Abgenutzte Gelenke kann man durch künstliche Gelenke wie dieses Kniegelenk auf dem Röntgenbild ersetzen.

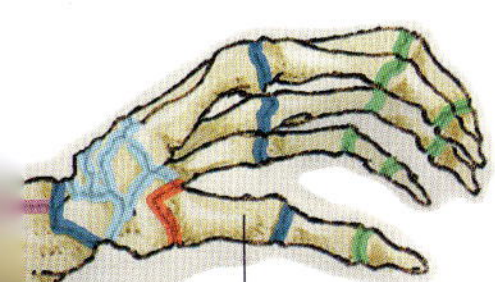

Eine Hand *besitzt viele Gelenke, um beweglich und wendig zu sein.*

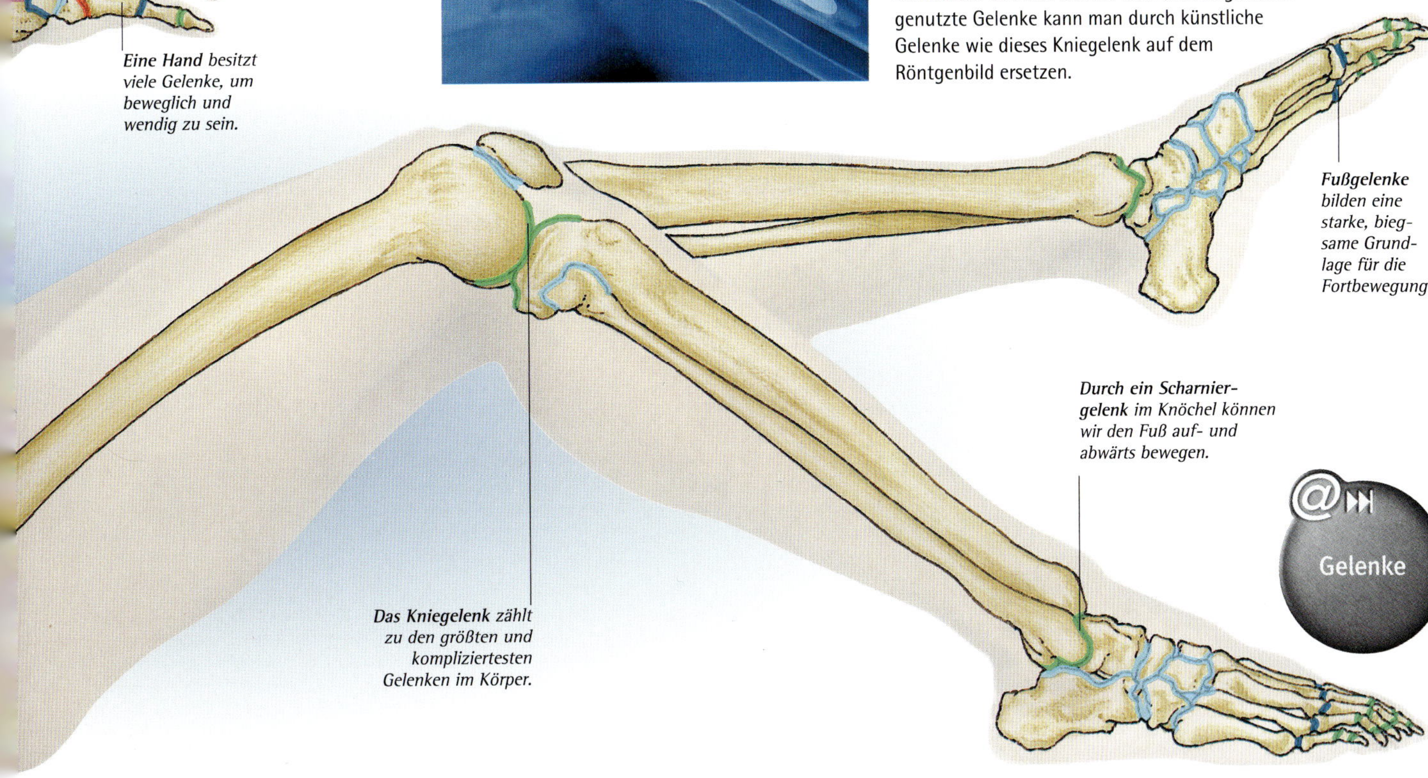

Fußgelenke *bilden eine starke, biegsame Grundlage für die Fortbewegung.*

Durch ein Scharniergelenk *im Knöchel können wir den Fuß auf- und abwärts bewegen.*

Das Kniegelenk *zählt zu den größten und kompliziertesten Gelenken im Körper.*

@ ⏭ Gelenke

MUSKELN

Die 640 Skelettmuskeln bilden fast die Hälfte unseres Körpergewichts. Sie bedecken das Skelett, geben dem Körper seine Gestalt und erlauben uns, zu rennen, zu springen und zu schreiben. Muskeln kontrahieren (ziehen sich zusammen), um den Körper zu bewegen. Die meisten Muskeln sind mit Sehnen an den Knochen befestigt und spannen sich über Gelenke. Zu den beiden anderen Arten zählt die Herzmuskulatur und die glatte Muskulatur, die sich in Hohlorganen wie dem Darm befindet.

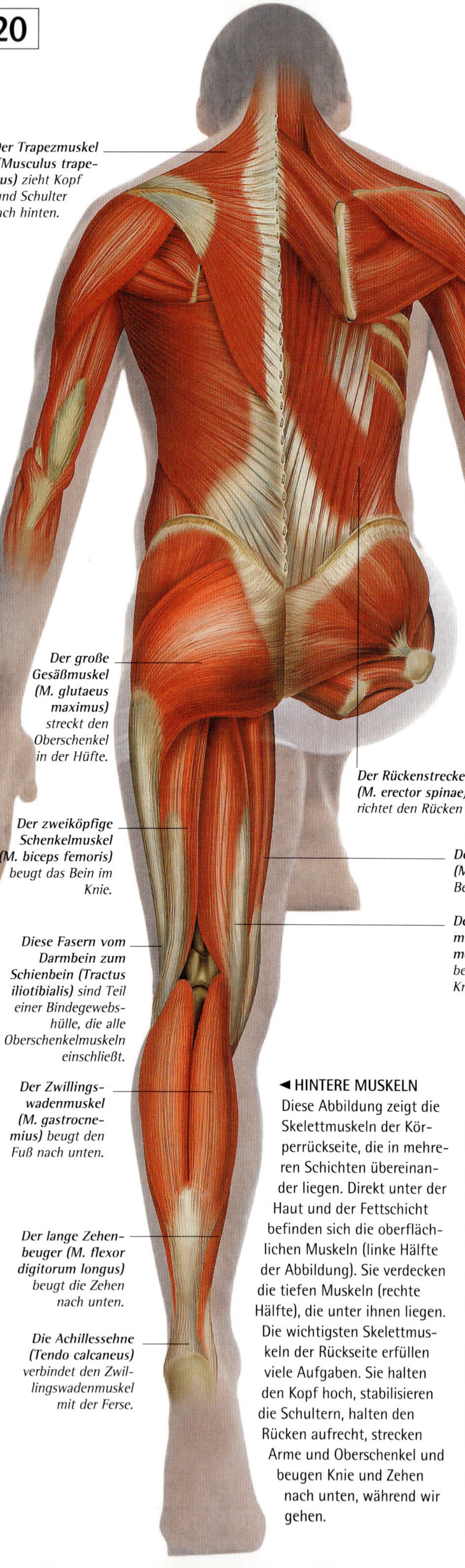

◄ **HINTERE MUSKELN**
Diese Abbildung zeigt die Skelettmuskeln der Körperrückseite, die in mehreren Schichten übereinander liegen. Direkt unter der Haut und der Fettschicht befinden sich die oberflächlichen Muskeln (linke Hälfte der Abbildung). Sie verdecken die tiefen Muskeln (rechte Hälfte), die unter ihnen liegen. Die wichtigsten Skelettmuskeln der Rückseite erfüllen viele Aufgaben. Sie halten den Kopf hoch, stabilisieren die Schultern, halten den Rücken aufrecht, strecken Arme und Oberschenkel und beugen Knie und Zehen nach unten, während wir gehen.

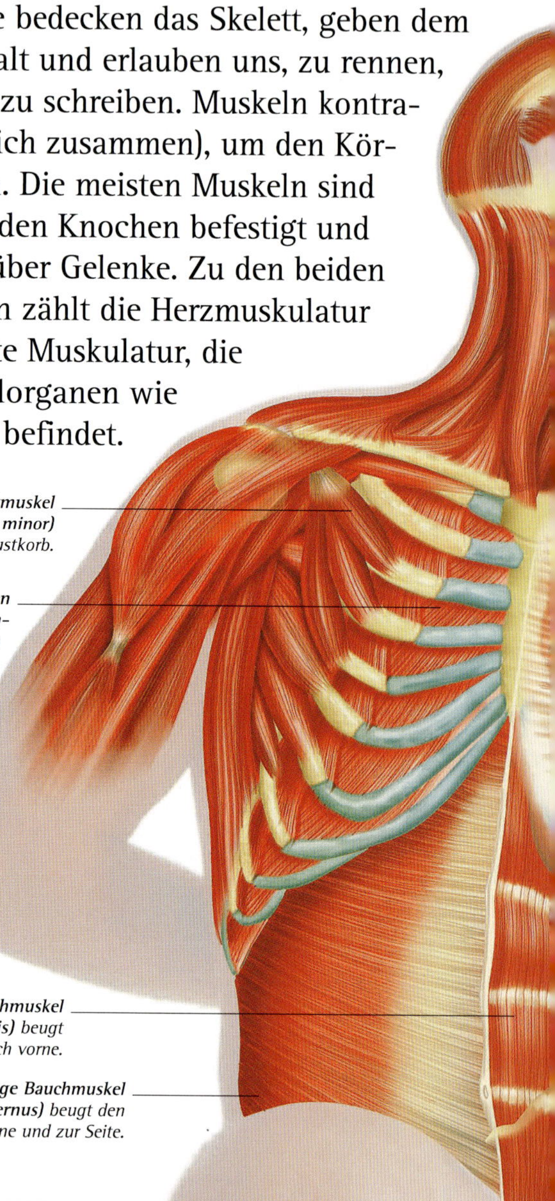

MUSKELARTEN

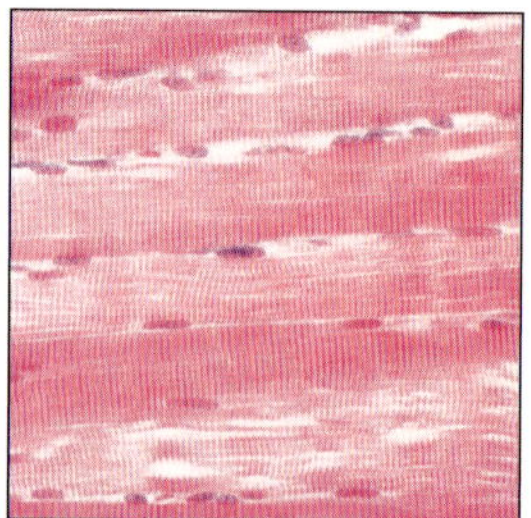

SKELETTMUSKULATUR
Die Muskeln sind am Skelett befestigt und dienen der Bewegung. Sie bestehen aus langen, zylindrischen Fasern (oben), die parallel verlaufen. Skelettmuskulatur wird auch quer gestreifte oder willkürliche Muskulatur genannt, weil sie nur dann kontrahieren, wenn wir es wollen. Die Streifen entstehen durch helle und dunkle Myofibrillen.

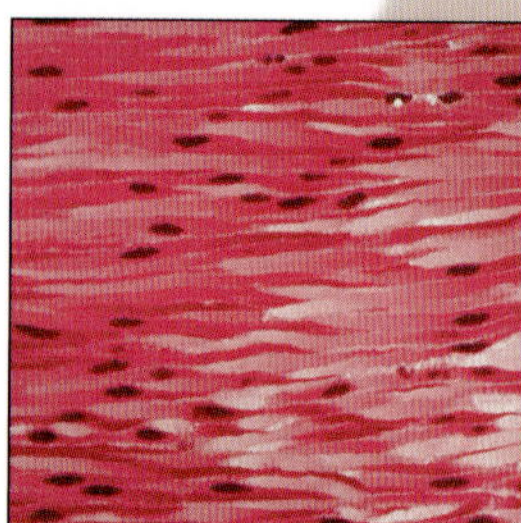

GLATTE MUSKULATUR
Glatte Muskelzellen besitzen eine breite Mitte, laufen am Ende schmal aus und sind kürzer als Skelettmuskelzellen. Sie befinden sich in den Wänden von Hohlorganen, kontrahieren langsam und sind nicht unserem Willen unterworfen (unwillkürliche Muskulatur). Im Dünndarm z.B. kontrahieren sie abschnittsweise und befördern dadurch die Nahrung.

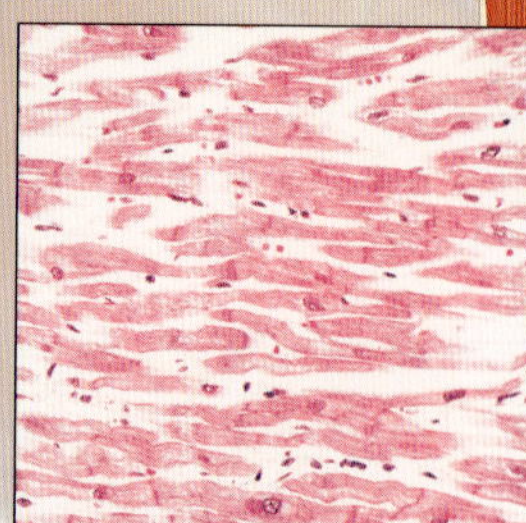

HERZMUSKULATUR
Diese Muskeln befinden sich ausschließlich in der Herzwand. Ihre Fasern sind wie Skelettmuskeln gestreift, aber sie verzweigen zu einem Netzwerk. Herzmuskeln kontrahieren automatisch (unwillkürliche Muskulatur), um Blut zu pumpen. Die Herzfrequenz wird durch Nervensignale gesteuert, damit sie sich den Körperaktivitäten anpasst.

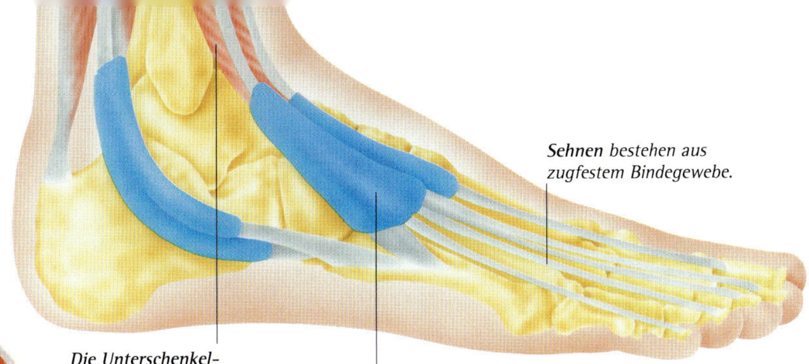

▲ VERBINDUNGSSEHNEN

Sehnen sind starke Stränge, die Muskeln und Knochen verbinden. Sie bestehen aus zugfesten Kollagenfasern, die in Bündeln parallel verlaufen. Jede Sehne ist eine Verlängerung des Bindegewebes, das den Muskel umhüllt. Um die Muskeln in der richtigen Lage zu halten, sind Sehnen an den Knochen befestigt. Wie Muskeln besitzen sie eine Bindegewebshülle, die das reibungslose Gleiten erlaubt. Viele Muskeln, mit denen wir Finger und Zehen bewegen, befinden sich im Unterarm bzw. Unterschenkel. Sie besitzen lange Sehnen, die bis zu den Hand- bzw. Fußknochen reichen.

ELEKTROSTIMULATION

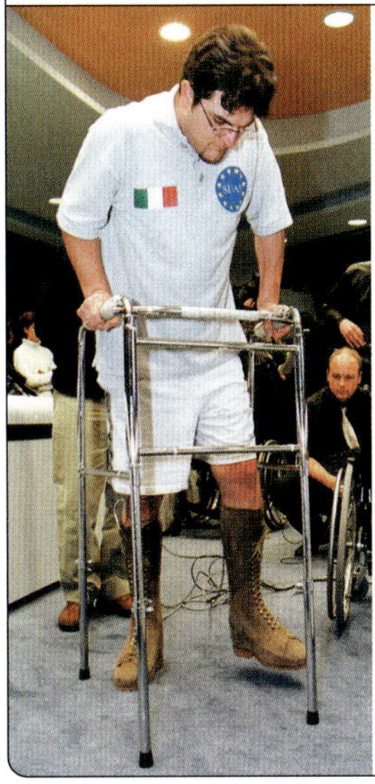

Gehen ist ein vielschichtiger Prozess, bei dem verschiedene Beinmuskeln in einer bestimmten Reihenfolge kontrahieren. Diese Reihenfolge steuert das Gehirn, das Nervensignale über das Rückenmark sendet.

Eine Querschnittlähmung ist eine Verletzung des Rückenmarks, bei der Nervenfasern durchtrennt sind und keine Signale mehr zu den Beinen weiterleiten können. Eine Elektrostimulation kann Querschnittgelähmten wie Raphael helfen. Elektroden an seinen Beinen senden elektrische Reize an die Beinmuskeln, damit sie kontrahieren und Raphael einige Schritte gehen kann.

Diese Methode ist noch nicht ausgereift. Die Herausforderung besteht darin, das Gehirn nachzuahmen, damit die Elektroden in der richtigen Reihenfolge reizen.

@ Muskeln

▼ HALTUNG BEWAHREN

Dieser Mann benutzt seine Skelettmuskeln nicht zur Bewegung, sondern um seinen Körper in einer Yoga-Stellung zu halten. Muskeln bewegen nicht nur den Körper, sondern stützen auch die Körperhaltung, wenn wir z. B. sitzen oder stehen. Bei diesen Haltungen verkürzen sich Muskeln kaum, aber sie leisten dennoch viel Arbeit. Eine solche Anspannung der Muskeln, der Muskeltonus, verhindert, dass der Körper unter der Schwerkraft zusammenbricht. Der Muskeltonus lässt nur im Schlaf nach. Deshalb fällt der Kopf einer Person, die im Sitzen schläft, zur Seite.

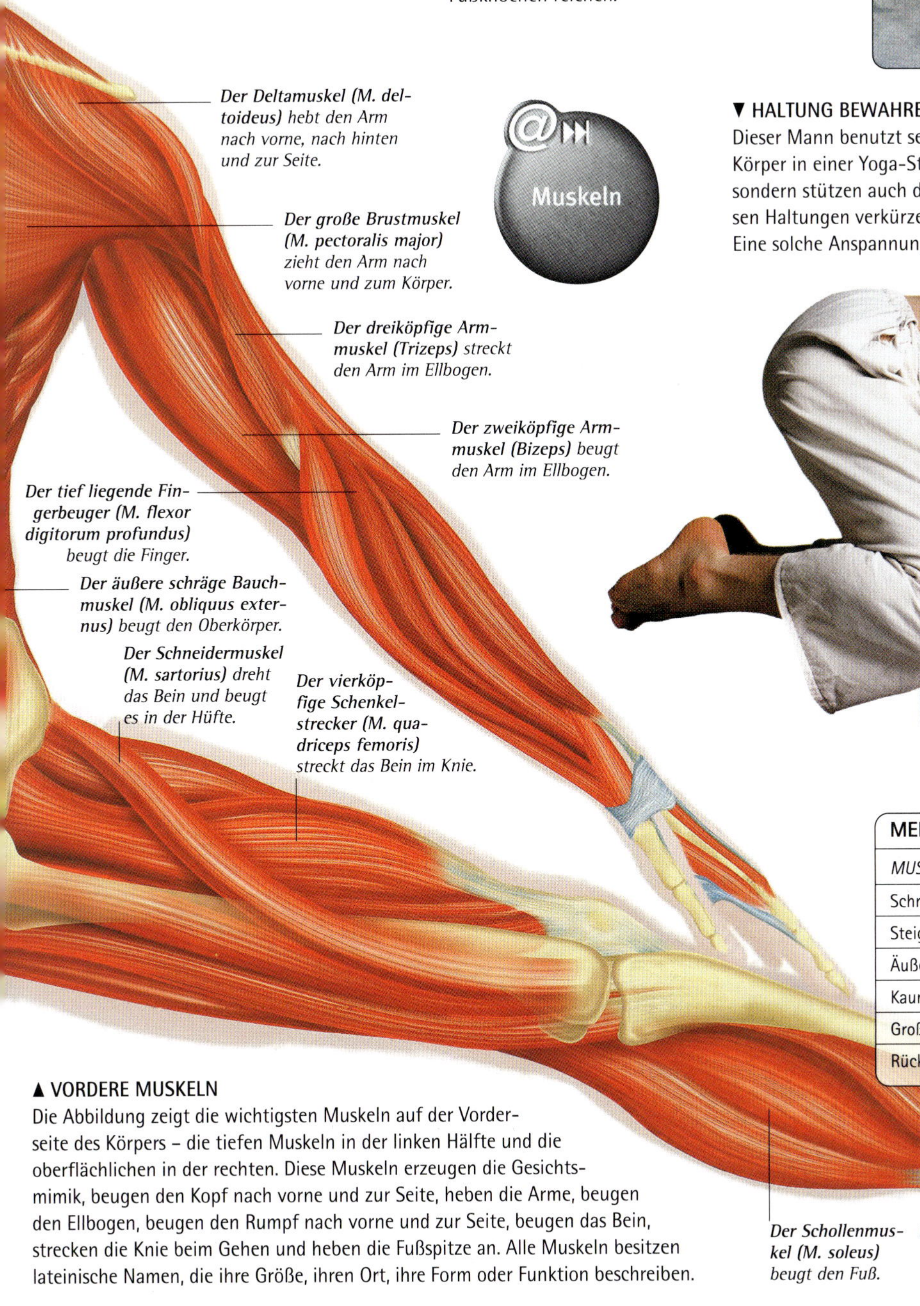

MERKMALE DER MUSKELN

MUSKEL	*ORT*	*MERKMAL*	*GRÖSSE*
Schneidermuskel	Oberschenkel	längster	50 cm
Steigbügelmuskel	Mittelohr	kleinster	0,5 cm
Äußerer schräger Muskel	Bauch	breitester	45 cm
Kaumuskel	Kiefer	stärkster	550 N (Kraft)
Großer Gesäßmuskel	Gesäß	schwerster	1 kg
Rückenstrecker	Rücken	längste Gruppe	90 cm

▲ VORDERE MUSKELN

Die Abbildung zeigt die wichtigsten Muskeln auf der Vorderseite des Körpers – die tiefen Muskeln in der linken Hälfte und die oberflächlichen in der rechten. Diese Muskeln erzeugen die Gesichtsmimik, beugen den Kopf nach vorne und zur Seite, heben die Arme, beugen den Ellbogen, beugen den Rumpf nach vorne und zur Seite, beugen das Bein, strecken die Knie beim Gehen und heben die Fußspitze an. Alle Muskeln besitzen lateinische Namen, die ihre Größe, ihren Ort, ihre Form oder Funktion beschreiben.

MUSKELKONTRAKTION

Muskeln bestehen aus Fasern, die auf Signale reagieren und kontrahieren. Sie wandeln dazu chemische Energie in kinetische Energie (Bewegung) um. Jede Skelettmuskelfaser enthält Myofibrillen. Sie bestehen aus Proteinfilamenten, die miteinander reagieren und so die Muskelfasern verkürzen. Muskeln können sich nur verkürzen, jedoch nicht dehnen. Der Körper braucht für entgegengesetzte Bewegungen Muskeln und ihre Gegenspieler wie z. B. Beuger und Strecker.

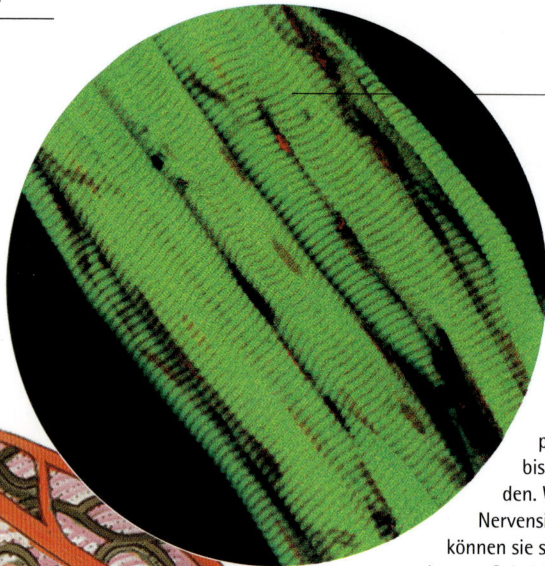

Eine Skelettmuskelfaser besitzt charakteristische Streifen.

◄ FASERN
Jeder Muskel besitzt je nach seiner Größe einige hundert bis tausend Muskelfasern. Sie verlaufen parallel und können bis zu 30 cm lang werden. Wenn sie durch ein Nervensignal gereizt werden, können sie sich um bis zu 70 % verkürzen. Sobald das Signal beendet ist, erreichen sie wieder ihre normale Größe. Durch die regelmäßige Anordnung der Myofibrillen erscheinen sie im Mikroskop gestreift.

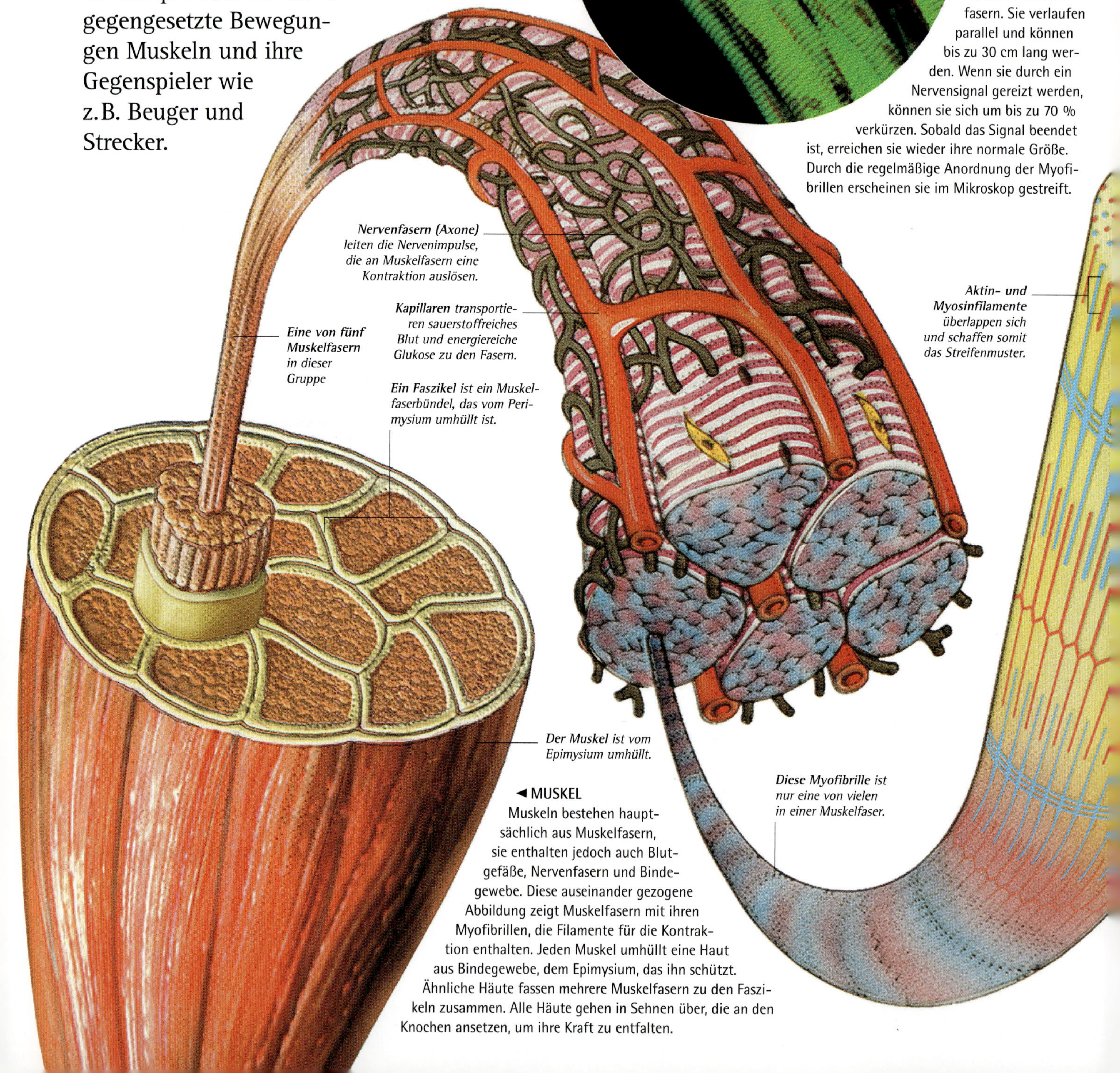

◄ MUSKEL
Muskeln bestehen hauptsächlich aus Muskelfasern, sie enthalten jedoch auch Blutgefäße, Nervenfasern und Bindegewebe. Diese auseinander gezogene Abbildung zeigt Muskelfasern mit ihren Myofibrillen, die Filamente für die Kontraktion enthalten. Jeden Muskel umhüllt eine Haut aus Bindegewebe, dem Epimysium, das ihn schützt. Ähnliche Häute fassen mehrere Muskelfasern zu den Faszikeln zusammen. Alle Häute gehen in Sehnen über, die an den Knochen ansetzen, um ihre Kraft zu entfalten.

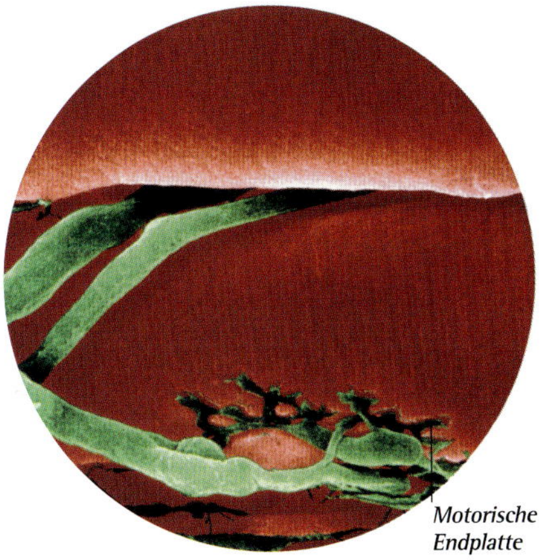

▲ AUSLÖSEN EINER MUSKELKONTRAKTION
Elektrische Signale, die Nervenimpulse, lösen Muskelkontraktionen aus. Die Nervenfasern, die Signale weiterleiten, verzweigen an Muskelfasern (rot) und münden in motorischen Endplatten (grün). Die Signale werden zu den Muskelfasern übertragen, wo sie eine Reaktion mit Aktin und Myosin auslösen, um den Muskel zu kontrahieren.

GEGENSÄTZLICHE MUSKELPAARE

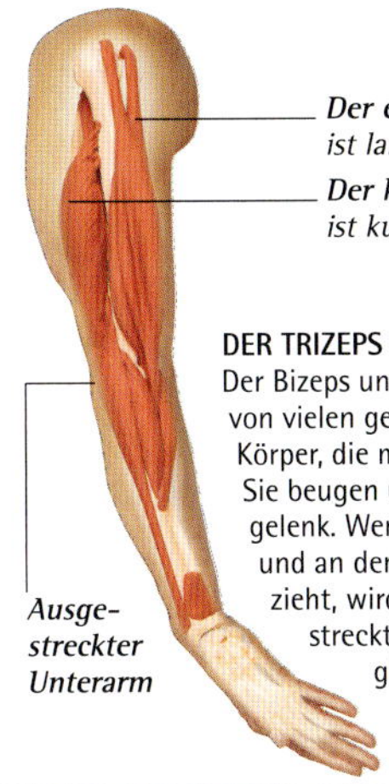

DER TRIZEPS STRECKT DEN UNTERARM
Der Bizeps und der Trizeps sind ein Paar von vielen gegenspielerischen Muskeln im Körper, die man auch Antagonisten nennt. Sie beugen und strecken das Ellbogengelenk. Wenn der Trizeps kontrahiert und an der Elle (Knochen im Unterarm) zieht, wird er dicker und kürzer und streckt den Unterarm. Der Bizeps ist gleichzeitig entspannt und bleibt lang gestreckt.

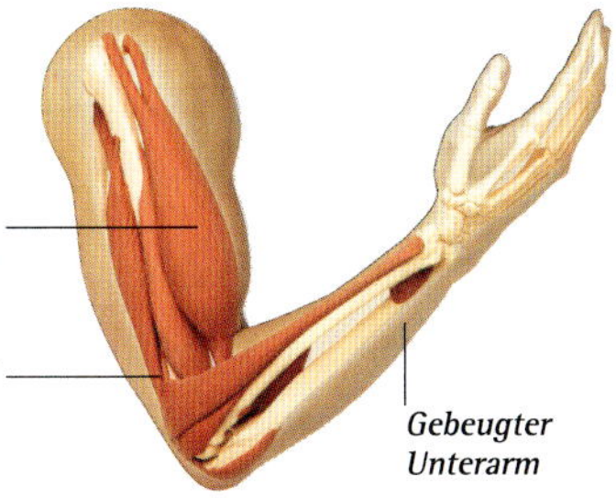

DER BIZEPS BEUGT DEN UNTERARM
Der Bizeps ist der Gegenspieler oder Antagonist des Trizeps. Er entspringt an einem unbeweglichen Teil der Schulter und setzt an einem beweglichen Unterarmknochen, der Speiche, an. Wenn der Bizeps kontrahiert, zieht er seinen Ansatz zu seinem Ursprung. Er wird dadurch kürzer und dicker, sodass der Unterarm gebeugt wird. Während der Kontraktion des Bizeps bleibt der Trizeps entspannt und ist lang und dünn.

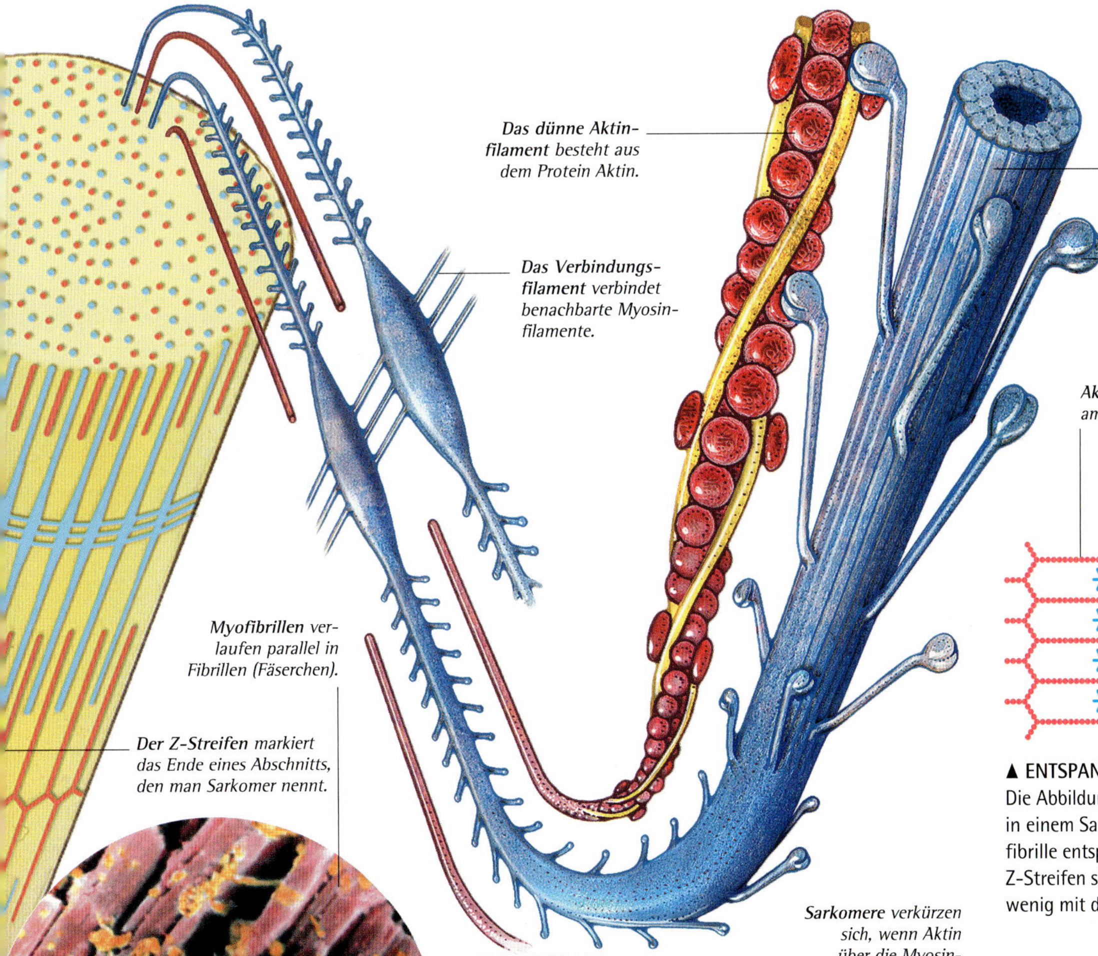

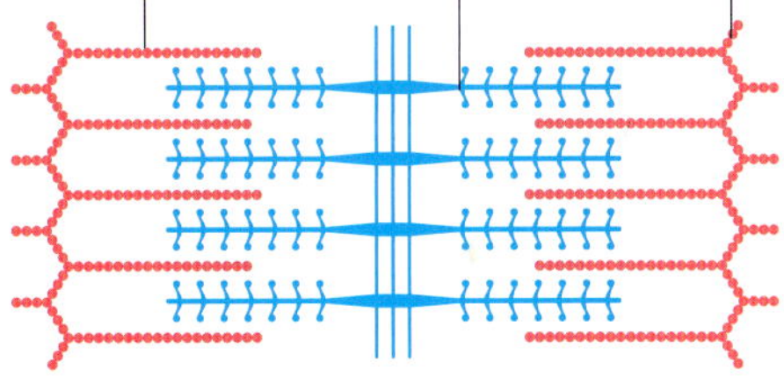

▲ ENTSPANNTE FILAMENTE
Die Abbildung zeigt, wie Aktin- und Myosinfilamente in einem Sarkomer angeordnet sind, wenn die Myofibrille entspannt ist. Die Aktinfilamente, die an dem Z-Streifen sitzen, umgeben und überlappen sich nur wenig mit den dickeren Myosinfilamenten.

◄ MYOFIBRILLEN
Muskelfasern enthalten viele Tausend stäbchenförmiger Myofibrillen. Jede Myofibrille enthält zwei Arten Proteinfilamente, Aktin und Myosin. Sie gleiten übereinander, sodass sich die Myofibrille – und damit der Muskel – zusammenzieht. Die Filamente sind nicht so lang wie die Myofibrillen. Sie sind in sich wiederholenden Einheiten, den Sarkomeren, angeordnet und erstrecken sich zwischen zwei Scheiben, den Z-Streifen.

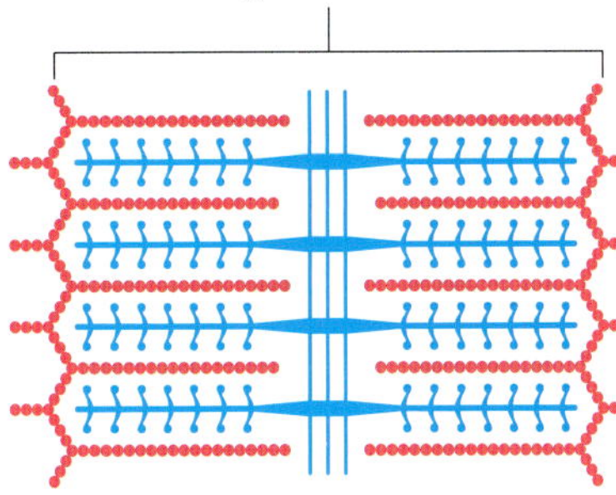

◄ KONTRAHIERTE FILAMENTE
Sobald ein Nervenimpuls eine Muskelfaser erreicht, binden Myosinköpfe an Aktin. Unter Energieverbrauch bewegen sie sich immer weiter zum Zentrum des Sarkomers hin. Dadurch verkürzen sie das Sarkomer und lösen eine Muskelkontraktion aus. Sie hält so lange an, bis der Nervenimpuls aufhört.

BEWEGUNG UND SPORT

Das Zusammenspiel der verschiedenen Muskeln, Knochen und echten Gelenke erlaubt dem Körper vielseitige Möglichkeiten sich zu bewegen. Wenn wir Sport treiben, braucht unser Körper mehr Sauerstoff und Glukose, um zusätzliche Energie zu gewinnen. Der Körper reagiert darauf mit erhöhtem Herzschlag und Atmen. Aber er kann nur dann wirksam reagieren, wenn er fit ist. Dazu zählen Ausdauer, Stärke und Beweglichkeit – die man durch regelmäßigen Sport steigern kann. Verschiedene Sportarten besitzen dabei unterschiedliche Vorteile .

▲ FREIZEITSPORT
Bei fast allen Freizeitsportarten wie Schwimmen, Joggen, Walking brauchen unsere Muskeln zusätzlichen Sauerstoff, um Energie aus der Glykolyse (Glukoseabbau) zu gewinnen. Der Körper reagiert mit höheren Herzschlägen und Atemzügen. Wenn man dreimal in der Woche 20 Minuten Sport treibt, steigert man seine Ausdauer erheblich. Das Herz wird stärker und transportiert mehr Nährstoffe und Sauerstoff. Die Muskeln verbessern die Blutzufuhr und entwickeln mehr Mitochondrien, um die Energie wirksamer zu nutzen.

KÖRPERBEWEGUNGEN ►
Die Tänzerin (rechts) macht viele Bewegungen. Bei einer Flexion (Beugung) beugt sie z.B. ihre Arme und die Knochen des Gelenks nähern sich an. Bei der Extension (Streckung) dagegen entfernen sie sich wieder voneinander. Eine Abduktion (Wegführen) erfolgt, wenn sich Gliedmaßen von der Körpermitte entfernen und sie z.B. den Arm zur Seite anhebt. Senkt sie ihren Arm, nennt man das eine Adduktion (Heranführen). Die Rotation (Drehung) ist eine weitere Bewegungsart.

VORTEILE VERSCHIEDENER SPORTARTEN

SPORTART	STÄRKE	AUSDAUER	BEWEGLICHKEIT
Schwimmen	★★★★	★★★★★	★★★★
Flottes Gehen	★	★★	★
Laufen	★★	★★★★	★★
Radfahren	★★★	★★★★	★★
Tanzen	★	★★★	★★★★
Yoga	★	★	★★★★
Basketball	★★	★★★★	★★★
Tennis	★★	★★	★★★
Treppensteigen	★★★	★★★	★
Fernsehen			

AUSDAUERSPORT ►
Balancieren auf einer Hand, Gewichtheben oder Sprints über Kurzstrecken sind Beispiele für anaerobe Sportarten. Bei den Muskeln, die an diesen kurzfristigen Belastungen beteiligt sind, reicht der Sauerstoff nur für kurze Zeit, sodass sie auf anaerobe Verbrennung (ohne Sauerstoff) umschalten. Diese Energiegewinnung ist über einen kurzen Zeitraum sehr wirksam. Die Muskeln gehen jedoch eine »Sauerstoffschuld« ein, die später durch tiefes Atmen wieder abgebaut wird.

***Arm- und Schultermuskeln** arbeiten bei dieser Übung hart, um das übrige Körpergewicht in dieser Stellung zu halten.*

Sport

Die Flexion ist eine beugende Bewegung.

TRAININGSÜBERWACHUNG

AUFWÄRMEN
Eine Läuferin läuft langsam auf einem Laufband, um ihre Muskeln »aufzuwärmen«. Ihre Atemzüge, ihr Sauerstoffverbrauch und ihre Herzfrequenz werden gemessen. Herzfrequenz (linke Skala – grüne Linie) und Sauerstoffverbrauch (rechte Skala – blaue Linie) sind unten eingetragen.

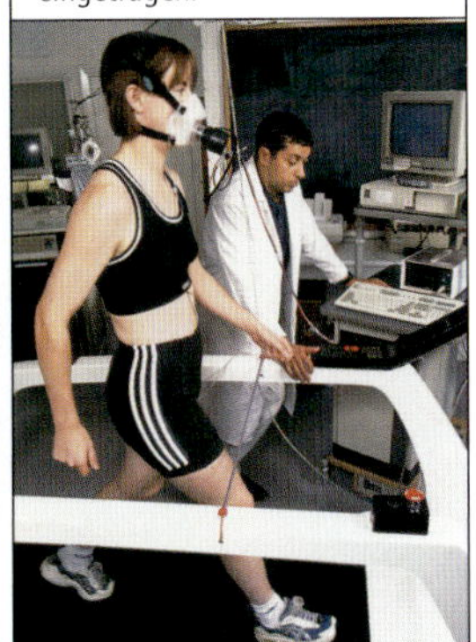

DAUERÜBUNG
Wenn die Läuferin ihre Höchstgeschwindigkeit erreicht hat, ist ihre Herzfrequenz mehr als doppelt so hoch und auch ihr Sauerstoffverbrauch hat sich fast verdoppelt. Ihr Herz pumpt jetzt mit jedem Schlag über fünfmal mehr Blut, um die Beinmuskeln mit zusätzlichem Sauerstoff zu versorgen.

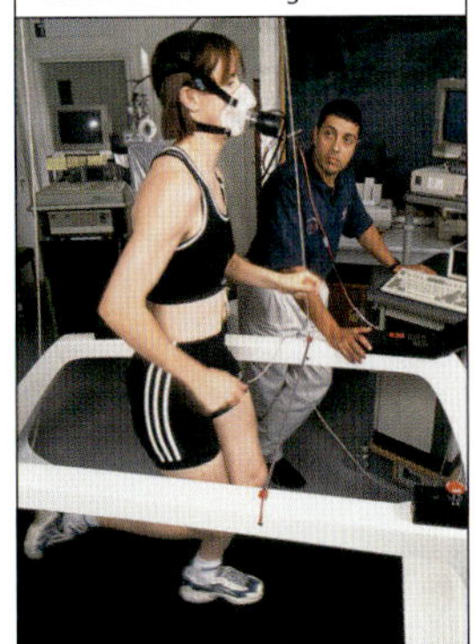

ERHOLUNG
Während sich die Läuferin erholt, kehren Herzfrequenz und Sauerstoffverbrauch auf ihre Ausgangslage zurück. Sie braucht noch zusätzlichen Sauerstoff, weil einige Muskeln Energie aus anaerober Verbrennung gewonnen haben. Das Abbauprodukt dieser Reaktion, Laktat, muss sie abatmen.

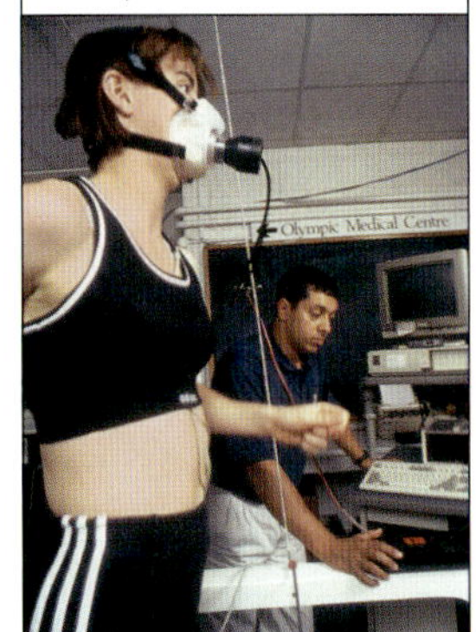

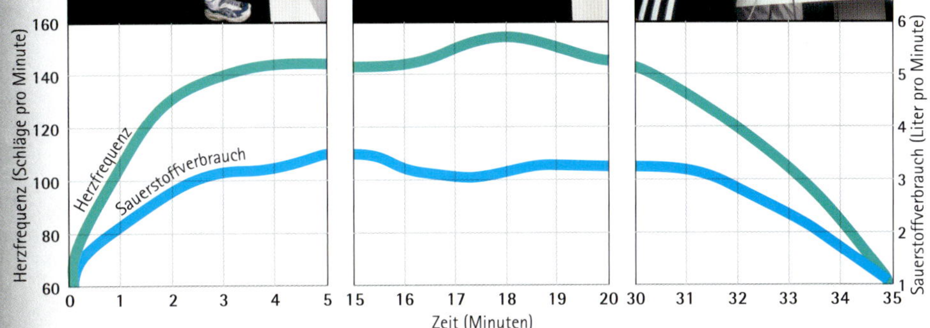

BLUTFLUSS ZU DEN KÖRPERGEWEBEN

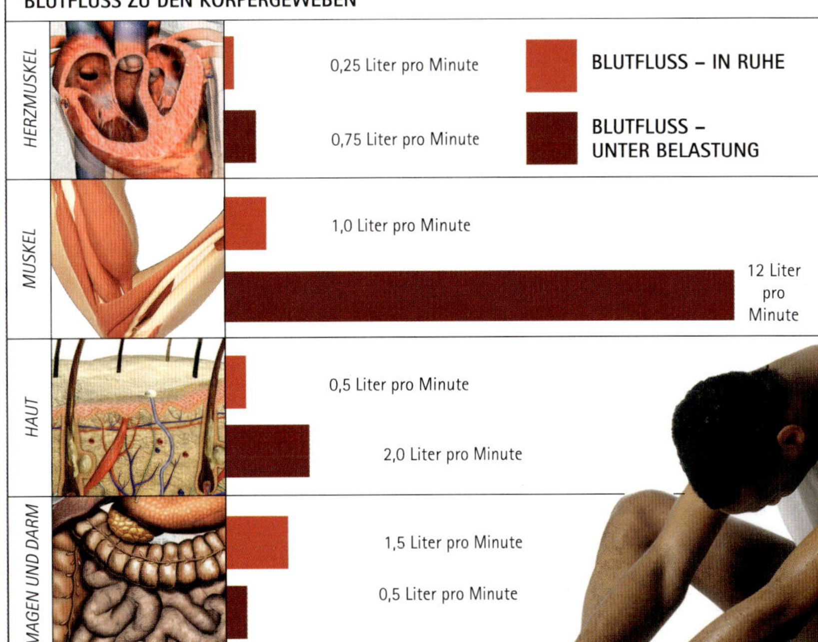

Während der Belastung pumpt das Herz fünfmal so viel Blut wie in Ruhe. Der Blutfluss ist jedoch nicht gleichmäßig auf alle Gewebe verteilt (oben). Den größten Teil erhalten die Skelettmuskeln, die zusätzlichen Sauerstoff benötigen. Mehr Blut brauchen auch das Herz, um schneller zu schlagen, und die Haut, um Wärme abzugeben. Zum Verdauungssystem fließt indessen weniger Blut.

◄ FUSSDRUCK
Eine Fußdruckmessplatte misst den Druck, den ein Fuß während des Gehens ausübt. Ein Computer erstellt aus den Daten eine Karte mit den Druckpunkten (links). Die Farben zeigen die Stärke vom größten (dunkelblau) über mittelgroßen (Blauschattierungen) bis zu geringem (weiß) Druck an. Aus diesem Muster kann man genau angepasste Einlagen für Trainingsschuhe anfertigen. Sie halten Füße und Beine in der richtigen Lage, um die Knie und den Rücken zu schonen.

HAUT

Die Haut bildet eine wasserfeste und keimresistente Außenhülle, um die empfindlichen inneren Organe vor der rauen Außenwelt zu schützen. Sie filtert gefährliche ultraviolette Strahlen, sorgt für eine gleichmäßige Körpertemperatur und besitzt Sinnesorgane, die z.B. auf Berührung und Druck reagieren. Auf ihrer Oberfläche leben viele verschiedene Mikroorganismen. Die Haut besteht aus drei Schichten – der Oberhaut, aus der Haare und Nägel wachsen, der Lederhaut und der Unterhaut.

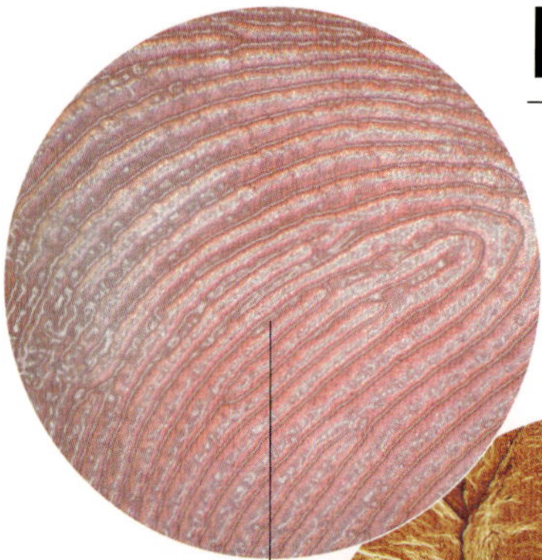

FINGERKUPPE

Papillarlinien enthalten Tastsinnesorgane.

HAUT AM BEIN

***Furchen und Erhebungen** bilden die Oberfläche der Epidermis.*

◄ OBERHAUT

Die Hautoberfläche scheint glatt und eben zu sein. Doch unter einem Mikroskop oder Vergrößerungsglas kann man Furchen, Erhebungen und winzige Hautschuppen erkennen, von denen pro Minute mehrere Tausend abgenutzt werden. An den Handinnenseiten und Fußsohlen befinden sich Hautleisten, die man Papillarlinien nennt. Sie bilden insbesonders an den Fingerkuppen ein charakteristisches Muster, den Fingerabdruck, der für jeden Menschen einzigartig ist.

Haut

QUERSCHNITT DURCH DIE HAUT ►

Die dünne Oberhaut (Epidermis) besteht aus toten, flachen Zellen, den Hornzellen. Sie enthalten ein hartes, wasserfestes Protein, das Keratin. Sobald sie abgenutzt sind, werden sie durch neue ersetzt. Darunter liegt die Lederhaut (Corium). Sie enthält Blutgefäße, Nervenfasern, Schweißdrüsen und Haarfollikel – tiefe Taschen, aus denen Haare wachsen. In den Haarfollikeln befinden sich auch Talgdrüsen. Sie sondern Talg ab, der die Haut und die Haare einfettet, sie dadurch geschmeidig hält und wasserfest macht. Die Unterhaut, die Subcutis, enthält Fettgewebe, das vor Kälte schützt.

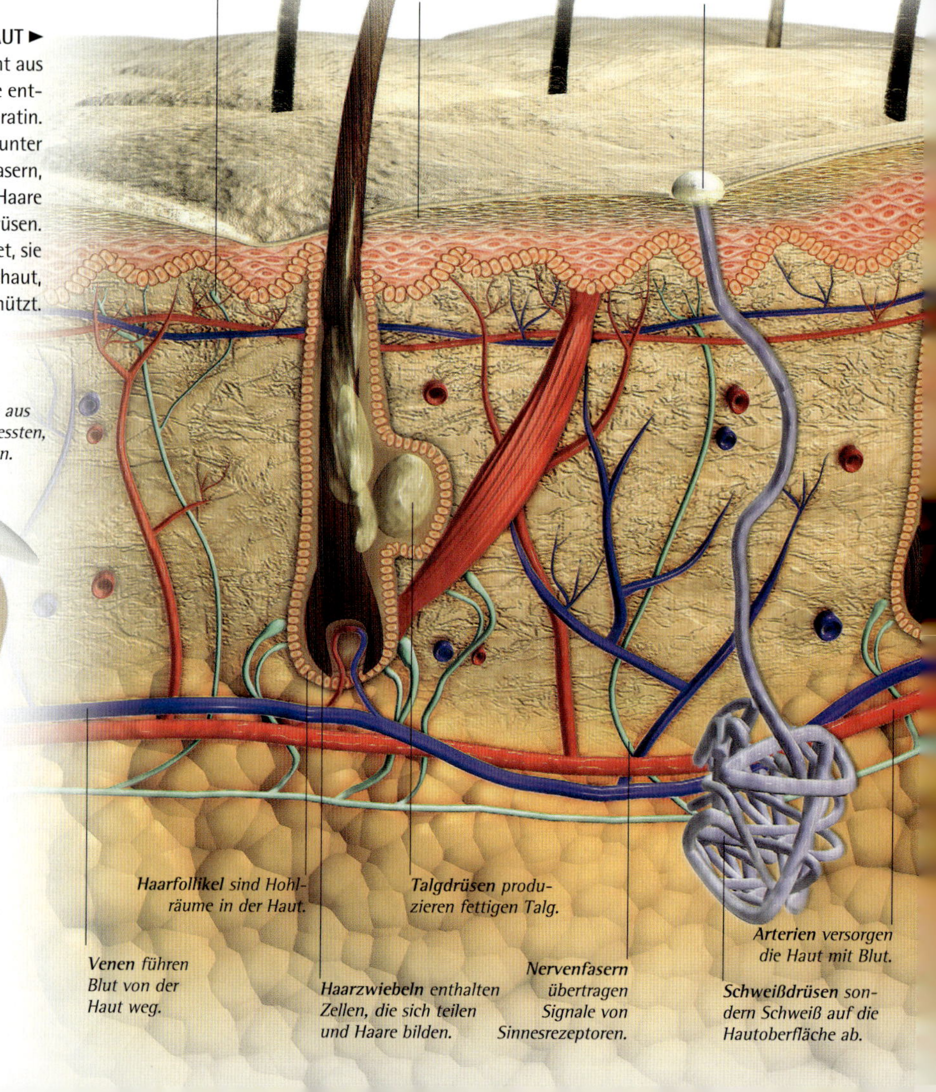

***Freie Nervenendigungen** reagieren auf leichte Berührungen.*

***Die schuppenartige Oberschicht** besteht aus flachen, toten Hornzellen.*

***Schweißporen** sind Ausführungsgänge von Schweißdrüsen.*

***Haarfollikel** sind Hohlräume in der Haut.*

***Talgdrüsen** produzieren fettigen Talg.*

***Arterien** versorgen die Haut mit Blut.*

***Venen** führen Blut von der Haut weg.*

***Haarzwiebeln** enthalten Zellen, die sich teilen und Haare bilden.*

***Nervenfasern** übertragen Signale von Sinnesrezeptoren.*

***Schweißdrüsen** sondern Schweiß auf die Hautoberfläche ab.*

***Die Nagelwurzel** ist in die Haut eingebettet.*

***Die Phalanx** ist das Fingerendglied.*

***Nagel und Finger** im Querschnitt*

***Nägel** bestehen aus zusammengepressten, toten Hornzellen.*

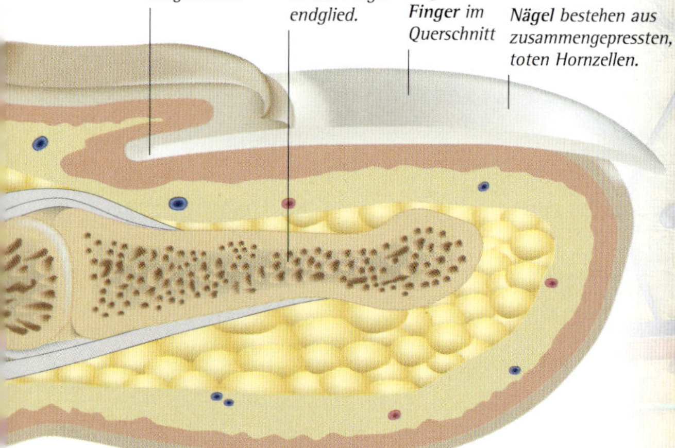

▲ NÄGEL

Finger- und Zehennägel schützen die empfindlichen Fingerkuppen und Zehen. Zugleich erleichtern sie das Greifen kleiner Gegenstände. Nägel entstehen in der Nagelwurzel aus Zellen der Oberhaut und bestehen aus zusammengepressten, toten Hornzellen, die Keratin enthalten. Im Sommer wachsen Nägel schneller, wobei Fingernägel schneller als Fußnägel wachsen.

Der Haarschaft einer Wimper wächst aus einem Haarfollikel.

Eine Haarbalgmilbe ragt aus einem Haarfollikel heraus.

◄ HAARE

Außer an den Handflächen und Fußsohlen besitzen wir am gesamten Körper Haare. Feine, kurze Haare bedecken den größten Teil des Körpers. Kopfhaare schützen den Kopf vor Kälte und Sonne, Wimpern (links) schützen unsere Augen. Haare entstehen in Haarfollikeln (Haarbälgen) aus Zellen der Haarzwiebel, die sich teilen. Nach oben sterben diese Zellen ab, verhornen und ragen als Haarschaft aus den Haarfollikeln.

Schweißpore auf der Hautoberfläche

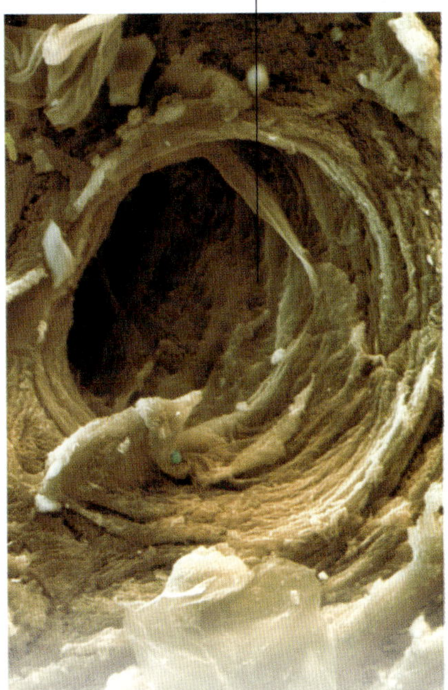

▲ SCHWEISS

Diese knäuelförmigen Drüsen bilden Schweiß, den sie durch Poren (oben) an der Hautoberfläche abgeben. Schweiß besteht zu 99 % aus Wasser und enthält Salze und Abbauprodukte. Er wird aus Blut gefiltert, das durch die Schweißdrüsen fließt. Seine Freisetzung reguliert das Nervensystem. Bei hohen Außentemperaturen sondert der Körper mehr Schweiß ab. Durch Verdunstung wird Wärme abgeführt, so kühlt er den Körper und sorgt für eine gleichmäßige Körpertemperatur.

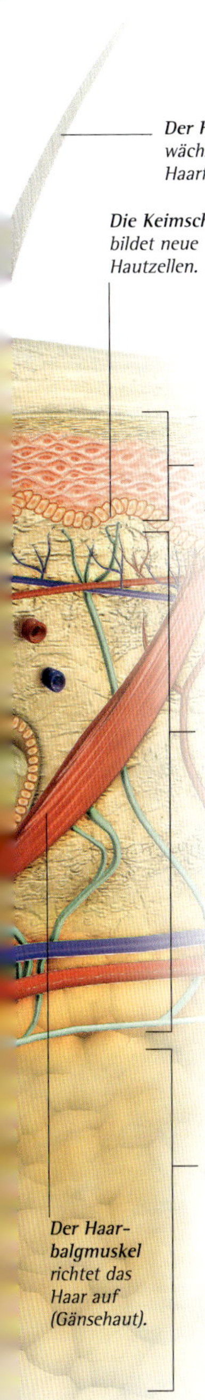

Der Haarschaft wächst aus dem Haarfollikel heraus.

Die Keimschicht bildet neue Hautzellen.

Die Epidermis ist die dünne Außenschicht der Haut.

Die Lederhaut ist dick und liegt unter der Oberhaut.

Die Unterhaut enthält Fettgewebe, um den Körper zu isolieren.

Der Haarbalgmuskel richtet das Haar auf (Gänsehaut).

MERKMALE VON HAAREN, HAUT, NÄGELN

Hautmasse	5 kg
Hautoberfläche	2 m²
Hautdicke (Augenlid)	0,5 mm
Hautdicke (Fußsohle)	4 mm
Hautschuppen, Verlust pro Minute	50 000
Kopfhaare	100 000
Kopfhaare, täglicher Verlust	75–100
Kopfhaare, monatliches Wachstum	10 mm
Fingernagel, Wachstum im Sommer	5 mm
Fußnagel, Wachstum im Sommer	1,5 mm
Schweißporen pro Person	2,5 Millionen

KÜNSTLICHE HAUT

Diese künstliche Haut (Epidermis) erhält ein Patient, der schwere Verbrennungen erlitten hat. Das Gewebe entsteht aus gesunden, teilungsfähigen Hautzellen des Patienten, die sich auf einem Proteingel in einem nährstoffreichen Kulturmedium vermehren. Ein Hautlappen wie der in diesem Bild braucht nur wenige Wochen, um zu wachsen. Sobald er die entsprechende Größe erreicht hat, wird er auf die Körperstellen verpflanzt, deren Haut verbrannt ist.

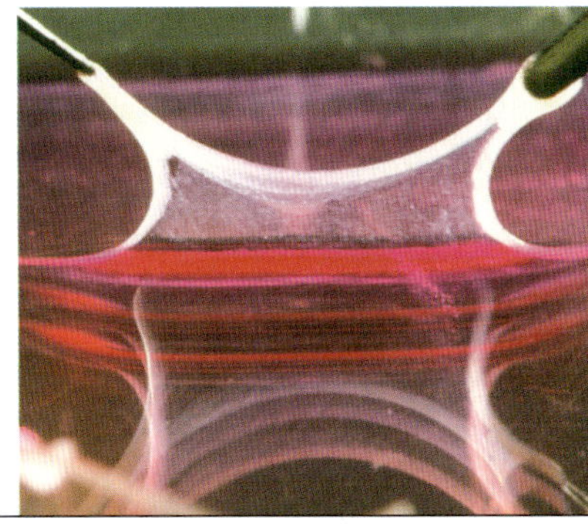

AKNE ►

Akne ist eine Hauterkrankung, die durch entzündete Haarbälge entsteht und hauptsächlich im Gesicht und an Hals, Nacken, Schultern und Rücken vorkommt. Jugendliche sind häufig von ihr betroffen, weil durch einen Hormonwechsel in der Pubertät mehr Talg abgesondert wird.

Der überschüssige Talg verstopft die Haarbälge, verhornt und bildet dunkle Punkte, die Mitesser. Andere Mitesser entstehen durch Keratin, das weißen Talg einschließt. Häufig entstehen dabei bakterielle Entzündungen, die Eiter bilden und die Haut röten.

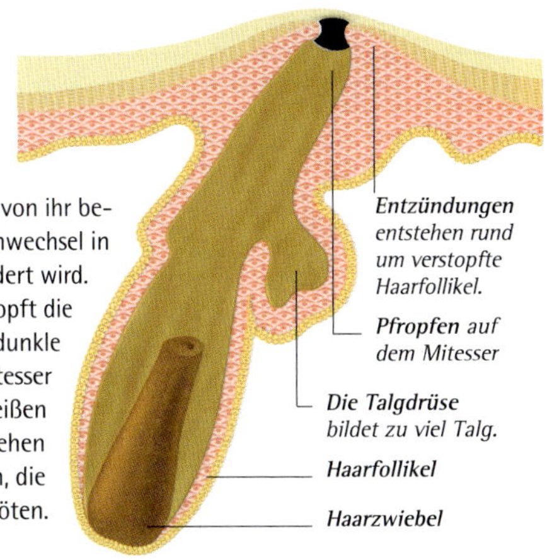

Entzündungen entstehen rund um verstopfte Haarfollikel.

Pfropfen auf dem Mitesser

Die Talgdrüse bildet zu viel Talg.

Haarfollikel

Haarzwiebel

LEBEN AUF DER HAUT

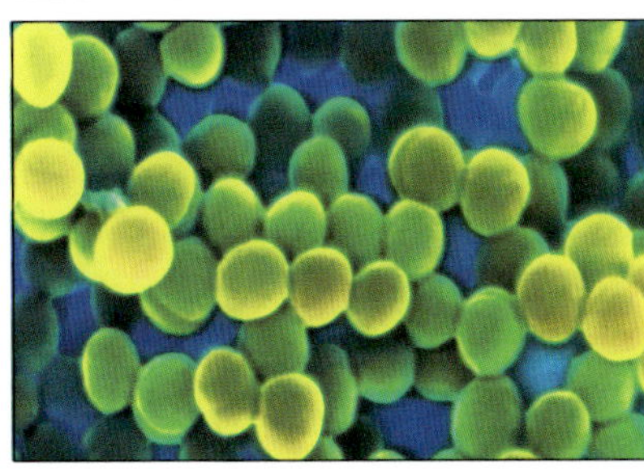

BAKTERIEN

Auf jedem Quadratzentimeter Haut befinden sich zwischen 10 000 und einer Million Mikroorganismen, hauptsächlich Bakterien (links). Diese Mikroorganismen gedeihen unter feuchten, warmen Bedingungen. Die meisten Bakterien auf der Haut sind unschädlich. Sie schützen vielmehr die Haut, weil sie schädliche Krankheitserreger bekämpfen.

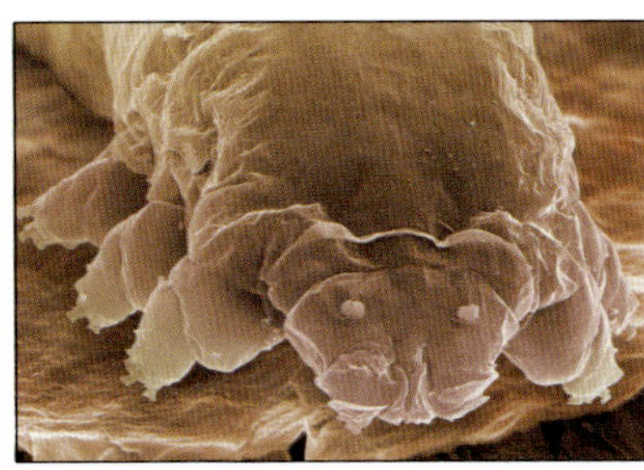

MILBEN

Das Bild zeigt den Kopf einer unschädlichen Haarbalgmilbe (eine Verwandte der Spinne), die in Haarbälgen lebt. Schädlicher sind dagegen Krätzmilben. Das Milbenweibchen kriecht unter die Haut, um dort ihre Eier abzulegen, und verursacht einen Juckreiz (Krätze). Die Erkrankung wird mit Mitteln behandelt, die Milben abtöten.

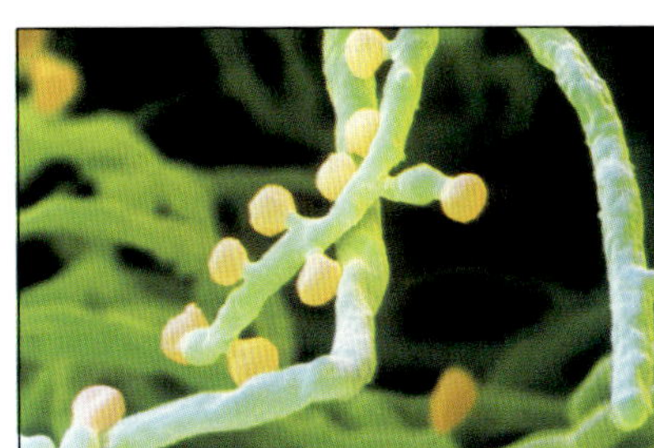

PILZE

Die meisten dieser mikroskopisch kleinen Pilze sind unschädlich. Einige können jedoch Erkrankungen auslösen. Diese REM-Aufnahme zeigt die Sporen eines Pilzes, der Fußpilz verursacht. Fußpilz entsteht z.B., wenn man über längere Zeit Turnschuhe trägt. Die Erkrankung wird mit pilzabtötenden Mitteln und besserer Fußhygiene behandelt.

EMPFINDLICHE HAUT

Die Haut ist das wichtigste Sinnesorgan. Sie besitzt Rezeptoren, die auf Berührung, Druck, Schwingung, Temperatur und Schmerz reagieren. Einzelne Körperteile reagieren unterschiedlich empfindlich. Gebiete mit vielen Rezeptoren wie z.B. die Fingerkuppen sind hoch empfindlich, während solche mit nur wenigen wie z.B. der Rücken unempfindlicher sind. Hautzellen bilden ein braunes Pigment, das Melanin, das schädliche UV-Strahlen der Sonne blockiert. Hautzellen, die länger der Sonne ausgesetzt sind, bilden mehr Melanin und schützen die Haut besser. Die Haut spielt auch eine wichtige Rolle, um die Körpertemperatur aufrecht zu erhalten.

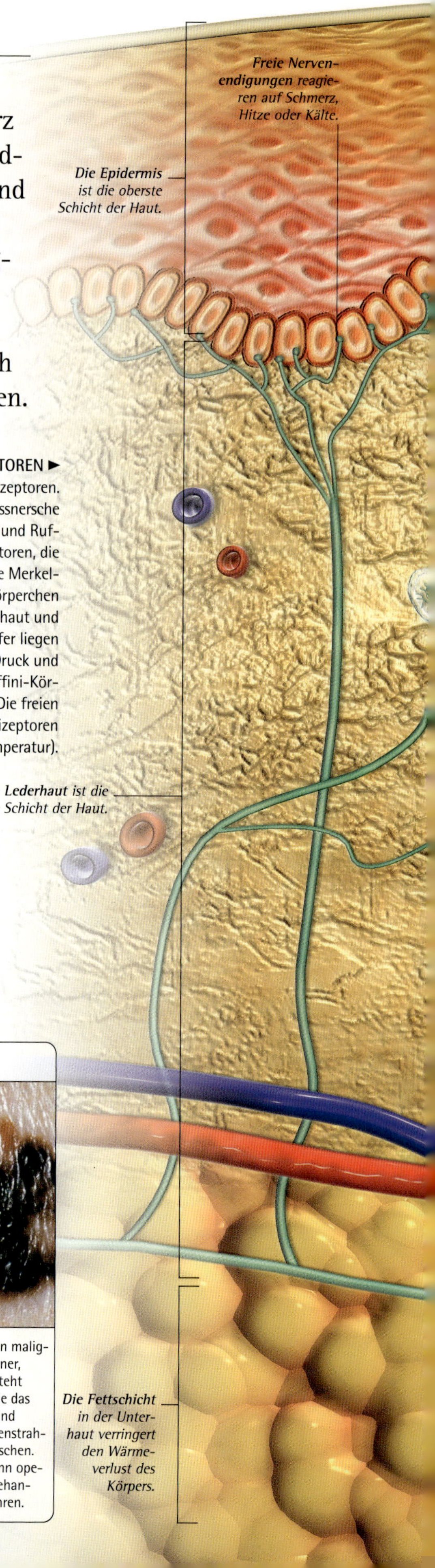

REGULIERUNG DER KÖRPERTEMPERATUR

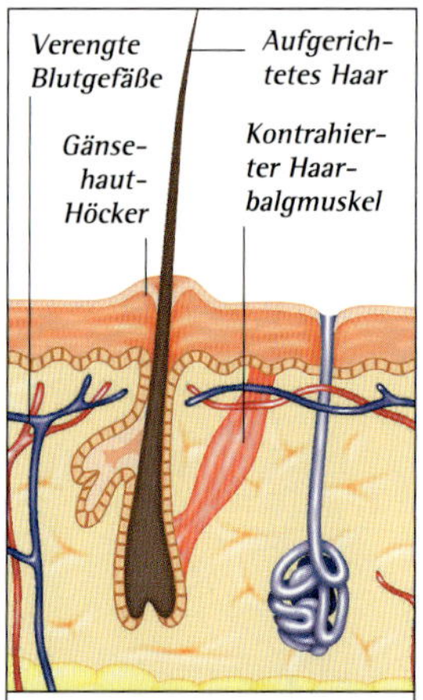

KÄLTEEMPFINDEN
Bei Kälte richten sich Haare auf (Gänsehaut) und die Blutgefäße unter der Haut verengen sich, um keine Wärme abzugeben. Muskeln beginnen zu zittern, um Wärme an die Haut abzugeben.

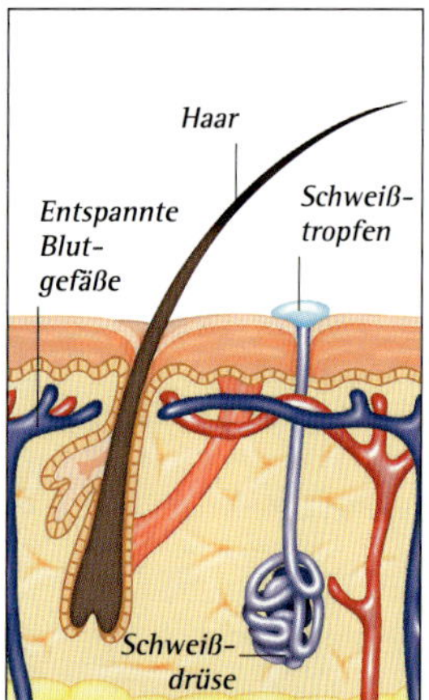

WÄRMEEMPFINDEN
Bei sehr großer Hitze muss die Haut Wärme abgeben. Blutgefäße unter der Haut weiten sich und strahlen Wärme ab. Auf der Haut verdunsten Schweißtropfen, um zusätzliche Wärme abzuführen.

HAUTREZEPTOREN ►
Die Haut besitzt verschiedenartige Rezeptoren. Die meisten – wie Merkel-Scheiben, Meissnersche Tastkörperchen, Pacini-Tastkörperchen und Ruffini-Körperchen – sind Mechanorezeptoren, die bei Berührungen Signale senden. Die Merkel-Scheiben und Meissnerschen Tastkörperchen liegen dicht im oberen Teil der Lederhaut und reagieren auf leichte Berührungen. Tiefer liegen die Pacini-Tastkörperchen, die auf Druck und Schwingungen ansprechen, und die Ruffini-Körperchen, die auf Dauerdruck antworten. Die freien Nervenendigungen sind entweder Nozizeptoren (Schmerz) oder Thermorezeptoren (Temperatur).

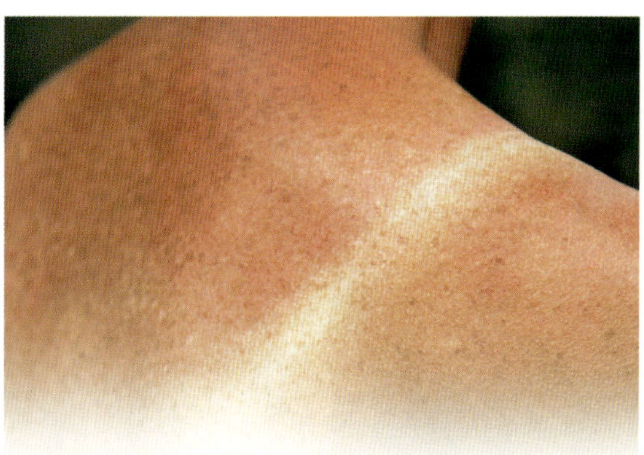

▲ SONNENBRAND
Die Haut bildet mehr schützendes Pigment Melanin und färbt sich dunkelbraun, je länger die Sonne auf sie scheint. Doch besonders im Sommer, wenn die Haut zu lange der Sonne ausgesetzt ist, kann leicht ein Sonnenbrand entstehen. Die Hautrötungen und das Brennen entstehen durch UV-Strahlen, welche die obersten Hautzellen schädigen. Häufigere Sonnenbrände lassen die Haut altern und erhöhen das Risiko von Hautkrebs.

MALIGNES MELANOM

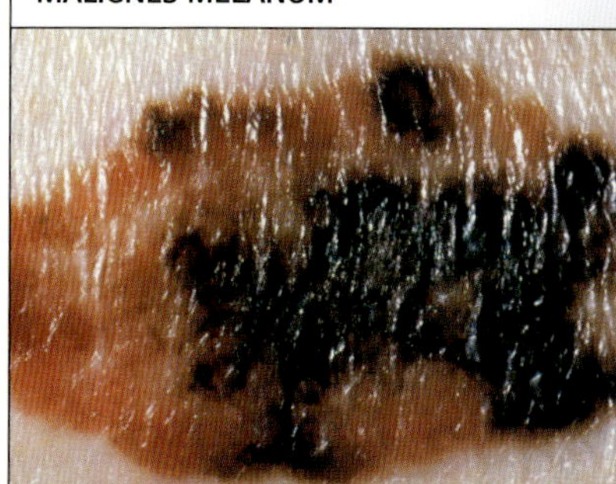

Dieser dunkle, unregelmäßige Hautfleck ist ein malignes Melanom (Pigmentzellentumor), ein seltener, aber bösartiger Hautkrebs. Ein Melanom entsteht aus Melanozyten, den Zellen der Oberhaut, die das braune Pigment Melanin bilden. Melanome sind schwarz und entstehen durch intensive Sonnenstrahlen, insbesonders bei lichtempfindlichen Menschen. Ein Melanom, das frühzeitig erkannt wird, kann operativ entfernt werden. Bleibt es dagegen unbehandelt, kann es sich ausbreiten und zum Tod führen.

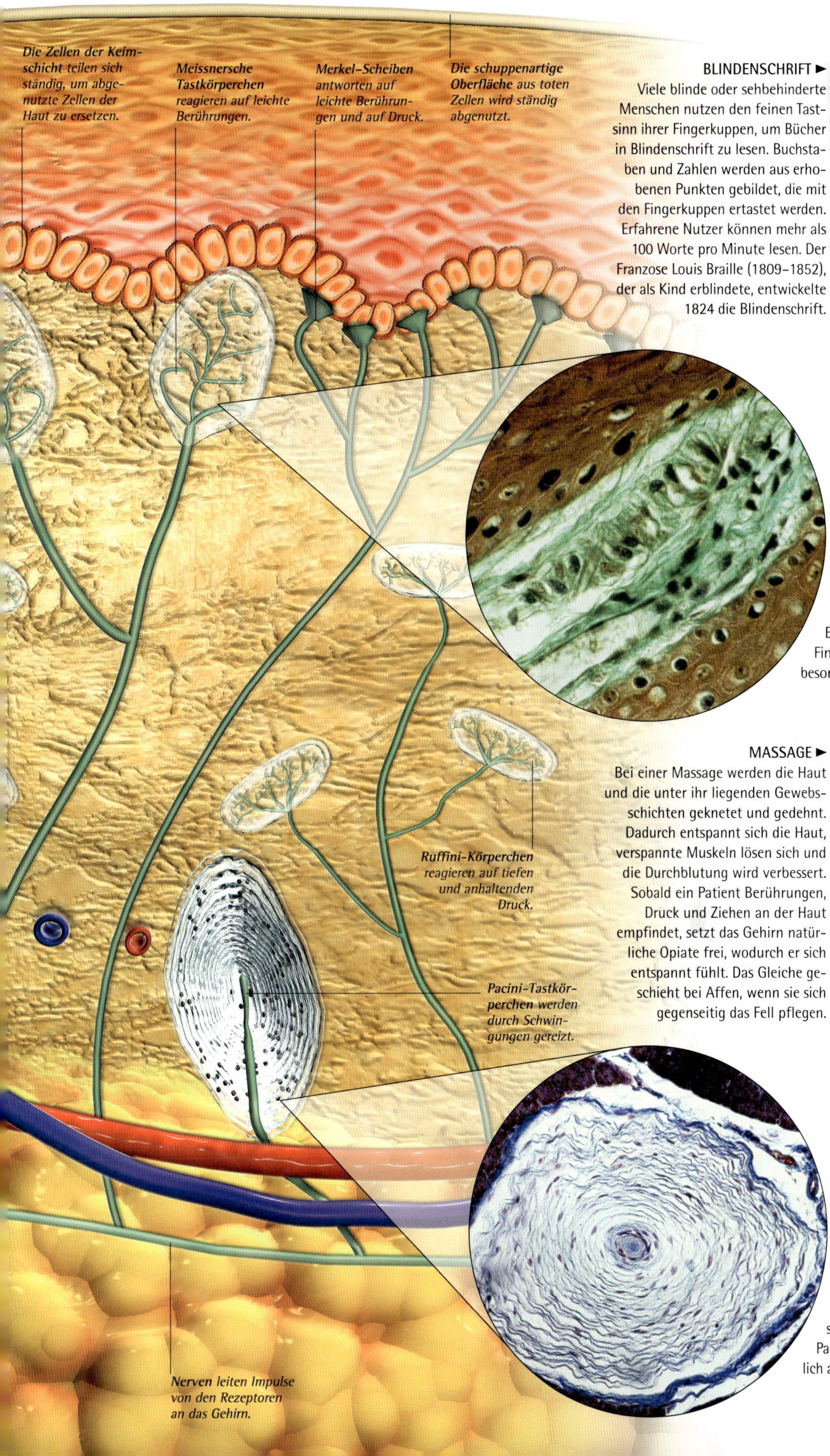

BLINDENSCHRIFT ►
Viele blinde oder sehbehinderte Menschen nutzen den feinen Tastsinn ihrer Fingerkuppen, um Bücher in Blindenschrift zu lesen. Buchstaben und Zahlen werden aus erhobenen Punkten gebildet, die mit den Fingerkuppen ertastet werden. Erfahrene Nutzer können mehr als 100 Worte pro Minute lesen. Der Franzose Louis Braille (1809–1852), der als Kind erblindete, entwickelte 1824 die Blindenschrift.

◄ TASTREZEPTOR
Die mikroskopische Aufnahme zeigt ein Meissnersches Tastkörperchen (grün) in der Haut einer Fingerkuppe. Diese Tastkörperchen bestehen aus vielen Nervenendigungen, die von Bindegewebe umgeben sind. Sie sitzen im oberen Teil der Lederhaut und reagieren auf leichte Berührungen. Empfindliche, haarlose Hautgebiete wie Fingerkuppen und Handflächen besitzen besonders viele Meissnersche Tastkörperchen.

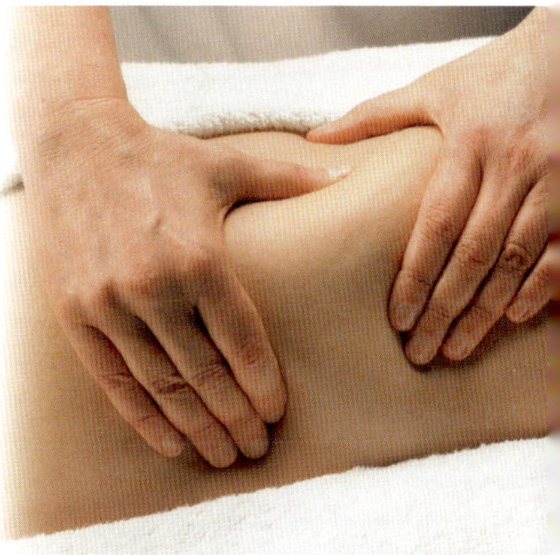

MASSAGE ►
Bei einer Massage werden die Haut und die unter ihr liegenden Gewebsschichten geknetet und gedehnt. Dadurch entspannt sich die Haut, verspannte Muskeln lösen sich und die Durchblutung wird verbessert. Sobald ein Patient Berührungen, Druck und Ziehen an der Haut empfindet, setzt das Gehirn natürliche Opiate frei, wodurch er sich entspannt fühlt. Das Gleiche geschieht bei Affen, wenn sie sich gegenseitig das Fell pflegen.

◄ VIBRATIONSREZEPTOREN
Die Aufnahme zeigt einen Schnitt durch ein Pacini-Tastkörperchen, das tief in der Lederhaut sitzt. Innerhalb des Rezeptors liegen die Nervenendigungen zwischen Membranen, die sie wie Zwiebelhäute umgeben. Sobald die Membranen durch eine Druckänderung verformt werden, senden Nerven Signale an das Gehirn. Pacini-Tastkörperchen reagieren empfindlich auf Schwingungen und starken Druck.

SEHEN

Sehen ist der beherrschende Sinn, weil er das Gehirn mit einer gewaltigen Informationsmenge über die Umgebung des Körpers füttert. Seine Sinnesorgane sind die Augen. Sie enthalten Millionen Fotorezeptoren oder lichtempfindliche Zellen, die auf Licht reagieren und Signale an das Gehirn senden. Das Gehirn setzt die Nervenimpulse in dreidimensionale Bilder um, die wir »sehen« können. Der lichtbrechende Apparat der Augen kann die Lichtmenge regulieren, die in das Auge fällt, und Objekte aus verschiedenen Entfernungen scharf auf der Netzhaut abbilden.

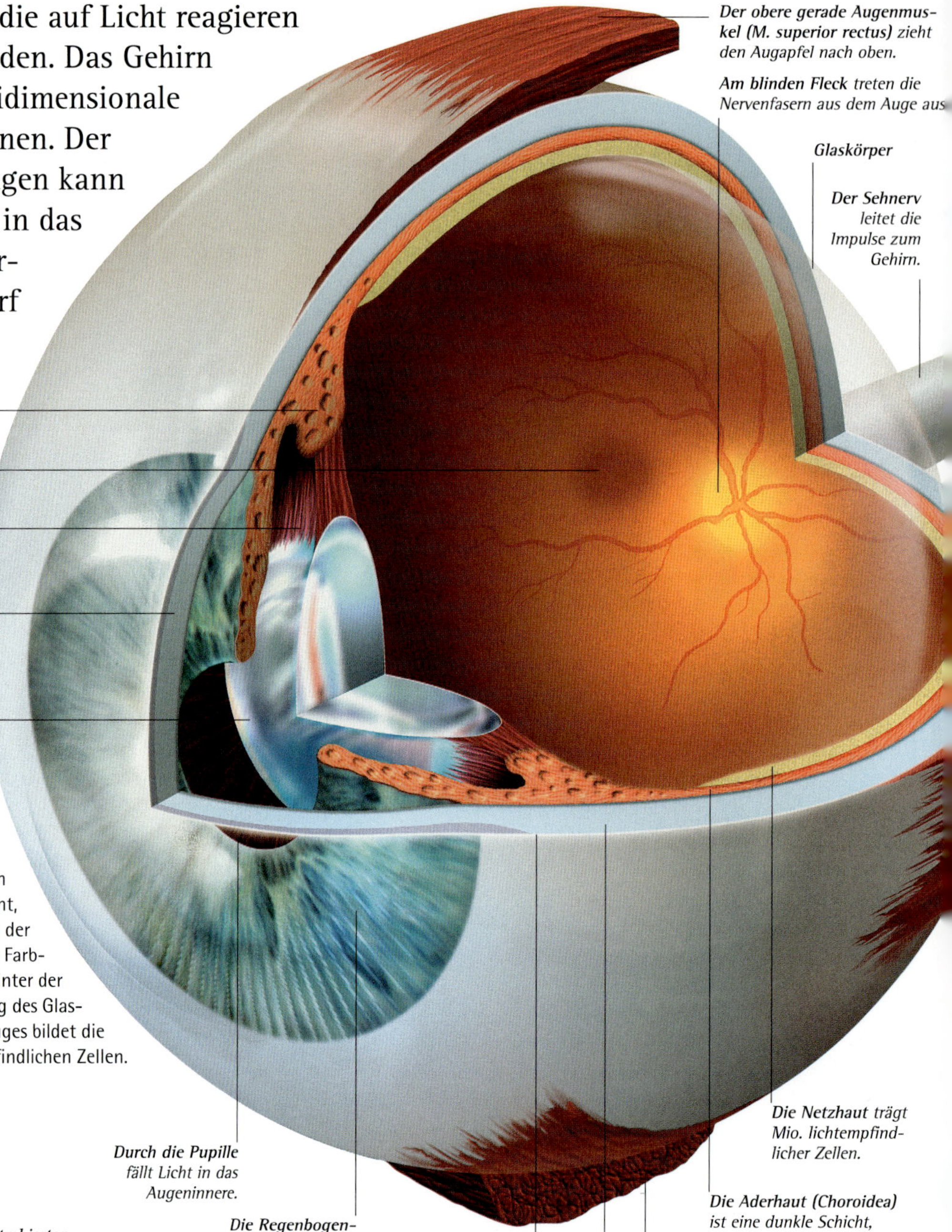

AUFBAU DES AUGES ►
Der Augapfel ist bis auf eine Stelle von der harten Lederhaut (Sklera) ausgekleidet. An dieser Stelle, an der die Lederhaut in die Hornhaut (Cornea) übergeht, befindet sich die Sehöffnung, die Pupille. Sie ist von der ringförmigen Regenbogenhaut (Iris) umgeben, die Farbpigmente enthält und die Augenfarbe bestimmt. Hinter der Pupille liegt die Linse (Lens), die in eine Ausbuchtung des Glaskörpers eingebettet ist. Den Hintergrund des Auges bildet die Netzhaut mit den lichtempfindlichen Zellen.

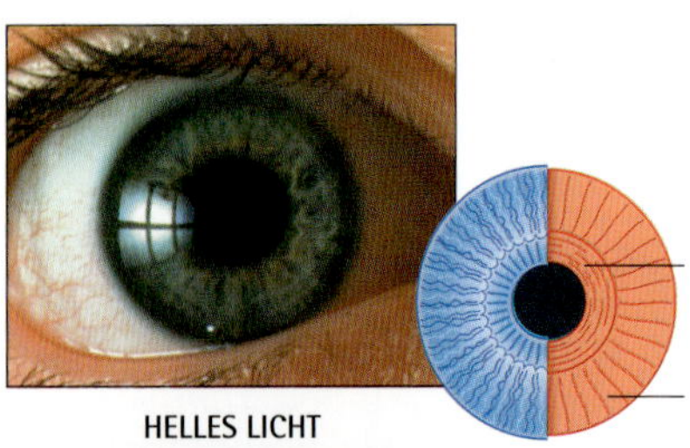

HELLES LICHT

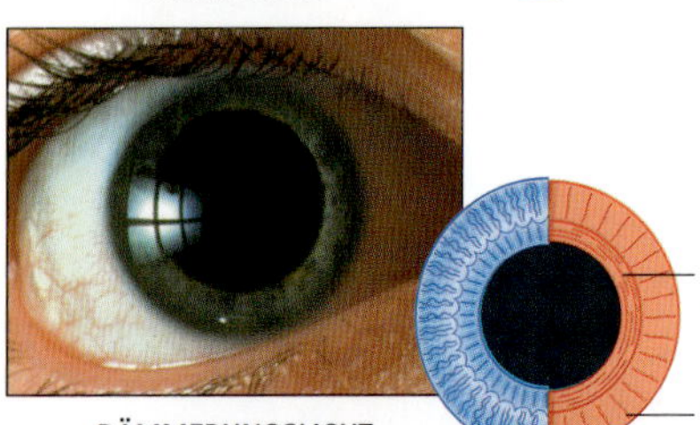

DÄMMERUNGSLICHT

◄ PUPILLENWEITE
Die Pupillenweite wird durch einen Reflexvorgang gesteuert. Unter hellen Bedingungen verengt sich die Pupille und lässt nur wenig Licht in das Auge, um nicht geblendet zu werden. In der Dunkelheit weitet sie sich, damit mehr Licht einfällt. Die Iris besitzt zwei Gruppen glatter Muskeln. Der Pupillenschließer, der die Pupille ringförmig umgibt, kontrahiert im Hellen, sodass sie sich verengt und weniger Licht einfällt. In der Dunkelheit kontrahiert dagegen der speichenförmige Pupillenöffner, damit mehr Licht eintritt.

@ Sehen

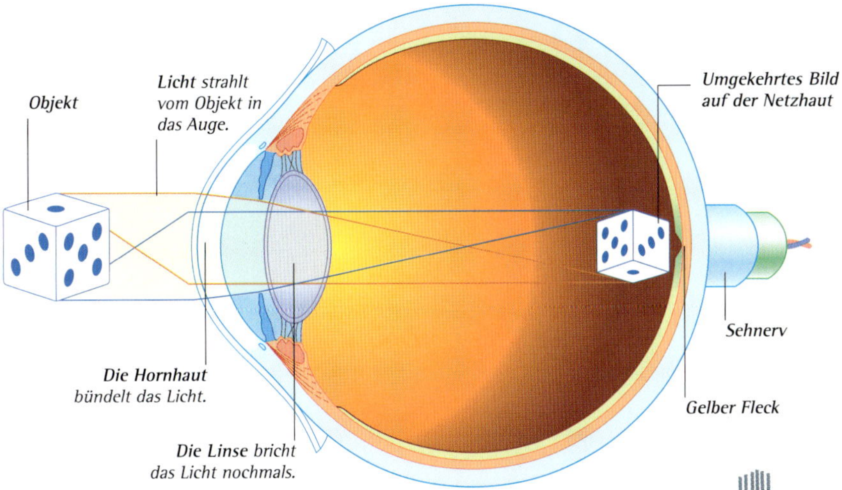

MERKMALE DES AUGES	
Masse des Augapfels	7 g
Durchmesser des Augapfels	2,5 cm
Anteil der Sehzellen an allen Sinnesrezeptoren	70 %
Anzahl Stäbchen pro Auge	120 Millionen
Anzahl Zapfen pro Auge	6,5 Millionen
Anzahl der Farben, die Augen unterscheiden können	10 000
Entfernung, auf die Augen noch Kerzenlicht erkennen	1,6 km

▲ SCHARFES BILD AUF DER NETZHAUT
Lichtstrahlen, die ein Objekt wie z. B. ein Würfel reflektiert (spiegelt), werden zuerst von der Hornhaut und dann von der Linse gebrochen. Auf der Netzhaut entsteht ein Bild, das auf dem Kopf steht. Wenn das Auge direkt auf den Würfel sieht, werden die Lichtstrahlen in der Sehgrube (Foveacentralis) gebündelt. Die Sehgrube liegt im gelben Fleck, sie ist der empfindlichste Teil der Netzhaut, der nur Zapfen enthält und die Zone der größten Sehschärfe ist.

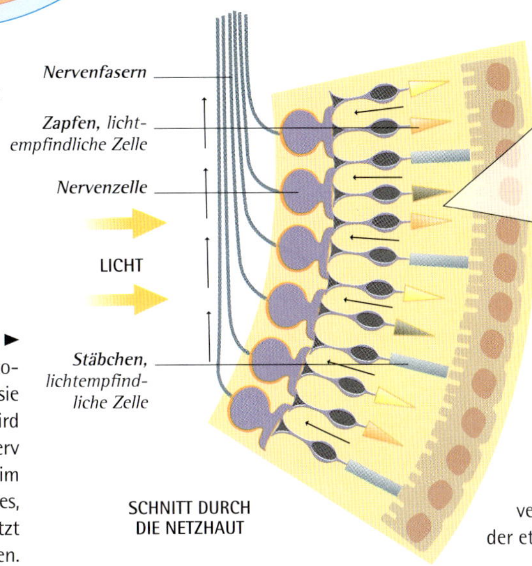

SCHNITT DURCH DIE NETZHAUT

WEITERLEITUNG AN DAS GEHIRN ►
Die Netzhaut besitzt zwei verschiedene Arten von Fotorezeptoren: Stäbchen und Zapfen. Sobald Licht auf sie fällt, erzeugen sie einen Nervenimpuls. Der Impuls wird von Nervenzellen durch ihre Axone, die den Sehnerv bilden, zum Gehirn geleitet. Für das Farbsehen im hellen Licht sind Zapfen verantwortlich, die auf rotes, grünes oder blaues Licht reagieren. Das Gehirn setzt aus ihren Informationen ein farbiges Bild zusammen.

STÄBCHEN UND ZAPFEN ▲
Diese REM-Aufnahme von der Netzhaut zeigt Stäbchen und Zapfen. Sie wandeln Licht in elektrische Impulse um, die sie an das Gehirn senden. Ungefähr 120 Millionen Stäbchen, die für das Dämmerungssehen verantwortlich sind, verteilen sich auf der Netzhaut. Die meisten der etwa 7 Millionen farbempfindlichen Zapfen befinden sich dagegen in der Sehgrube.

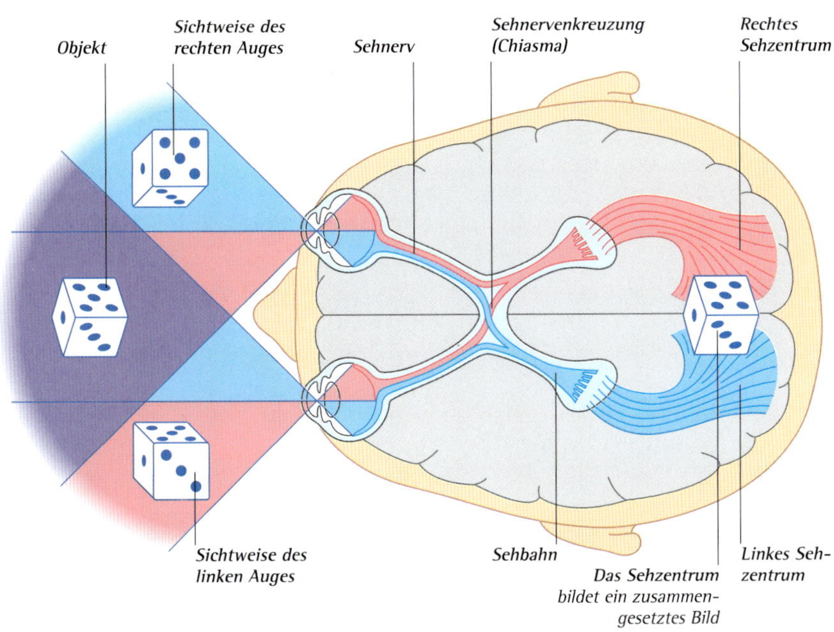

▲ BILDVERARBEITUNG IM GEHIRN
Die Nervenimpulse werden durch den Sehnerv zu den beiden Sehzentren geleitet, die im hinteren Bereich der Großhirnrinde liegen. Dort entstehen die Bilder, die wir aufrecht »sehen«. Die Nervenfasern teilen sich an der Sehnervenkreuzung. Impulse, die aus den rechten Gesichtsfeldern von jedem Auge kommen, gelangen zum rechten Sehzentrum, während Impulse aus den linken Gesichtsfeldern in das linke Sehzentrum geleitet werden. Mit den unterschiedlichen Informationen kann das Gehirn Entfernungen abschätzen und dreidimensionale Bilder zusammensetzen.

EINSTELLEN DER TIEFENSCHÄRFE

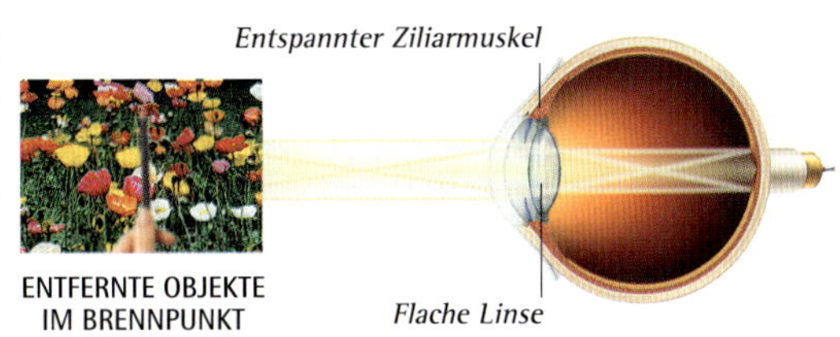

WEITSICHT
Die Linse ändert bei unterschiedlich weit entfernten Objekten ihre Form, um das Licht auf der Netzhaut zu bündeln. Lichtstrahlen von entfernten Objekten verlaufen fast parallel, sodass die Linse sie nur leicht brechen muss. Der Ziliarmuskel um die Linse ist entspannt. Der Flüssigkeitsdruck des Glaskörpers dehnt den Ziliarkörper, der die Linse flach drückt.

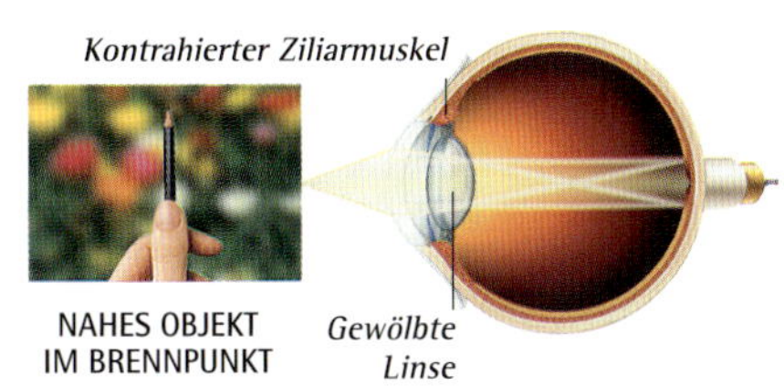

NAHSICHT
Lichtstrahlen von nahen Objekten streuen stark, wenn sie das Auge erreichen. Die Linse wird dicker und wölbt sich, um diese Lichtstrahlen stärker zu brechen. Der ringförmige Ziliarmuskel kontrahiert. Dadurch entspannen sich die Zonulafasern und ziehen nicht mehr an der Linse, die in ihre normale, gewölbte Form zurückkehrt.

GEHÖR UND GLEICHGEWICHT

Die Ohren sind Sinnesorgane, die zum größten Teil innerhalb des Schädels verborgen liegen. Jedes Ohr besteht aus Außen-, Mittel- und Innenohr. Schallwellen, die das Ohr erreichen, werden von Schallrezeptoren im Innenohr empfangen. Diese senden Nervensignale an das Gehirn, die als Schall empfunden werden. Im Innenohr sitzt auch das Gleichgewichtsorgan, das Haltung und Bewegung des Körpers misst. Zusammen mit Informationen von Rezeptoren aus Muskeln, Gelenken und von den Augen halten wir uns aufrecht und bleiben im Gleichgewicht.

Ohr

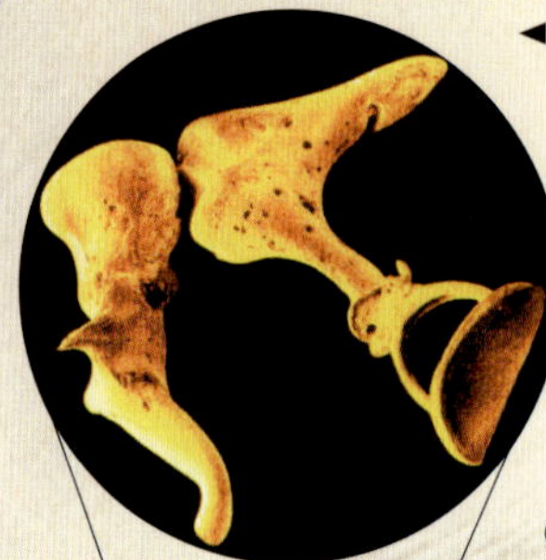

◄ GEHÖRKNÖCHELCHEN
Diese winzigen Knochen, die im luftgefüllten Mittelohr sitzen, nennt man Hammer, Amboss und Steigbügel. Der Hammer ist am Trommelfell befestigt und der Steigbügel verdeckt das ovale Fenster, eine Öffnung in das Innenohr. Wenn Schallwellen auf das Trommelfell treffen, übertragen die Gehörknöchelchen diese Schwingungen in das Innenohr.

AUFBAU DES OHRES ►
Das Außenohr besteht aus der Ohrmuschel, die Schallwellen aufnimmt, und dem etwa 2,5 cm langen, luftgefüllten Gehörgang, der am Trommelfell endet. Drüsen im Gehörgang sondern Ohrenschmalz ab, der den Gehörgang reinigt. Im luftgefüllten Mittelohr sitzen die drei Gehörknöchelchen. Das Innenohr enthält flüssigkeitsgefüllte Kanäle. In der Schnecke (Cochlea) sitzt das eigentliche Hörorgan, das Corti-Organ. Drei Bogengänge bilden das Gleichgewichtsorgan.

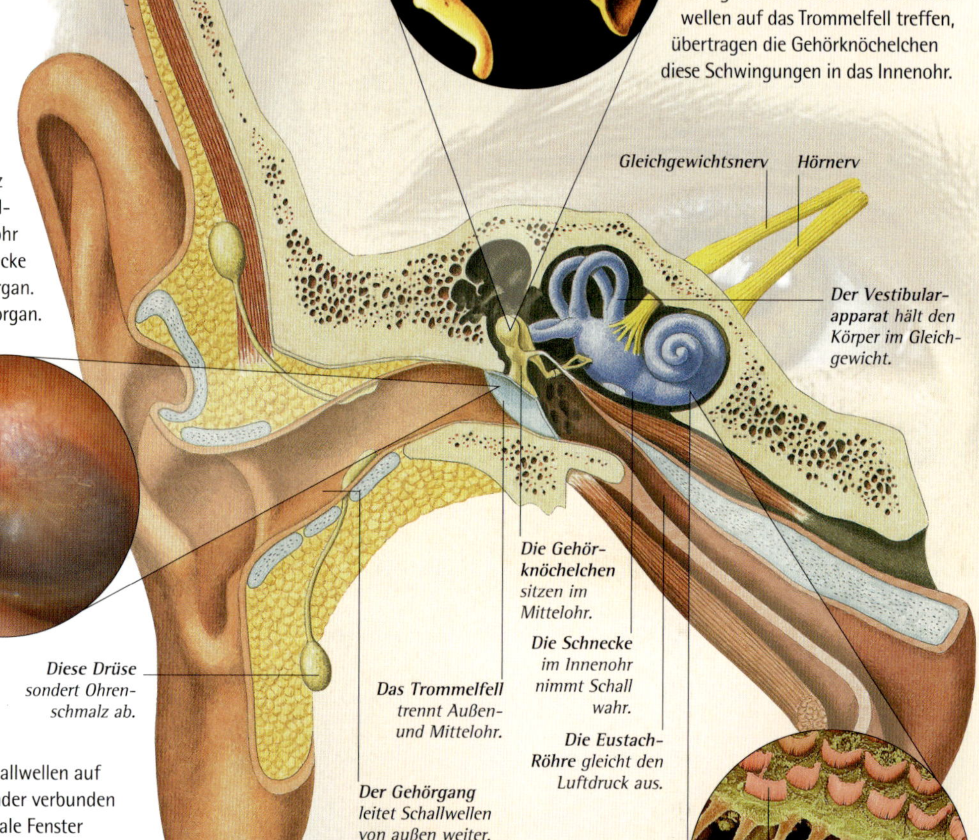

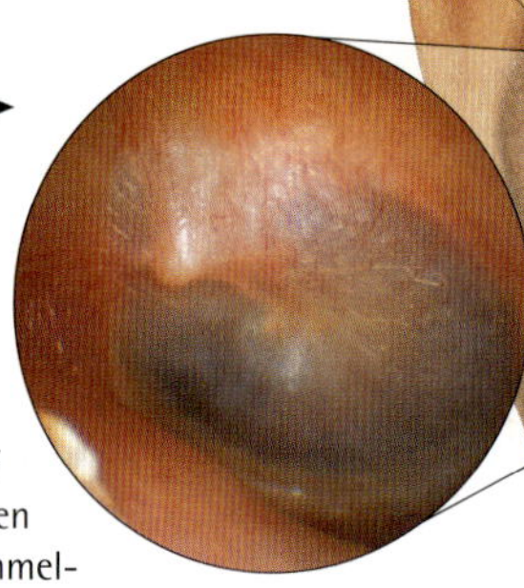

TROMMELFELL ►
Das straffe Trommelfell (Tympanum) schließt den Gehörgang ab und trennt das Außenohr vom Mittelohr. Es besteht aus durchscheinendem Bindegewebe (rechts). Sobald Schallwellen durch den Gehörgang auf das Trommelfell treffen, versetzen sie es in Schwingungen. Das Trommelfell überträgt die Schallenergie dann auf die Gehörknöchelchen im Mittelohr.

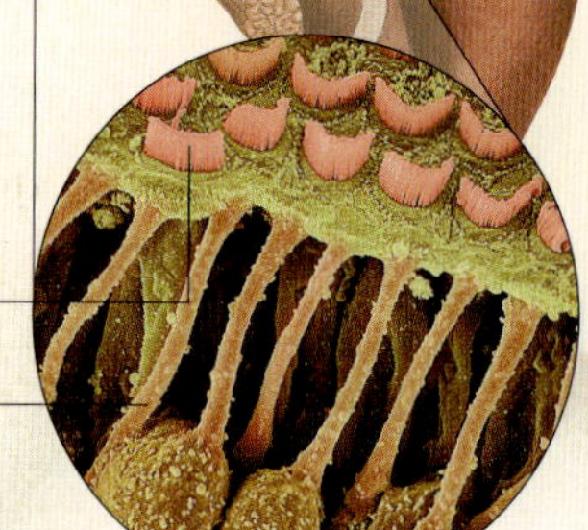

▼ SCHALLLEITUNG
Das Trommelfell überträgt die Schwingungen der Schallwellen auf die drei Gehörknöchelchen im Mittelohr, die miteinander verbunden sind. Der Steigbügel drückt wie ein Kolben auf das ovale Fenster und leitet den Schall an eine Flüssigkeit im Innenohr weiter. Deren Bewegung biegt in der Schnecke winzige Haarzellen um. Sie senden Nervenimpulse durch den Hörnerv an das Hörzentrum in der Großhirnrinde, wo sie als Schall wahrgenommen werden.

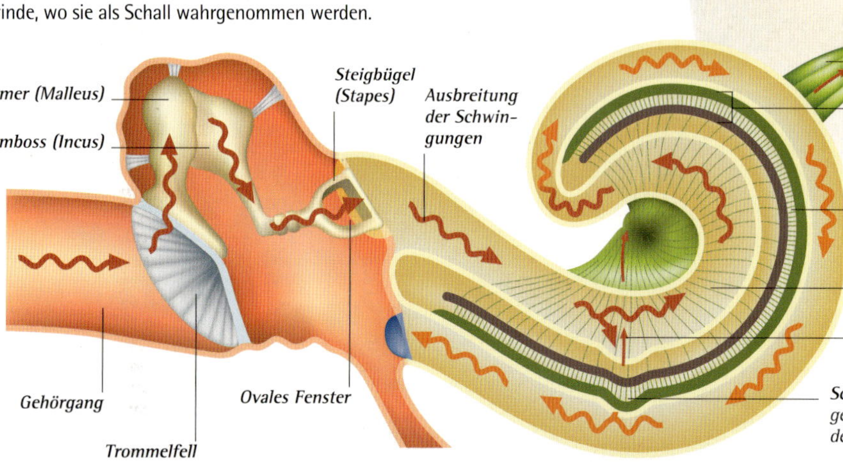

HAARZELLEN ▲
Bis zu 15000 Haarzellen im Corti-Organ, das sich in der Schnecke befindet, wandeln Schallwellen in Nervenimpulse um. Die langen, schmalen Zellen haben v-förmige »Haarbüschel«, die nach oben herausragen. Diese werden von den Wellen der Flüssigkeit umgebogen. Auf diesen Reiz hin erzeugen die Haarzellen Nervenimpulse und senden sie an das Gehirn.

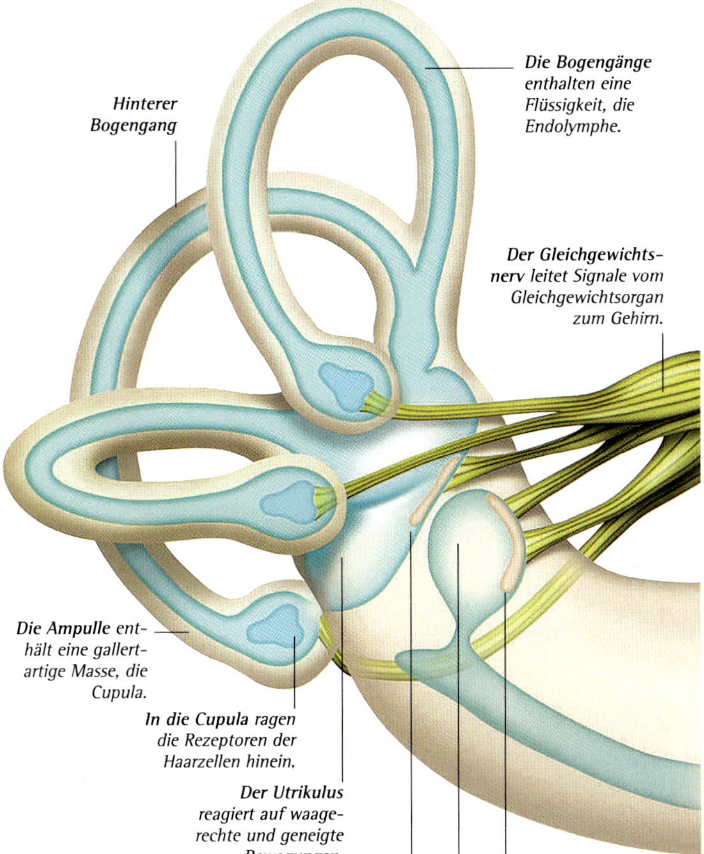

GLEICHGEWICHTSORGAN ▲

Das Gleichgewichtsorgan (Vestibularapparat) besitzt zwei Säckchen, die mit Flüssigkeit gefüllt sind. Sie senden Informationen über Haltung und Bewegung des Körpers an das Gehirn, um den Körper im Gleichgewicht zu halten. Die Haarzellen in den beiden Vorhofsäckchen, Utrikulus und Sacculus, messen die geradlinigen Bewegungen und die Lage des Kopfes. Die drei Bogengänge, die im rechten Winkel zueinander stehen, stellen fest, in welche Richtung sich der Kopf dreht.

SCHWERKRAFT UND BESCHLEUNIGUNG FÜHLEN

AUFRECHTE MAKULA

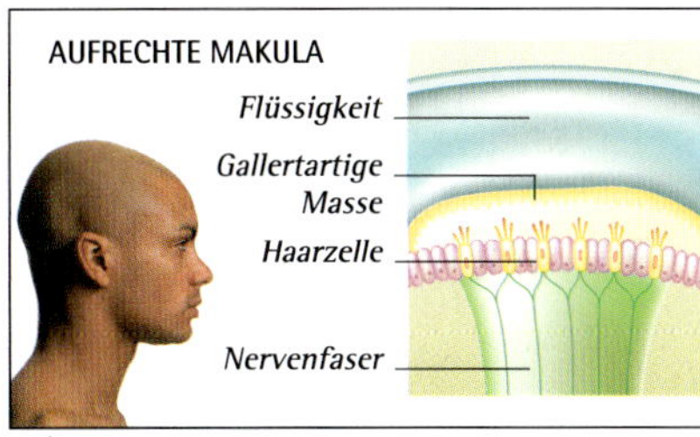

WAAGERECHT
Die Makula im Utrikulus befindet sich in aufrechter, waagerechter Lage. Sie enthält Rezeptoren, die in eine gallertartige Masse eingebettet sind. Diese Masse enthält Statolithen, Kristalle aus Kalziumkarbonat (Kalk). Nervenfasern aus den Haarzellen münden im Gleichgewichtsnerv.

VERDREHTE MAKULA

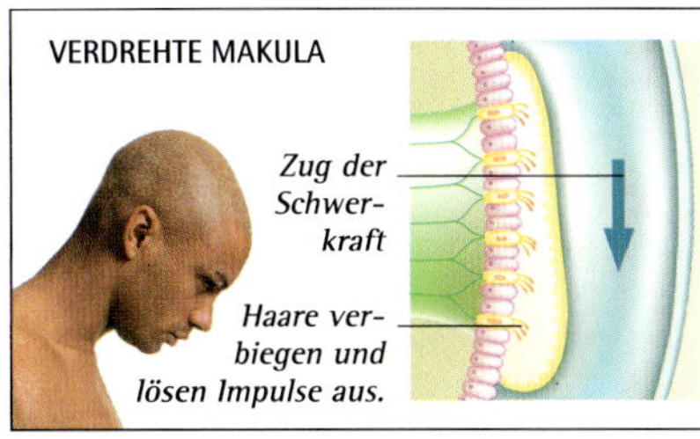

BESCHLEUNIGEN ODER NEIGEN
Sobald sich der Kopf nach vorne neigt, gleitet die Makula unter dem Gewicht der Statolithen nach unten. Die Haarzellen erzeugen Signale. Waagerechte Bewegungen haben gleiche Auswirkungen. Die Saccula reagiert auf senkrechte Bewegungen wie z.B. Treppensteigen.

DREHBEWEGUNGEN FÜHLEN

STABILE CUPULA

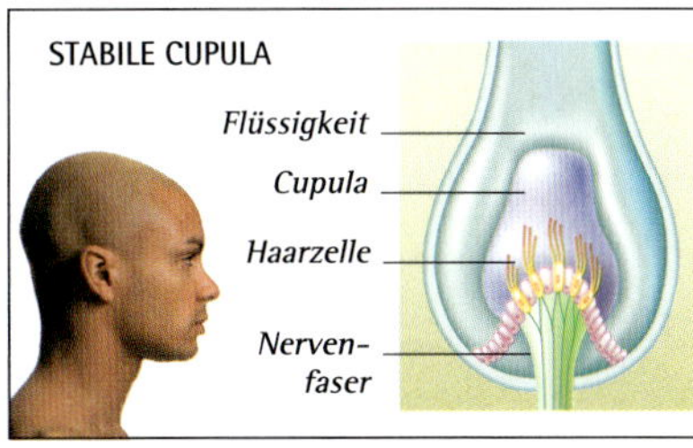

RUHESTELLUNG
Die drei Bogengänge wirken gemeinsam, um Richtung und Geschwindigkeit von Drehbewegungen zu messen. Jeder Bogengang besitzt eine Verdickung, die Ampulle, die eine Cupula – hier in Ruhestellung – mit gallertartiger Masse enthält. In ihr liegen die Rezeptoren der Haarzellen.

VERDREHTE CUPULA

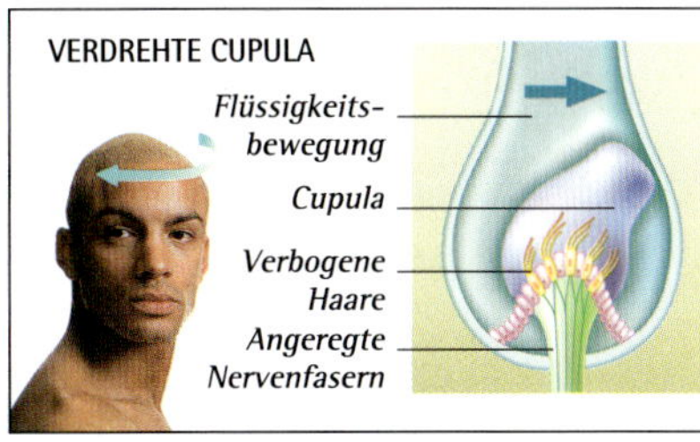

DREHEN
Sobald sich der Kopf dreht, bewegt sich die Flüssigkeit in den Bogengängen in die entgegengesetzte Richtung und verbiegt die Cupula. Durch diesen Reiz erzeugen die Haarzellen Nervenimpulse, die sie zum Gehirn senden. Die Bogengänge messen Drehungen in alle Richtungen.

FREQUENZ

Die Schallfrequenz ist die Zahl der Schwingungen, die Schall in der Luft erzeugt. Hohe Frequenzen erzeugen hohe und niedrige tiefe Töne. Der Hörbereich von Jugendlichen liegt zwischen 16 und 20000 Hertz, jedoch sinkt die obere Grenze mit dem Alter. Tiere besitzen unterschiedliche Hörbereiche.

LEBEWESEN	*NIEDRIGSTE FREQUENZ (in Hz)*	*HÖCHSTE FREQUENZ (in Hz)*
Mensch (10 Jahre alt)	16	20000
Mensch (60 Jahre alt)	16	12000
Goldfisch	20	3000
Hund	60	45000
Frosch	100	3000
Katze	60	65000
Delfin	75	150000
Fledermaus	1000	120000

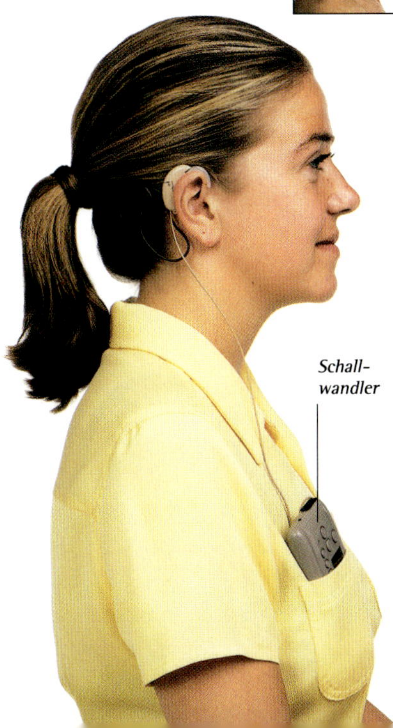

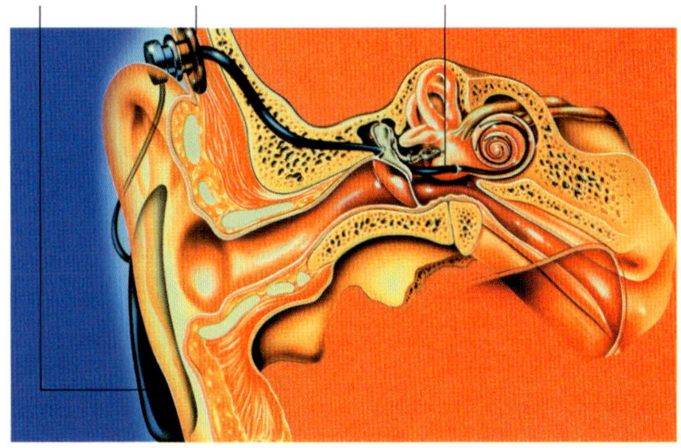

◄ COCHLEARIMPLANTAT

Ein Cochlearimplantat (Hörprothese) kann Menschen helfen, die unter Innenohrtaubheit leiden. Ein dünnes Kabel verbindet die Schnecke mit einem Empfänger, der oberhalb des Ohres sitzt. Ein Mikrofon nimmt den Schall auf und leitet ihn an einen Schallwandler, der elektrische Signale über den Draht in die Schnecke sendet. Die Signale stimulieren den Hörnerv, der Impulse an das Gehirn sendet, das dieses als Schall wahrnimmt.

GESCHMACK UND GERUCH

Geschmacks- und Geruchssinn sind miteinander verbunden, weil sie ähnliche Rezeptoren, die Chemorezeptoren, besitzen. Sie reagieren auf Substanzen, die in Wasser gelöst sind. Der Geruch ist etwa 10 000-mal empfindlicher als der Geschmack. Beide zusammen erkennen Aromen, Gerüche wie z. B. Rauch oder bittere Gifte, die schädlich sein können. Diese Sinne sind bei allen Menschen sehr unterschiedlich ausgeprägt. Weintester sind besonders empfindlich und können daher ihre Begabung nutzen, um Karriere zu machen.

Geschmack

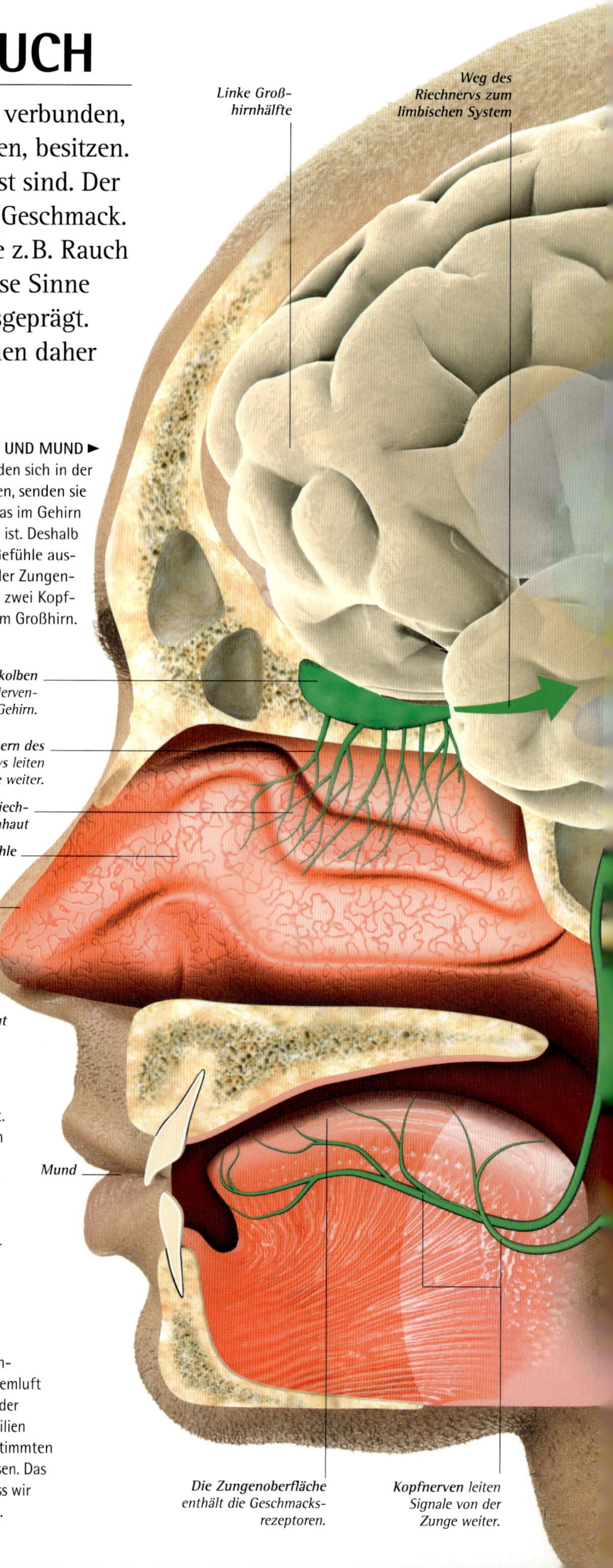

NASE UND MUND ►
Die Geruchsrezeptoren, die Riechzellen, befinden sich in der Nasenhöhle. Sobald sie Gerüche wahrnehmen, senden sie Nervenimpulse an das limbische System, das im Gehirn für Gefühle und Gedächtnis verantwortlich ist. Deshalb können bestimmte Gerüche bei uns starke Gefühle auslösen. Die Geschmacksrezeptoren sitzen auf der Zungenoberfläche und leiten Nervenimpulse über zwei Kopfnerven zum Geschmackszentrum im Großhirn.

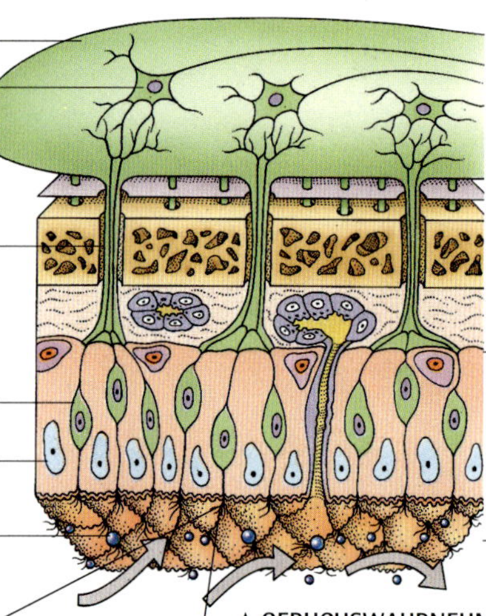

▲ GERUCHSWAHRNEHMUNG
Die Riechzellen sitzen an der Oberseite der Nasenhöhle in der Riechschleimhaut. Wenn Geruchsstoffe mit der Atemluft an ihnen vorbeiströmen, lösen sie Nervenimpulse aus. Die Nervenfasern der Rezeptoren verlaufen durch zwei Öffnungen im Siebbein, das den oberen Teil der Nasenhöhle bildet, in den Riechkolben. Dort werden die Impulse auf weitere Nervenzellen übertragen, die sie in das Gehirn leiten.

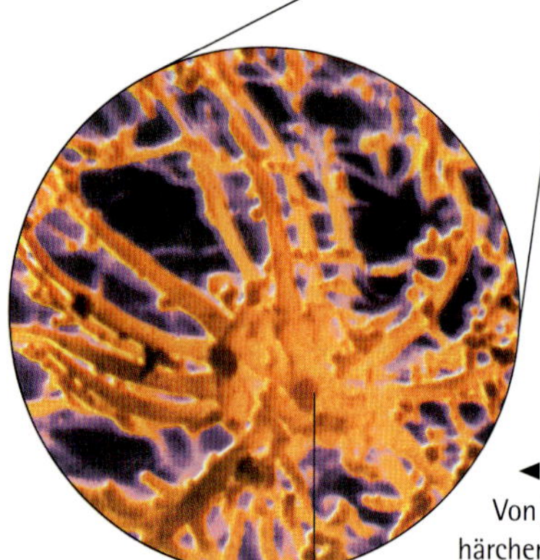

Riechzellen besitzen viele Riechhärchen.

◄ RIECHHÄRCHEN
Von jeder Riechzelle ragen zehn bis 20 kleine Riechhärchen, die Zilien, in die Riechschleimhaut. Wenn Atemluft durch die Nasenhöhle strömt, lösen sich die Duftstoffe in der wässrigen Schleimhaut, die Riechzellen und Zilien bedeckt. Zilien besitzen viele verschiedene Rezeptoren, die jeweils einen bestimmten Geruchsstoff binden und anschließend Nervenimpulse auslösen. Das Gehirn wandelt die Impulse in eine Wahrnehmung um, sodass wir den Duft einer Rose von Verbranntem unterscheiden können.

SCHMECKEN ALS BERUF

Manche Menschen, die einen angeborenen, empfindlichen Geschmacks- und Geruchssinn haben, testen beruflich z.B. Tees, Weine oder Parfüme. Sie können ihre Fähigkeiten noch verbessern, um feinste Unterschiede bei Aromen und Düften herauszufinden.

Dieser Weintester prüft einen Wein auf Bouquet (Geruch), Geschmack und Aroma. Begriffe wie z.B. »blumig« oder »fruchtig«, mit denen Weine häufig beschrieben werden, spiegeln diese Kombination aus Duft und Geschmack wider. Der Weintester prüft auch Farbe und Klarheit des Weins.

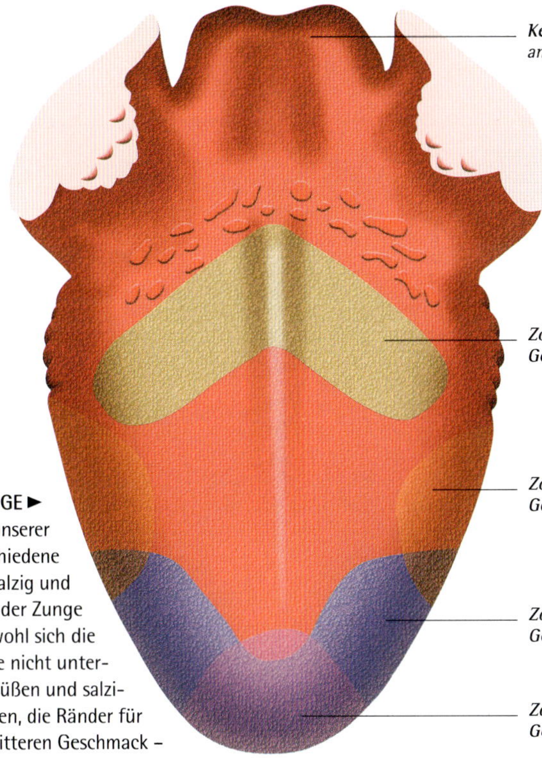

GESCHMACKSKARTE DER ZUNGE ►
Die Geschmacksempfindungen unserer Zunge kann man in vier verschiedene Qualitäten einteilen – süß, sauer, salzig und bitter. Verschiedene Bereiche der Zunge schmecken nur eine Qualität, obwohl sich die Geschmacksknospen dieser Bereiche nicht unterscheiden. Die Zungenspitze ist für süßen und salzigen Geschmack am empfindlichsten, die Ränder für sauren und der Zungengrund für bitteren Geschmack – dieses Muster zeigt die Karte rechts.

▼ ZUNGENOBERFLÄCHE
Die Zunge ist mit winzigen Ausstülpungen, den Papillen, übersät (unten). Vier verschiedene Papillenarten befinden sich auf der Zunge: Blatt-, Pilz-, Wall- und Fadenpapillen. Nur die ersten drei Papillen besitzen Geschmacksknospen, während die Fadenpapillen die Nahrung anrauen. Sie besitzen Rezeptoren, um Beschaffenheit und Temperatur der Nahrung zu ermitteln – damit wir z.B. eine heiße Kartoffel von kaltem Eis unterscheiden können. Sie vermitteln auch Schmerzen.

MERKMALE VON GESCHMACK UND GERUCH

Anzahl der Geschmacksknospen	10 000
Anzahl der Riechzellen	Millionen
Geschmacksqualitäten der Zunge	4
Anzahl der Gerüche, die von der menschlichen Nase erkannt werden	10 000
Fläche der Riechschleimhaut	5 cm²
Niedrigste riechbare Konzentration (Methylmercaptan – Zusatz zum Erdgas, damit es riecht)	1 Teil von 25 Milliarden
Anzahl der Gene, die Geschmack und Geruch steuern	1000

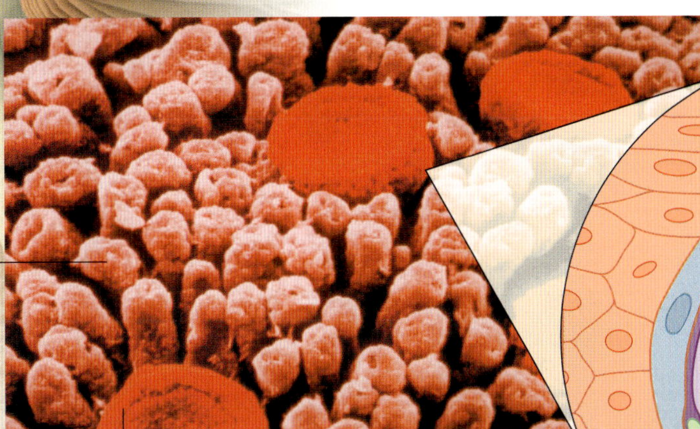

Fadenpapillen ermitteln Beschaffenheit und Temperatur der Nahrung.

Pilzpapillen besitzen Geschmacksknospen.

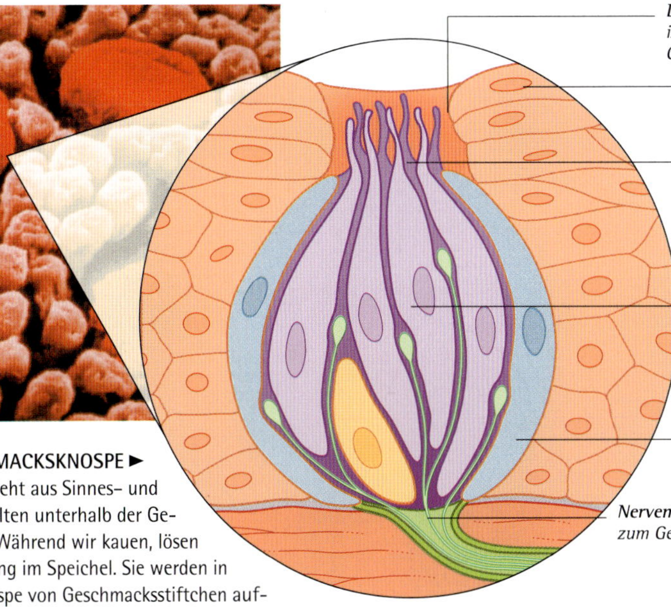

GESCHMACKSKNOSPE ►
Jede Geschmacksknospe besteht aus Sinnes- und Stützzellen, die wie Orangenspalten unterhalb der Geschmackspore angeordnet sind. Während wir kauen, lösen sich Substanzen aus der Nahrung im Speichel. Sie werden in der Pore der Geschmacksknospe von Geschmacksstiftchen aufgenommen, die aus den Sinneszellen herausragen. Die Sinneszellen erzeugen Impulse und senden sie an den Geschmackskern im Gehirn.

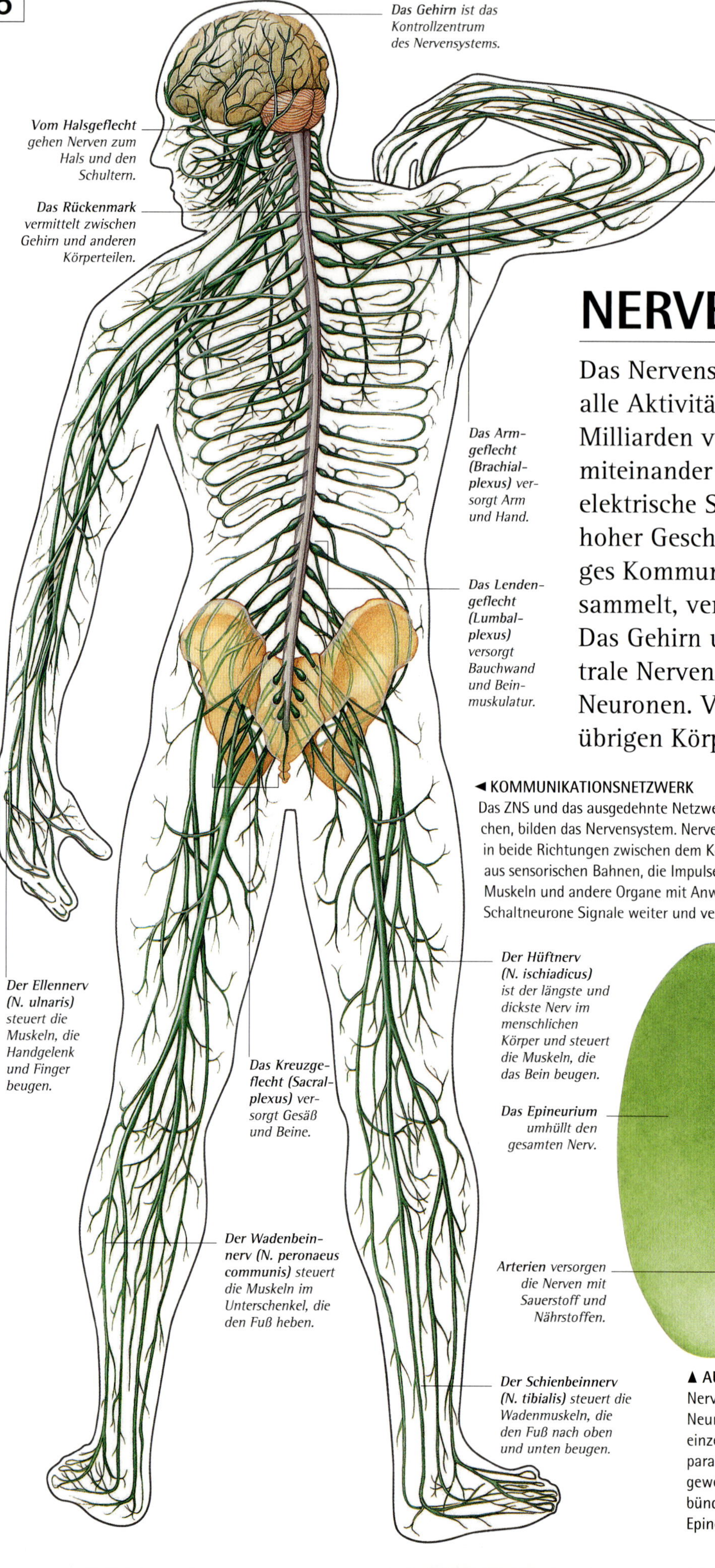

@ Nervensystem

NERVENSYSTEM

Das Nervensystem steuert und koordiniert alle Aktivitäten des Körpers. Es besteht aus Milliarden von Neuronen (Nervenzellen), die miteinander verbunden sind. Neuronen leiten elektrische Signale, die Nervenimpulse, mit hoher Geschwindigkeit. Sie bilden ein gewaltiges Kommunikationssystem, das Informationen sammelt, verarbeitet und Anweisungen sendet. Das Gehirn und das Rückenmark, die das zentrale Nervensystem (ZNS) bilden, bestehen aus Neuronen. Vom ZNS versorgen Nerven den übrigen Körper mit Informationen.

◄ KOMMUNIKATIONSNETZWERK
Das ZNS und das ausgedehnte Netzwerk aus Nerven, die jeden Teil des Körpers erreichen, bilden das Nervensystem. Nerven sind wie Datenautobahnen, die Nervenimpulse in beide Richtungen zwischen dem Körper und dem ZNS weiterleiten. Sie bestehen aus sensorischen Bahnen, die Impulse zum ZNS leiten, und motorischen Bahnen, die Muskeln und andere Organe mit Anweisungen vom ZNS versorgen. Im ZNS leiten Schaltneurone Signale weiter und verarbeiten sie.

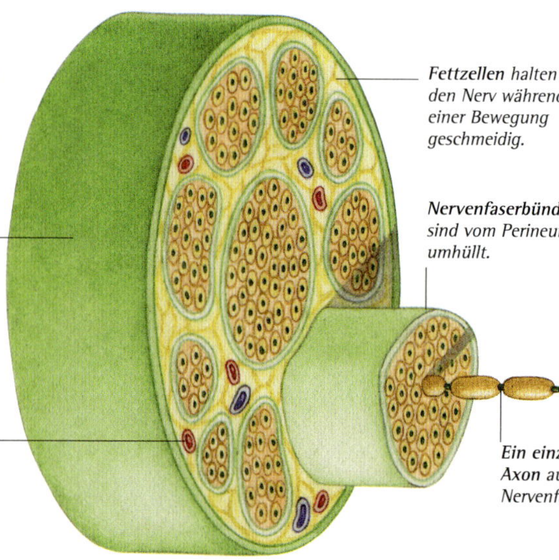

▲ AUFBAU EINES NERVS
Nervenfasern oder Axone sind lange, kabelartige Fortsätze von Neuronen, die aus Rückenmark oder Gehirn austreten und zu den einzelnen Körperteilen verlaufen. Innerhalb eines Nervs bilden parallele Axone Nervenfaserbündel, die von einem harten Bindegewebe, dem Perineurium, umhüllt sind. Mehrere Nervenfaserbündel sind zusammen mit Blutgefäßen und Fettgewebe vom Epineurium eingeschlossen, das die äußere Hülle bildet.

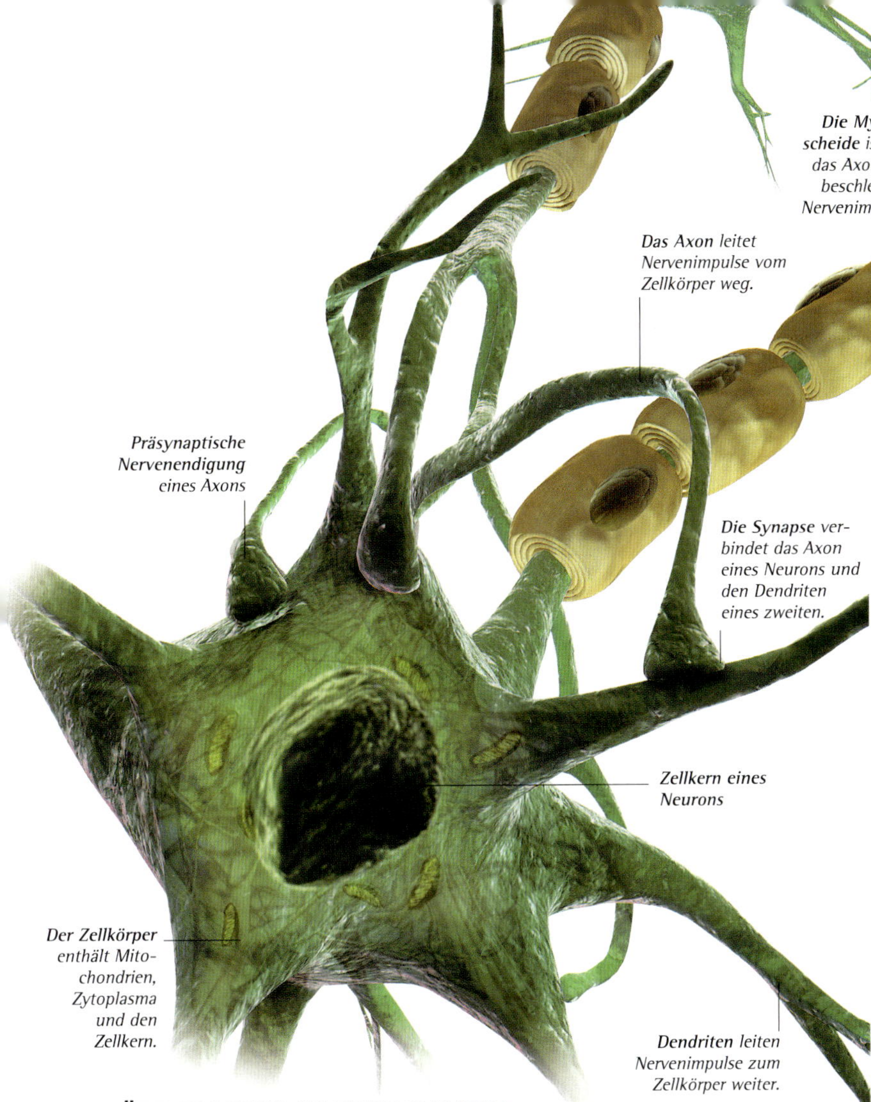

◄ NEURON
Jedes Neuron besitzt einen Zellkörper, der den Zellkern enthält und von dem unterschiedliche Fortsätze abgehen. Die kurzen Fortsätze (Dendriten) leiten Informationen von anderen Neuronen zum Zellkörper, während die langen (Axone) Impulse zu anderen Zellen senden. Viele Axone sind von einer Markscheide (Myelinscheide) umhüllt, die sie isolieren und die Geschwindigkeit der Impulse auf bis zu 100 m/s erhöht.

SIGNALÜBERTRAGUNG AN EINER SYNAPSE

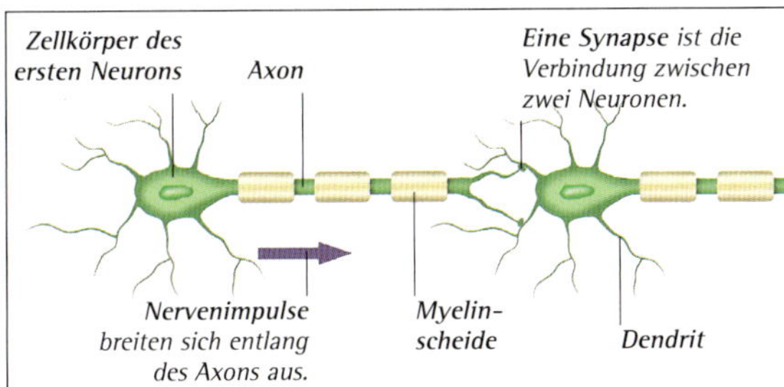

IMPULS IM ERSTEN NEURON
Neurone sind über Verbindungen, die Synapsen, miteinander verknüpft, die einen kleinen Spalt überbrücken. Nervenimpulse breiten sich schnell entlang des Axons eines Neurons aus. Eine Synapse verbindet das Ende des Axons mit einem Dendriten eines zweiten Neurons. Der Impuls wird über den Spalt mit chemischen Substanzen weitergeleitet.

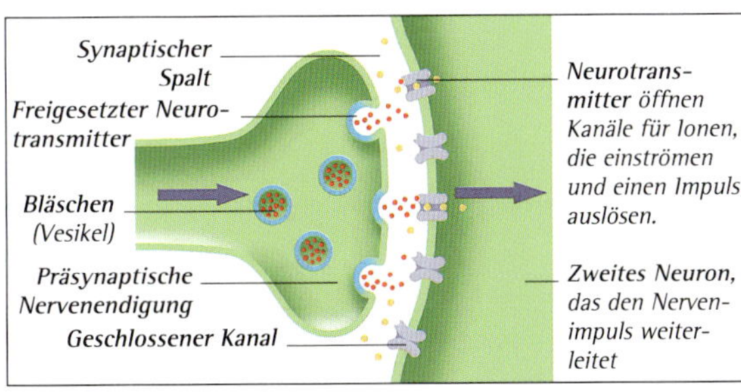

CHEMISCHE ÜBERMITTLUNG
Das Ende eines Axons, die präsynaptische Nervenendigung, enthält Bläschen mit chemischen Substanzen, den Neurotransmittern (rot). Sie leiten den Nervenimpuls über den synaptischen Spalt. Sobald ein Nervenimpuls die Synapse erreicht, setzen die Bläschen Neurotransmitter in den Spalt frei, die dann am zweiten Neuron einen Nervenimpuls auslösen.

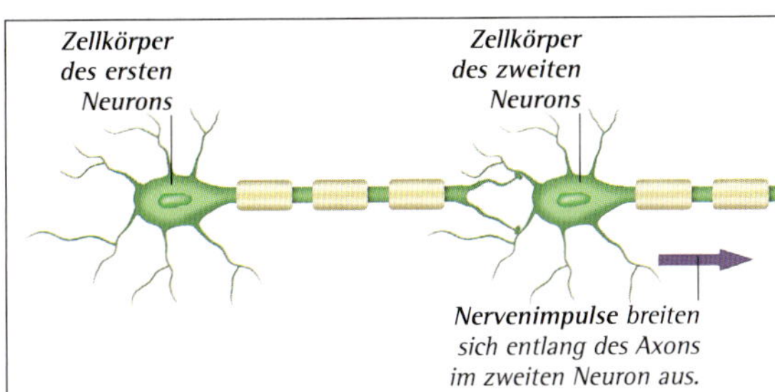

IMPULS IM ZWEITEN NEURON
Der neue Nervenimpuls breitet sich entlang des Axons im zweiten Neuron aus. Enzyme bauen die Neurotransmitter, die im synaptischen Spalt übrig bleiben, ab, damit das zweite Neuron nicht ununterbrochen gereizt wird. Nervenimpulse können den Spalt mit Neurotransmittern nicht in die entgegengesetzte Richtung überbrücken.

NERVENSYSTEM

Das Nervensystem besteht aus dem zentralen (ZNS) und dem peripheren Nervensystem (PNS). Das ZNS – Gehirn und Rückenmark – kontrolliert und koordiniert alle Körperaktivitäten. Dazu verarbeitet es Signale der Sinnesorgane und sendet an Muskeln und Organe Anweisungen. Das PNS besteht aus den Nerven, die vom Gehirn und dem Rückenmark abgehen und Nervenimpulse an die restlichen Körperteile weiterleiten.

Das PNS gliedert sich in sensorische Neuronen, motorische Neuronen (Motoneuron) und vegetatives (unwillkürliches) System. Sensorische Neuronen sammeln Informationen über Änderungen innerhalb und außerhalb des Körpers und leiten sie an das ZNS. Motoneuronen, die zum willkürlichen Nervensystem zählen, leiten Signale vom ZNS an die Skelettmuskeln. Das vegetative System erhält Signale vom ZNS und steuert die inneren Organe.

ZENTRALES NERVENSYSTEM

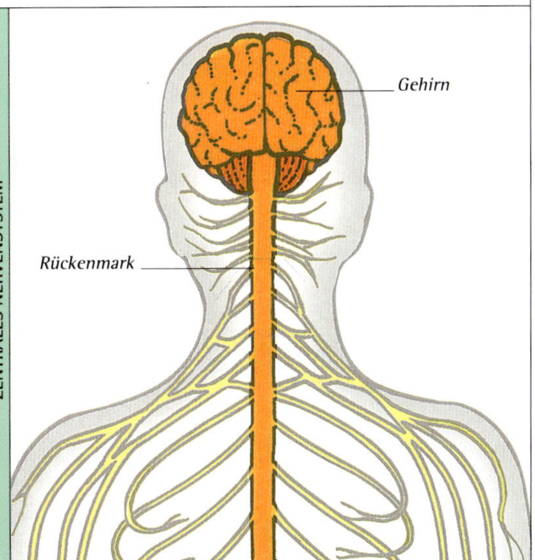

PERIPHERES NERVENSYSTEM

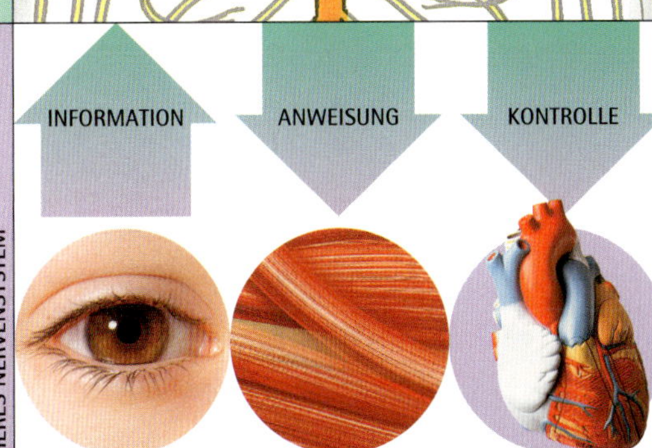

SENSORISCHE NEURONEN	MOTONEURONEN	VEGETATIVES NERVENSYSTEM
Sensorische Neuronen informieren das ZNS über innere Änderungen wie z. B. eine volle Blase und über äußere, die Sinnesorgane entdecken.	*Motoneuronen leiten Signale an die Skelettmuskulatur, um willkürliche Bewegungen wie z. B. einen Ball wegschießen auszuführen.*	*Die Aktivitäten innerer Organe (z. B. das Herz oder die Atemfrequenz) werden automatisch durch das vegetative Nervensystem gesteuert.*

RÜCKENMARK

Das Rückenmark ist ein Strang aus Nervengewebe, das sich vom Gehirn bis zum Rücken hinunterzieht. Es spielt eine bedeutende Rolle bei der Körpersteuerung und der Informationsverarbeitung, weil es wie eine Datenautobahn Signale zwischen dem Gehirn und dem Körper überträgt. Im Rückenmark befinden sich viele Reflexbögen. Sie sind schnelle Antworten auf Reize, die unbewusst ablaufen und den Körper häufig vor Schäden bewahren.

RÜCKENMARK UND NERVEN ►
Das Rückenmark, das etwa so dick wie ein Finger ist, reicht vom verlängerten Mark im Gehirn bis zu den Lendenwirbeln. Von ihm entspringen 31 Paare Spinalnerven. Sie steuern die Skelettmuskeln und leiten Informationen weiter, die von Sinnesrezeptoren des Körpers und insbesondere von der Haut kommen.

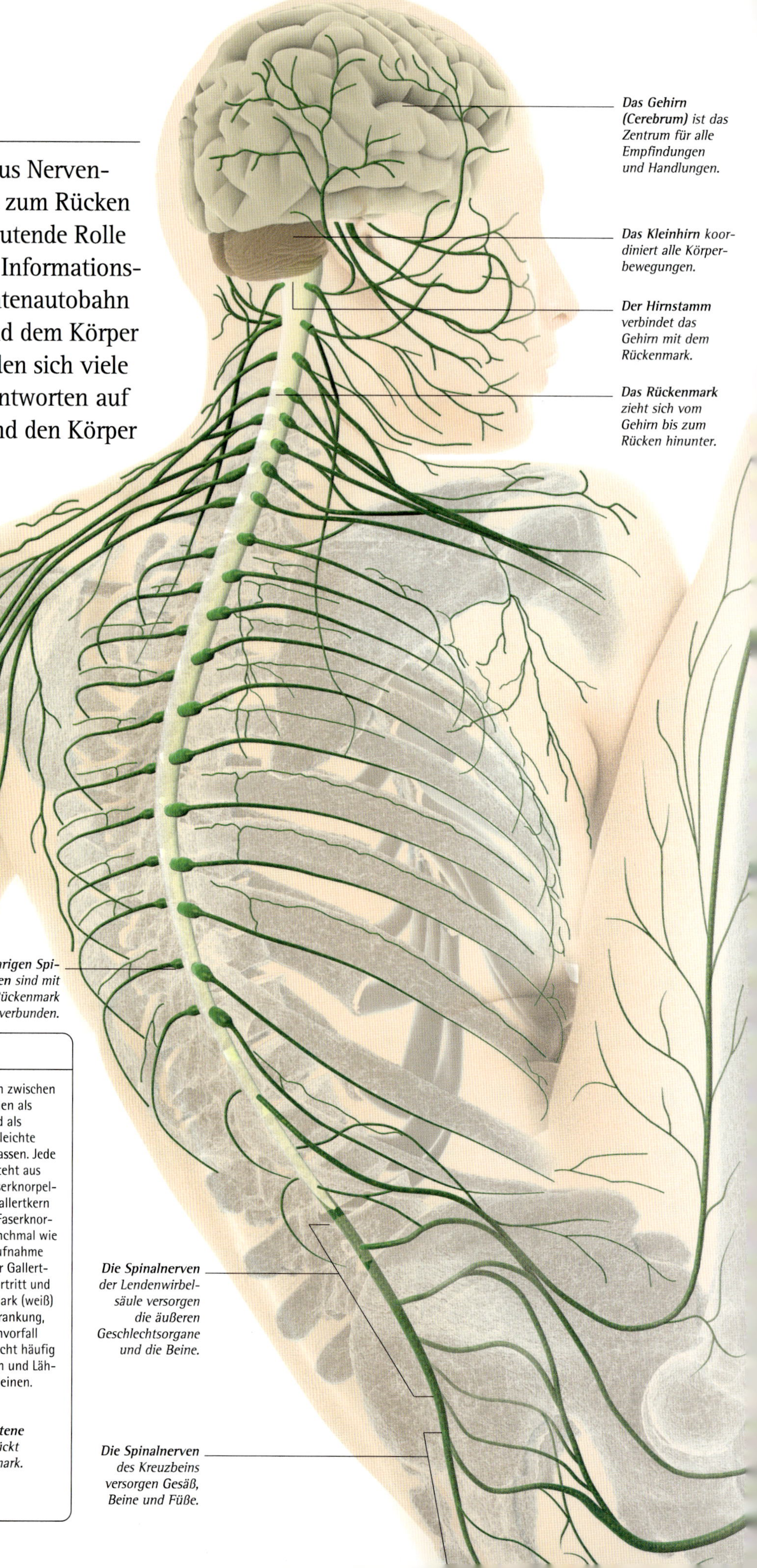

@ Rückenmark

KONTROLLAUFNAHME

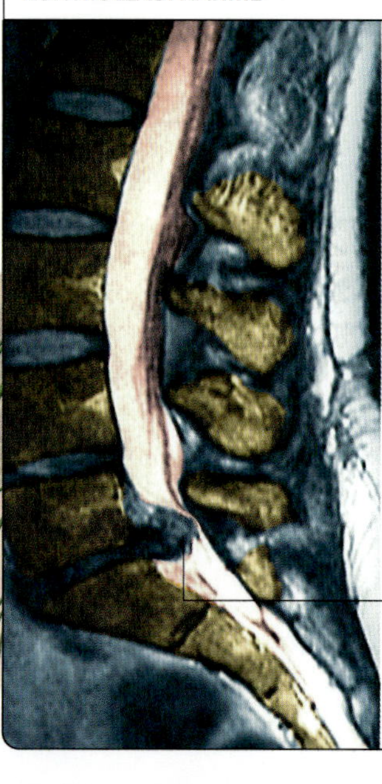

Die Bandscheiben zwischen den Wirbeln dienen als Stoßdämpfer und als Gelenke, die nur leichte Bewegungen zulassen. Jede Bandscheibe besteht aus einem harten Faserknorpelring, der einen Gallertkern umschließt. Der Faserknorpelring kann manchmal wie in dieser MRT-Aufnahme reißen, sodass der Gallertkern (blau) hervortritt und auf das Rückenmark (weiß) drückt. Diese Erkrankung, der Bandscheibenvorfall (Prolaps), verursacht häufig Rückenschmerzen und Lähmungen in den Beinen.

Die herausgetretene Bandscheibe drückt auf das Rückenmark.

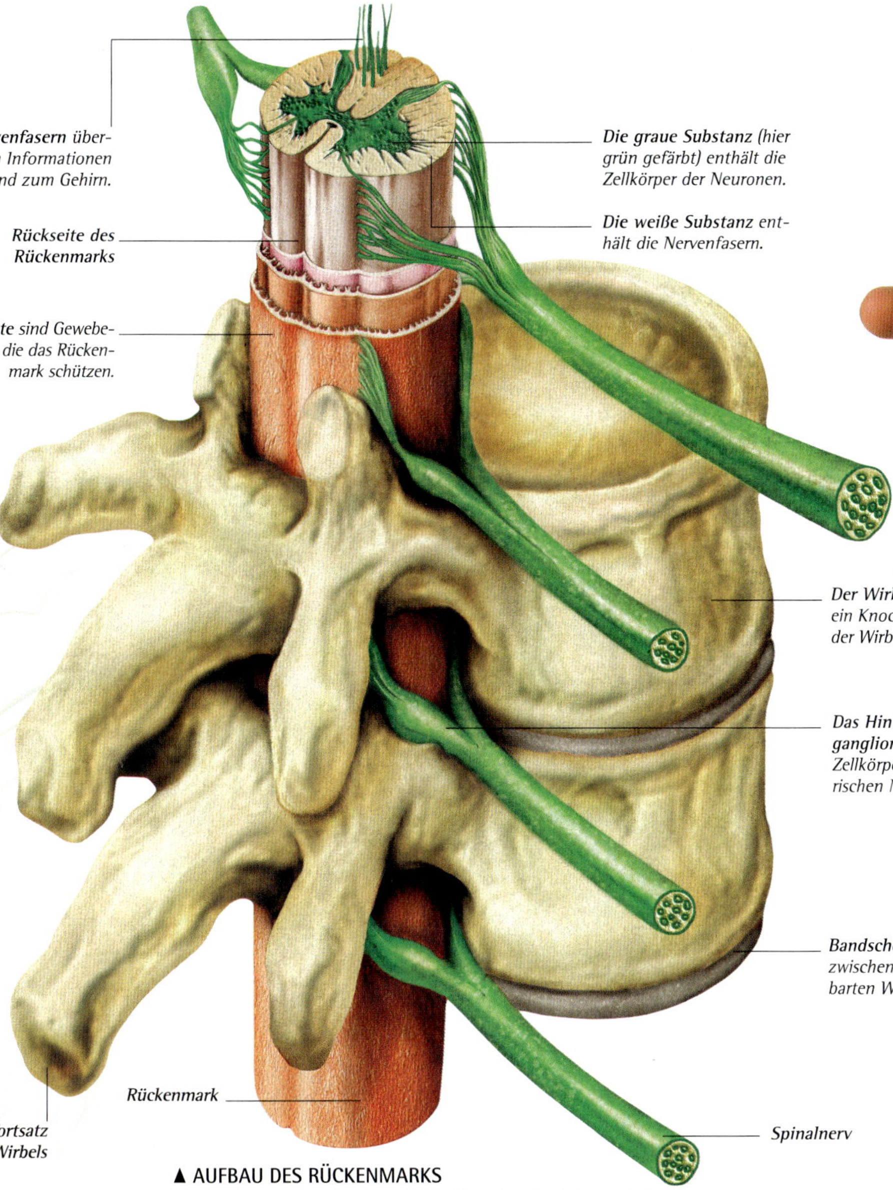

▲ AUFBAU DES RÜCKENMARKS
Das Rückenmark verläuft im Wirbelkanal und wird von drei Bindegewebsschichten umhüllt, den Hirnhäuten. Die graue Substanz in der Mitte des Rückenmarks überträgt Signale zwischen sensorischen Neuronen und Motoneuronen (s. S. 36). Die weiße Substanz, die sie umhüllt, besteht aus Nervenfasern, die Signale zum und vom Gehirn weiterleiten. Die Spinalnerven entspringen jeweils zwischen zwei benachbarten Wirbeln.

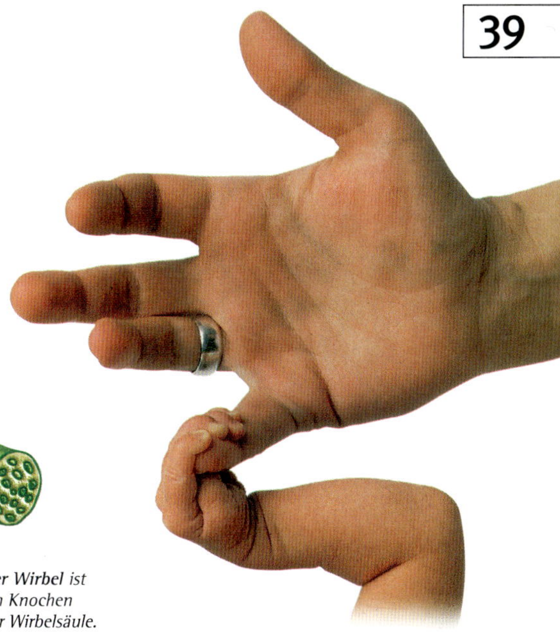

▲ REFLEXE VON NEUGEBORENEN
Babys zeigen bereits kurz nach der Geburt einfache Reflexe, die lebenswichtig sind. Der Greifreflex (oben) wird ausgelöst, sobald etwas die Handfläche des Neugeborenen berührt. Der Suchreflex wird durch leichtes Berühren der Wange ausgelöst. Das Baby dreht daraufhin seinen Kopf, findet die Brustwarze seiner Mutter und trinkt. Dieser Reflex verschwindet nach etwa drei Monaten.

SELBSTSCHUTZ ▲
Einige Reflexe werden vom Gehirn und nicht vom Rückenmark gesteuert. Die Augen schützen sich durch drei verschiedene Reflexstufen. Auf der untersten Stufe, z. B. bei einer Fliege, zwinkern wir. Droht den Augen Gefahr wie bei einem schnellen Objekt, das auf uns zu fliegt, ziehen wir den Kopf nach hinten. Auf der höchsten Stufe – wenn jemand z. B. Spray in das Gesicht sprüht – reißen wir unsere Arme vor die Augen.

SCHMERZREAKTIONEN

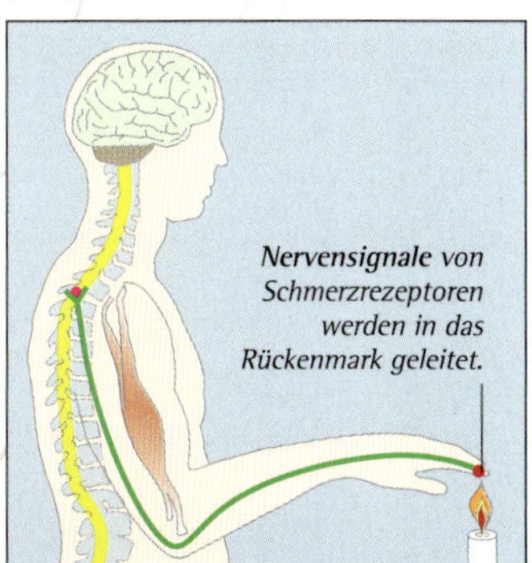

GEFÄHRLICHER REIZ
Der Beugereflex ist ein Schutzreflex, der bei Berührung von heißen oder scharfen Gegenständen ausgelöst wird. Schmerzrezeptoren in der Fingerkuppe reagieren auf eine brennende Kerze und senden Signale über sensorische Neuronen zum Rückenmark. Im Rückenmark werden die Signale mit hoher Geschwindigkeit auf andere Neuronen übertragen.

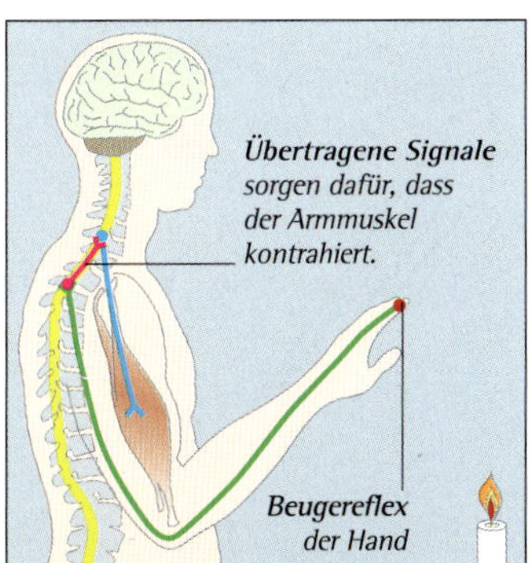

AUTOMATISCHE BEUGUNG
Nur wenige Millisekunden (Tausendstel einer Sekunde) nachdem der schmerzvolle Reiz ausgelöst wurde, werden Nervenimpulse zu Motoneuronen weitergeleitet. Diese Neuronen versorgen die Beugemuskeln des Oberarms. Sobald diese Impulse empfangen, kontrahieren die Muskeln, beugen den Arm und ziehen die Finger von der Flamme weg.

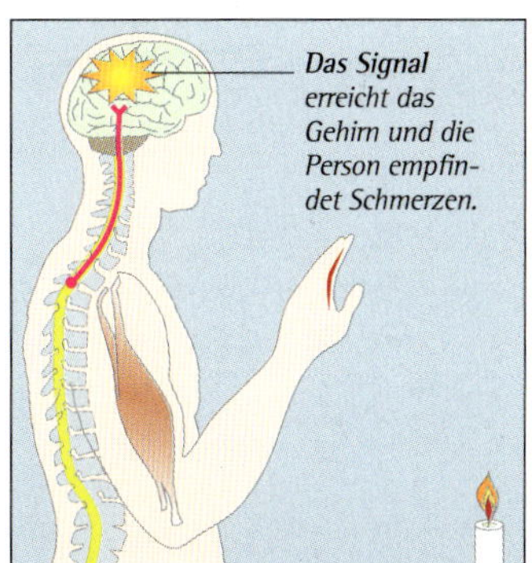

SCHMERZGEFÜHL
Nervenfasern im Rückenmark leiten die Nervenimpulse an den Thalamus im Gehirn, wo das Schmerzgefühl entsteht. Schmerz empfinden wir erst nach dem Beugereflex. Die Zeit, die Impulse für den Reflexbogen – die Bahnen, die an einem Reflex beteiligt sind – benötigen, ist viel kürzer als die Zeit, die sie brauchen, um das Gehirn zu erreichen.

GEHIRN

Das Gehirn ist die Schaltzentrale des Nervensystems und enthält mehr als 100 Milliarden Neuronen, die untereinander verbunden sind. Der wichtigste Teil des Gehirns, das Großhirn, verarbeitet und sendet Nervensignale aus, damit wir unsere Umwelt erfassen, uns koordiniert bewegen, denken und lernen können. Die beiden Gehirnhälften – die linke und rechte Großhirnhälfte – steuern die jeweils entgegengesetzte Körperhälfte. Andere Regionen im Gehirn regulieren unwillkürliche Vorgänge, z.B. die Atmung, das Augenzwinkern sowie die Stärke und die Frequenz des Herzschlages.

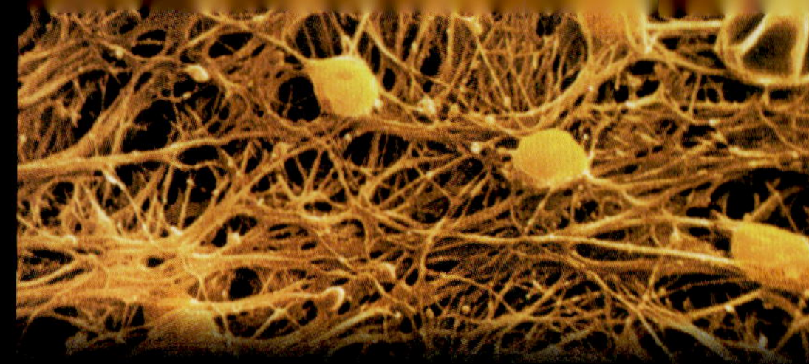

NEURONEN IM GEHIRN ▲
Das Bild zeigt nur wenige der Milliarden Neurone, die ein riesiges System bilden, um Kommunikation und Informationen zu verarbeiten. Jedes Neuron ist mit hunderten oder gar tausenden anderer Neuronen verschaltet, sodass mehr als eine Billion Synapsen ein gewaltiges Netzwerk aus Nervenbahnen bilden.

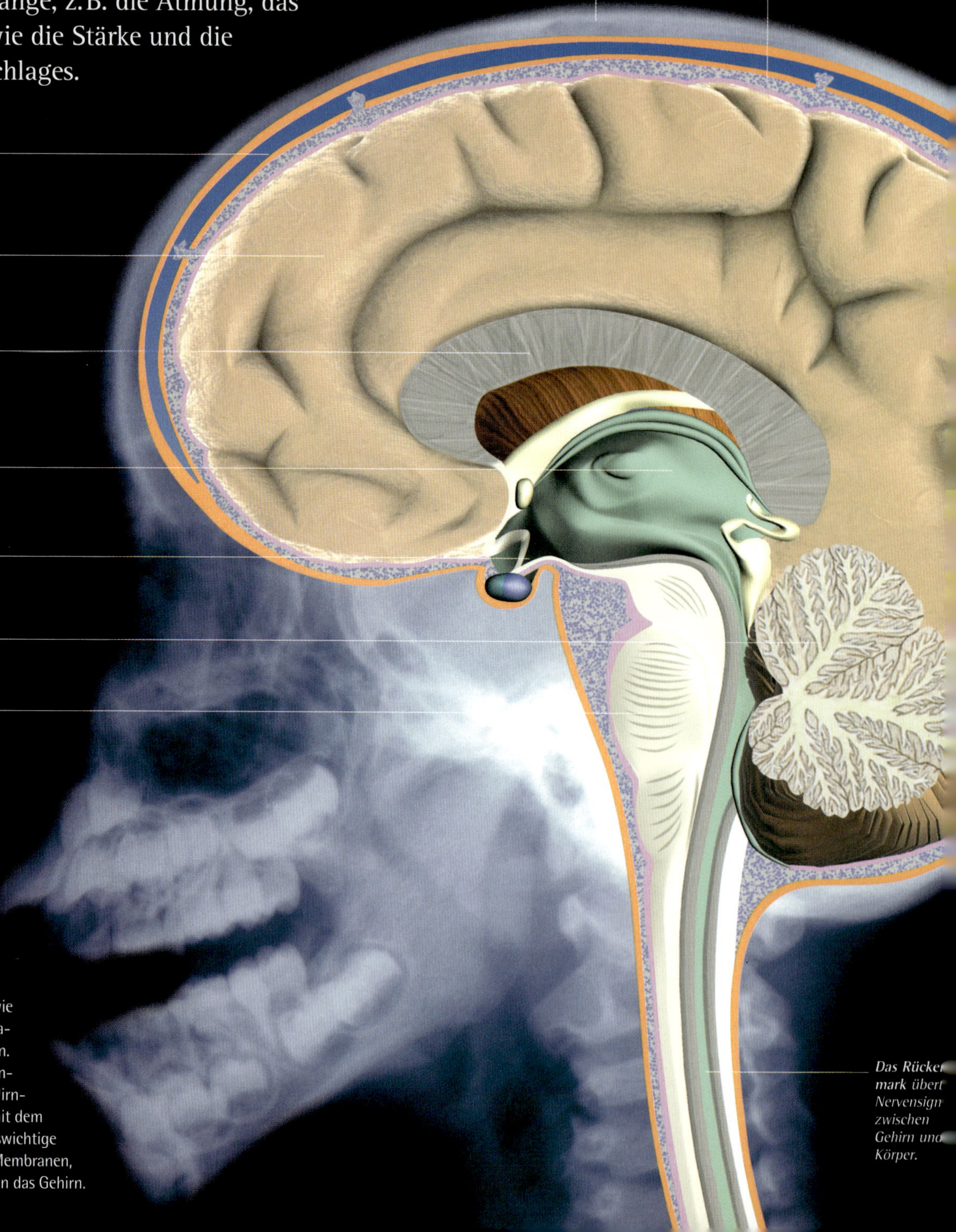

AUFBAU DES GEHIRNS ►
Diese Grafik zeigt einen senkrechten Schnitt durch das Gehirn, das aus drei Teilen besteht – Vorderhirn, Kleinhirn und Hirnstamm. Das Vorderhirn besteht aus den beiden Großhirnhälften, die etwa 85 % der Gehirnmasse bilden, sowie dem Thalamus und dem Hypothalamus, die unter dem Großhirn liegen. Das Kleinhirn koordiniert Bewegungen und das Gleichgewicht. Der Hirnstamm verbindet das Großhirn mit dem Rückenmark und reguliert lebenswichtige Vorgänge wie die Atmung. Drei Membranen, die Hirnhäute, schützen das Gehirn.

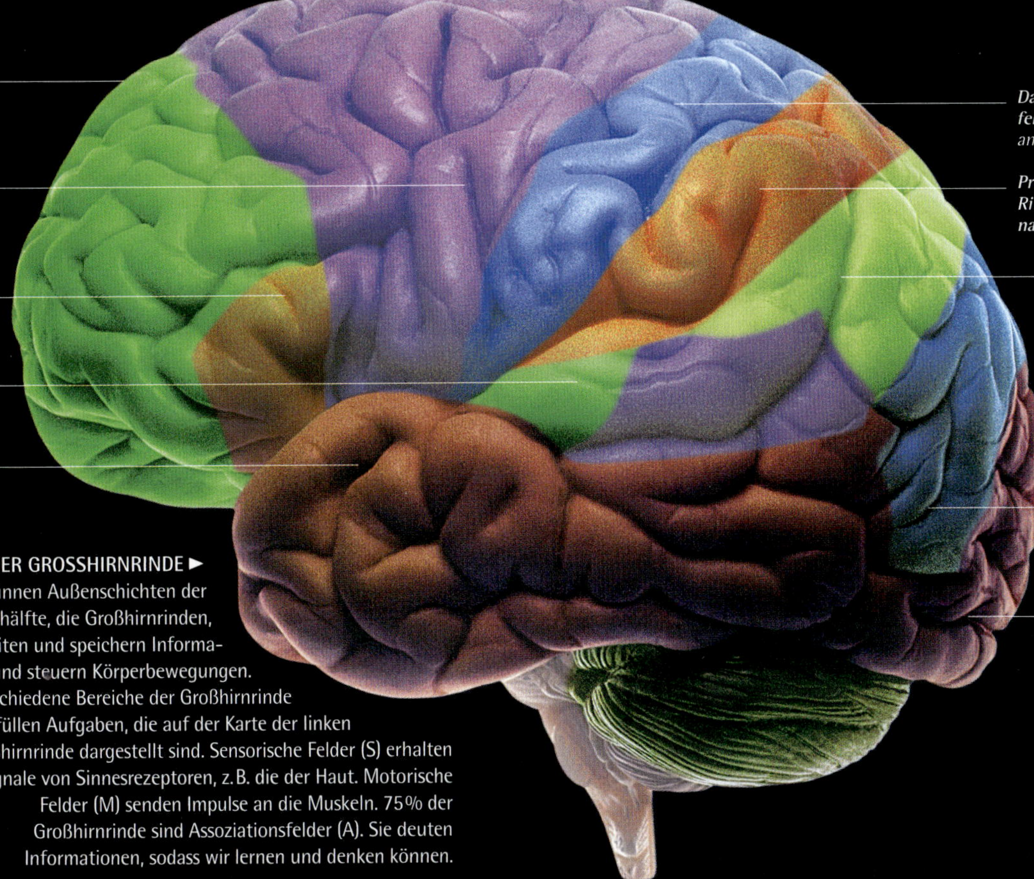

KARTE DER GROSSHIRNRINDE ► Die dünnen Außenschichten der Großhirnhälfte, die Großhirnrinden, verarbeiten und speichern Informationen und steuern Körperbewegungen. Verschiedene Bereiche der Großhirnrinde erfüllen Aufgaben, die auf der Karte der linken Großhirnrinde dargestellt sind. Sensorische Felder (S) erhalten Signale von Sinnesrezeptoren, z. B. die der Haut. Motorische Felder (M) senden Impulse an die Muskeln. 75 % der Großhirnrinde sind Assoziationsfelder (A). Sie deuten Informationen, sodass wir lernen und denken können.

WIE EIN SCHLAGANFALL DAS GEHIRN ZERSTÖRT

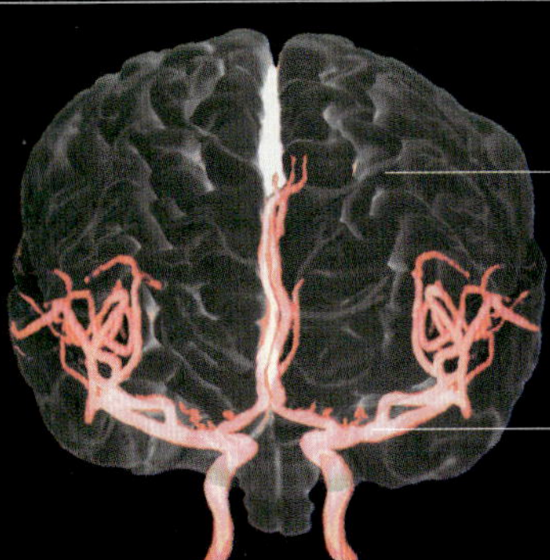

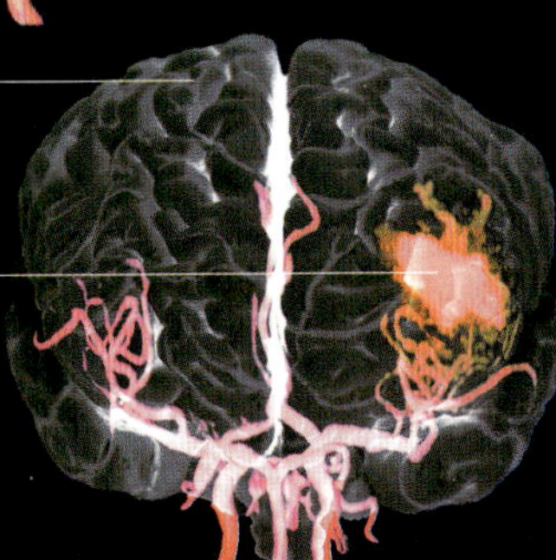

Diese MRA-Aufnahmen zeigen ein Gehirn und die Arterien, die es versorgen. Das Gehirn braucht etwa ein Fünftel des aufgenommenen Sauerstoffs. Neuronen im Gehirn sterben schnell ab, wenn ihre Versorgung unterbrochen wird. Die obere Aufnahme zeigt gesunde Arterien, die beide Großhirnhälften mit Sauerstoff versorgen. Die untere Aufnahme zeigt einen Patienten nach einem Schlaganfall. Eine Arterie in der linken Großhirnhälfte ist geplatzt, sodass die Neuronen in diesem Bezirk absterben. Dieser Gehirnausfall kann z. B. zu einer Lähmung der rechten Körperseite führen. Schlaganfälle oder Hirnschläge können auch durch verstopfte Arterien entstehen.

VOM GEHIRN ZUM FINGER UND ZURÜCK

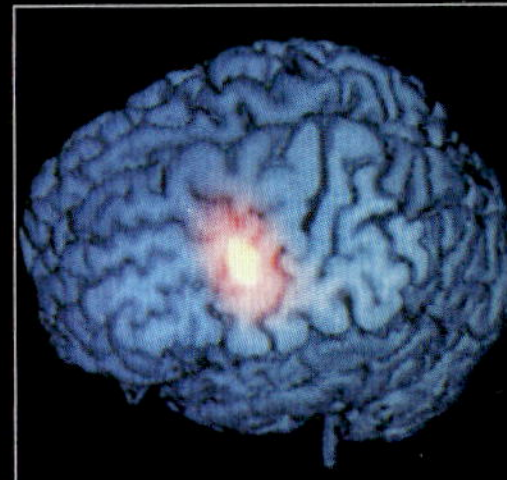

VOR DER BEWEGUNG
Gehirnaktivitäten kann man mit einem Myeloenzephalogramm (MEG) messen. Die Aufnahmen zeigen die Aktivität von Neuronen, die an der Bewegung des rechten Zeigefingers beteiligt sind. Die erste Aufnahme zeigt die Neurone wenige Millisekunden vor der Bewegung. Sie sind aktiv (pink), weil sie Impulse an die Fingermuskeln senden.

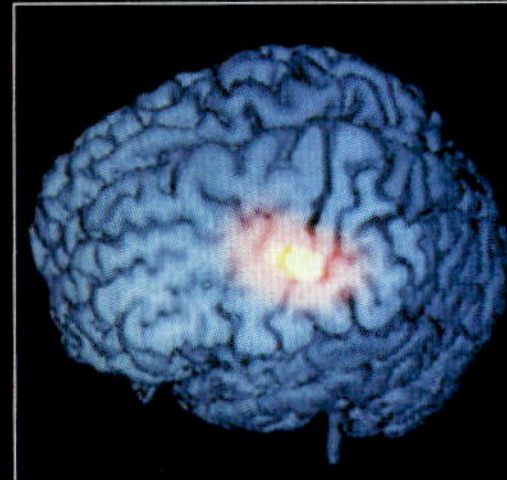

WÄHREND DER BEWEGUNG
Die zweite Aufnahme entstand nur 40 Millisekunden, nachdem die Impulse abgegeben wurden. Sie zeigt, dass Neuronen im sensorischen Rindenfeld »aufleuchten«. Die Neuronen haben von Dehnungsrezeptoren der Fingermuskeln Informationen erhalten, dass die Muskeln kontrahiert sind und dass sich der Zeigefinger bewegt.

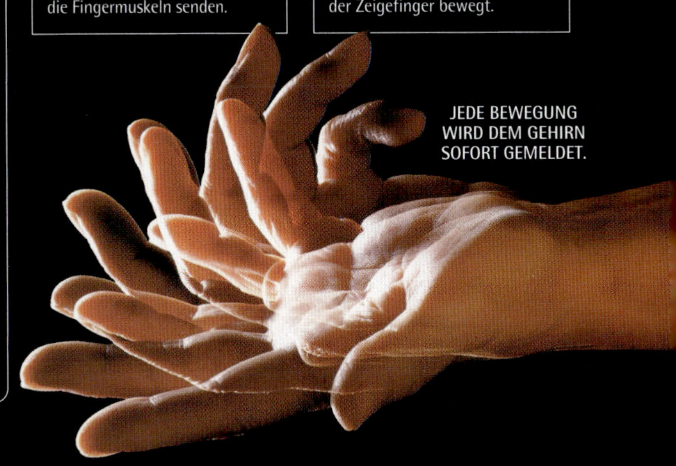

JEDE BEWEGUNG WIRD DEM GEHIRN SOFORT GEMELDET.

@ ►► Gehirn

GEDÄCHTNIS

Das Gehirn ermöglicht uns zu denken, zu lernen und kreativ zu sein – Aktivitäten, die wir ohne Gedächtnis nicht ausführen könnten. Während wir die meisten Erfahrungen wieder vergessen, werden wichtige und beeindruckende Ereignisse, Fakten und Fähigkeiten lebenslang in unserem Langzeitgedächtnis abgespeichert. Das limbische System ist ein Teil des Großhirns, in dem unser Gedächtnis und unsere Gefühle entstehen. Schlaf ist ein anderer Zustand des Bewusstseins. Der Körper kann sich im Schlaf erholen und das Gehirn kann alle Informationen verarbeiten, die es im Laufe eines Tages erhalten hat.

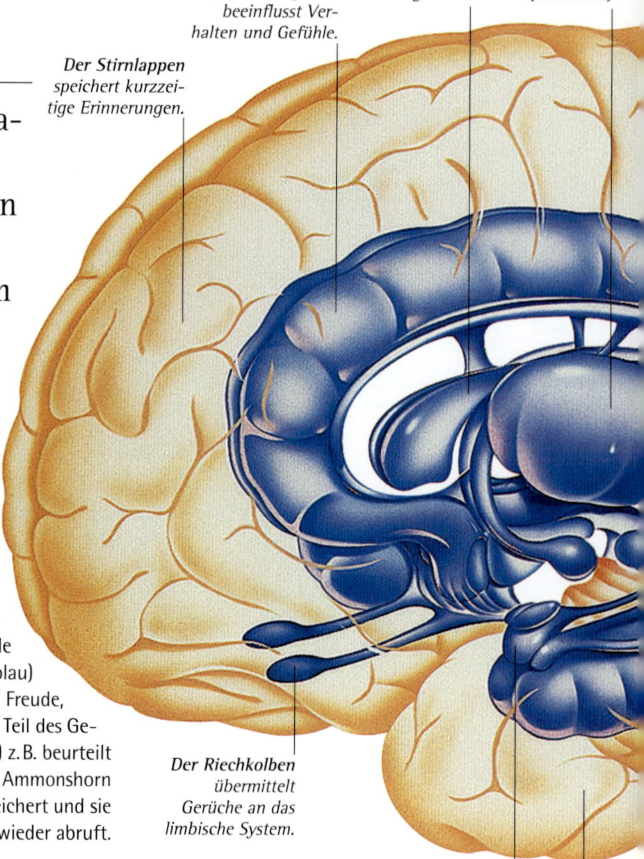

LIMBISCHES SYSTEM ►
Tief im Innern des Gehirns befinden sich Teile des Großhirns, die das limbische System (blau) bilden. Sie bestimmen Gefühle wie Angst und Freude, sie schützen uns vor Gefahren und sind ein Teil des Gedächtnisses. Der Mandelkern (Amygdala) z. B. beurteilt Gefahren und erzeugt Angst, während das Ammonshorn (Hippocampus) Erinnerungen speichert und sie wieder abruft.

◄ WIE ERINNERUNGEN ENTSTEHEN
Unser Gedächtnis besitzt mehrere zeitliche Stufen. Im sensorischen Register werden nur flüchtige Eindrücke gespeichert, die wir wenige Sekunden sehen, hören oder riechen. Das Kurzzeitgedächtnis übernimmt einige dieser Eindrücke, an die wir nur in diesem Augenblick denken – die meisten von ihnen vergessen wir wieder. Doch manche Ereignisse wie z. B. ein Jahrmarkt hinterlassen bleibende Eindrücke und erzeugen ausgeprägte Nervenaktivitäten, die das Langzeitgedächtnis abspeichert.

@ Gedächtnis

WIE DAS GEDÄCHTNIS ENTSTEHT

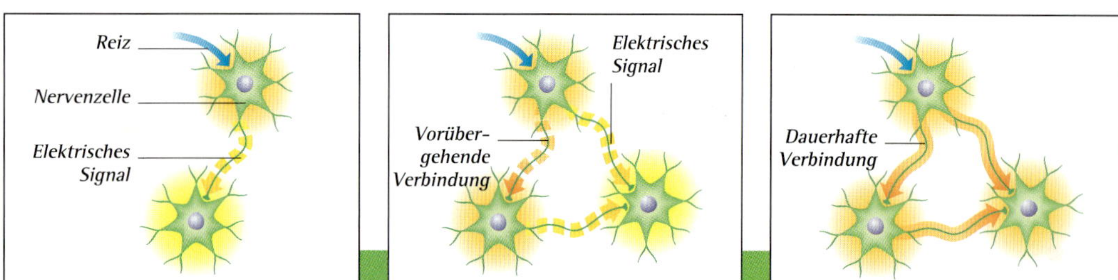

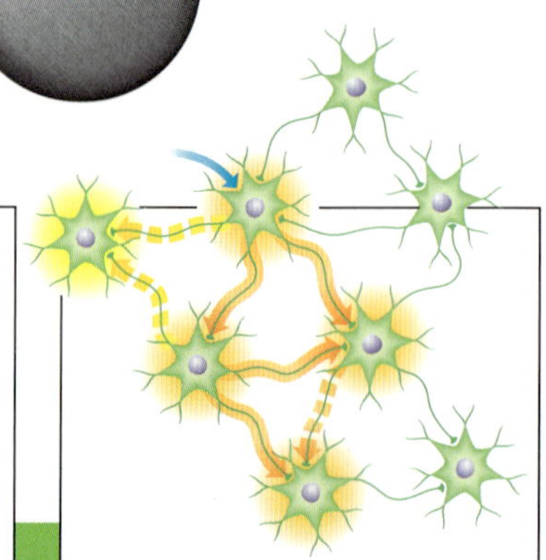

VERBINDUNGEN KNÜPFEN
Unsere Erfahrungen werden von Neuronen erzeugt, die in einem bestimmten Muster feuern (sind aktiv). Damit sich etwas in das Langzeitgedächtnis einprägt, müssen Neurone aus dem Kurzzeitgedächtnis wiederholt aktiv sein. Sobald ein Neuron einen starken Reiz empfängt, sendet es einen Nervenimpuls zu einem benachbarten Neuron.

VERBINDUNGEN BILDEN
Durch den Nervenimpuls reagiert das Nachbarneuron empfindlicher auf das Neuron, das ihn gesandt hat. Zwischen den Zellen bildet sich eine vorübergehende Verbindung, damit sie in Zukunft zusammen aktiv werden. Zusammen mit anderen Nachbarneuronen, die auch Impulse erhalten haben, entsteht ein Netz aus Neuronen.

STÄRKERE VERBINDUNG
Sobald eine Erinnerung wieder wach wird, feuern die Neurone erneut und stärken ihre Verbindungen. Alle Neurone feuern jetzt immer gemeinsam, unabhängig davon, welches den Reiz erhalten hat. Solche Verbindungen entwickeln sich besser, wenn etwas einen bleibenden Eindruck hinterlässt.

AUSGEDEHNTES NETZ
Mit jeder Wiederholung werden andere Neurone in das Netz eingebunden und bilden das Langzeitgedächtnis. Je größer das Netz wird, umso leichter erinnern wir uns und umso länger speichern wir Erinnerungen. Jedes Netzwerk speichert einen anderen Gesichtspunkt, um die gesamte Erinnerung aufzurufen.

DER LANGE CLOWN ►
Neben allen anderen Attraktionen hinterlässt der lange Clown den größten Eindruck bei einem aufgeregten Kind. Bei jeder Gelegenheit dreht es sich zu dem Clown um, sodass bestimmte Neurone äußerst aktiv sind. Weil es seinen Freunden und seiner Familie immer wieder von ihm erzählt und Bilder von ihm malt, prägen sich viele Einzelheiten in sein Langzeitgedächtnis ein. Jedes Mal, wenn diese Neurone aktiv sind, erinnert es sich an den Clown.

Das Ammonshorn ***(Hippocampus)*** *ist für das Gedächtnis lebenswichtig.*

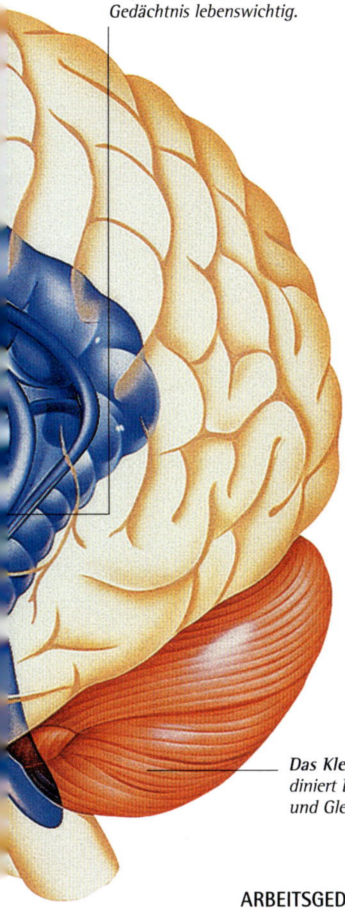

Das ***Kleinhirn*** *koordiniert Bewegung und Gleichgewicht.*

LANGZEITGEDÄCHTNIS

HANDLUNGEN
Das prozedurale Gedächtnis speichert Fähigkeiten wie Fahrradfahren oder Klavierspielen, die man durch Übung erlernt. Es sitzt im Schalenkern (Putamen) – dem Teil des Gehirns, das schwierige Bewegungen speichert. Ohne dieses Gedächtnis vergessen wir, wie man läuft oder ein Handy bedient.

BEDEUTUNGEN
In den Schläfenlappen speichert das semantische Gedächtnis Worte, Sprachen, Tatsachen und ihre Bedeutung. Es verarbeitet auch die Art, wie wir diese Informationen nutzen. Damit wir lesen oder schreiben können, muss die Bedeutung der Worte oder Symbole gespeichert sein.

EREIGNISSE
Das episodische Gedächtnis, das sich über viele Bereiche in der Hirnrinde verteilt, speichert besondere Ereignisse wie den ersten Schultag, eine Hochzeit oder einen Urlaub. Ein Blick auf ein Foto kann dem Gedächtnis häufig »nachhelfen«, sich an Ereignisse aus einer bestimmten Zeit zu erinnern.

ARBEITSGEDÄCHTNIS ►
Mit dem Kurzzeitgedächtnis oder Arbeitsgedächtnis können wir Anblicke, Geräusche und andere Empfindungen kurzzeitig speichern, um sie zu gebrauchen. Wenn wir z. B. eine Telefonnummer erfahren, behalten wir sie lange genug, um sie zu wählen. Das Arbeitsgedächtnis ist wie ein »Notizblock«, der Zwischenergebnisse speichert und den Sinn eines Satzes bereits erkennt, während wir lesen. Die meisten Erinnerungen werden nur wenige Sekunden im Arbeitsgedächtnis gespeichert, die wichtigsten jedoch gehen in das Langzeitgedächtnis über.

ANGST UND PHOBIEN

Angst gehört zu unserem Alltag und ist nützlich, weil sie uns in gefährlichen Situationen schützt. Doch bei manchen Menschen übersteigt die Furcht vor bestimmten Dingen oder Situationen jede Bedrohung. Diese zwanghaften Ängste nennt man Phobien. Es gibt z. B. Tierphobien, die übertriebene Furcht vor Hunden oder Spinnen. Mitunter wird das Leben durch eine Phobie gestört, doch kann man die Auswirkungen der Leiden mildern.

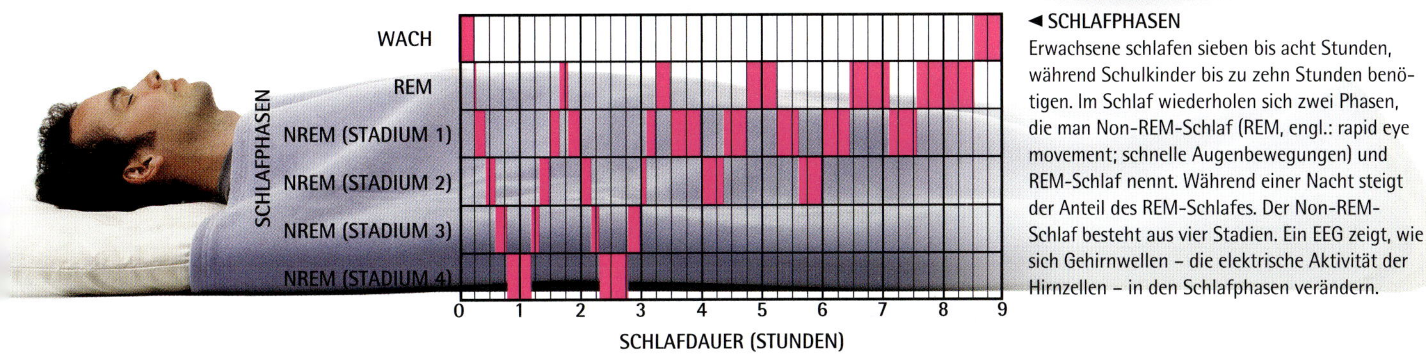

◄ SCHLAFPHASEN
Erwachsene schlafen sieben bis acht Stunden, während Schulkinder bis zu zehn Stunden benötigen. Im Schlaf wiederholen sich zwei Phasen, die man Non-REM-Schlaf (REM, engl.: rapid eye movement; schnelle Augenbewegungen) und REM-Schlaf nennt. Während einer Nacht steigt der Anteil des REM-Schlafes. Der Non-REM-Schlaf besteht aus vier Stadien. Ein EEG zeigt, wie sich Gehirnwellen – die elektrische Aktivität der Hirnzellen – in den Schlafphasen verändern.

▲ NREM-SCHLAF: STADIUM 1
Im leichten Schlaf zeigt das EEG wie bei wachen, sich ausruhenden Personen Spitzen (Alphawellen).

▲ NREM-SCHLAF: STADIUM 2
Der Schlafende ist schwieriger zu wecken und das EEG wird unregelmäßiger. Der Schlafende bewegt sich.

▲ NREM-SCHLAF: STADIUM 3
Obwohl sich der Schlafende bewegt, sinken seine Atemzüge, Herzschlag und Körpertemperatur. Erste Deltawellen erscheinen.

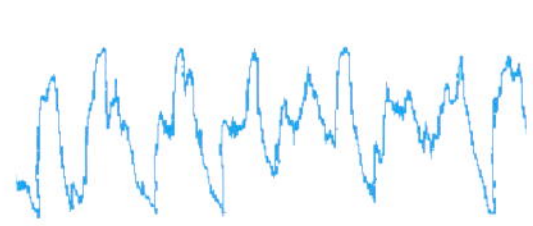

▲ NREM-SCHLAF: STADIUM 4
Im Tiefschlaf zeigt das EEG Deltawellen. Die Hirnaktivität ist niedrig, Atemzüge und Herzfrequenz sind am niedrigsten.

▲ REM-SCHLAF
Die Alphawellen erscheinen und zeigen Hirnaktivitäten an. Die Augen bewegen sich schnell, während der Schlafende träumt.

HORMONE

Das endokrine System reguliert wie das Nervensystem viele Körperfunktionen. Es besteht aus vielen Drüsen, die Hormone – chemische Botenstoffe – freisetzen. Sie werden in das Blut ausgeschüttet und regulieren z. B. Wachstum oder Fortpflanzung. Die Hirnanhangdrüse (Hypophyse) ist die wichtigste Drüse. Sie setzt Hormone frei, die bei anderen Drüsen eine Hormonfreisetzung auslösen.

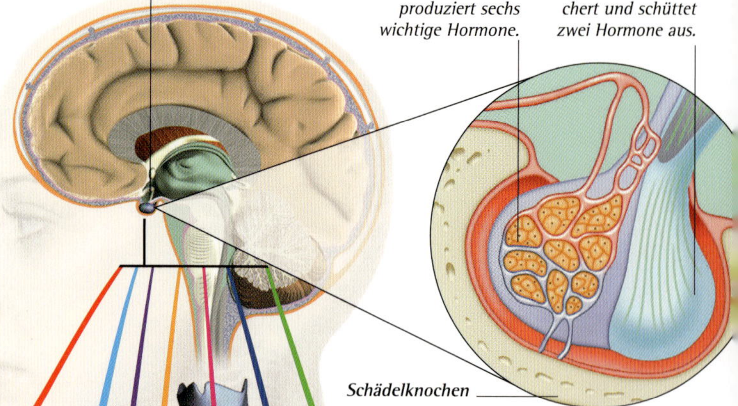

HIRNANHANGDRÜSE ▲

Die erbsenförmige Hypophyse wird vom Hypothalamus gesteuert, mit dem sie verbunden ist. Sie besteht aus Vorder- und Hinterlappen und setzt Hormone frei, die Körperfunktionen regulieren oder andere Drüsen reizen, Hormone auszuschütten. Der Hypophysenvorderlappen schüttet eigene Hormone aus, wenn er vom Hypothalamus Signale erhält. Der kleinere Hypophysenhinterlappen setzt ADH und Oxytocin frei, die der Hypothalamus produziert.

ENDOKRINE DRÜSEN ►

Endokrine Drüsen befinden sich im Kopf, im Hals und im Rumpf. Einige, z. B. die Schilddrüse (Thyreoidea), dienen nur als Drüse. Andere wie die Bauchspeicheldrüse (Pankreas) oder die Hoden (Testes) erfüllen mehrere Aufgaben. Die Pfeile (Farbschlüssel unten) zeigen die Aktivitäten der Hirnanhangdrüse.

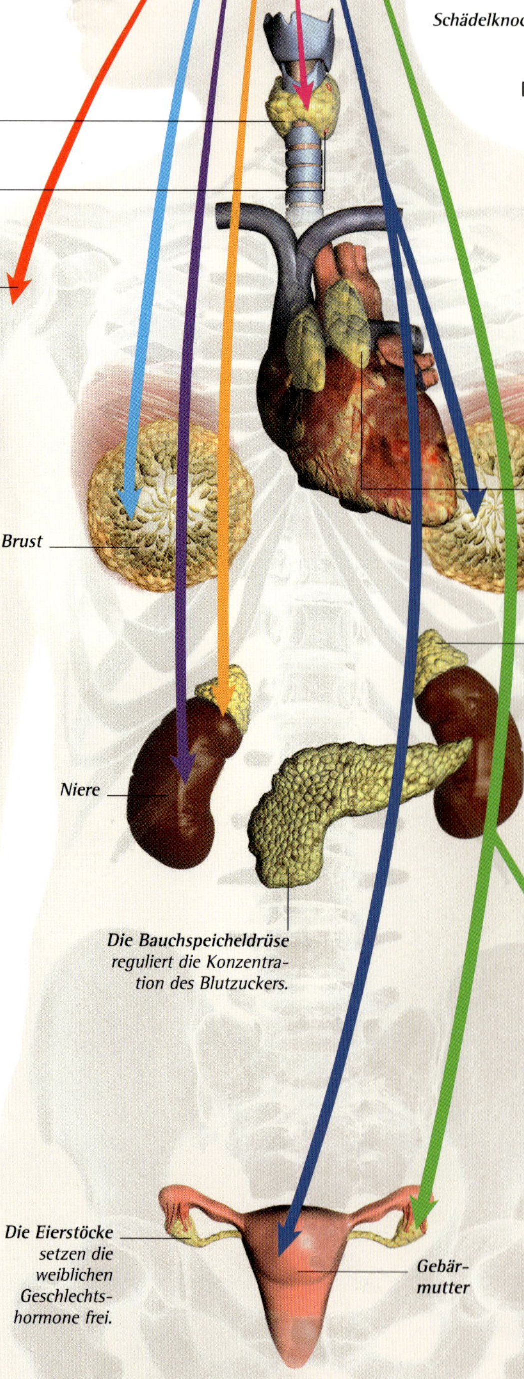

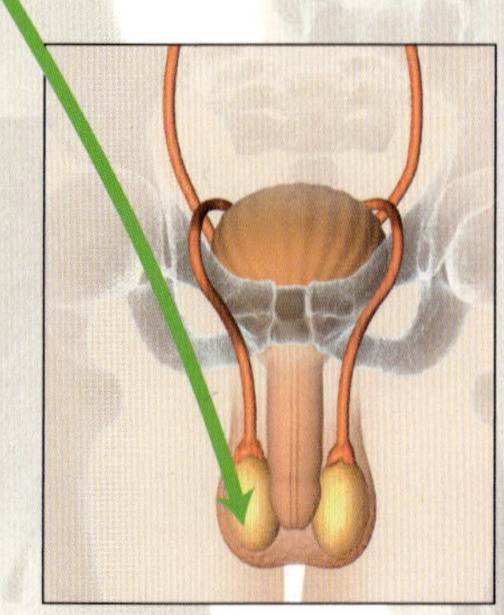

▲ HODEN

Die männlichen Geschlechtsorgane produzieren nicht nur Spermien, sondern auch das Geschlechtshormon Testosteron. Das Hormon steuert die Spermienproduktion und ist für männliche Merkmale wie den Bartwuchs verantwortlich.

HORMONE DER HIRNANHANGDRÜSE

WACHSTUMSHORMON

Das Somatotropin oder Wachstumshormon steuert das Wachstum des Körpers und hilft ihm, sich zu selbst zu heilen. Es regt fast alle Zellen an sich zu teilen und zu wachsen, insbesondere aber die Skelettmuskeln und Knochen. Während der Kindheit fördert es die Knochenbildung aus Knorpel.

FSH UND LH

Das Follikel stimulierende Hormon (FSH) und das luteinisierende Hormon (LH) steuern die Fortpflanzung. Bei Frauen sorgen sie dafür, dass Eizellen reifen und dass das Geschlechtshormon Östrogen freigesetzt wird. Bei Männern regen sie die Spermienproduktion und Freisetzung von Testosteron an.

ADH

Das antidiuretische Hormon oder Adiuretin (ADH; Diurese: Harnausscheidung) reguliert die Wasserausscheidung. Die Nieren halten mehr Wasser zurück, um das Urinvolumen zu senken und den Wasserhaushalt des Körpers zu erhalten. Der Hypothalamus setzt ADH frei, wenn Blut zu wenig Wasser enthält.

ACTH

Das adrenocorticotrope Hormon oder Corticotropin (ACTH) wirkt auf die Nebennierenrinde, die Steroidhormone bildet und freisetzt. Sie regulieren den Stoffwechsel sowie den Wasser- und Salzhaushalt im Blut. Ihre wichtigste Aufgabe ist jedoch die rasche Antwort in Stresssituationen.

TSH

Das thyreotrope Hormon oder Thyreotropin (TSH) regt die Schilddrüse an, zwei Hormone, Thyroxin (siehe Seite 45) und Trijodthyronin, freizusetzen. Sie regulieren Wachstum und Stoffwechsel. Die Abgabe von TSH wird wie bei anderen Hormonen des Hypophysenhinterlappens vom Hypothalamus gesteuert.

OXYTOCIN

Oxytocin entsteht im Hypothalamus und wird vom Hypophysenhinterlappen ausgeschüttet. Während der Geburt stimuliert Oxytocin die Muskeln der Gebärmutter, zu kontrahieren. Nach der Geburt fördert es den Milchfluss aus den Milchdrüsen der Brustwarzen, sobald das Baby saugen will.

PROLAKTIN

Das Hormon aus dem Hypophysenvorderlappen regt die Milchproduktion in den Brustdrüsen kurz vor und nach der Geburt an. Seine Freisetzung steuert der Hypothalamus mit dem Prolaktin-Releasinghormon (PRH; engl. release: freisetzen). Die Ausschüttung von PRH wird durch Stillen hervorgerufen.

NEGATIVE RÜCKKOPPLUNG

Hormone verändern den Stoffwechsel ihrer Zielzellen. Sie binden an einen Rezeptor, der in der Zelle oder an ihrer Oberfläche sitzt, und entfalten dadurch ihre Wirkung.

Im Blut wird die Konzentration jedes Hormons genau geregelt, damit es an seiner Zielzelle keine zu große oder zu geringe Wirkung ausübt. Negative Rückkopplungssysteme steuern die Freisetzung der Hormone, um die Blutkonzentration zu regulieren. Die Abbildung unten zeigt ein solches System am Beispiel von Thyroxin. Dieses Hormon regt den Stoffwechsel bei den meisten Körperzellen an. Seine Freisetzung steuert ein anderes Hormon, das Thyreoidea stimulierende Hormon (TSH), das von der Hirnanhangdrüse ausgeschüttet wird.

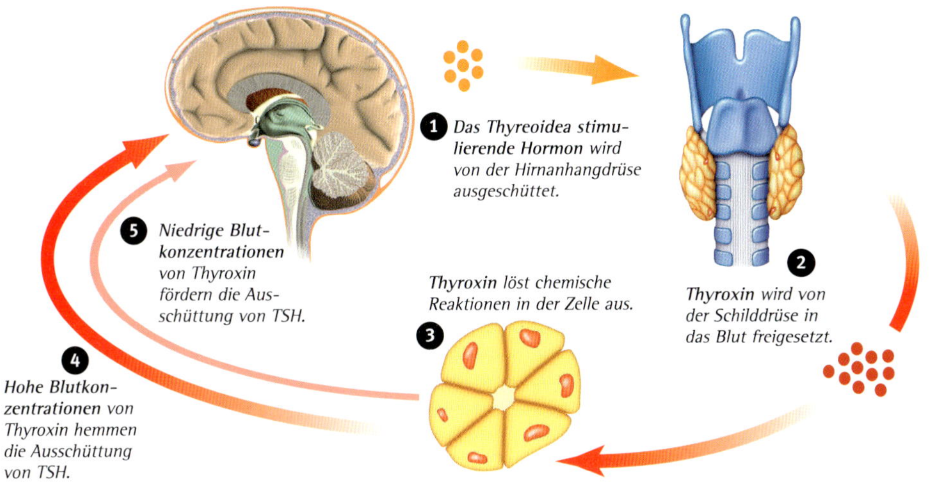

1 HIRNANHANGDRÜSE

Der Hypothalamus schüttet Thyrotropin-Releasinghormon (TRH) aus, damit die Hirnanhangdrüse Thyreoidea stimulierendes Hormon freisetzt.

2 SCHILDDRÜSE

TSH aktiviert die Schilddrüse und regt die Freisetzung von Thyroxin an, das mit dem Blut alle Körperteile erreicht.

3 KÖRPERZELLEN

Thyroxin bindet an der Zelloberfläche und löst in der Zelle chemische Reaktionen aus, um den Stoffwechsel der Zellen zu erhöhen.

4 HOHE KONZENTRATIONEN

Ist die Thyroxinkonzentration zu hoch, senkt der Hypothalamus die Ausschüttung von TRH. Die Freisetzung von TSH in der Hirnanhangdrüse sinkt, die Schilddrüse bildet weniger Thyroxin.

5 NIEDRIGE KONZENTRATIONEN

Ist die Thyroxinkonzentration zu niedrig, wird mehr TRH ausgeschüttet. Dadurch steigen die Freisetzung von TSH und die Bildung von Thyroxin.

▲ ANGRIFF ODER FLUCHT

Wenn ein Mensch bedroht wird oder unter Stress steht wie z. B. der Mann oben, reagiert der Körper sehr schnell. Nervenimpulse stimulieren die Nebenniere, die daraufhin Adrenalin ausschüttet. Wie kein anderes Hormon beschleunigt Adrenalin die Atem- und Herzfrequenz, erhöht den energiereichen Blutzucker und die Durchblutung der Muskeln. Durch diese Änderung erhalten Muskeln zusätzliche Energie, um sich der Bedrohung zu stellen oder wegzulaufen. Diese Stressantwort nennt man Angriff- oder Fluchtreaktion.

HORMONE DER BAUCHSPEICHELDRÜSE ►

Die Bauchspeicheldrüse erfüllt zwei Aufgaben. Azinuszellen schütten Verdauungsenzyme aus und die Zellen der Langerhans-Inseln setzen Glukagon und Insulin frei. Insulin senkt die Konzentration des Blutzuckers Glukose, während Glukagon sie erhöht. Die Hormone regulieren den Blutzucker, damit die Körperzellen ausreichend Brennstoff haben.

Hormone

INSULIN ►

Menschen, bei denen die Bauchspeicheldrüse zu wenig oder gar kein Insulin freisetzt, leiden an Diabetes. Ohne Insulin können Zellen den Blutzucker nicht aufnehmen und haben zu wenig Brennstoff. Einige Diabetiker müssen zur Regulation der Blutzuckerkonzentration Insulin spritzen. Sie können dazu einen Insulin-Pen benutzen, um eine bestimmte Dosis zu spritzen.

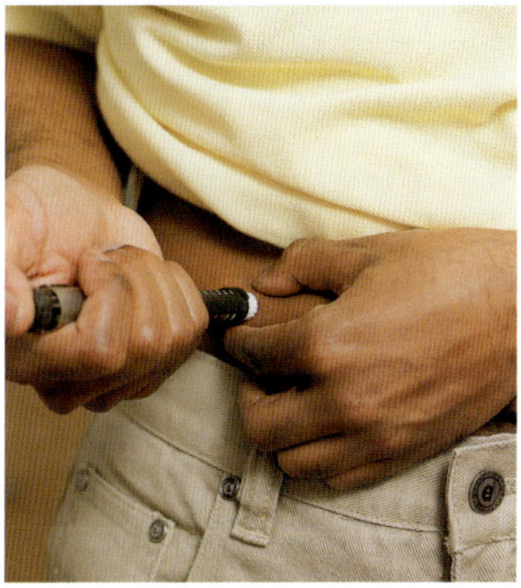

BLUTKREISLAUF

Das Herz pumpt Blut durch den Körper, um alle Körperzellen mit Sauerstoff, Nährstoffen und Hormonen zu versorgen und Abbauprodukte zu entfernen. Herz, Blutgefäße und Blut bilden das Kreislaufsystem. Arterien bringen sauerstoffreiches Blut in die Gewebe, während Venen sauerstoffarmes Blut zum Herz zurücktransportieren. (Nur im Lungenkreislauf zwischen Herz und Lunge sind die Sauerstoffverhältnisse umgekehrt.) Der große Körperkreislauf beschreibt eine Acht und nimmt in den Lungen Sauerstoff auf, um mit einem Netz aus winzigen Kapillaren alle Gewebe zu versorgen.

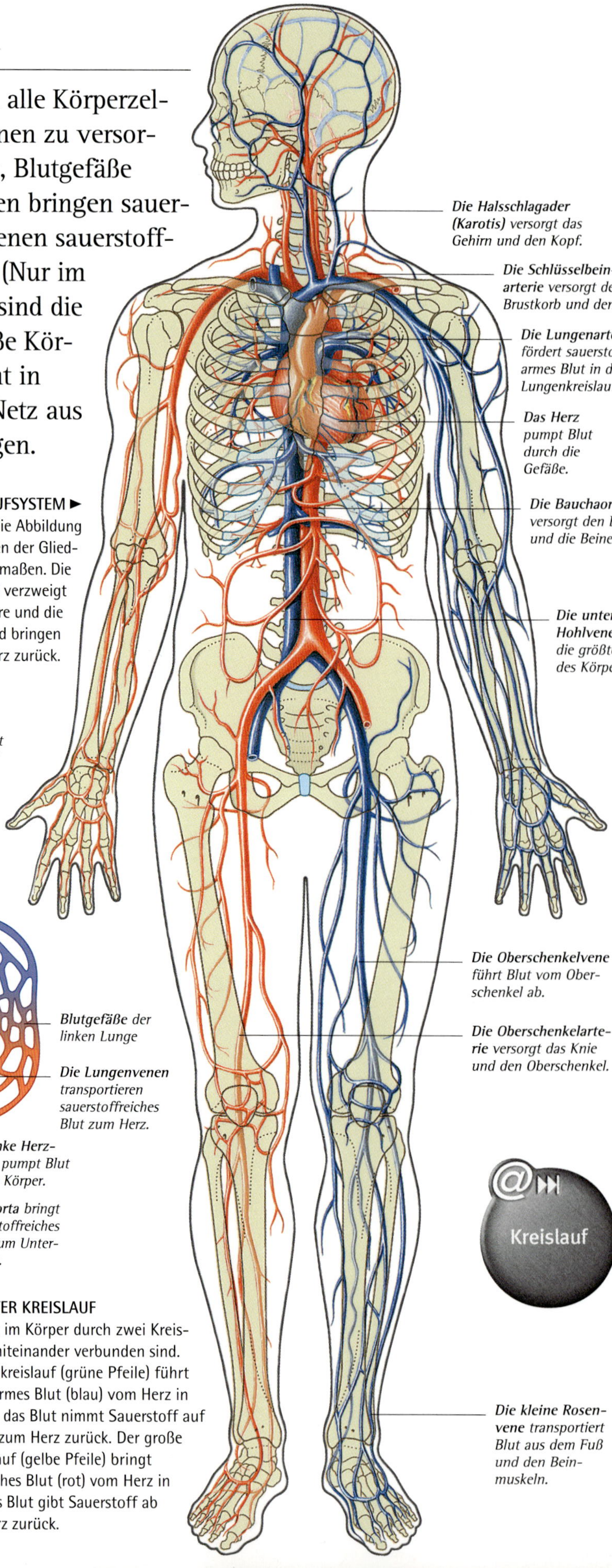

KREISLAUFSYSTEM ►
Blutgefäße erstrecken sich vom Herz in alle Körperteile. Die Abbildung zeigt auf der rechten Körperseite alle großen Arterien der Gliedmaßen und auf der linken alle großen Venen der Gliedmaßen. Die Aorta – die größte Arterie – führt Blut aus dem Herz und verzweigt sich, um alle Körperregionen zu versorgen. Die obere und die untere Hohlvene (Vena cava) sind die größten Venen und bringen Blut aus zahlreichen Venenverzweigungen zum Herz zurück.

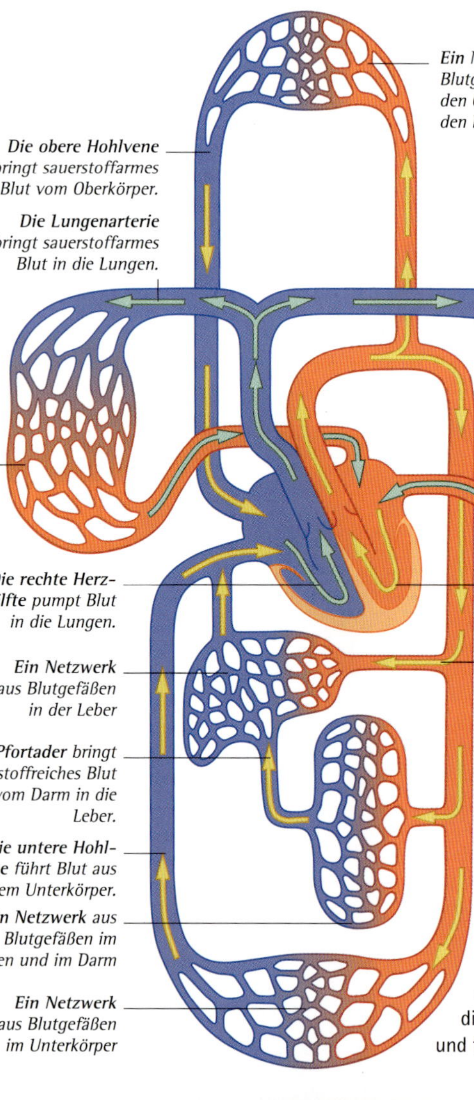

◄ DOPPELTER KREISLAUF
Blut strömt im Körper durch zwei Kreisläufe, die miteinander verbunden sind. Der Lungenkreislauf (grüne Pfeile) führt sauerstoffarmes Blut (blau) vom Herz in die Lungen, das Blut nimmt Sauerstoff auf und strömt zum Herz zurück. Der große Körperkreislauf (gelbe Pfeile) bringt sauerstoffreiches Blut (rot) vom Herz in die Gewebe, das Blut gibt Sauerstoff ab und fließt zum Herz zurück.

@ ►► Kreislauf

VERSCHIEDENE BLUTGEFÄSSE

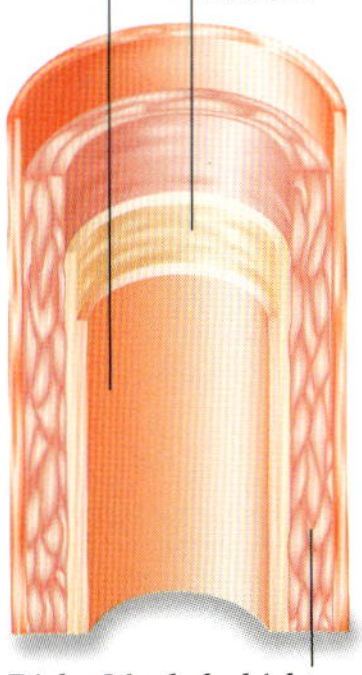

ARTERIE
Arterien fördern Blut vom Herz in die Gewebe. Die starke, dehnbare und ziemlich dicke Arterienwand widersteht dem hohen Blutdruck, der bei jedem Herzschlag entsteht. Wenn das Herz kontrahiert, dehnt sie sich und saugt Blut ein. Sobald sich das Herz entspannt, zieht sie sich zusammen und presst das Blut vorwärts. Wir können diese Druckwelle am Handgelenk als Puls fühlen.

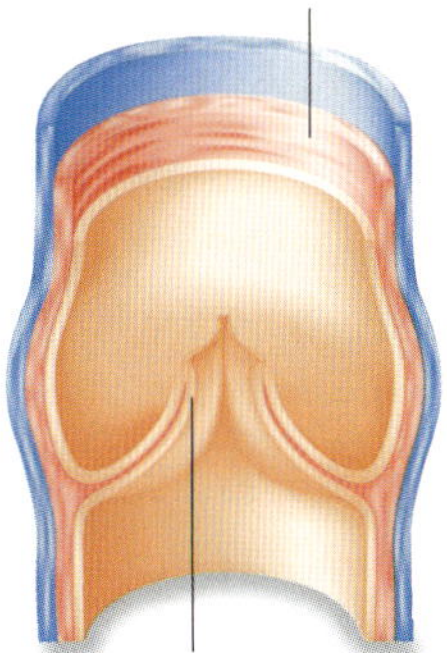

VENE
Venen transportieren Blut aus den Geweben zum Herz. Die Venenwand ist dünner und besitzt eine dünnere Muskelschicht als eine gleich große Arterie, weil sie hohem Blutdruck nicht widerstehen muss. Bei dem niedrigen Druck in den Venen fließt Blut normalerweise vom Herz weg. Das verhindern Klappen in den Venen, die sich öffnen, damit Blut hindurchströmt. Dann schließen sie sich, um den Rückfluss zu stoppen.

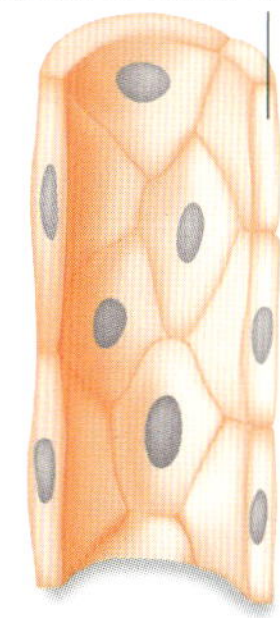

KAPILLARE
Die zahlreichsten Blutgefäße, die Kapillaren, fördern Blut von Arterien in Venen. Ein glattes Endothel bildet ihre Wände, die nur eine Zellschicht dick sind. Kapillarwände sind »löchrig«, damit Flüssigkeit in das und aus dem Blut gelangt. Weiße Blutkörperchen können zwischen den Endothelzellen hindurch treten, um in das Gewebe zu gelangen und um dort Erreger zu bekämpfen.

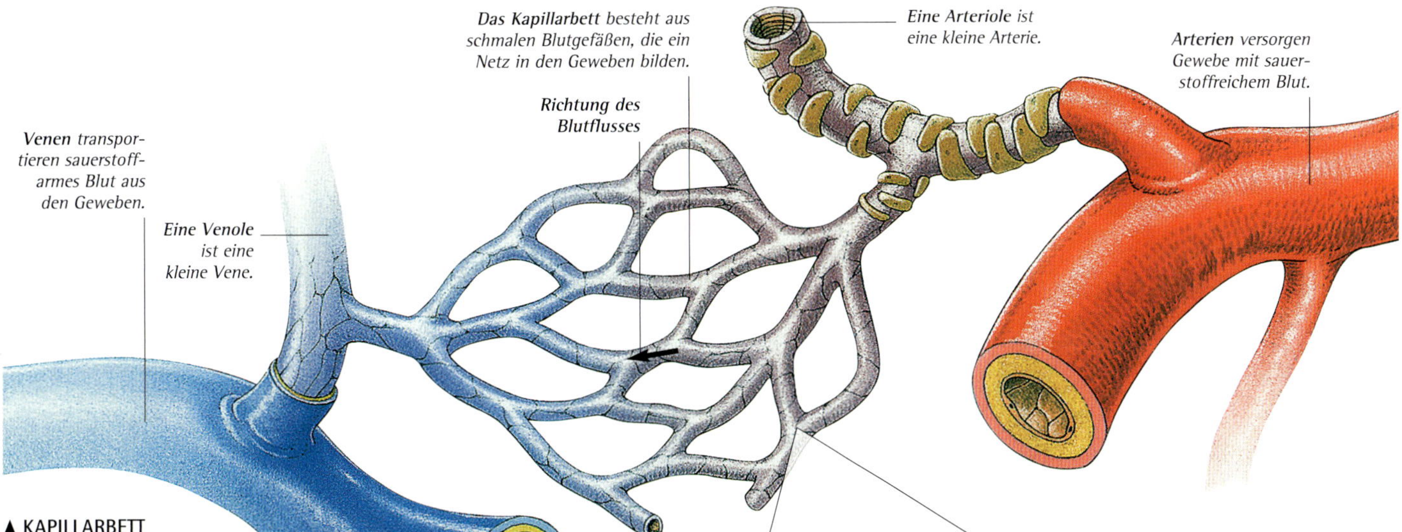

▲ KAPILLARBETT
Arterien verzweigen stark im Gewebe, bis sie schließlich Arteriolen mit nur 0,3 mm Durchmesser bilden. Arteriolen verzweigen in noch dünnere Kapillaren (Haargefäße) und bilden ein Kapillarbett, das sich durch das Gewebe zieht. Im Gewebe gehen die Kapillaren in winzige Venen über, die Venolen. Diese schließen sich zu größeren Venen zusammen und bringen sauerstoffarmes Blut zum Herz zurück.

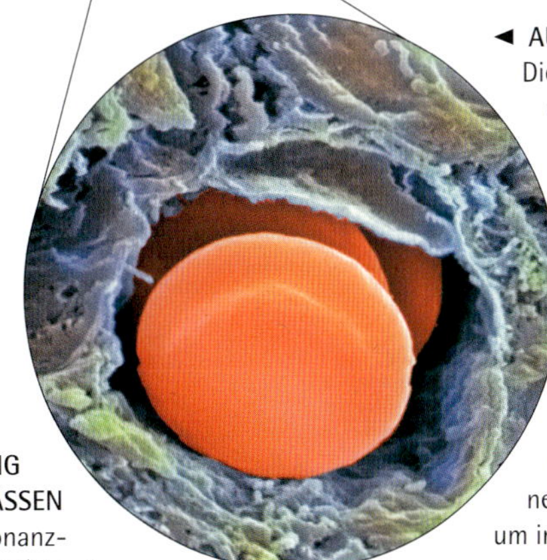

◄ AUFBAU EINER KAPILLARE
Dieser Schnitt durch eine Kapillare, die rote Blutkörperchen enthält, zeigt, wie eng Kapillaren tatsächlich sind. Er zeigt auch, wie dünn und »löchrig« Kapillarwände sind. Sauerstoff, Nährstoffe und andere Substanzen nutzen ihre Durchlässigkeit, um aus den Kapillaren durch die Gewebsflüssigkeit in die Zellen zu gelangen. Abbauprodukte und andere Stoffe nehmen den umgekehrten Weg, um in die Kapillaren zu gelangen.

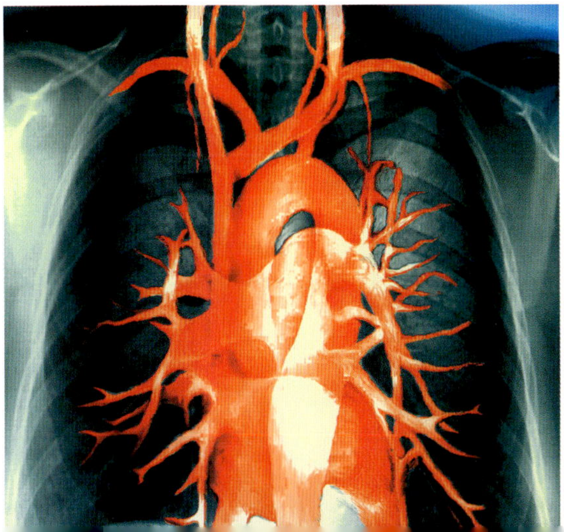

◄ DARSTELLUNG VON BLUTGEFÄSSEN
Die Magnetresonanz-Angiografie (MRA) ist ein modernes Verfahren, um klare Bilder von Blutgefäßen aufzunehmen. Damit kann man Erkrankungen wie z.B. Verengungen oder Risse in Gefäßen schnell entdecken. Vor der Untersuchung erhält der Patient ein Kontrastmittel gespritzt, um die Blutgefäße besser zu erkennen. Diese MRA-Aufnahme zeigt ein dreidimensionales Bild der großen Brustgefäße und des Aortenbogens (oben Mitte).

MERKMALE DER BLUTGEFÄSSE

Gesamtlänge aller Blutgefäße im Körper	150 000 km
Anzahl, wie häufig Blutgefäße die Erde umspannen	etwa 4-mal
Anteil der Kapillaren an der Gesamtlänge (Prozent)	98 %
Äußerer Durchmesser der größten Arterie (Aorta)	25–30 mm
Äußerer Durchmesser der größten Vene (Hohlvene)	25–32 mm
Mittlerer Durchmesser einer Kapillare	0,008 mm
Mittlere Länge einer Kapillare	1 mm

HERZSCHLAG

Das faustgroße Herz liegt im Brustkorb zwischen und teilweise unter den Lungenflügeln. Es ist das Zentrum des Kreislaufsystems und arbeitet unermüdlich, um Blut zu pumpen. Das Herz besteht aus zwei Muskelpumpen. Die rechte Hälfte erhält sauerstoffarmes Blut aus den Geweben und pumpt es in die Lungen, wo es Sauerstoff aufnimmt. Die linke Hälfte erhält sauerstoffreiches Blut aus den Lungen und befördert es in die Gewebe, wo es den Sauerstoff abgibt. Die Muskelkontraktion beider Hälften, der Herzschlag, läuft in drei Phasen ab und wird vom Herzschrittmacher gesteuert.

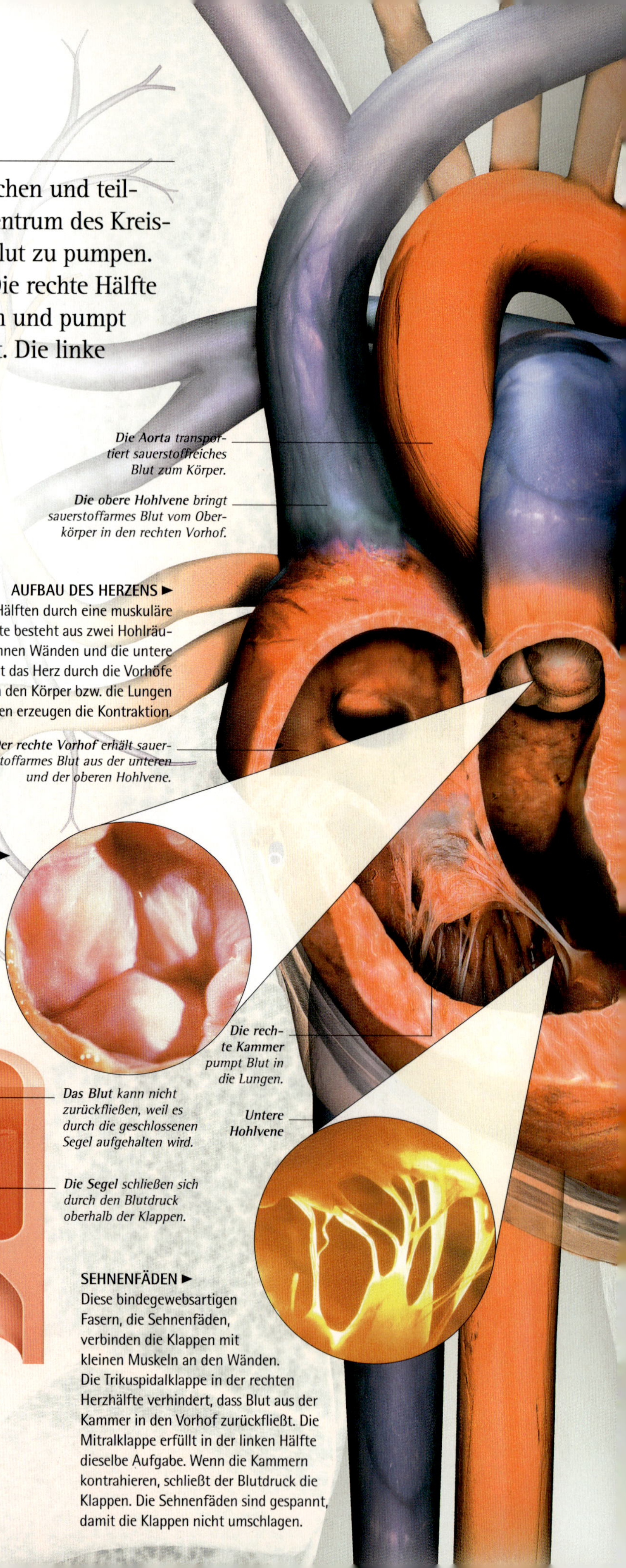

AUFBAU DES HERZENS ►
Dieser Schnitt durch das Herz zeigt, dass beide Hälften durch eine muskuläre Scheidewand voneinander getrennt sind. Jede Hälfte besteht aus zwei Hohlräumen, den oberen kleinen Vorhof (Atrium) mit dünnen Wänden und die untere große Kammer mit dicken Wänden. Blut erreicht das Herz durch die Vorhöfe und strömt von dort in die Kammern, die es in den Körper bzw. die Lungen pumpen. Herzmuskelfasern in den Herzwänden erzeugen die Kontraktion.

Herz

HERZKLAPPEN ►
Vier Herzklappen sorgen dafür, dass Blut nur in einer Richtung durch jede Herzhälfte fließt. Zwischen Vorhöfen und Kammern sind Segelklappen, die Trikuspidalklappe in der rechten Hälfte und die Mitralklappe in der linken. An den Ausgängen verhindern Taschenklappen (rechts), dass Blut zurückfließt. Beim Schließen erzeugen die Klappen die Herztöne, die man mit dem Stethoskop hören kann. Die Segelklappen erzeugen den ersten Herzton (Systole) und die Taschenklappen den zweiten (Diastole).

▲ KONTROLLE DES BLUTFLUSSES
Diese Abbildung erklärt, wie Taschenklappen arbeiten und den Blutrückfluss in die Kammern verhindern. Jede Klappe enthält taschenartige Segel. Wenn die Kammern kontrahieren, öffnen sich die Segel, damit das Blut mit hohem Druck durchfließen kann. Sobald sich die Kammern entspannen, füllt das Blut die Segel, die sich schließen und den Blutrückfluss verhindern.

SEHNENFÄDEN ►
Diese bindegewebsartigen Fasern, die Sehnenfäden, verbinden die Klappen mit kleinen Muskeln an den Wänden. Die Trikuspidalklappe in der rechten Herzhälfte verhindert, dass Blut aus der Kammer in den Vorhof zurückfließt. Die Mitralklappe erfüllt in der linken Hälfte dieselbe Aufgabe. Wenn die Kammern kontrahieren, schließt der Blutdruck die Klappen. Die Sehnenfäden sind gespannt, damit die Klappen nicht umschlagen.

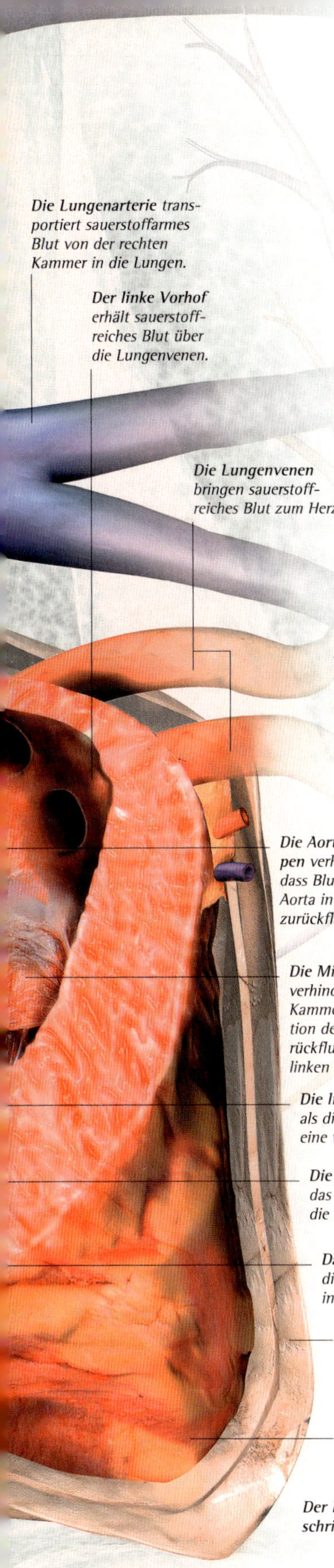

HERZRHYTHMUS

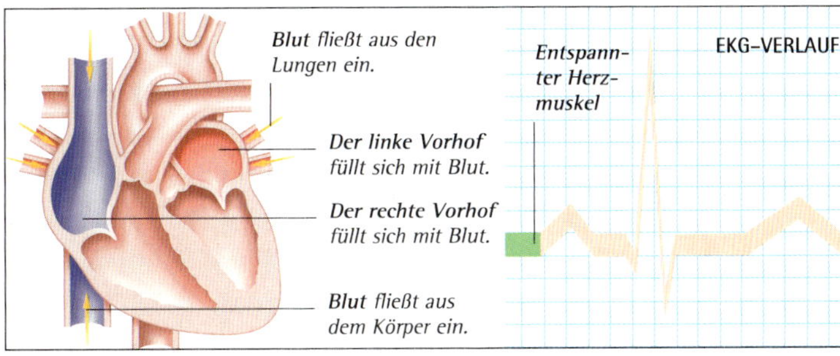

ENTSPANNTES HERZ
Ein EKG zeichnet jede einzelne Phase während der Herzkontraktion auf. Ein Signal vom Sinusknoten löst die elektrische Aktivität des Herzens aus, die sich über die Vorhöfe bis in die Kammern ausbreitet. In der ersten Phase, der Vorhofdiastole, sind beide Vorhöfe und Kammern entspannt und Blut strömt in die Vorhöfe.

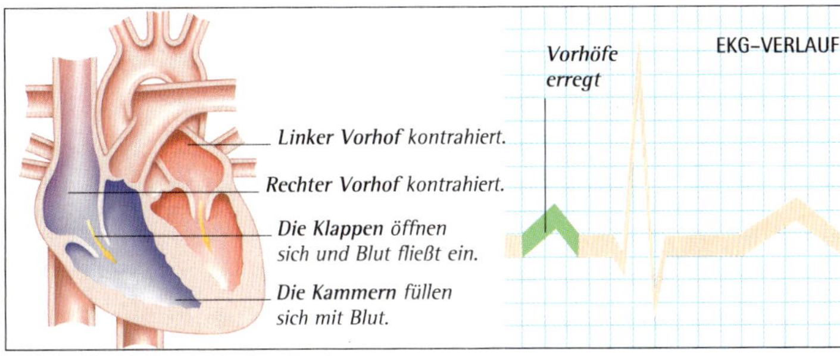

DIE VORHÖFE KONTRAHIEREN
In der zweiten Phase, der Vorhofsystole, pumpen die Vorhöfe Blut in die Kammern und öffnen dabei die Trikuspidal- und die Mitralklappe. Die Taschenklappen bleiben dagegen geschlossen, um einen Rückfluss zu verhindern. Die kleine Spitze im EKG zeigt die Signale an, die die Kontraktion in den Vorhofwänden auslösen.

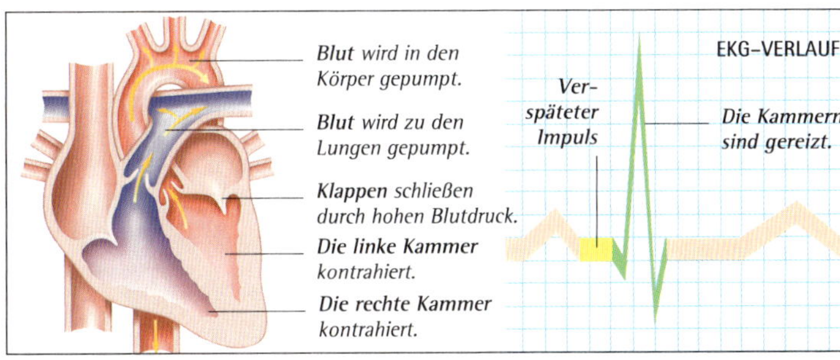

DIE KAMMERN PUMPEN
Nach einer kleinen Pause setzt die letzte Phase ein, die Kammersystole. Beide Kammern pumpen Blut durch die geöffneten Taschenklappen, während die Segelklappen geschlossen sind. Die große Spitze im EKG zeigt die Ausbreitung des elektrischen Signals in den Kammerwänden kurz vor der Kontraktion.

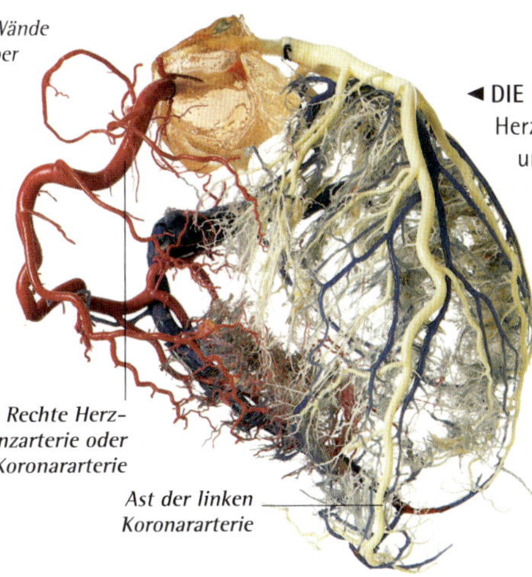

◄ DIE EIGENE BLUTVERSORGUNG DES HERZENS
Herzmuskeln werden ständig mit Sauerstoff und Nährstoffen versorgt, um Energie für die Kontraktionen zu erzeugen. Blut, das durch die Kammern fließt, kann diese Aufgabe nicht erfüllen. Das Herz braucht deshalb eine eigene Blutversorgung (links). Die linke und die rechte Herzkranzarterie entspringen an der Aorta und verzweigen sich zu Kapillaren, die in den Herzmuskeln ein Kapillarbett bilden und dann in Venen übergehen.

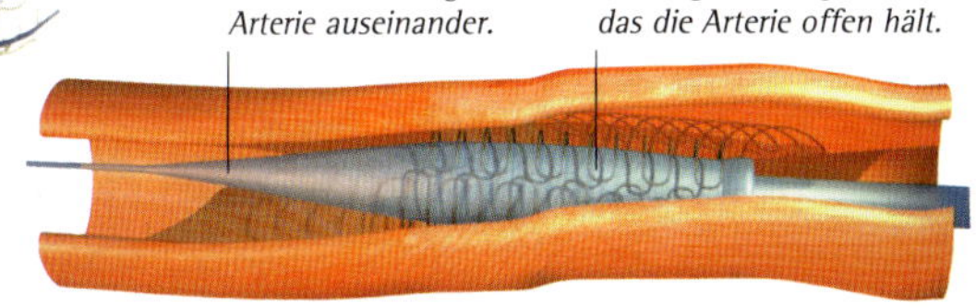

BEHANDLUNG VON HERZERKRANKUNGEN ▲
Fetthaltige Ablagerungen in den Blutgefäßen der Herzmuskeln behindern den Blutfluss und können einen Herzinfarkt verursachen. Die koronare Herzerkrankung kann man mit einer Ballondilatation behandeln. Dabei wird ein Ballonkatheter eingeführt und aufgeblasen, um das verengte Blutgefäß zu weiten. Eine Gefäßstütze aus Metall (Stent) kann die Arterie offen halten.

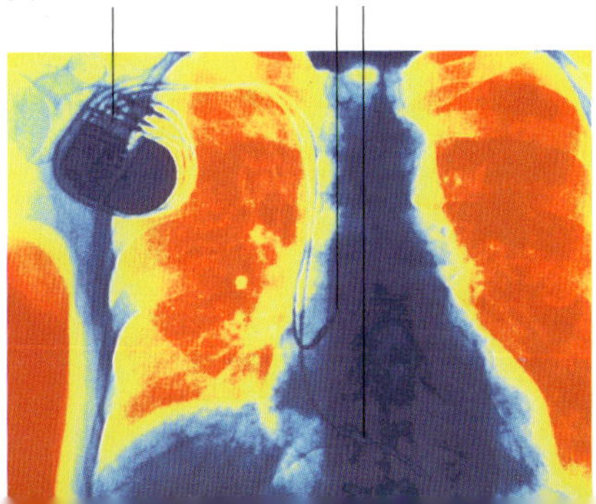

DEN HERZRHYTHMUS BESTIMMEN ►
Das Herz besitzt im rechten Vorhof einen Herzschrittmacher, den Sinusknoten, der regelmäßig elektrische Signale an die Herzmuskeln sendet. Er bestimmt den Rhythmus und reagiert auf Änderungen der Körperaktivität. Wenn der Sinusknoten nicht mehr arbeitet, kann man einen künstlichen Herzschrittmacher (rechts) einpflanzen. Dieser überträgt elektrische Signale über Drähte an Vorhof und Kammer, um die Herzmuskeln zu erregen.

BLUTZUSAMMENSETZUNG

Blut ist ein flüssiges, rotes Gewebe, das durch den Körper fließt und Billionen Zellen versorgt. Zu den wichtigsten Aufgaben zählen Transport, Immunabwehr und Verteilung von Wärme. Blut versorgt die Zellen mit Sauerstoff, Nährstoffen und anderen lebenswichtigen Substanzen und entfernt Abbauprodukte. Es schützt den Körper vor Keimen – eingedrungene Mikroorganismen, die Krankheiten verursachen – und verteilt Wärme, um die Körpertemperatur bei 37°C aufrechtzuerhalten. Um Gefäßverletzungen zu schließen, kann Blut verklumpen.

MERKMALE DES BLUTES	
Mittleres Blutvolumen eines Erwachsenen	5 Liter
Anzahl der roten Blutkörperchen in einem Tropfen von 50 mm³	250000000
Anzahl der weißen Blutkörperchen in einem Tropfen von 50 mm³	375000
Anzahl der Blutplättchen in einem Tropfen von 50 mm³	16000000
Bildungsrate der roten Blutkörperchen im Knochenmark	2 Mio./s
Lebensdauer von roten Blutkörperchen	120 Tage
Hämoglobinmoleküle in einem roten Blutkörperchen	250 Mio.
Sauerstoffmoleküle, die ein Hämoglobin bindet	4
Sauerstoffmoleküle, die ein beladenes Blutkörperchen transportieren	1 Mrd.

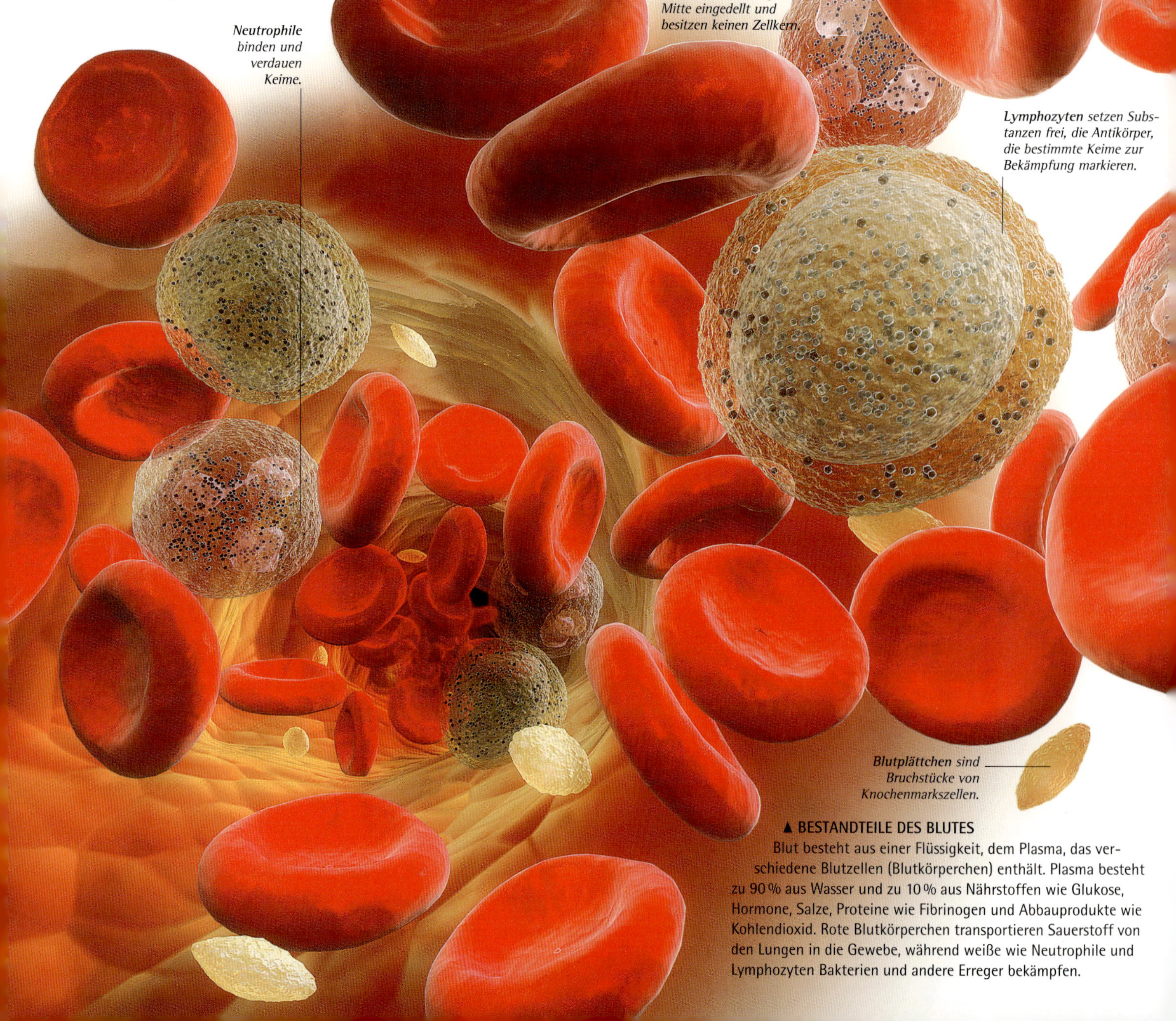

▲ BESTANDTEILE DES BLUTES
Blut besteht aus einer Flüssigkeit, dem Plasma, das verschiedene Blutzellen (Blutkörperchen) enthält. Plasma besteht zu 90% aus Wasser und zu 10% aus Nährstoffen wie Glukose, Hormone, Salze, Proteine wie Fibrinogen und Abbauprodukte wie Kohlendioxid. Rote Blutkörperchen transportieren Sauerstoff von den Lungen in die Gewebe, während weiße wie Neutrophile und Lymphozyten Bakterien und andere Erreger bekämpfen.

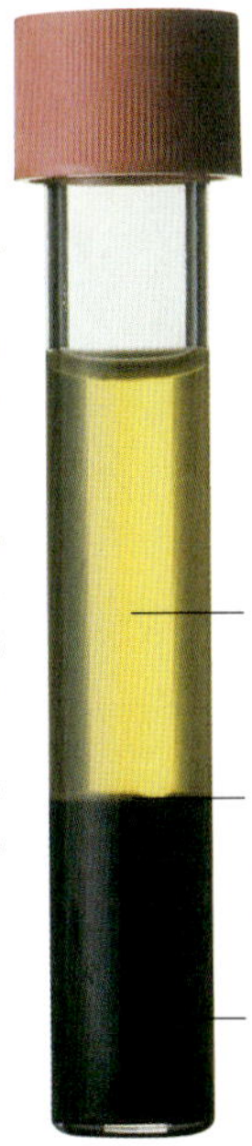

BLUTZUSAMMENSETZUNG ►
Wenn Blut in einer Zentrifuge geschleudert wird, trennen sich seine wichtigsten Bestandteile in drei verschiedenen Schichten. Die Größe jeder Schicht entspricht genau der Menge der Bestandteile im Blut. Das gelbliche Plasma bildet etwa 55 % des Blutes, die roten Blutkörperchen bilden etwa 44 % und die weißen Blutkörperchen und Blutplättchen weniger als 1 %.

@ Blut

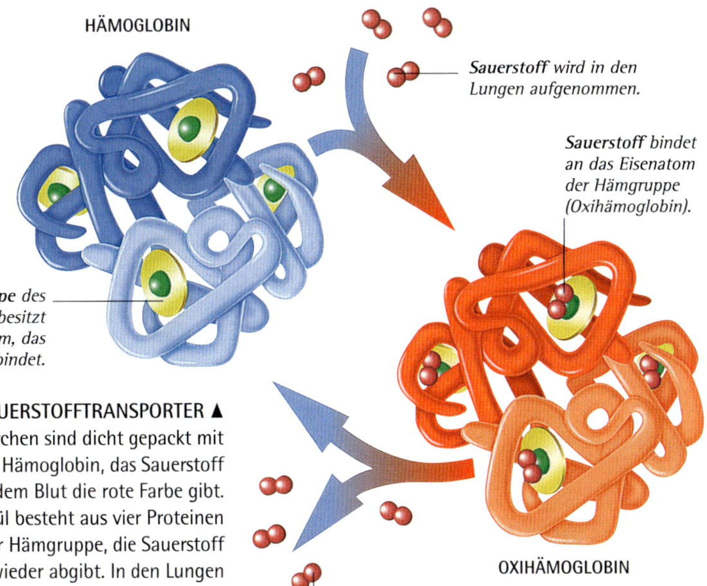

SAUERSTOFFTRANSPORTER ▲
Rote Blutkörperchen sind dicht gepackt mit dem Molekül Hämoglobin, das Sauerstoff bindet und dem Blut die rote Farbe gibt. Jedes Molekül besteht aus vier Proteinen mit jeweils einer Hämgruppe, die Sauerstoff bindet und wieder abgibt. In den Lungen nimmt es Sauerstoff auf und wird zum roten Oxihämoglobin. In den Geweben gibt es Sauerstoff ab und färbt sich dunkelrot.

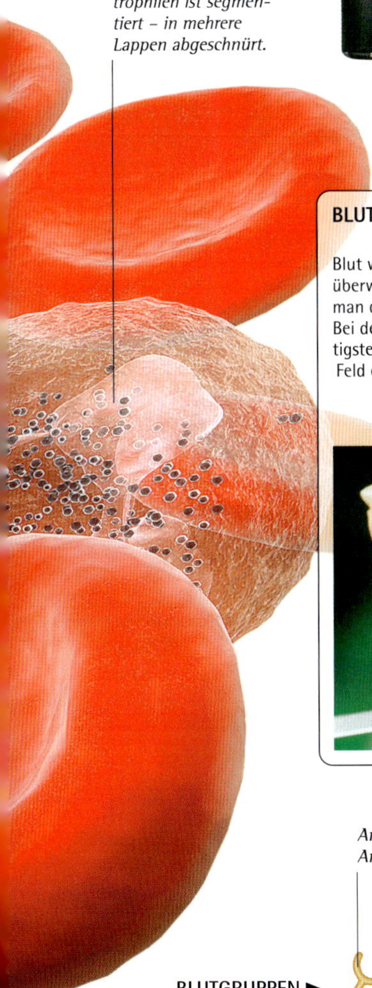

BLUTUNTERSUCHUNG

Blut wird beim Arzt routinemäßig untersucht, um die Gesundheit zu überwachen oder Erkrankungen festzustellen. In einer Blutprobe kann man die Konzentrationen von verschiedenen Substanzen überprüfen. Bei dem Test unten wird die Glukosekonzentration gemessen, die wichtigste Energiequelle des Körpers. Dazu wird ein Bluttropfen auf ein Feld eines Teststreifens getropft, der mit einer Farbe die Konzentration anzeigt. Hohe Werte deuten auf Diabetes hin, bei der der Körper Glukose nicht verwerten kann.

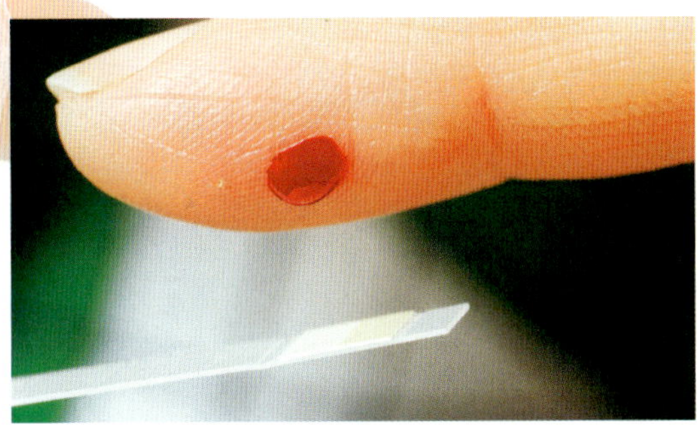

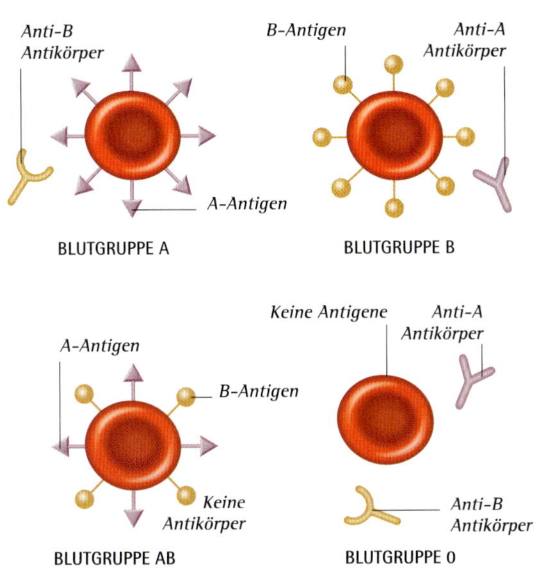

BLUTGRUPPEN ►
Jeder Mensch hat eine der vier Blutgruppen – A, B, AB oder 0 –, die Marker (Antigene) der roten Blutkörperchen. Die Blutgruppe AB besitzt z. B. die Antigene A und B, während die Blutgruppe 0 gar keine hat. Bei A, B und 0 enthält das Plasma ein oder zwei Antikörper. Wenn »fremdes« Blut in den Körper gelangt, binden Antikörper die fremden Antigene. Dadurch verklumpen die Blutkörperchen. Bei Transfusionen müssen die Blutgruppen übereinstimmen.

WUNDHEILUNG

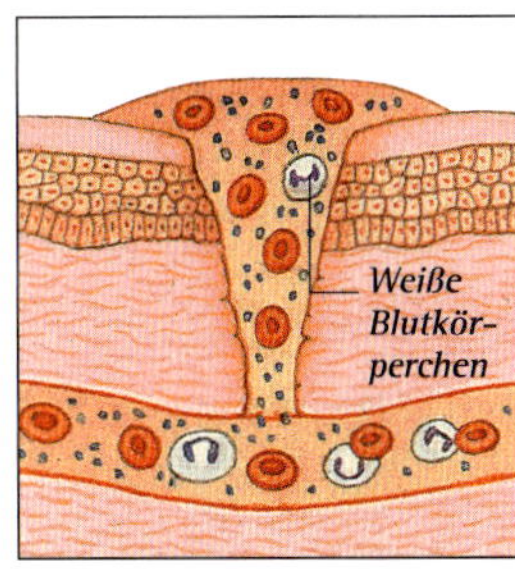

VERLETZUNG
Dieser Schnitt durch die Haut und ein Blutgefäß zeigt, wie Blut aus einer Wunde an die Hautoberfläche gelangt. Weiße Blutkörperchen wandern zu der verletzten Stelle und spüren jeden Mikroorganismus auf, der eindringt. Die Blutgerinnung setzt ein, um die Blutung zu stillen. Sie verschließt auch verletzte Blutgefäße, die tiefer in der Haut liegen.

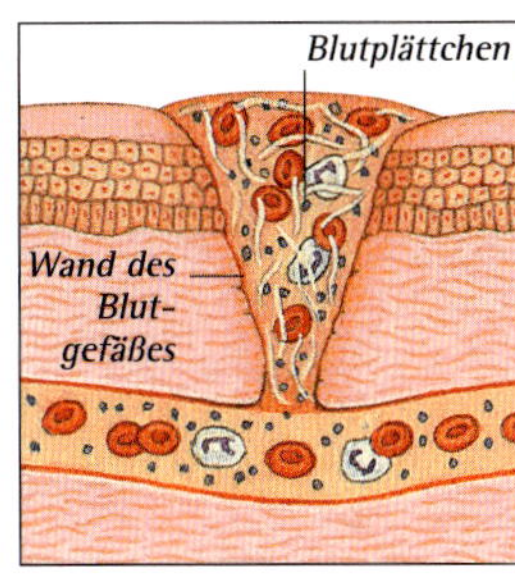

BLUTPFROPF
Im ersten Schritt der Heilung binden Blutplättchen an das Bindegewebsprotein Kollagen, das aus dem verletzten Gewebe herausragt. Dadurch bilden sie Fortsätze aus und ändern ihre Gestalt. Nun können sie weitere Blutplättchen, die normalerweise einfach durch die Gefäße strömen, binden und einen Blutpfropf bilden, der die Blutung stoppt.

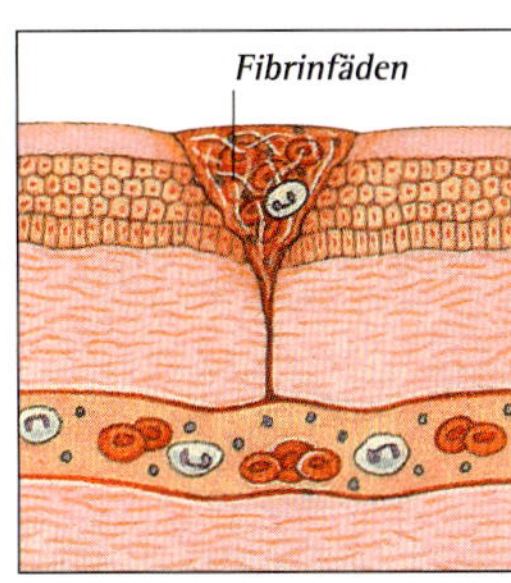

BLUTGERINNSEL
Blutplättchen und Gewebe setzen Substanzen frei, die ein Blutgerinnsel bilden. Innerhalb weniger Minuten wandeln sie das Protein Fibrinogen in unlösliches Fibrin um. Das netzartige Fibrin hält rote Blutkörperchen fest und bildet das Blutgerinnsel. Während das Blutgerinnsel fester wird, zieht es die verletzten Ränder der Gefäße zusammen.

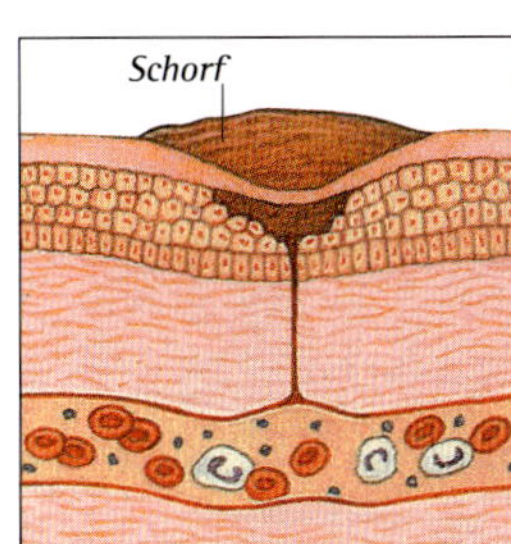

SCHORF
Im letzten Schritt reparieren sich die Wände der verletzen Gefäße und auch das Gewebe selbst. Substanzen lösen das Blutgerinnsel auf, weil es seine Aufgabe erfüllt hat. Aus dem Blutgerinnsel bildet sich an der verletzten Stelle auf der Haut Schorf, der die Stelle schützt. Sobald die Wunde vollständig geheilt ist, trocknet er und fällt ab.

KRANKHEIT UND ABWEHR

Unser Körper wird krank, wenn eine oder mehrere Funktionen gestört sind. Infektionskrankheiten wie Erkältungen oder Masern werden durch Mikroorganismen ausgelöst, die als Keime in den Körper eindringen. Dazu zählen Bakterien, Viren und Einzeller. Der Körper besitzt eine Reihe von Abwehrkräften, die verhindern, dass Keime eindringen und sich vermehren (anstecken). Zu den äußerlichen Abwehrkräften gehören Barrieren wie die Haut und Substanzen in Tränen und Speichel. Keime, die diese Hürden überwinden, werden normalerweise von weißen Blutkörperchen aufgespürt und bekämpft. Nicht-ansteckende Krankheiten wie Lungenkrebs haben dagegen mehrere Ursachen.

Erkrankungen

EINDRINGLINGE

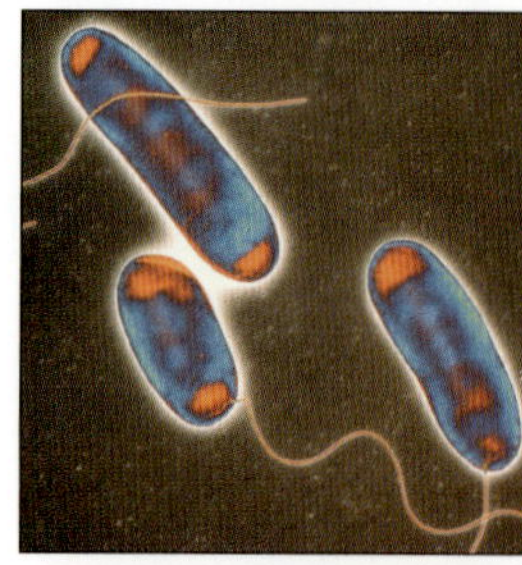

BAKTERIEN
Die häufigsten Lebewesen sind einfache, einzellige Organismen, die Bakterien. Die meisten Bakterien sind für den Menschen ungefährlich. Einige jedoch wie *Legionella* (links), welche die Legionärskrankheit auslösen, sind Krankheitserreger. Lebensmittelvergiftungen und Hirnhautentzündungen werden ebenfalls von Bakterien verursacht.

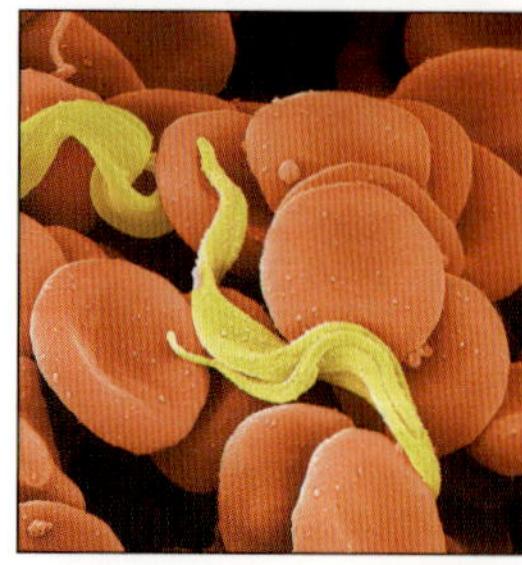

EINZELLER
Trypanosomen (gelb) schlängeln sich zwischen roten Blutkörperchen. Sie gehören zu den einzelligen Organismen, die man Protisten nennt. Die meisten sind ungefährlich und leben in Meeren und Seen, doch einige sind Krankheitserreger. Trypanosomen sind die Erreger der Schlafkrankheit. Ein anderer Einzeller, Plasmodium, löst Malaria aus.

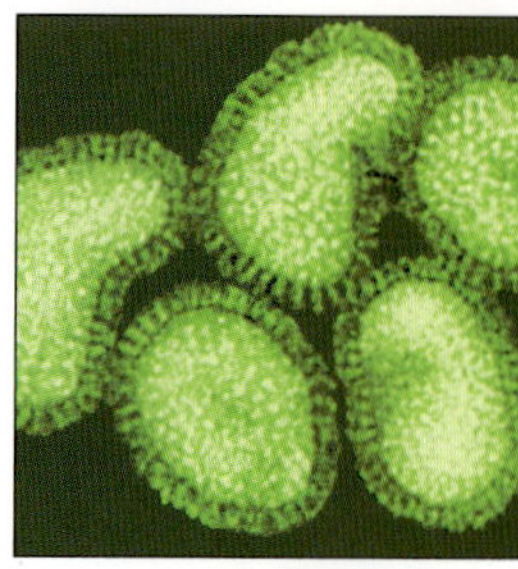

VIREN
Die kleinsten Krankheitserreger, die Viren, sind nicht-lebende Teilchen. Sie dringen in eine Wirtszelle ein, um sich zu vermehren. Verschiedene Viren lösen beim Menschen Krankheiten aus wie z. B. das Influenzavirus (links), das Grippe verursacht. Zu den Virenerkrankungen zählen Erkältungen, Masern, Röteln, Windpocken, Mumps und Tollwut.

▼ DAS EINDRINGEN VERHINDERN
Einige der wichtigsten Barrieren des Körpers sind unten aufgeführt. Tränen, Speichel, Schweiß und Talg enthalten Substanzen, die Bakterien abtöten. Magensäure zerstört Keime in der Nahrung. Die Schleimhaut der Atemwege fängt Mikroben, die heruntergeschluckt und im Magen zerstört werden. In der Scheide und auf der Haut verhindern harmlose Bakterien, dass sich Krankheitserreger ausbreiten.

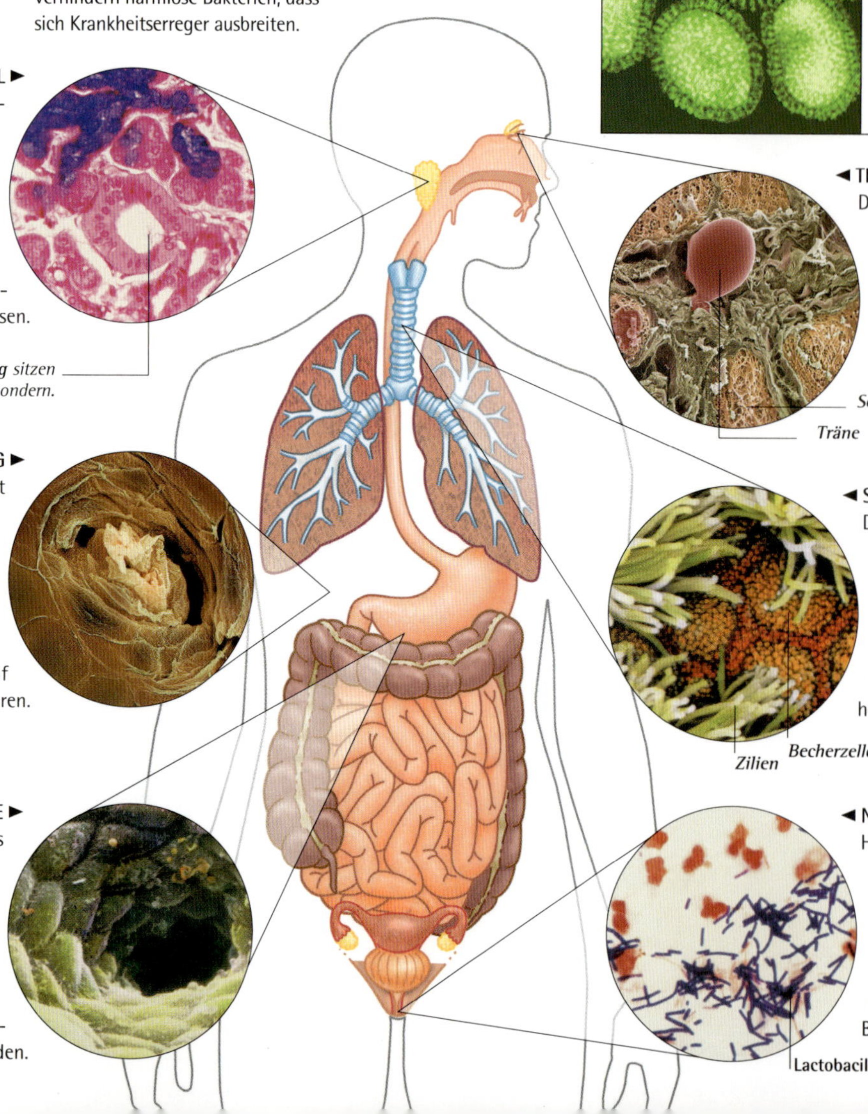

SPEICHEL ►
Speichel wird von den Speicheldrüsen in den Mund abgesondert – besonders kurz vor dem Essen oder wenn wir essen. Er feuchtet die Nahrung an, reinigt die Mundhöhle und tötet Bakterien ab, die Karies und Zahnfleischerkrankungen auslösen.

Im Speicheldrüsengang sitzen Zellen, die Speichel absondern.

SCHWEISS UND TALG ►
Wässriger Schweiß gelangt aus Poren auf die Hautoberfläche. Fetthaltiger Talg wird von Drüsen in den Haarfollikeln auf die Hautoberfläche abgesondert. Sie verhindern, dass sich schädliche Bakterien auf der Haut vermehren.

MAGENSÄURE ►
In der Innenwand des Magens münden Ausgangskanäle der Magendrüsen, die Salzsäure, Schleim und Enzyme sezernieren (absondern). Die starke Säure zerstört die meisten Mikroben, die mit der Nahrung heruntergeschluckt wurden.

◄ TRÄNEN
Diese Aufnahme zeigt die Zellen einer Tränendrüse. Tränen befeuchten und reinigen die Hornhaut des Auges. Sie enthalten ein Enzym, das Lysozym, das Bakterien abtötet und das Auge vor Ansteckungen schützt.

◄ SCHLEIM
Diese Aufnahme zeigt Schleim produzierende Becherzellen der Luftröhre. Die Flüssigkeit verhindert, dass Keime aus der Atemluft in die Lungen gelangen. Flimmerhärchen, die Zilien, bewegen den Schleim in den Rachen, um ihn herunterzuschlucken.

◄ NÜTZLICHE BAKTERIEN
Harmlose Bakterien wie die stäbchenförmige Bakterie *Lactobacillus* besiedeln die Innenwand der Scheide einer Frau. Sie produzieren eine schwache Säure, die das Wachstum schädlicher Bakterien verhindert.

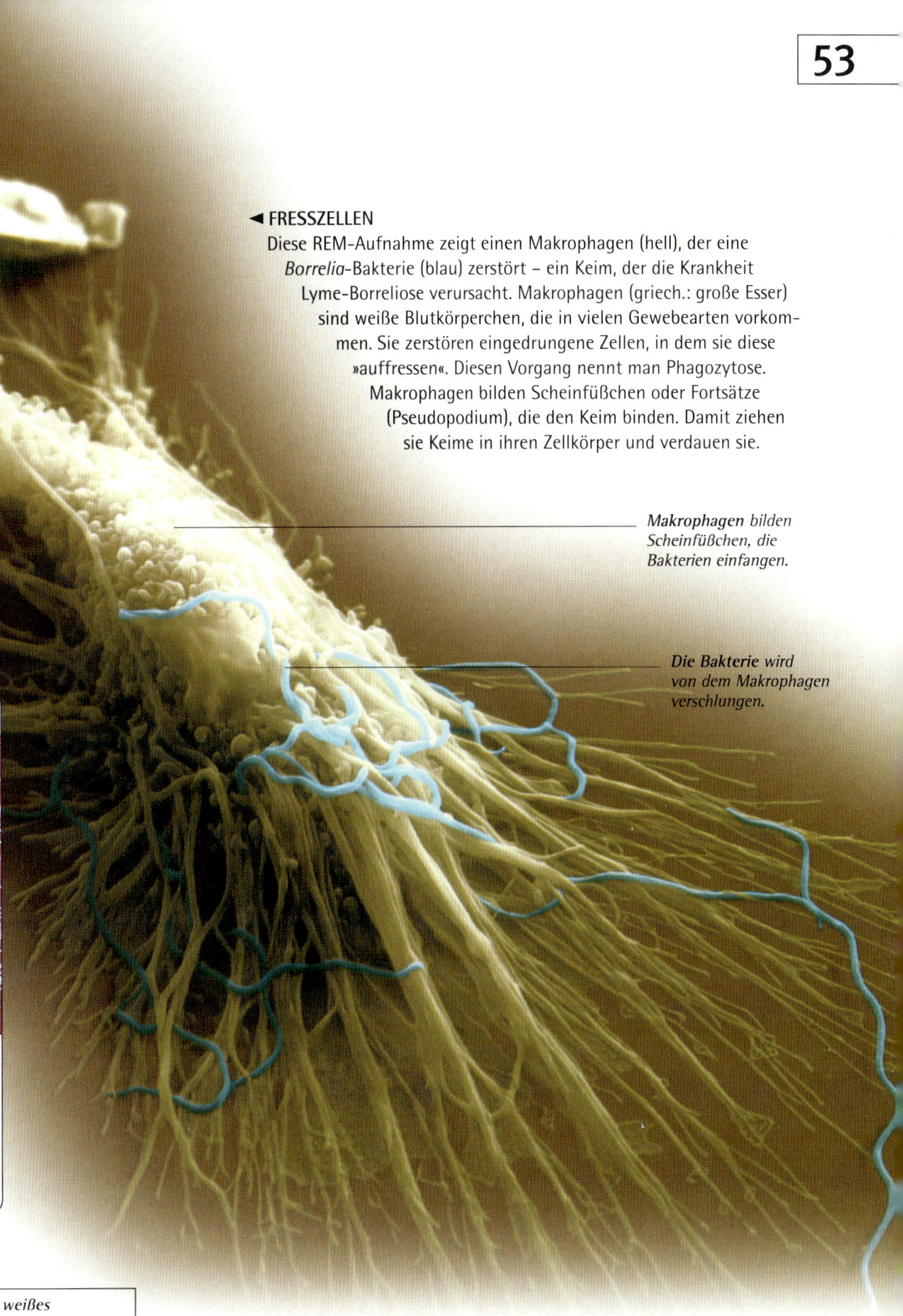

◄ **FRESSZELLEN**
Diese REM-Aufnahme zeigt einen Makrophagen (hell), der eine *Borrelia*-Bakterie (blau) zerstört – ein Keim, der die Krankheit Lyme-Borreliose verursacht. Makrophagen (griech.: große Esser) sind weiße Blutkörperchen, die in vielen Gewebearten vorkommen. Sie zerstören eingedrungene Zellen, in dem sie diese »auffressen«. Diesen Vorgang nennt man Phagozytose. Makrophagen bilden Scheinfüßchen oder Fortsätze (Pseudopodium), die den Keim binden. Damit ziehen sie Keime in ihren Zellkörper und verdauen sie.

NICHT-ANSTECKENDE KRANKHEITEN

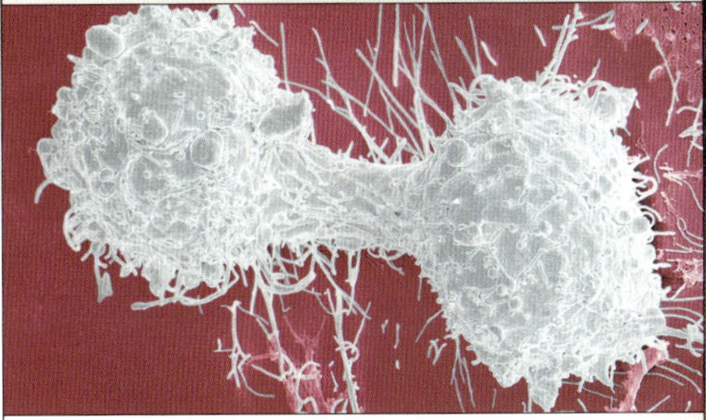

Nicht-ansteckende Krankheiten wie Herzerkrankungen, Diabetes, Lungenentzündung und Krebs können durch Erbanlagen, durch Risikofaktoren (z.B. Rauchen) oder durch Fehler des Immunsystems ausgelöst werden. Das Immunsystem schützt den Körper nicht vor nicht-ansteckenden Krankheiten, es kann jedoch die meisten Krebszellen aufspüren und zerstören. Krebs entsteht, wenn sich Zellen wie diese Brustkrebszelle unkontrolliert vermehren und Tumore bilden, die Körperfunktionen stören.

ENTZÜNDUNG

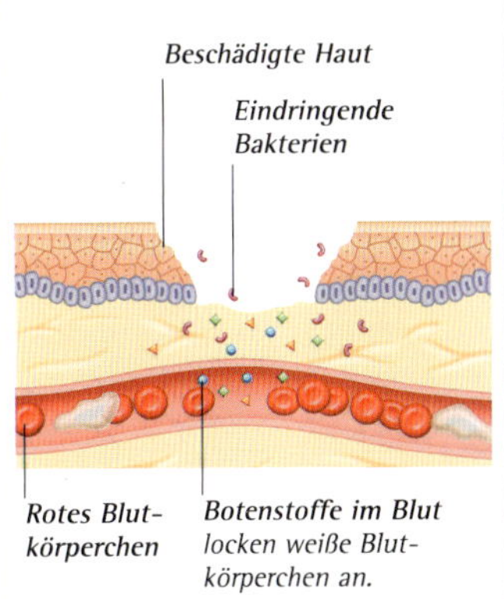

VERLETZUNG
Rötung, Wärme, Schwellung und Schmerz sind die Symptome einer Entzündung, der Antwort des Körpers auf eine Verletzung oder Ansteckung. Wenige Minuten nach der Verletzung setzen Zellen Botenstoffe frei. Dadurch werden Blutgefäße erweitert und durchlässiger, damit mehr Blut dorthin fließt und Abwehr- und Heilungsstoffe leichter in das Gewebe gelangen.

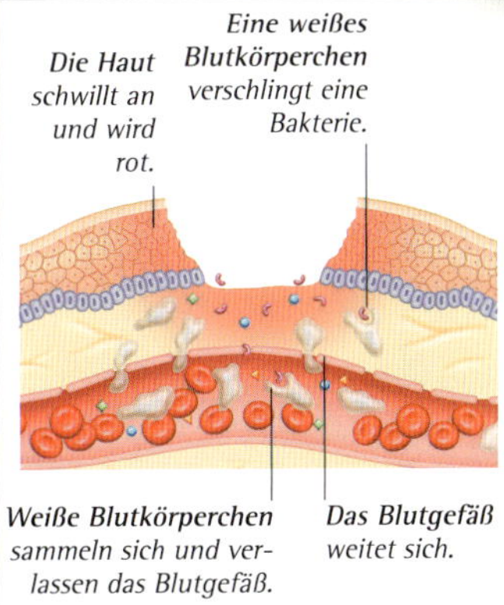

ANTWORT
Weil immer mehr Blut an den geschädigten Ort fließt, wird er röter und wärmer. Das Gewebe schwillt an, weil immer mehr Flüssigkeit aus den Gefäßen abfließt. Nach etwa einer Stunde strömen Phagozyten (weiße Blutkörperchen, die Mikroben verdauen) an den Ort, verschlingen Keime und stoppen ihr Eindringen. Zur gleichen Zeit setzt der Heilungsprozess ein.

FIEBER ►
Die Zeichen (Symptome) von Fieber – hohe Körpertemperatur begleitet von Schwitzen und Frösteln – werden meistens durch Bakterien oder Viren ausgelöst. Wenn die Körpertemperatur über 37°C steigt, vermehren sich Bakterien oder Viren kaum noch. Stattdessen sind Phagozyten aktiver – weiße Blutkörperchen, die Mikroben verdauen. Fieber wird durch Abbauprodukte von Mikroorganismen ausgelöst, die man Pyrogene nennt. Sie wirken auf Thermorezeptoren, die ihre Signale an den Hypothalamus weiterleiten.

Ein Digitalthermometer zeigt die Temperatur über dem Normwert 37°C an.

IMMUNSYSTEM

Das Lymphsystem, das im Körper parallel zum Blutkreislauf verläuft, spielt eine wichtige Rolle im Immunsystem – die körpereigene Abwehr gegen schädliche Mikroorganismen (Keime). Ein Netzwerk aus Lymphgefäßen sammelt Flüssigkeit (Lymphe) aus den Geweben und führt sie in das Blut ab. Keime, die mit der Lymphe durch die Gefäße wandern, werden in den Lymphknoten herausgefiltert. Dort befinden sich Makrophagen, die Keime verdauen, und weiße Blutkörperchen (Lymphozyten), die Keime erkennen und bekämpfen – sie zerstören sie entweder selbst oder setzen Antikörper gegen sie frei. Impfstoffe stimulieren das Immunsystem, sodass es schneller auf Erreger wie das Influenzavirus antwortet.

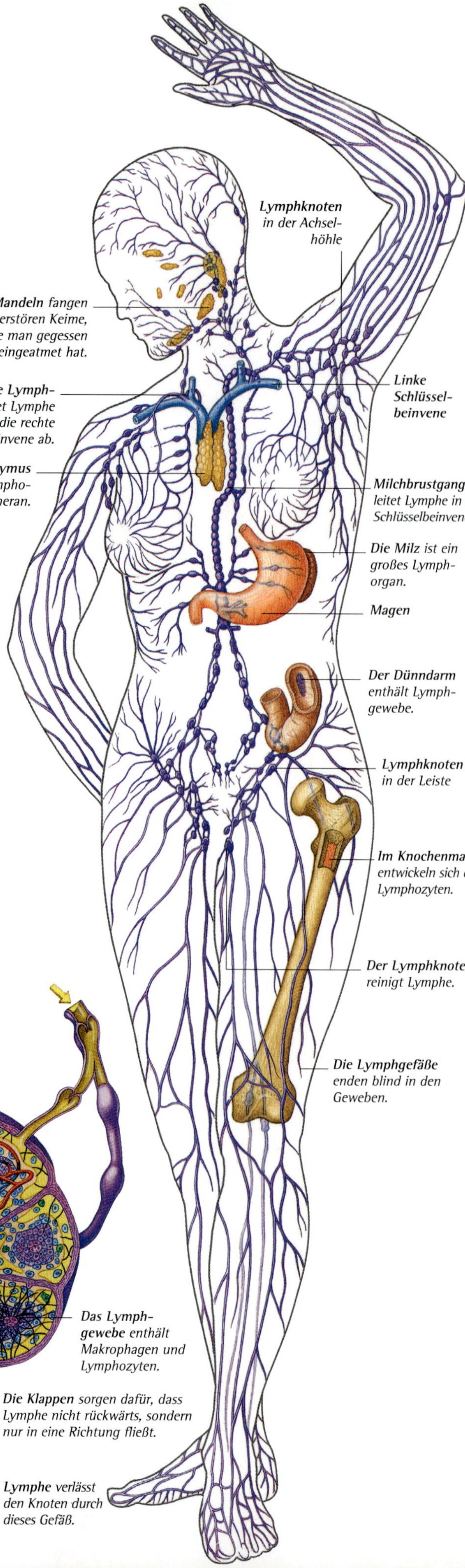

LYMPHSYSTEM ►
Das Lymphsystem besteht aus den Lymphgefäßen und den lymphatischen Organen wie Lymphknoten, Rachenmandeln und der Milz. Die kleinsten Gefäße des Lymphsystems sind die Lymphkapillaren. Sie leiten überschüssige Plasmaflüssigkeit aus den Geweben ab. Diese Flüssigkeit, die Lymphe, fließt durch größere Lymphgefäße in die Schlüsselbeinvenen. Dadurch wird das normale Blutvolumen wieder hergestellt.

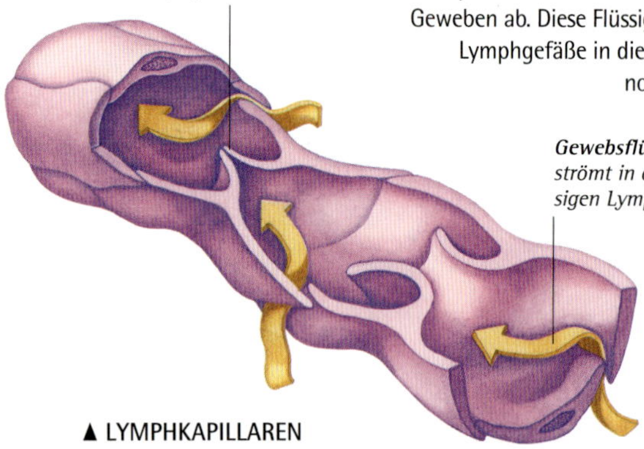

▲ LYMPHKAPILLAREN
Die kleinsten Äste des Lymphsystems, die blind enden, sind die Lymphkapillaren. Sie reichen viel tiefer in ein Gewebe als Blutkapillaren. Überschüssige, wässrige Flüssigkeit, die sich zwischen den Zellen befindet, strömt durch winzige Klappen in den dünnen Kapillarwänden, die sich wie Schwingtüren öffnen. Die Flüssigkeit, die man nun Lymphe nennt, fließt zu größeren Lymphgefäßen. Die Lymphe wird durch Skelettmuskeln, die kontrahieren, weiter befördert. Klappen verhindern, dass sie zurückfließt.

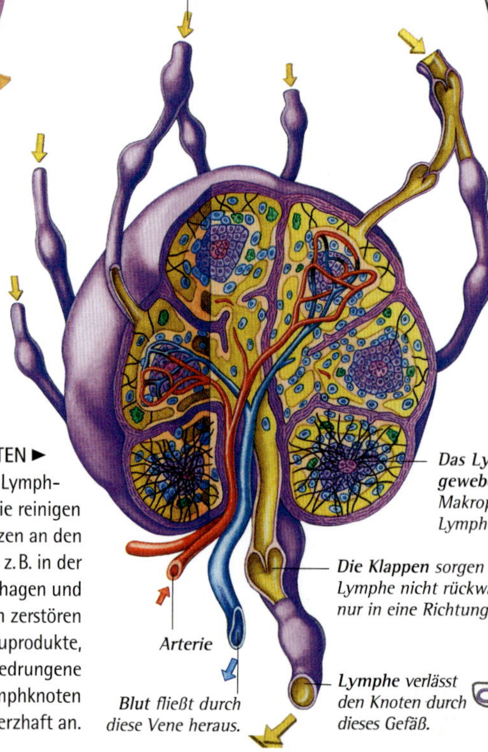

LYMPHKNOTEN ►
Kleine bohnenförmige Organe aus Lymphgewebe, die Lymphknoten, schützen den Körper vor Krankheitserregern. Sie reinigen die Lymphe, die durch sie fließt. Die Lymphknoten sitzen an den Lymphgefäßen und auch in bestimmten Bereichen wie z. B. in der Leiste oder in den Achselhöhlen. In ihnen sitzen Makrophagen und Lymphozyten, die den Körper schützen. Makrophagen zerstören ansteckende Mikroorganismen, Krebszellen und Abbauprodukte, während Lymphozyten eine Immunantwort gegen eingedrungene Keime auslösen. Bei einer Entzündung reagieren die Lymphknoten und schwellen schmerzhaft an.

IMMUNANTWORT

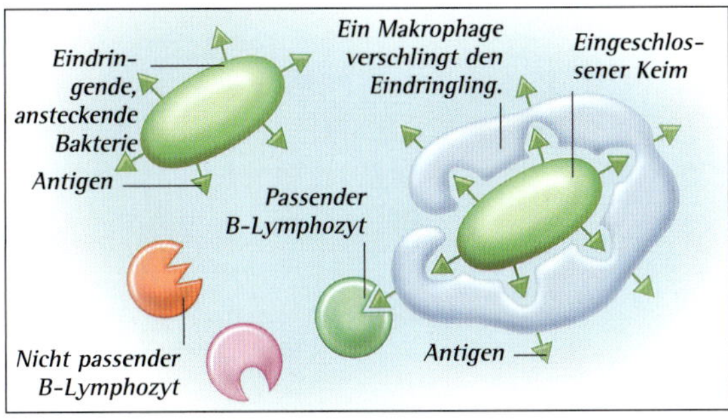

ERSTE PHASE
In der ersten Phase verschlingen Makrophagen Keime, die in den Körper eingedrungen sind. Die Überreste der Keime erscheinen als Antigene auf der Oberfläche der Makrophagen. Einige B-Lymphozyten besitzen passende Rezeptoren, um diese Antigene zu binden. Jedes Antigen passt genau zu einem Rezeptor wie ein Schlüssel in sein Schloss.

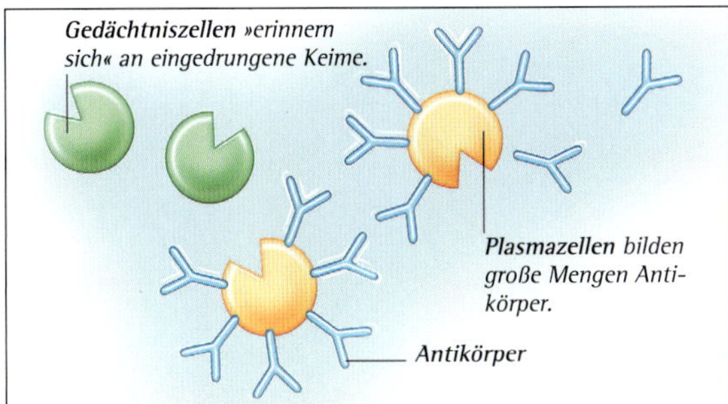

ZWEITE PHASE
Aktivierte B-Lymphozyten teilen sich und werden zu Plasma- und Gedächtniszellen. Plasmazellen setzen pro Sekunde tausende von Antikörpern frei, die durch das Blut zur Entzündung gelangen. Gedächtniszellen bewahren eine »Kopie« des Antigens auf, um sich schneller in Plasmazellen zu verwandeln, wenn Bakterien erneut eindringen.

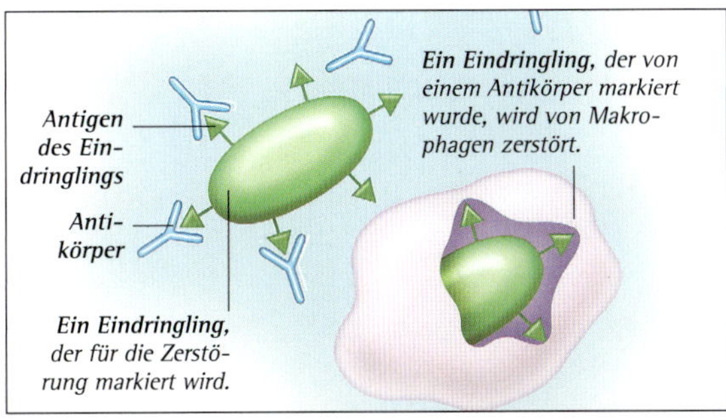

DRITTE PHASE
Antikörper sind y-förmige Moleküle. Jeder Antikörper besitzt einzigartige »Arme«, die nur an ein bestimmtes Antigen binden. Antikörper zerstören Eindringlinge nicht, sondern markieren sie für Makrophagen. Andere Lymphozyten, die T-Zellen, zerstören Keime direkt, insbesonders Krebszellen oder Zellen, die von Viren befallen sind.

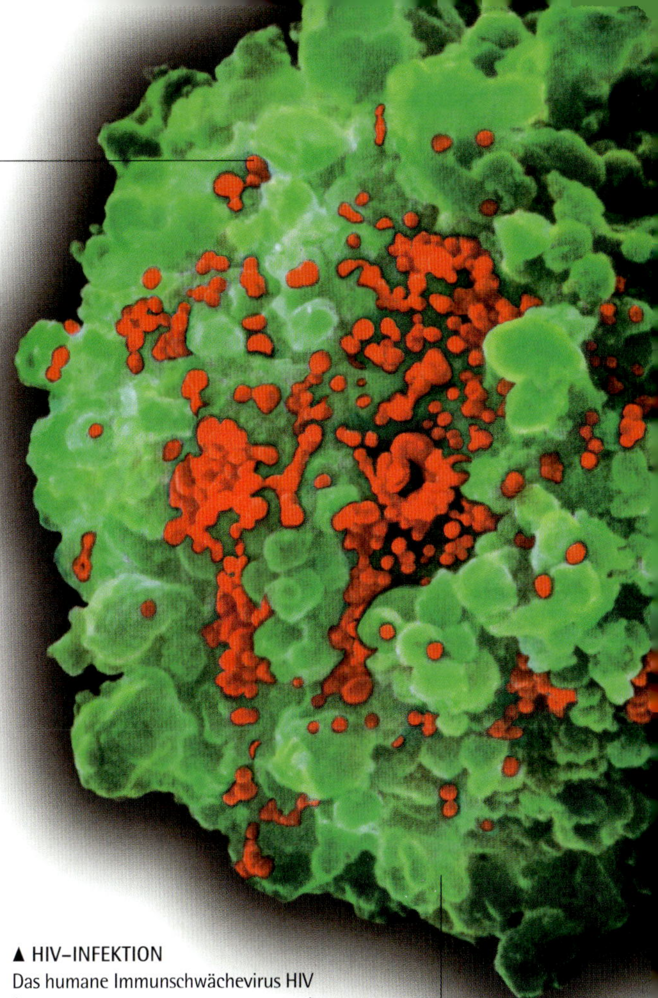

▲ HIV-INFEKTION
Das humane Immunschwächevirus HIV (engl.: human immunodeficiency virus) ist ein Krankheitserreger, der bestimmte Lymphozyten, die T-Lymphozyten, befällt. Mit der Zeit mindert die HIV-Infektion die Anzahl der T-Lymphozyten, die für die Immunantwort wichtig sind. Das Immunsystem wird schwächer, sodass der Körper gegen harmlose Infektionen schutzlos ist. Diese Auswirkungen nennt man erworbenes Immunschwächesyndrom oder AIDS (engl.: acquired immunodeficiency syndrome), das meistens zum Tod führt.

Immunsystem

◄ IMMUNISIERUNG
Das Immunsystem zerstört die meisten, jedoch nicht alle Erreger. Schutzimpfungen erhöhen den Schutz und unterstützen das Immunsystem. Bei der aktiven Immunisierung wird ein abgeschwächter Keim wie z. B. das Masernvirus injiziert, um die Bildung von Antikörpern gegen diesen Keim anzuregen. Bei der passiven Immunisierung werden Antikörper gegen einen Keim injiziert, um ungeimpften Menschen zu helfen.

SO FUNKTIONIERT EINE AKTIVE IMMUNISIERUNG

Bei einer aktiven Immunisierung wird eine ungefährliche Form eines krankheitserregenden Mikroorganismus – der abgeschwächt oder abgetötet ist – in den Körper injiziert. Die Antwort des körpereigenen Immunsystems kommt von weißen Blutkörperchen, den B-Lymphozyten. Sie reagieren auf Antigene des Keims mit Antikörpern, die sie freisetzen, und bilden Gedächtniszellen.

Wenn dieser Keim später noch einmal in den Körper eindringt, antwortet das Immunsystem sofort und setzt schnell Antikörper in großen Mengen frei. Sie zerstören den Keim, bevor er den Körper anstecken kann. Für jede Krankheit muss ein anderer Impfstoff verwendet werden, weil jeder Keim die Bildung von bestimmten Antikörpern anregt. Durch Impfungen wurden viele Infektionskrankheiten in der westlichen Welt insbesondere bei Kindern fast völlig ausgerottet.

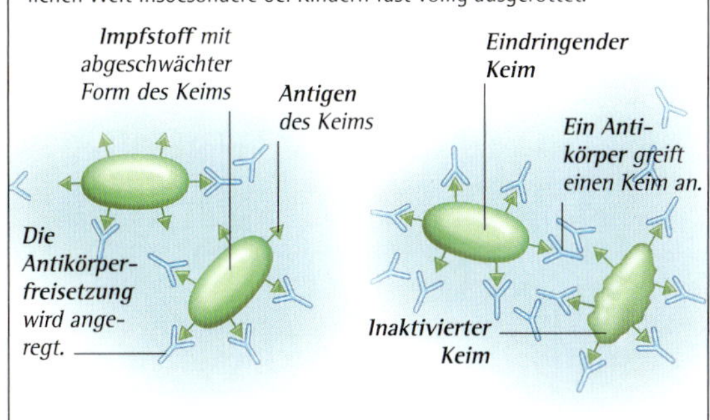

BEHANDLUNGEN

Krankheiten stören die normalen Abläufe im menschlichen Körper. Viele Erkrankungen kann man heutzutage erfolgreich behandeln, weil die medizinische Forschung große Fortschritte gemacht hat. Mit einer Diagnose stellt der Arzt fest, was dem Patienten fehlt. Dazu zählen moderne Verfahren wie z.B. CT, MRT oder MRA. Eine notwendige Behandlung kann mit Medikamenten, Operationen oder Strahlentherapie erfolgen. Durch gesunde Lebensweise und regelmäßige Untersuchungen können wir das Risiko senken, zu erkranken.

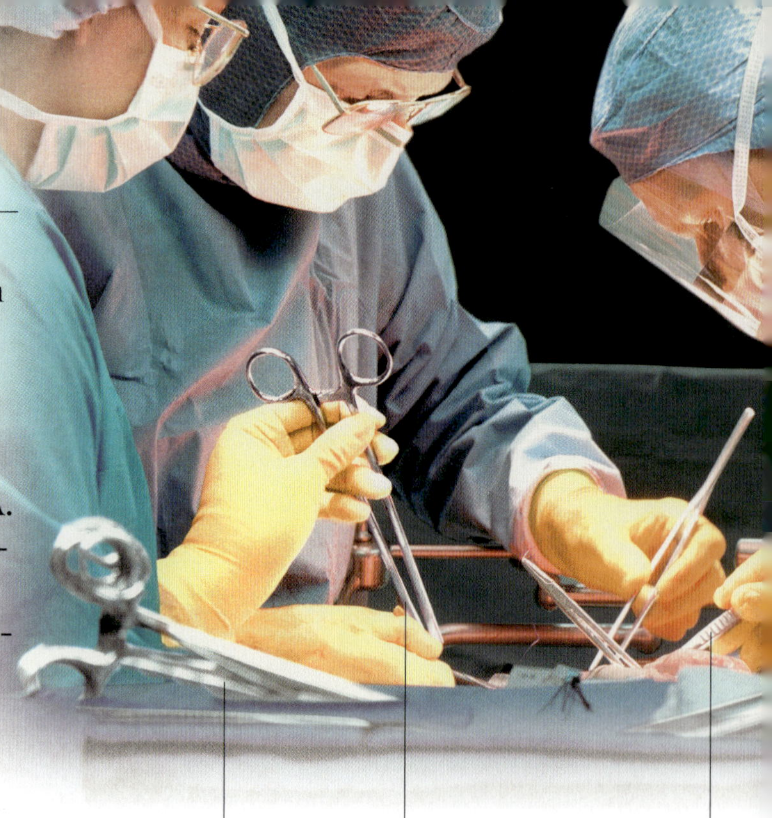

Die Arterienklemme unterbindet das Bluten eines Blutgefäßes.

Die Instrumente werden vor dem Eingriff sterilisiert.

Mit Pinzetten kann man Gewebe festhalten und anheben.

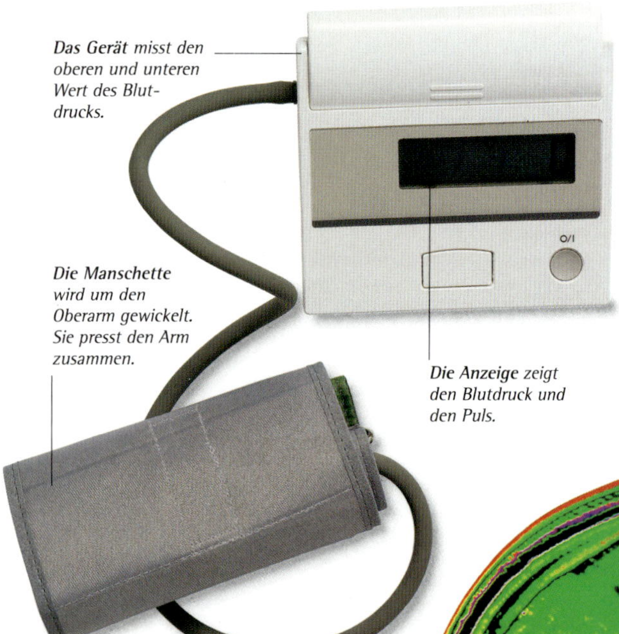

Das Gerät misst den oberen und unteren Wert des Blutdrucks.

Die Manschette wird um den Oberarm gewickelt. Sie presst den Arm zusammen.

Die Anzeige zeigt den Blutdruck und den Puls.

◄ VORBEUGUNG
Jeder kann Erkrankungen vorbeugen. Gesunde Ernährung, viel Sport und das Vermeiden von Rauchen und zu viel Alkohol sind nur einige Strategien. Dazu zählt auch, sich regelmäßig vom Hausarzt untersuchen zu lassen. Ein Messwert für den allgemeinen Gesundheitszustand ist der Blutdruck, den man mit einer Manschette (links) messen kann. Die Gefahr einer ernsthaften Herzerkrankung wächst mit hohem Blutdruck, der z.B. mit Medikamenten gesenkt werden kann.

Medizin

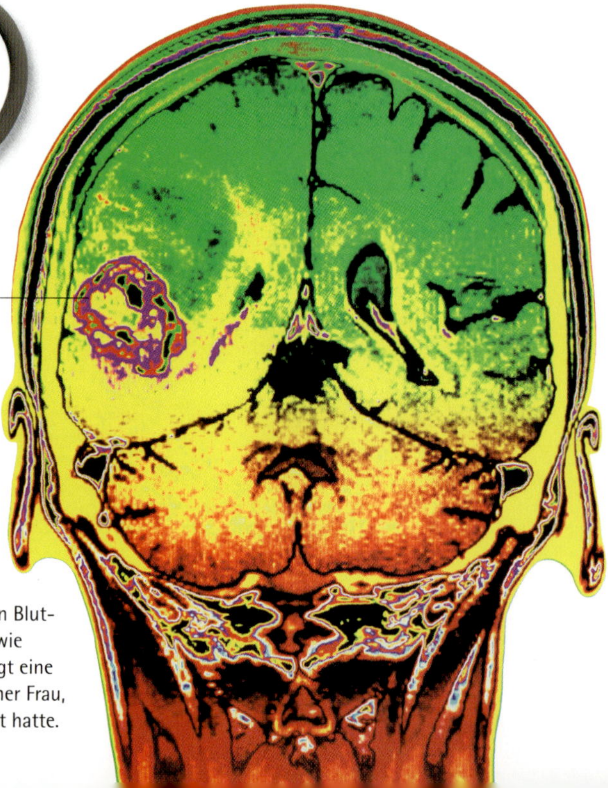

Der Tumor sitzt in der linken Gehirnhälfte.

DIAGNOSE ►
Der Arzt erhebt eine Diagnose, um herauszufinden, woran der Patient leidet. Zuerst fragt er ihn nach Symptomen und seiner Krankengeschichte – Krankheiten, die der Patient oder eines seiner Familienmitglieder in der Vergangenheit hatte. Anschließend untersucht ihn der Arzt körperlich. Zu weiteren Untersuchungen zählen Blut- und Urintests oder bildgebende Verfahren wie Röntgen. Diese MRT-Aufnahme (rechts) zeigt eine bösartige Geschwulst (Tumor) im Gehirn einer Frau, die Änderungen in ihrem Verhalten bemerkt hatte.

Medikamente behandeln Symptome, beugen ernsten Krankheiten vor oder stellen Substanzen bereit, die dem Körper fehlen.

MEDIKAMENTÖSE THERAPIE ▲
Medikamente sind chemische Substanzen, die in den Stoffwechsel eingreifen. Einige, wie die herzwirksame Digitalis, wurden ursprünglich aus Pflanzen oder anderen natürlichen Vorkommen gewonnen (in diesem Fall aus dem Fingerhut), die meisten jedoch werden künstlich hergestellt. Zu den verschiedenen Medikamentengruppen gehören z.B. Analgetika, die Schmerzen lindern, Antibiotika, die Bakterien abtöten, und Impfstoffe, die Ansteckungen vorbeugen. Die meisten Medikamente können auch schädlich sein, sie müssen deshalb nach genauer Vorschrift eingenommen werden.

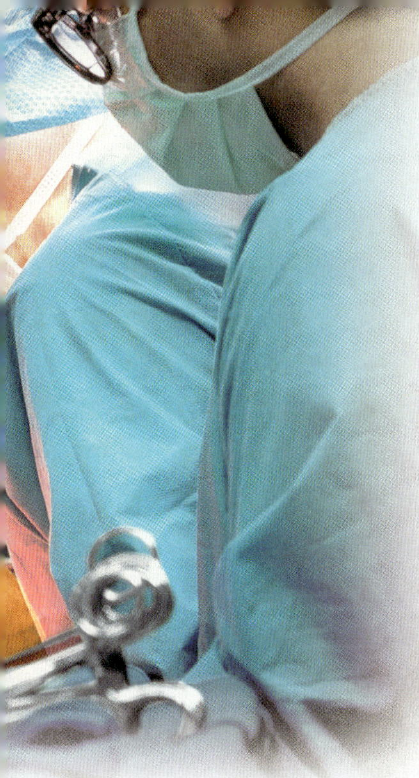

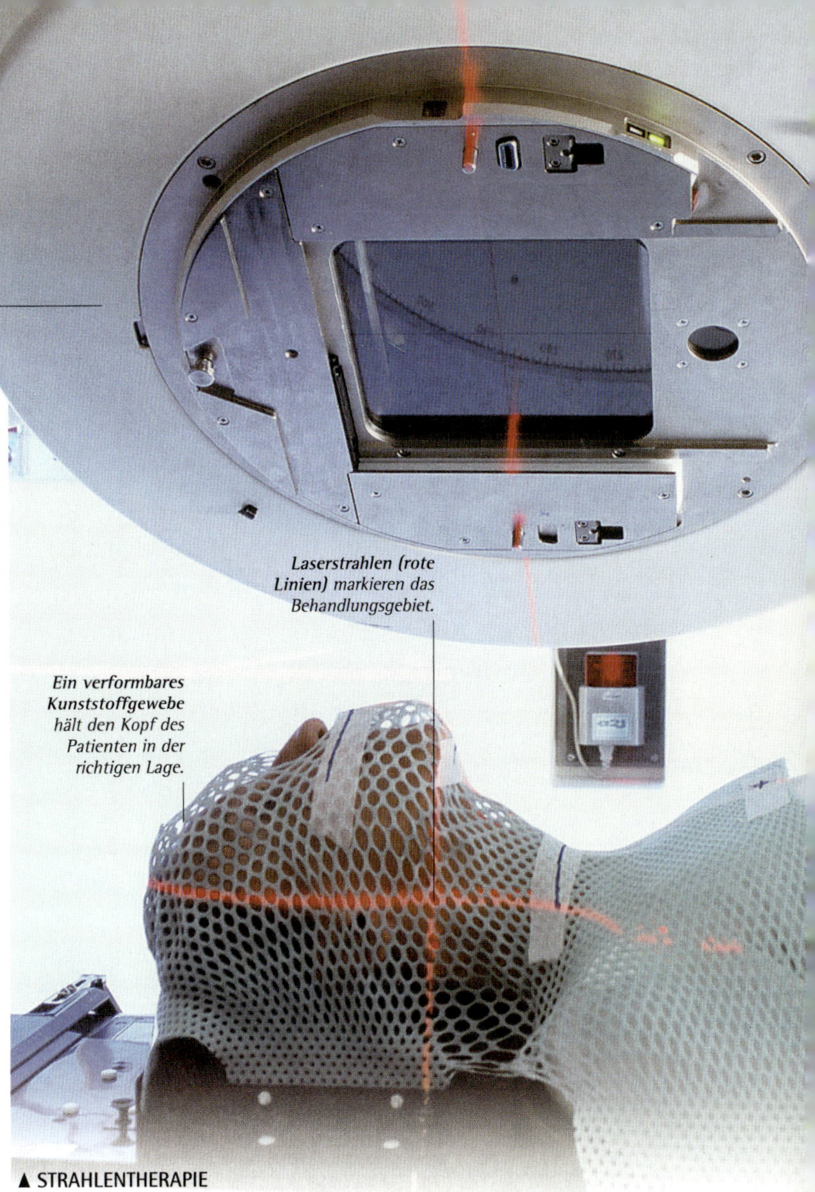

Die Röntgenquelle bewegt sich um den Kopf des Patienten.

***Laserstrahlen (rote Linien)** markieren das Behandlungsgebiet.*

***Ein verformbares Kunststoffgewebe** hält den Kopf des Patienten in der richtigen Lage.*

◄ OFFENE OPERATION
Bei offenen Operationen wird der Körper durch einen Schnitt geöffnet, um das verletzte oder krankhafte Gewebe zu behandeln. Der Patient ist während des Eingriffs betäubt (Narkose), sodass er keinen Schmerz empfindet. Im Operationssaal tragen Chirurgen, Anästhesisten und Schwestern sterile Handschuhe, Kopfbedeckungen, Gesichtsmasken und Kittel, damit sich der Patient nicht infiziert.

▲ STRAHLENTHERAPIE
Ein Patient erhält eine Strahlentherapie, um einen bösartigen Tumor zu behandeln. Dabei werden Krebszellen durch energiereiche Strahlen zerstört, die von einem Linearbeschleuniger (oben) erzeugt werden, ohne dass gesundes Gewebe geschädigt wird. Moderne Geräte dringen tief in Gewebsschichten ein und zielen mit hohen Strahlendosen genau auf den Tumor. Die Strahlentherapie wird häufig zusammen mit Chemotherapie (Medikamente gegen Zellwachstum) und Operationen kombiniert.

SPEZIALGEBIETE DER CHIRURGIE

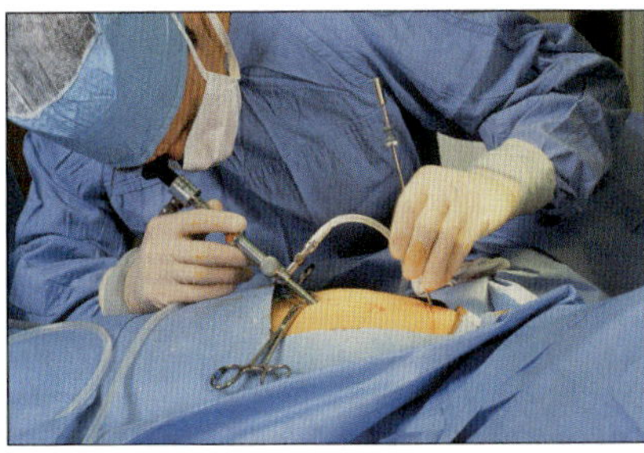

SCHLÜSSELLOCHCHIRURGIE
Bei der minimalinvasiven Chirurgie, die man auch Schlüssellochchirurgie nennt, macht der Chirurg nur einen kleinen Schnitt, um im Körper zu operieren. Die Operation überwacht er mit einem Sehrohr, dem Endoskop. Durch die kleine Öffnung führt er sämtliche Instrumente ein, die er für die Operation braucht.

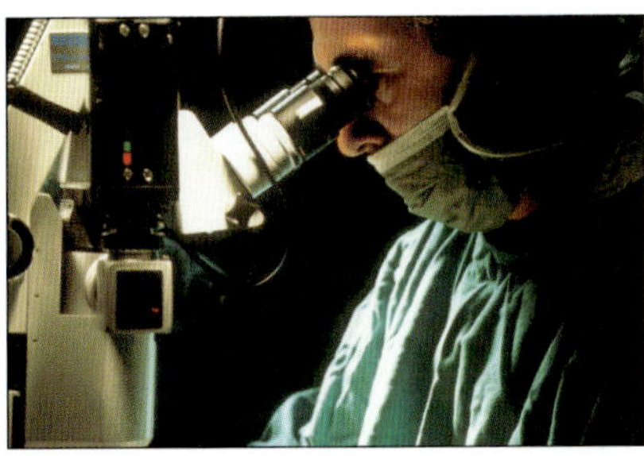

MIKROCHIRURGIE
Dieser Chirurg vergrößert mit einem Mikroskop während der Operation sehr feine Körperstrukturen. Mithilfe der Mikrochirurgie kann er feine Nerven- und Blutgefäße miteinander verbinden, um z.B. abgetrennte Finger wieder anzunähen. Sie wird auch bei Operationen der Augen, Ohren und Geschlechtsorgane eingesetzt.

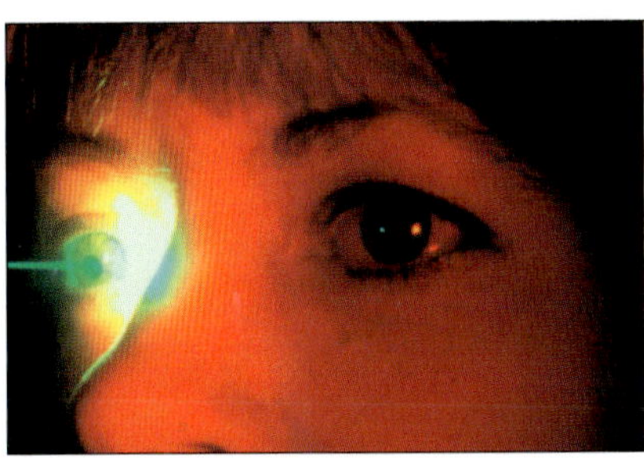

LASERCHIRURGIE
Die gebündelten Lichtstrahlen eines Lasers, die eine enorme Wärme entwickeln, können Gewebe zusammenfügen oder wegschneiden. Im Bild wird mit einem Laser eine abgelöste Netzhaut – die lichtempfindliche Innenschicht des Auges – wieder angeheftet. Mit Lasern kann man auch die Hornhaut bearbeiten, um Kurzsichtigkeit zu korrigieren.

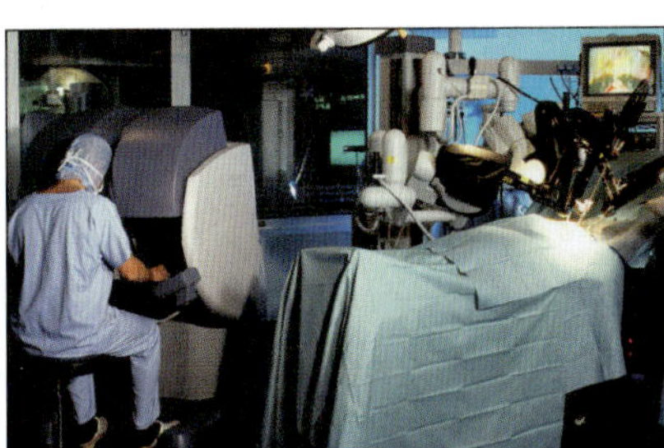

ROBOTERCHIRURGIE
Ein Chirurg (links) führt mit einem ferngesteuerten Roboter eine minimalinvasive Operation am Herz eines Patienten durch. Der Chirurg sitzt an einer Konsole und operiert mit einem Roboterarm. Mit einem Endoskop, das die Bilder des Operationsgebietes auf einen Monitor überträgt, überwacht er die Operation.

PHYSIOTHERAPIE

Die Physiotherapie stellt mit physikalischen Techniken normale Körperfunktionen wieder her oder beugt Krankheiten vor. Sie hilft auch Patienten bei längeren Erkrankungen beweglich zu bleiben. Zu ihren Techniken zählen Bewegungen, Massagen, Ultraschall, Elektrostimulation und Hydrotherapie. Bei der Hydrotherapie wird der Patient behandelt, während er fast wie schwerelos im warmen Wasser schwimmt. Hier behandelt ein Therapeut eine Patientin, um sie von Rückenschmerzen zu befreien.

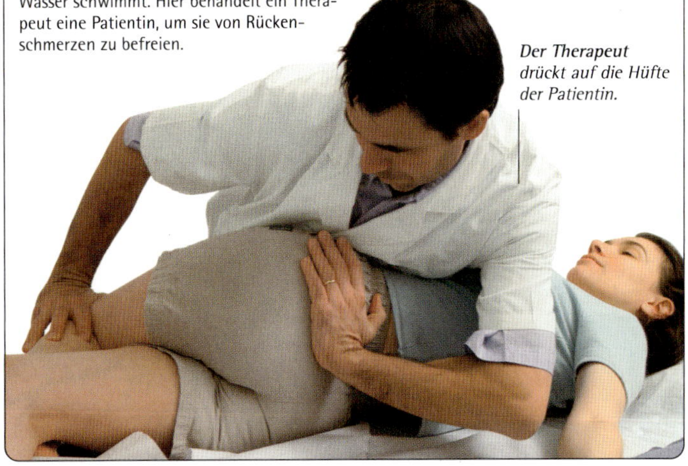

Der Therapeut drückt auf die Hüfte der Patientin.

VERDAUUNG

Unser Körper braucht Nährstoffe, um zu wachsen und Energie zu gewinnen. Doch diese Nährstoffe liegen in großen Molekülen, aus denen unsere Nahrung besteht, gebunden und unbrauchbar vor. Sie sind erst durch Verdauung zugänglich. Das Verdauungssystem nimmt Nahrung auf und verdaut sie (baut sie ab) zu einfachen Nährstoffen, die im Darm resorbiert (aufgenommen) werden und in das Blut gelangen. Anschließend entsorgt es die Abbauprodukte. Muskeln in Mund und Magen unterstützen die mechanische Arbeit, während Enzyme Nahrung chemisch verdauen.

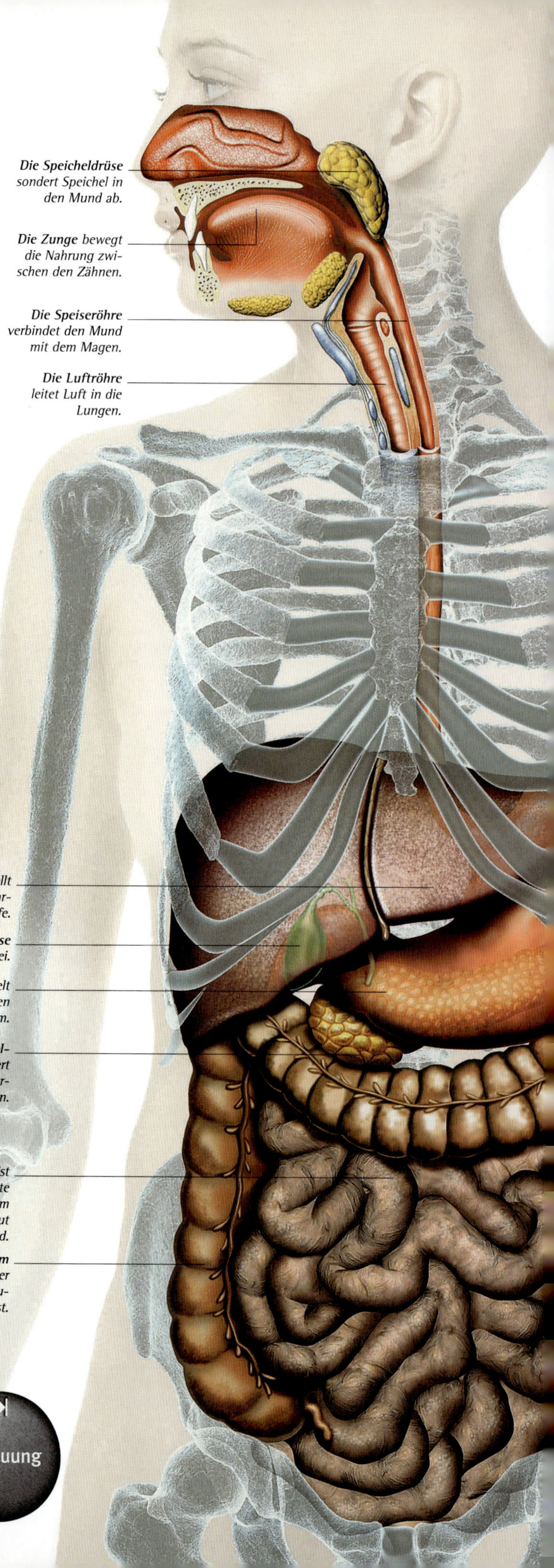

VERDAUUNGSSYSTEM ►

Der wichtigste Teil des Verdauungssystems ist eine 9 m lange Röhre, der Verdauungstrakt, der in verschiedene Abschnitte unterteilt ist – Speiseröhre, Magen, Dünn- und Dickdarm. Die Speiseröhre befördert die Nahrung in den Magen, der sie aufnimmt und teilweise verdaut. Der Dünndarm vollendet die Verdauung und resorbiert Nährstoffe, während der Dickdarm dem Nahrungsrest, der nicht verdaut wird, Wasser entzieht. Einige Organe, die mit dem Verdauungstrakt verbunden sind, unterstützen die Verdauung – Zunge, Zähne, Speicheldrüsen, Gallenblase und Leber.

ENZYMAKTIVITÄT

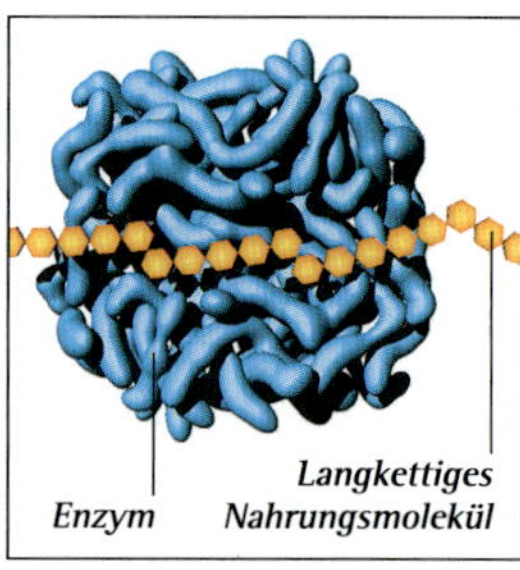

AKTIVES ZENTRUM
Enzyme sind Katalysatoren aus Proteinen – durch sie laufen chemische Reaktionen tausend- bis millionenfach schneller ab. Jedes Enzym reagiert nur mit bestimmten Molekülen; in diesem Fall das Enzym Amylase (blau) mit dem Molekül Stärke (orange). Die Stärke bindet an eine bestimmte Stelle im Enzym, dem aktiven Zentrum.

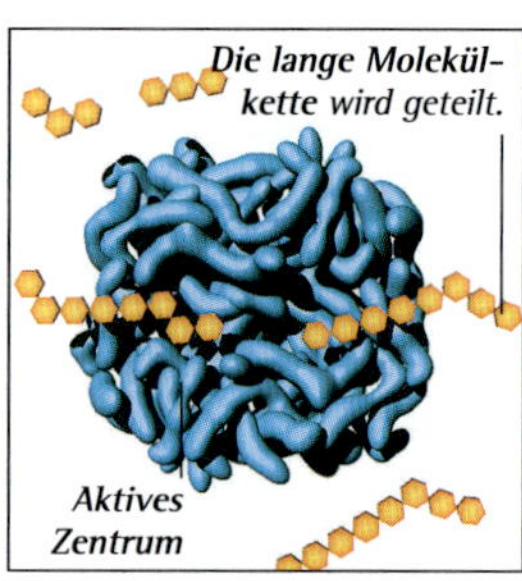

MOLEKÜLE SPALTEN
Sobald das Molekül an das Enzym bindet, ändert das aktive Zentrum seine Gestalt. Es bricht die lange Kette auf und verbindet die Teilstücke mit Wassermolekülen zu Zuckermolekülen, den Disacchariden. Enzyme im Dünndarm spalten die Disaccharide zu dem Zucker Glukose, der resorbiert wird und in das Blut gelangt.

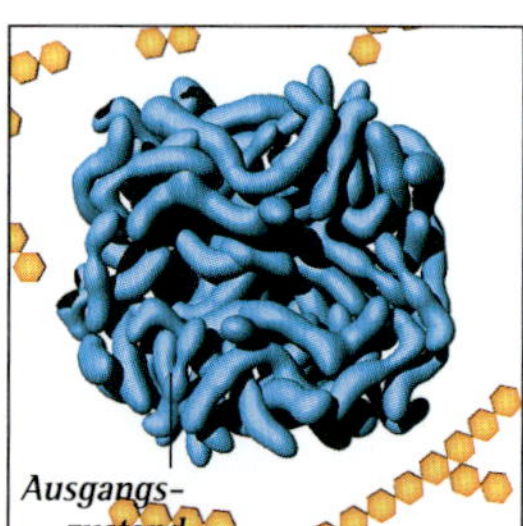

FREIES ENZYM
Nachdem die Reaktion beendet ist und die Produkte aus der Stärke freigesetzt sind, kehrt das Enzym in seine ursprüngliche Gestalt zurück. Speicheldrüsen, Magen, Bauchspeicheldrüse und Dünndarm produzieren Verdauungsenzyme. Ohne sie würde die Verdauung so langsam ablaufen, dass kein Lebewesen existieren könnte.

VIDEOTABLETTE

Wenn man diese Videotablette (links) herunterschluckt, nimmt sie Bilder des Verdauungstrakts auf ihrer 24-stündigen Reise vom Mund bis zum Anus auf. Sie ist 30 x 11 mm groß und enthält eine Lichtquelle, eine Videokamera und einen Sender. Dieser sendet Radiosignale an einen Empfänger, der an der Brust des Patienten befestigt ist. Der Empfänger wird dann an einen Computer angeschlossen, sodass sich der Arzt die Bilder ansehen kann.

FAHRPLAN EINER MAHLZEIT ►

Diese Abbildung zeigt, in welcher Zeit eine Mahlzeit durch den Verdauungstrakt befördert und verdaut wird. Nach nur kurzer Zeit in Mund und Speiseröhre bleibt die Mahlzeit etwa drei Stunden oder länger im Magen. Anschließend wird sie mit etwa 0,5 cm pro Minute durch den Dünndarm und noch langsamer durch den Dickdarm befördert.

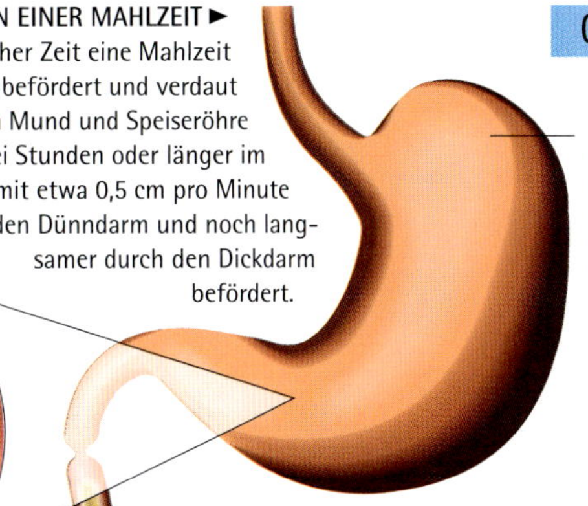
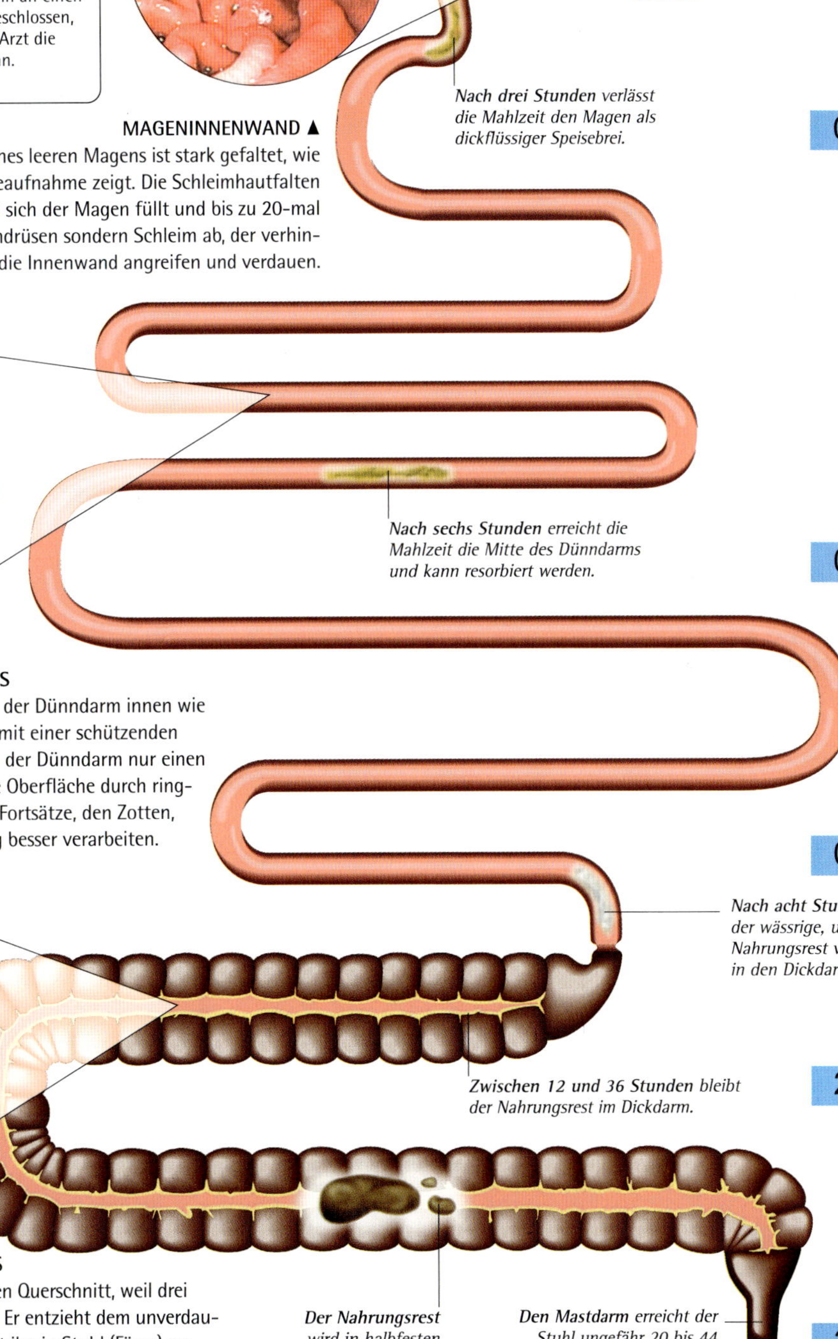

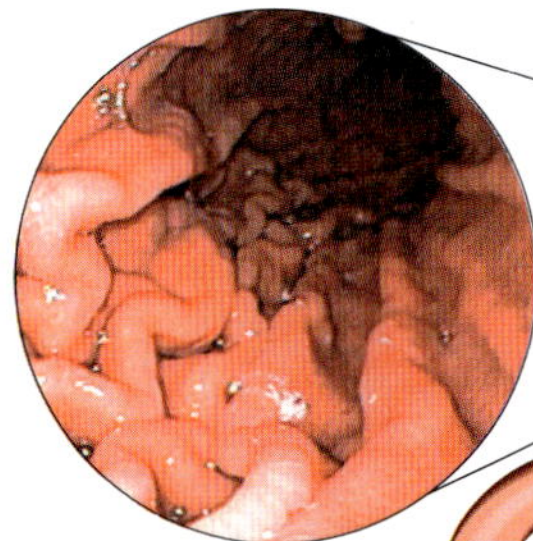

MAGENINNENWAND ▲

Die Innenschicht eines leeren Magens ist stark gefaltet, wie diese Endoskopieaufnahme zeigt. Die Schleimhautfalten glätten sich, sobald sich der Magen füllt und bis zu 20-mal größer wird. Magendrüsen sondern Schleim ab, der verhindert, dass Enzyme die Innenwand angreifen und verdauen.

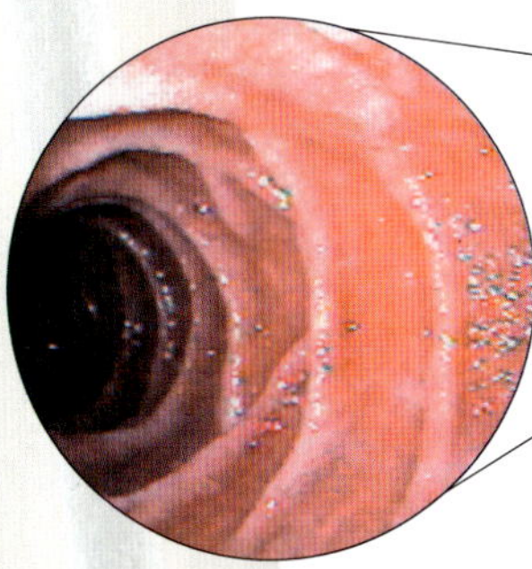

▲ INNENANSICHT DES DÜNNDARMS

Die Endoskopieaufnahme verrät, dass der Dünndarm innen wie Magen (oben) und Dickdarm (unten) mit einer schützenden Schleimhaut ausgekleidet ist. Obwohl der Dünndarm nur einen Durchmesser von 2,5 cm hat, ist seine Oberfläche durch ringförmige Falten und Millionen kleiner Fortsätze, den Zotten, viel größer. Dadurch kann er Nahrung besser verarbeiten.

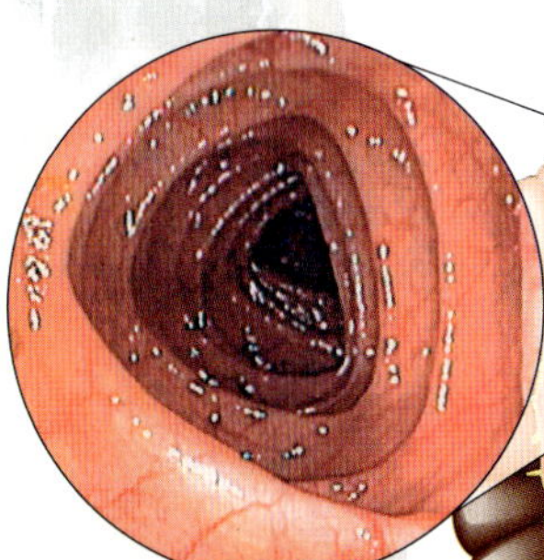

▲ INNENANSICHT DES DICKDARMS

Der Dickdarm besitzt einen dreieckigen Querschnitt, weil drei Muskelstränge an ihm entlanglaufen. Er entzieht dem unverdauten Nahrungsrest Wasser und wandelt ihn in Stuhl (Fäzes) um. Damit verhindert er, dass der Körper überschüssiges Wasser verliert. Der Dickdarm ist von Milliarden ungefährlicher Bakterien besiedelt, die Nahrungsreste verdauen und Vitamine bereitstellen.

ZÄHNE UND GAUMEN

Die härtesten Organe des Körpers sind die Zähne, die in Ober- und Unterkiefer eingebettet sind. Zähne schneiden, kauen und mahlen Nahrung in kleinere Stücke, um sie leichter zu schlucken und zu verdauen. Menschen bekommen in ihrem Leben zweimal Zähne. Die erste Zahnreihe aus 20 Milchzähnen wird in der Pubertät durch 32 bleibende Zähne ersetzt. Schlucken ist ein unwillkürlicher Reflex, den wir bewusst auslösen. Die Zunge schiebt die Nahrung zum Rachen, wo sie durch den Schluckreflex in Rachen und Speiseröhre gelangt.

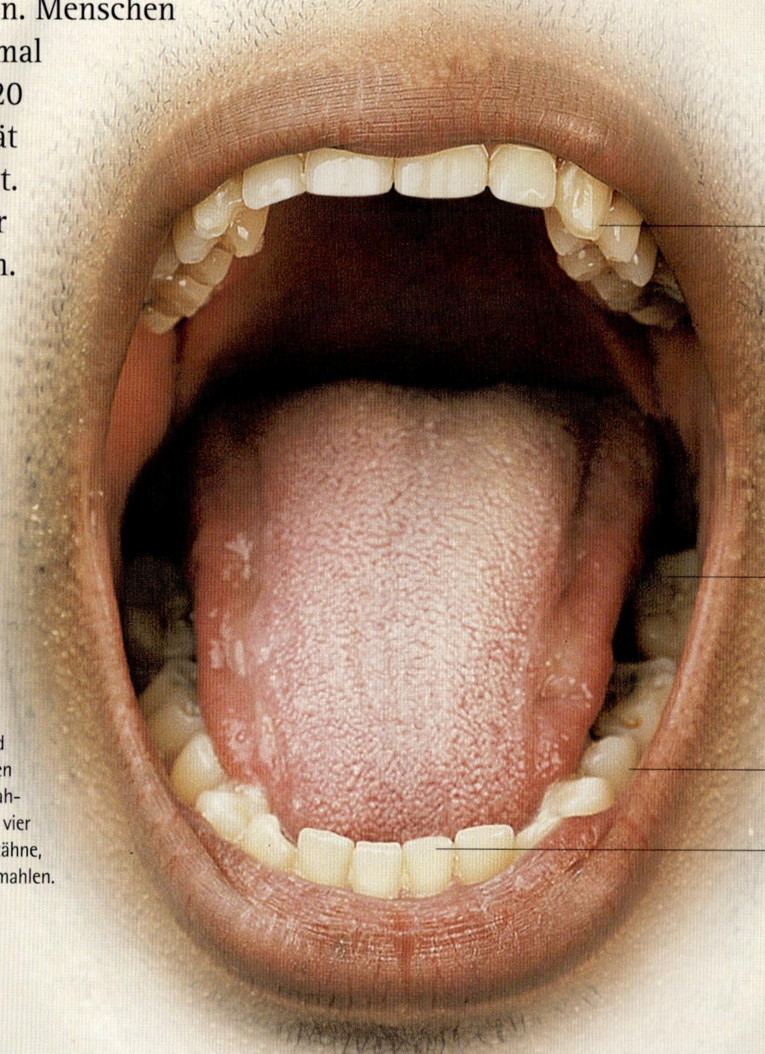

VOLLSTÄNDIGES GEBISS ►
Die 32 Zähne, 16 in jedem Kiefer, die das Gebiss eines Erwachsenen bilden, haben unterschiedliche Formen und Aufgaben. Jeder Kiefer besitzt vier Schneidezähne, zwei Eckzähne, vier Vorbackenzähne und sechs Backenzähne. (Die hinteren Backenzähne – die Weisheitszähne – wurden hier entfernt.) Die scharfen Schneidezähne beißen mundgerechte Stücke ab. Die spitzen Eckzähne halten und reißen Nahrung. Die Vorbackenzähne mit breiten Kronen und zwei Höckern zerkleinern und kauen Nahrung. Noch breitere Kronen mit vier Höckern besitzen die Backenzähne, um Nahrung kraftvoll zu zermahlen.

Zähne

KAUEN UND SCHLUCKEN

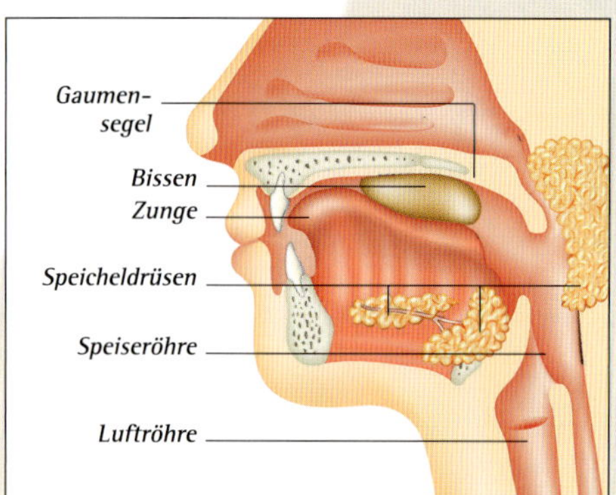

MUND
Die Nahrung wird in kleine Stücke gekaut, die vom klebrigen Schleim im Speichel zu einem Bissen (Bolus) geformt werden. Anschließend schiebt die Zunge den Bissen gegen das Mundhöhlendach in Richtung des Rachens. Das Gaumensegel klappt nach oben und verschließt die Nasenhöhlen, damit der Bissen dort nicht hineingelangt.

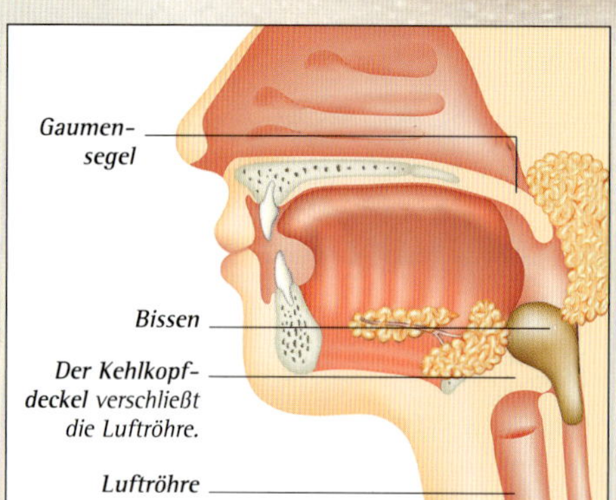

RACHEN
Sobald der Bissen den Gaumen berührt, löst er den unwillkürlichen Schluckreflex aus. Die Rachenmuskeln kontrahieren und drücken den Bissen durch den Rachen in die Speiseröhre. Die Atmung setzt kurz aus, weil der Kehlkopfdeckel die Luftröhre verschließt, damit der Bissen »nicht in den falschen Hals kommt«.

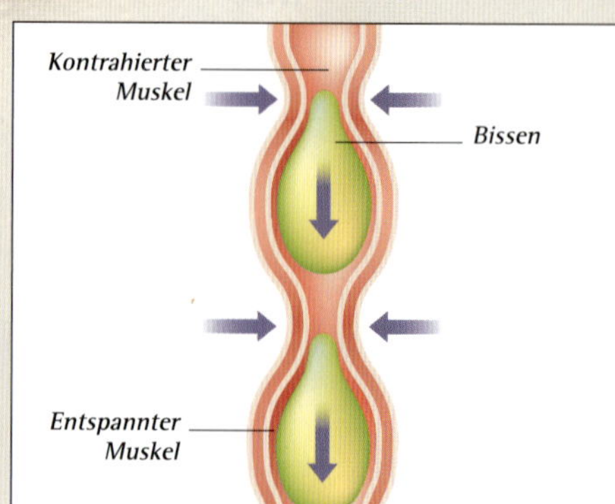

SPEISERÖHRE
Durch Peristaltik – wellenförmige Kontraktionen der glatten Muskeln der Speiseröhre – wird der Bissen vom Rachen in den Magen befördert. Muskeln hinter dem Bissen kontrahieren, während gleichzeitig die Muskeln vor ihm entspannt sind. Der Bissen gelangt dadurch in den Magen so wie Zahnpasta, die man aus der Tube drückt.

AUFBAU EINES ZAHNS ►
Jeder Zahn besitzt eine sichtbare Krone und einen Kern aus Zahnbein, der nach unten die Zahnwurzel bildet. Im Zahnbein befindet sich die Zahnpulpa (Zahnmark) mit Blutgefäßen und Nerven, um Temperaturen und Schmerzen zu fühlen. Eine Schicht aus Zahnzement verbindet den Zahn mit der Wurzelhaut, die ihn im Knochen verankert. Das Zahnfleisch schließt fest um den Zahnhals und verhindert, dass Bakterien eindringen.

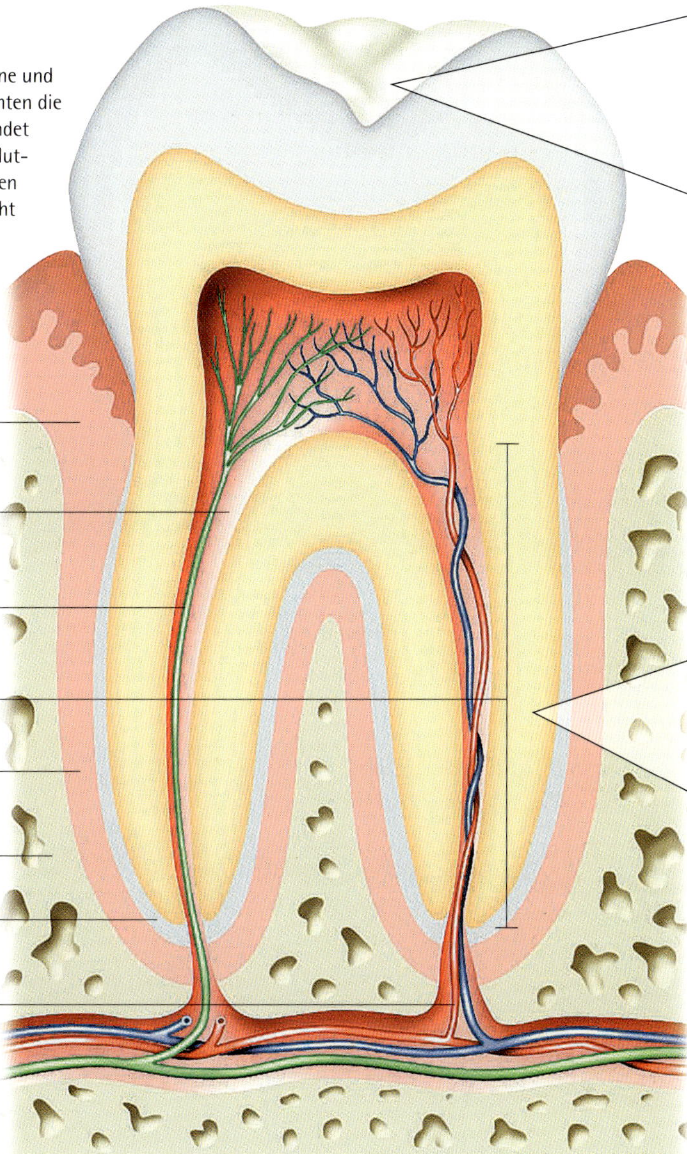

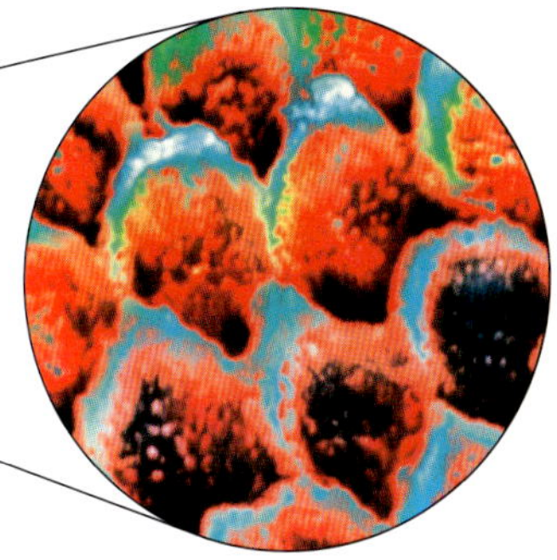

ZAHNSCHMELZÜBERZUG ▲
Das härteste Material des Körpers ist der Zahnschmelz. Er enthält druckfeste Säulen aus Kalziumphosphat, die senkrecht zur Kronenoberfläche verlaufen (oben). Zahnschmelz ist kein lebendes Gewebe, sondern entsteht aus Zellen, die vor dem Durchbruch der Zähne absterben. Ohne diese Zellen kann Zahnschmelz nicht ersetzt werden, sodass Löcher immer künstlich gefüllt werden müssen.

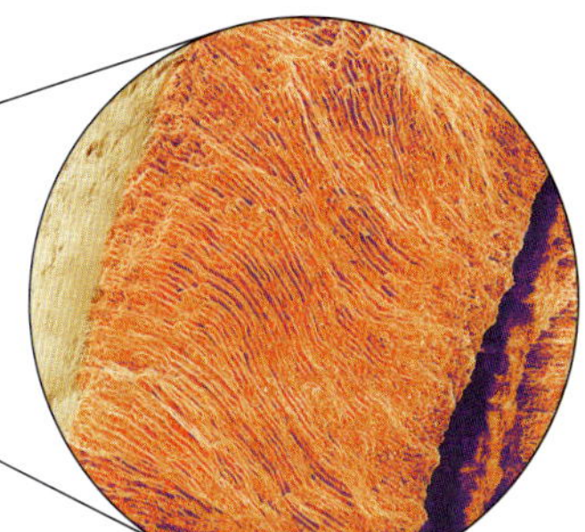

ZAHNBEIN ▲
Das harte, knochenähnliche Zahnbein (Dentin) formt den Zahn und widersteht den enormen Druckkräften, die beim Kauen entstehen. Zahnbein entsteht aus Fortsätzen von Zellen im Zahnmark, den Odontoblasten, die sich als feine Kanälchen in das Zahnbein erstrecken. Um das Zahnbein zu erhalten, wird es von Blutgefäßen versorgt.

ZAHNFÄULNIS

ZAHNBELÄGE
Auf der Oberfläche des vergrößerten Zahns befindet sich ein Belag aus Nahrungsresten und Bakterien. Solche Beläge bilden sich, wenn Zähne nicht regelmäßig geputzt werden. Wenn die Beläge nicht rechtzeitig entfernt werden, zerstören Bakterien den Zahnschmelz und verursachen Karies (Zahnfäule). Wird Karies nicht behandelt, kann der Zahn ausfallen.

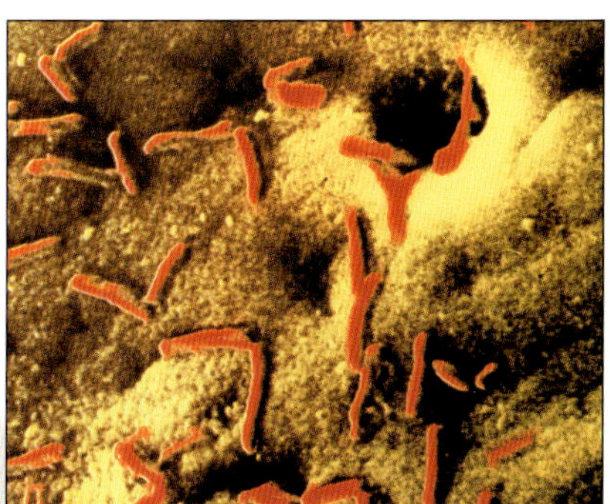

BAKTERIEN
Die Bakterien im Zahnbelag ernähren sich von Zucker aus der Nahrung und setzen eine Säure frei, die mit der Zeit den Zahnschmelz auflöst und zu Karies führt. Wenn Karies das Zahnbein und das Zahnmark erreicht, verursacht sie Schmerzen. Zahnbelägen und Karies kann man durch regelmäßiges Putzen mit Zahnbürste und Zahnseide vorbeugen.

BESSERES AUSSEHEN

Viele Jugendliche tragen Zahnklammern, um Fehlstellungen der bleibenden Zähne zu korrigieren. Zahnklammern werden von spezialisierten Zahnärzten, den Kieferorthopäden, angepasst. Sie bestehen aus Keramik- oder Metallklammern, die an den Zähnen befestigt sind. Die Klammern sind über einen Metallbügel miteinander verbunden, der die Zähne in ihre richtige Stellung drückt. Auch der Kieferknochen verändert sich, um die Zähne in ihrer neuen Stellung zu verankern.

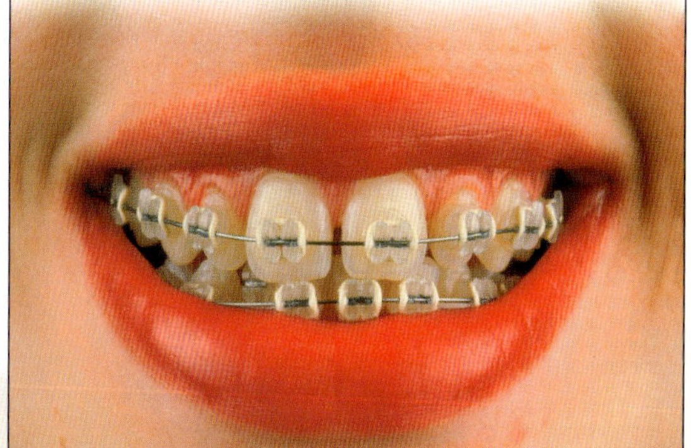

MAGEN UND DARM

Die Nahrung wird durch wellenförmige Muskelkontraktion, die Peristaltik, vom Magen in den Darm befördert. Dort wird sie durch mechanische Bewegungen und Enzyme verdaut, um Nährstoffe aus ihr zu gewinnen. Die Verdauung findet hauptsächlich im Magen und im Dünndarm statt. Nährstoffe werden im Dünndarm resorbiert und der unverdaute Rest gelangt in den Dickdarm. Dort wird auch der größte Teil des Wassers resorbiert, der zur Verdauung in den Darmtrakt abgegeben wurde, damit der Körper nicht austrocknet.

VOM MAGEN IN DEN DICKDARM ►
Im Magen bereiten Muskelkontraktionen und Magensaft aus der Nahrung einen cremigen Brei, der in den Dünndarm abgegeben wird. Gallensaft und Enzyme bauen ihn zu Glukose, Aminosäuren, Fettsäuren und anderen Nährstoffen ab, die durch die Wand des Dünndarms in das Blut resorbiert wird. Der unverdaute Rest gelangt in den Dickdarm (Kolon), wo ihm Wasser entzogen und er durch den Mastdarm als Stuhl ausgeschieden wird.

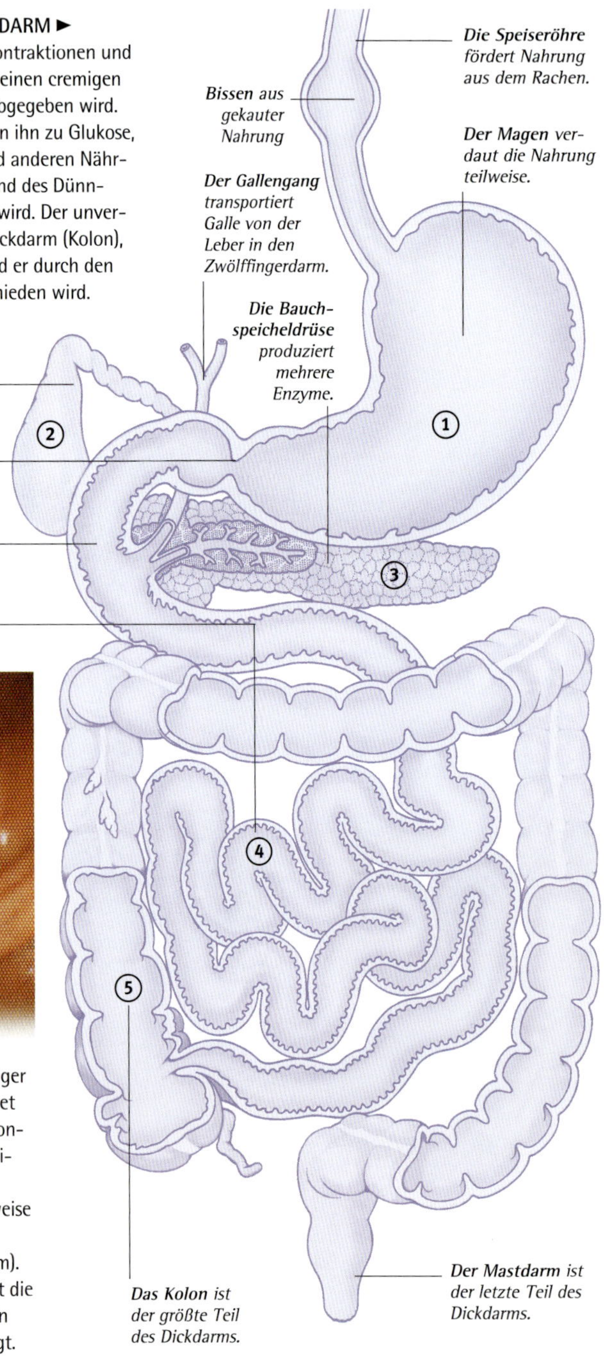

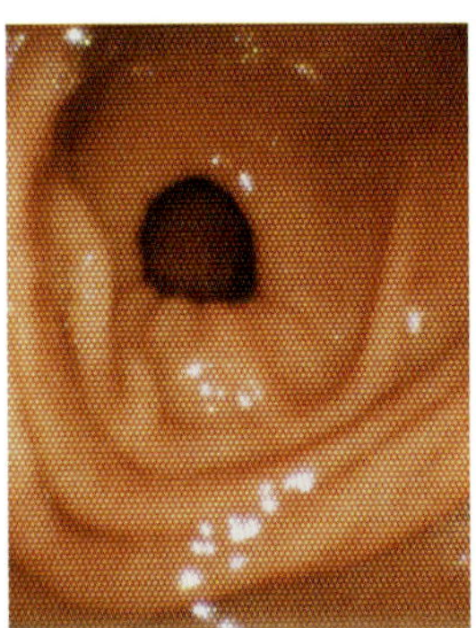

▲ MAGENPFÖRTNER
Der Pylorus ist ein ringförmiger Schließmuskel, der sich öffnet (entspannt) oder schließt (kontrahiert). In dieser endoskopischen Aufnahme sieht man vom Magen durch den teilweise entspannten Pylorus in den Zwölffingerdarm (Duodenum). Der Magenpförtner reguliert die Menge des Speisebreis, die in den Zwölffingerdarm gelangt.

① MAGEN
Diese Vergrößerung des Epithels, das die Mageninnenwand auskleidet, zeigt die Öffnungen der Magengrübchen. In ihnen sitzen Drüsen, welche die starke Magensäure absondern. Sie besteht aus Salzsäure und dem Enzym Pepsin, das Proteine spaltet. Die Drüsen sezernieren auch Schleim, der die Mageninnenwand überzieht und sie vor der aggressiven Säure schützt.

② GALLENBLASE
Die Gallenblase ist ein kleiner Muskelsack hinter der Leber, der Galle speichert, anreichert und freisetzt. Die grünliche Flüssigkeit wird von der Leber erzeugt und von Epithelzellen in der Gallenblase angereichert (rechts). Sobald Nahrung aus dem Magen kommt, kontrahieren die Muskeln in der Gallenblasenwand und pressen Galle in den Zwölffingerdarm.

③ BAUCHSPEICHELDRÜSE
Diese Zellhaufen in der Bauchspeicheldrüse, die Azinuszellen, produzieren täglich ungefähr zwei Liter Verdauungssekret, das durch einen Gang in den Zwölffingerdarm gelangt. Die Enzyme des Sekrets spalten im Dünndarm Stärke, Proteine und – mithilfe des Gallensafts – Fette. Andere Zellarten der Drüse geben die Hormone Insulin und Glukagon in das Blut ab.

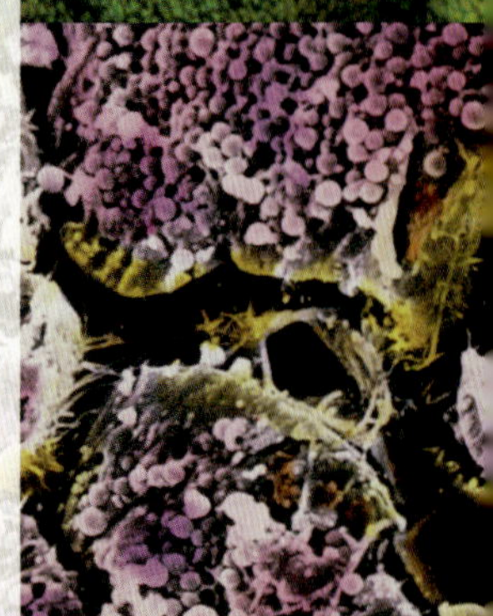

④ DÜNNDARM
Die Innenfläche des ungefähr 6 m langen Dünndarms ist durch einen Teppich aus mikroskopisch kleinen Zotten stark vergrößert (rechts). Auf ihrer Oberfläche befinden sich Enzyme, die mit Enzymen der Bauchspeicheldrüse die Verdauung vollenden und Nahrung in Moleküle spalten. Dazu zählen Glukose und Aminosäuren, die durch die Zotten resorbiert werden.

⑤ DICKDARM
Der Dickdarm ist etwa 1,5 m lang. Seinen Namen verdankt er dem größeren Durchmesser gegenüber dem Dünndarm. Dieser Schnitt zeigt schlauchförmige Drüsen (gelb), die in der Wand des größten Teils des Dickdarms sitzen, dem Kolon. Die Drüsen sondern Schleim ab und resorbieren Wasser aus dem flüssigen Nahrungsrest und wandeln ihn dadurch in halbfesten Stuhl um.

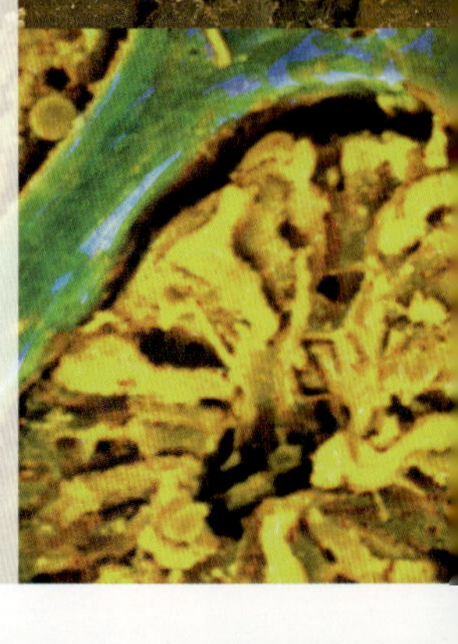

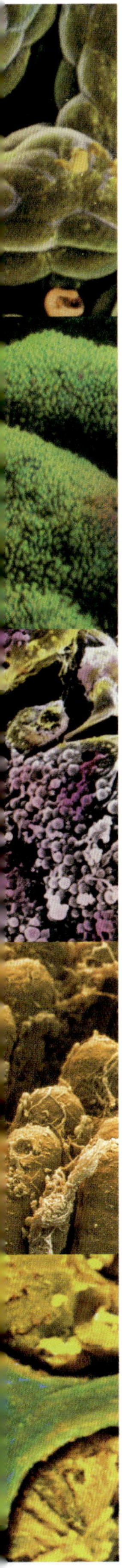

WIE SICH DER MAGEN FÜLLT UND WIEDER ENTLEERT

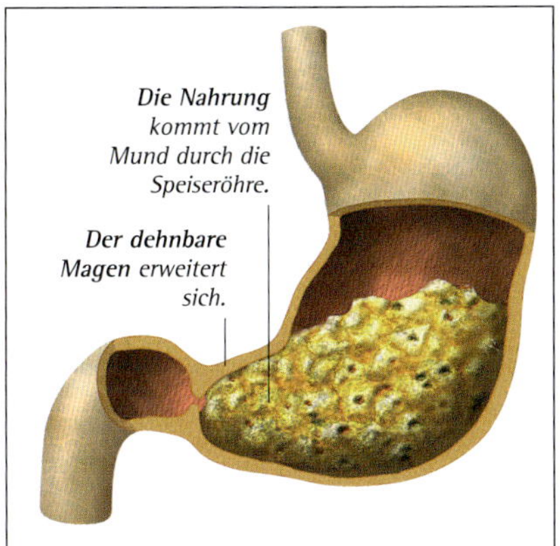

AUFFÜLLEN
Der Gedanke an Essen, sein Anblick, Geschmack und Geruch reizen Drüsen im Magen, Magensaft abzusondern. Wenn Nahrung den Magen erreicht, dehnt er sich bis auf das 20-fache seiner normalen Größe aus. Durch wellenförmige Muskelkontraktionen vermischt er die Nahrung mit dem Magensaft.

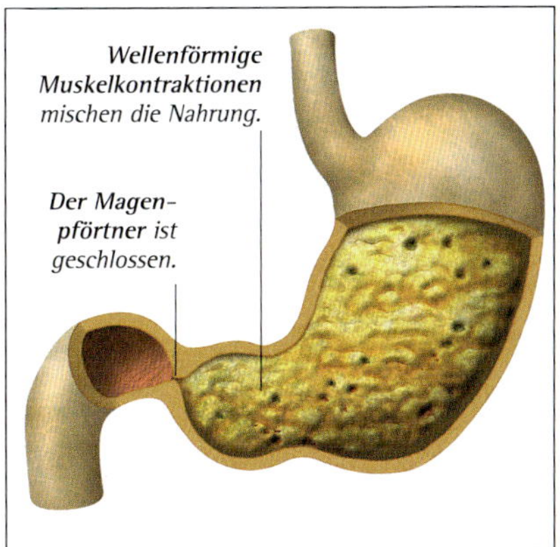

VERDAUEN
Während der Magenpförtner geschlossen ist, wandelt die peristaltische Muskelkontraktion die Nahrung in eine cremige Flüssigkeit um, den Speisebrei. Der Magensaft sondert das Enzym Pepsin ab, um Proteine zu spalten. Diese Vorgänge werden vom Nervensystem und endokrinen System gesteuert.

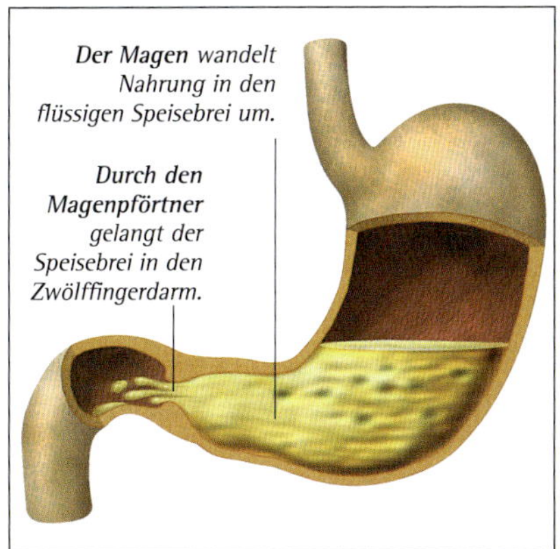

ENTLEEREN
Die Nahrung bleibt für drei bis vier Stunden im Magen, bevor sie in den Zwölffingerdarm abgegeben wird. Die Muskelwände des Magens kontrahieren und drücken Speisebrei gegen den Magenpförtner. Dieser entspannt und öffnet sich, damit kleine Mengen Speisebrei in den Zwölffingerdarm gelangen.

WASSERVERBRAUCH WÄHREND DER VERDAUUNG

Diese Tabelle zeigt, welche enorme Wassermenge für die Verdauung benötigt wird. Fast die gesamte Menge wird später wieder resorbiert und in das Blut überführt, um den Wasserhaushalt des Körpers aufrechtzuerhalten (siehe auch Wasserbilanz auf S. 75).

WASSER IN DEN VERDAUUNGSTRAKT		*WASSERVERLUST*	
Speichel	1 Liter	Im Stuhl	0,1 Liter
Galle	1 Liter		
Magensaft	2 Liter		
Pankreassekret	2 Liter		
Darmsekret	1 Liter		
Gesamt	7 Liter		
Wasserresorption aus Dünn- und Dickdarm		98,5 %	

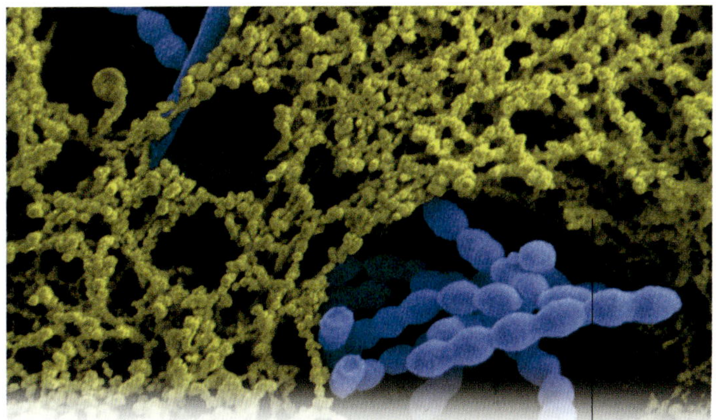

Lactobacillus *ist eine Darmbakterienart.*

▲ UNGEFÄHRLICHE BAKTERIEN
Die meisten der vielen Milliarden Bakterien wie z. B. *Lactobacillus* (gelb) und *Streptococcus* (blau), die den Darm besiedeln, sind nicht nur ungefährlich, sondern sogar nützlich. Sie ernähren sich vom unverdauten Rest, der aus dem Dünndarm in den Dickdarm gelangt. Neben Blähungen erzeugen sie auch Vitamine der B-Gruppe und Vitamin K, die im Dickdarm resorbiert werden. Stuhl besteht zu etwa 50 % aus Bakterien, sodass sie ständig ausgeschieden werden.

@ Verdauung

Die stäbchenförmigen **Salmonella**-*Bakterien vermehren sich in halb gegartem Hühnerfleisch.*

◄ SCHÄDLICHE BAKTERIEN
Nahrung und Getränke enthalten häufig Bakterien, doch die meisten werden durch Magensäure zerstört. Einige jedoch, wie *Salmonella*, überleben das Säurebad. Sie setzen Toxine (Giftstoffe) frei, die schweres Erbrechen und Durchfall auslösen. Salmonellen kommen in verdorbenen Lebensmitteln vor, insbesonders in Hühnern und Eiern. Ein infizierter Mensch ist schwach und dehydriert (verliert Wasser), sodass er viel Ruhe und Flüssigkeit braucht.

ERNÄHRUNG

Über die Nahrung erhalten wir Nährstoffe, damit unser Körper wächst, erhalten bleibt und mit ausreichend Energie versorgt wird. Kohlenhydrate, Proteine und Fette sind die Hauptbestandteile unserer Nahrung, die auch kleine Mengen wichtiger Vitamine und Mineralien enthält. Um gesund zu bleiben und das richtige Körpergewicht zu halten, sollte man verschiedene Lebensmittel in richtigen Mengen essen. Eine ausgewogene Ernährung enthält etwa 55 % Kohlenhydrate, 15 % Proteine und 30 % Fette. Menschen, die regelmäßig mehr essen, als sie brauchen, werden übergewichtig.

@ Ernährung

OBST UND FRUCHTSÄFTE
Obst wie z. B. Äpfel und Orangen enthält zahlreiche Vitamine und Mineralien. Ihre Süße erhalten sie aus Fruchtzucker, der sofort verwertet wird. Sie enthalten auch viel Wasser und Ballaststoffe. Diese unverdaulichen Pflanzenreste erhöhen die Nahrungsmenge und unterstützten die Peristaltik im Darm.

GEMÜSE
Neben Wasser und Ballaststoffen besitzen Gemüse, wie z. B. frische Möhren oder gelbe Paprika, viele komplexe und einfache Kohlenhydrate, Vitamine und Mineralien. Einige, wie Brokkoli, enthalten auch Antioxidanzien – Substanzen, die das Risiko einer Herzerkrankung oder von Krebs senken. Man sollte täglich fünf Mahlzeiten aus Obst und Gemüse essen (siehe Kasten auf S. 65).

MEHRFACHE KOHLENHYDRATE
Brot, Kartoffeln, Müsli, Nudeln und Reis haben komplexe Kohlenhydrate, die Glukose – den wichtigsten Brennstoff des Körpers – langsam freisetzen. Sie enthalten auch Ballaststoffe, Mineralien, wie z. B. Eisen oder Kalzium, und Vitamine der B-Gruppe. Eine ausgewogene Ernährung sollte zum größten Teil aus komplexen Kohlenhydraten bestehen.

AUFSPALTUNG VON FETTEN, PROTEINEN UND KOHLENHYDRATEN IM KÖRPER

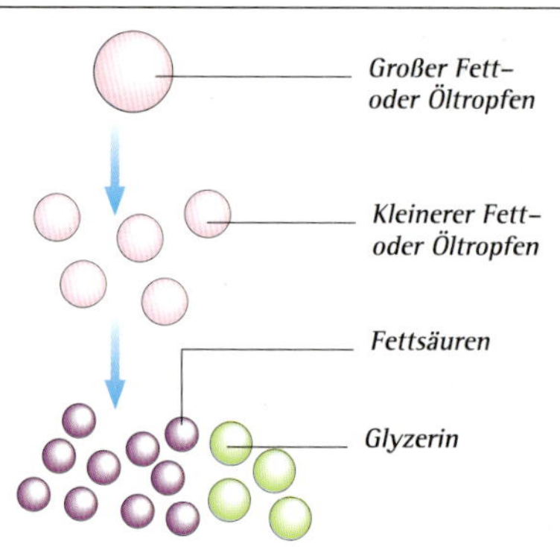

FETTREICHE NAHRUNGSMITTEL
Fette und Öle, die von Tieren oder aus Gemüse stammen, werden durch die Galle im Dünndarm in kleinen Tröpfchen emulgiert (gelöst). Enzyme spalten sie dann in Glyzerin und Fettsäuren, die der Körper als wichtige Energiequelle nutzt. Außerdem baut der Körper aus ihnen neue Zellen auf und speichert das Fett, um z. B. den Körper zu isolieren.

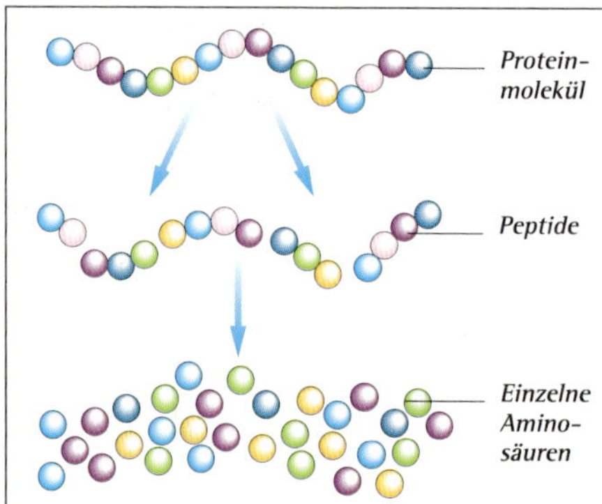

PROTEINE
Fleisch, Fisch und andere Quellen haben Proteinmoleküle, die aus langen Ketten bestehen. Sie werden im Magen und im Dünndarm von Enzymen zuerst in kürzere Stücke (Peptide) und dann in einzelne Aminosäuren gespalten. Der Körper stellt aus 20 verschiedenen Aminosäuren unterschiedliche Proteine, wie z. B. Kollagen, Antikörper oder Enzyme, her.

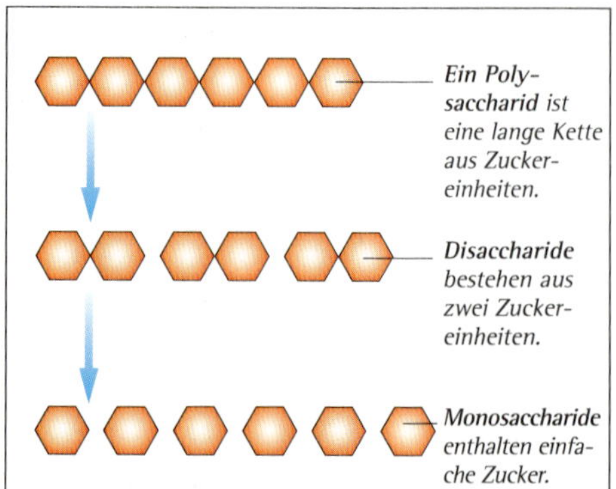

KOHLENHYDRATE
Die wichtigsten komplexen Kohlenhydrate unserer Ernährung erhalten wir aus Pflanzenstärke, die lange Ketten aus Zuckereinheiten enthält. Sie werden hauptsächlich im Dünndarm zunächst in Disaccharide (zwei Einheiten) und dann in Monosaccharide aufgebrochen – einfache Zucker wie Glukose, dem Hauptenergielieferanten des Körpers.

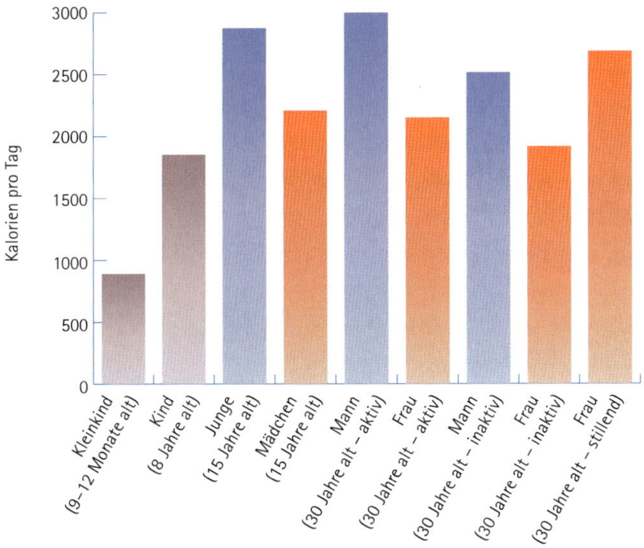

◄ KALORIEN PRO TAG
Jeder von uns hat einen täglichen Energiebedarf, den man in Kilokalorien (kcal) misst, obwohl Forscher heutzutage die Einheit Kilojoule (kJ) benutzen – 1 kcal = 4,187 kJ. Das Diagramm links zeigt, dass Männer im Durchschnitt mehr Energie brauchen als Frauen, weil sie größer sind. Schwangere Frauen oder Mütter, die stillen, brauchen mehr Energie für ihre Babys. Auch Jugendliche benötigen zusätzliche Energie, während sie wachsen.

ESSENZIELLE FETTSÄUREN

Die meisten Fettsäuren, die z. B. die Haut heilen oder für ein gesundes Immunsystem sorgen, stellt der Körper selbst her. Andere müssen mit der Nahrung aufgenommen werden. Man nennt sie essenzielle (notwendige) Fettsäuren (EFS), weil sie lebensnotwendig sind. Pflanzenöle, Fischfett und Nüsse enthalten EFS. Lebertran (in Kapseln, rechts) enthält EFS, um die Nervenfunktion zu verbessern und die Entwicklung des Gehirns zu unterstützen.

Milch enthält Kalzium für das Wachstum der Knochen und der Zähne.

Kuchen enthält viel Fett und Zucker.

PROTEINREICHE NAHRUNG
Proteinreiche Nahrung wie Fleisch, Eier, Fisch und Bohnen bietet viele Grundstoffe, damit der Körper wächst und heilt. Proteine sind ein wichtiger Teil der Ernährung, aber man sollte nicht zu viel davon essen, weil sie auch Fett enthalten. Fisch enthält jedoch viele Fettsäuren, die der Gesundheit helfen.

MILCHPRODUKTE
Milch und andere Produkte aus tierischer Milch wie Butter, Käse und Jogurt sind gute Quellen für das Mineral Kalzium. Sie enthalten zusätzlich unterschiedliche Proteinmengen, aber auch Fette. Butter besteht z. B. aus 70 % Fett und sollte nur wenig gegessen werden. Um weniger Fett aufzunehmen, sollte man häufiger Margarine statt Butter und weniger Sahne essen.

FETT UND ZUCKER
Lebensmittel wie Gebäck, Kuchen, Süßigkeiten und Chips, die viel Fett und Zucker enthalten, sollte man nur gelegentlich in kleinen Mengen essen. Sie liefern zwar viel Energie, haben jedoch meistens zu viel Fett (wie z. B. Chips, zu viel Salz) und nur wenige Nährstoffe wie Mineralien oder Vitamine.

◄ FETTSUCHTEPIDEMIE
In den westlichen Ländern sind immer mehr Kinder und Erwachsene um bis zu 20 % schwerer, als sie aufgrund ihrer Größe sein sollten. Überschüssiges Körperfett sammelt sich an, wenn man mehr Kalorien zu sich nimmt, als der Körper verbrennt. Weil sich Menschen weniger bewegen als früher und mehr kalorienreiche Fertignahrung essen, werden sie dicker. Fettsucht erhöht das Risiko von Herzerkrankungen, Bluthochdruck, Diabetes und einigen Krebsarten. Um Fettsucht zu vermeiden, sollte man täglich Sport treiben und frische Lebensmittel wie Obst, Gemüse und Fisch essen.

FÜNFMAL AM TAG

Die Weltgesundheitsorganisation (WHO) empfiehlt täglich fünf kleine Mahlzeiten aus Gemüse oder Obst, um das Risiko zu senken, an Herzinfarkt oder Krebs zu erkranken. Sie verursachen 60 % aller Todesfälle weltweit. Eine kleine Mahlzeit kann eine halbe Grapefruit, ein Apfel oder ein Salat sein. Ein Glas Fruchtsaft zählt ebenso dazu, es enthält jedoch nur Vitamine und keine Ballaststoffe.

ATMUNGSSYSTEM

Die Aufgabe der Atmung oder Respiration besteht darin, den Körper mit Sauerstoff zu versorgen und Kohlendioxid zu entsorgen. Die Billionen Körperzellen brauchen Sauerstoff, um Energie zum Leben zu gewinnen. Zellen können Sauerstoff nicht speichern und müssen deshalb ständig versorgt werden. Kohlendioxid ist ein Abbauprodukt der Energiegewinnung und vergiftet den Körper, wenn es nicht regelmäßig entfernt wird. Die wichtigsten Teile des Atmungssystems sind die Lunge und der Atemtrakt, der Luft in und aus den Lungen befördert.

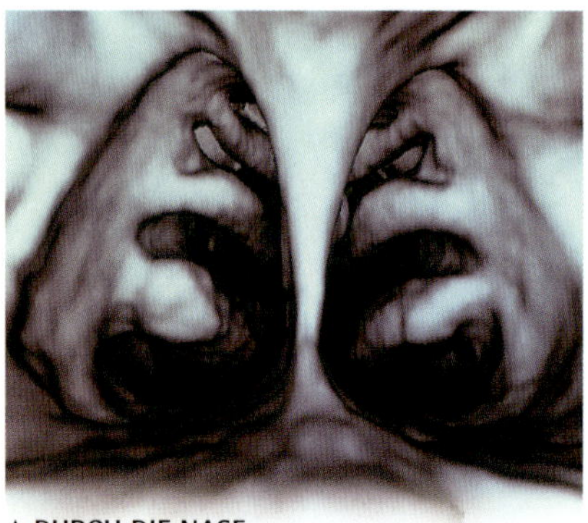

▲ DURCH DIE NASE
Diese dreidimensionale CT-Aufnahme zeigt in jeder Nasenhöhle drei knöcherne Platten, die Nasenmuscheln. Kalte, trockene und dreckige Luft wird durch die Schleimhaut auf den Nasenmuscheln angefeuchtet und erwärmt, damit sie nicht die Lunge schädigt. Der Schleim befreit die Luft von Staubkörnern und Krankheitserregern.

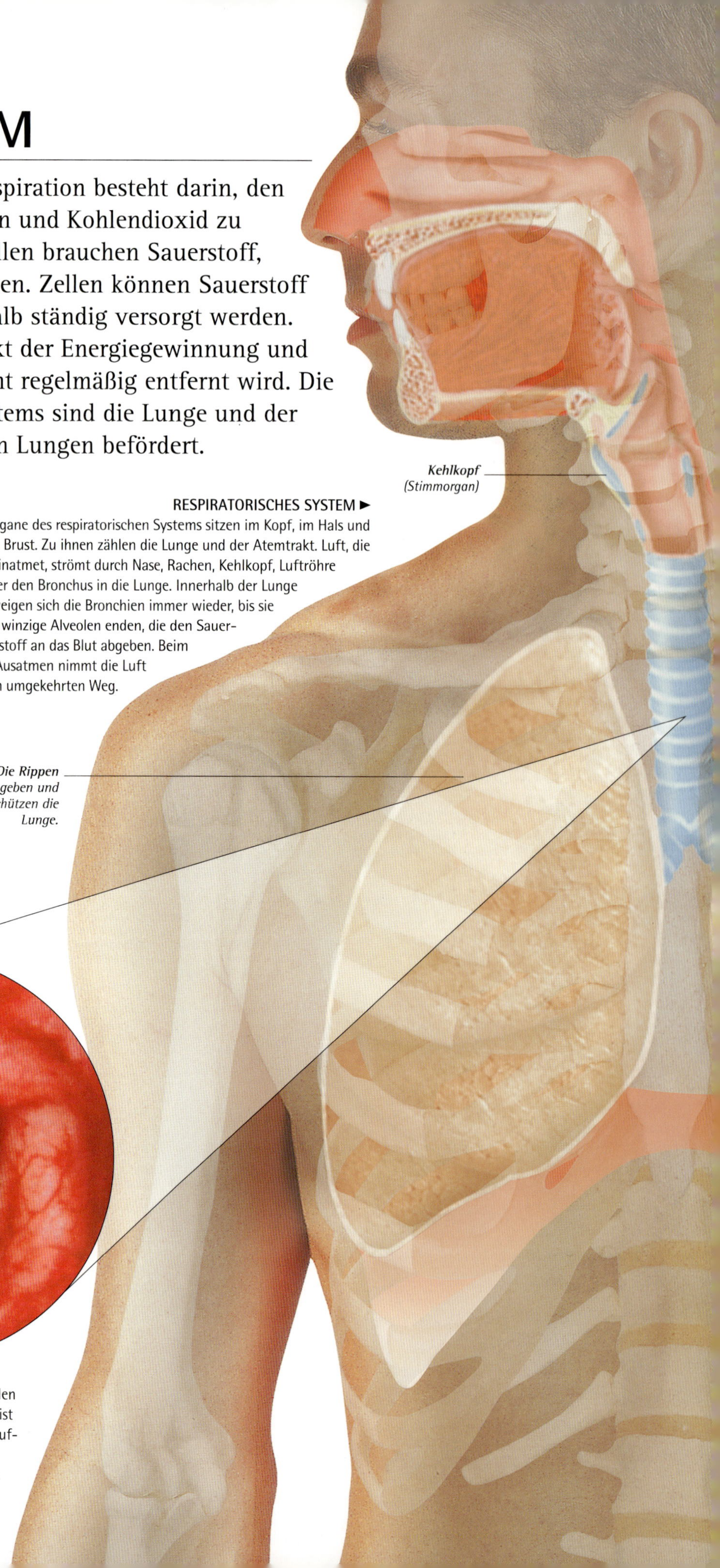

RESPIRATORISCHES SYSTEM ►
Die Organe des respiratorischen Systems sitzen im Kopf, im Hals und in der Brust. Zu ihnen zählen die Lunge und der Atemtrakt. Luft, die man einatmet, strömt durch Nase, Rachen, Kehlkopf, Luftröhre über den Bronchus in die Lunge. Innerhalb der Lunge verzweigen sich die Bronchien immer wieder, bis sie als winzige Alveolen enden, die den Sauerstoff an das Blut abgeben. Beim Ausatmen nimmt die Luft den umgekehrten Weg.

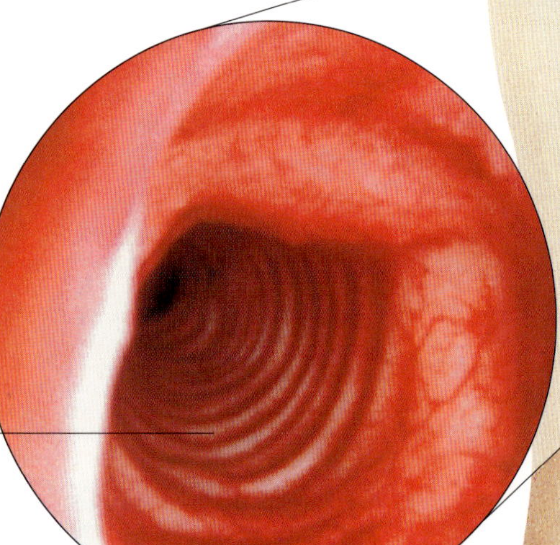

LUFTRÖHRE ►
Die Luftröhre (Trachea) liegt hinter dem Brustbein und verläuft zwischen Kehlkopf und Lunge. An ihrem unteren Ende teilt sie sich in die beiden Hauptbronchien, die in die Lunge eintreten. Die Luftröhre ist durch 20 c-förmige Knorpelspangen verstärkt, wie diese Aufnahme durch ein Bronchoskop zeigt. Die Spangen verhindern, dass sie beim Einatmen nach innen zusammenbricht. Die Innenwand der Luftröhre ist mit klebrigem Schleim ausgekleidet, der Staub und Keime einfängt.

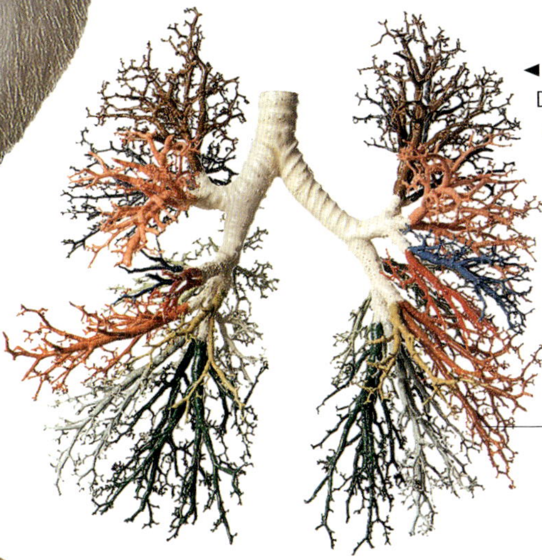

◄ BRONCHIALBAUM

Dieses Kunstharzmodell zeigt die feinen Verästelungen der Atemwege in der Lunge. Die Luftröhre teilt sich in die beiden Hauptbronchien – sie versorgen den linken und den rechten Lungenflügel. Jeder Hauptbronchus teilt sich in kleinere Bronchien, die sich in noch kleinere Äste verzweigen, die Bronchiolen. Der Bronchialbaum sieht wie ein Baum aus, der auf dem Kopf steht. Die Luftröhre ist der Stamm, die Bronchien sind seine Äste und die Bronchiolen die Zweige.

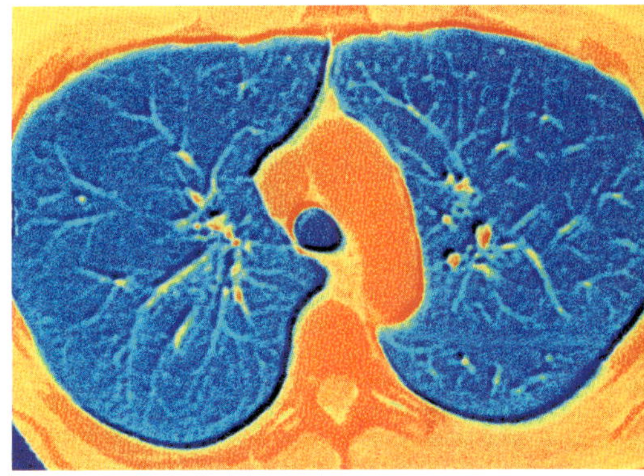

▲ DER BRUSTRAUM IM QUERSCHNITT

Eine CT-Aufnahme durch den Brustraum zeigt, wie viel Platz die Lunge (blau) einnimmt. Die hellblauen Linien innerhalb der Lunge sind die Bronchien. Die Bauchseite ist oben und am unteren Rand befindet sich das Rückgrat. Auch die Rippen sind deutlich zu sehen. Der blaue Kreis (Mitte) ist die Luftröhre, daneben liegen der Aortenbogen (dunkelorangefarbenes Oval) und die obere Hohlvene (dunkelorangefarbener Kreis).

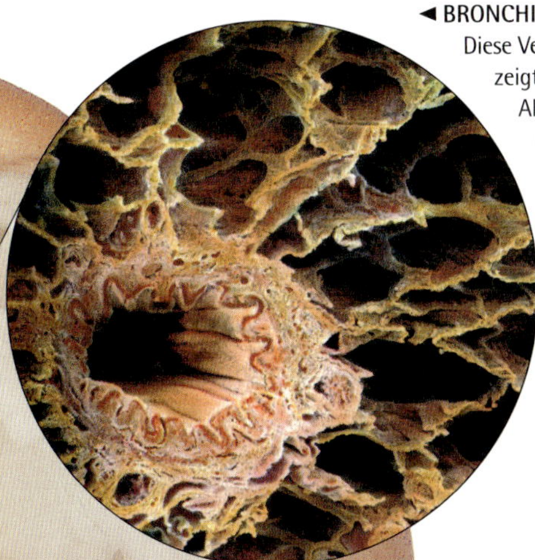

◄ BRONCHIOLEN UND ALVEOLEN

Diese Vergrößerung des Lungengewebes zeigt einige der etwa 150 Millionen Alveolen, die den größten Teil der Lunge bilden. Alveolen sind winzige Lungenbläschen, in denen Sauerstoff und Kohlendioxid mit dem Blut ausgetauscht werden (Gasaustausch). Jede Bronchiole (links, mit wellenartigem Rand) mündet in einer Alveolengruppe. Bronchiolen sind die dünnsten Atemwege und dringen tief in die Lunge ein.

Atmung

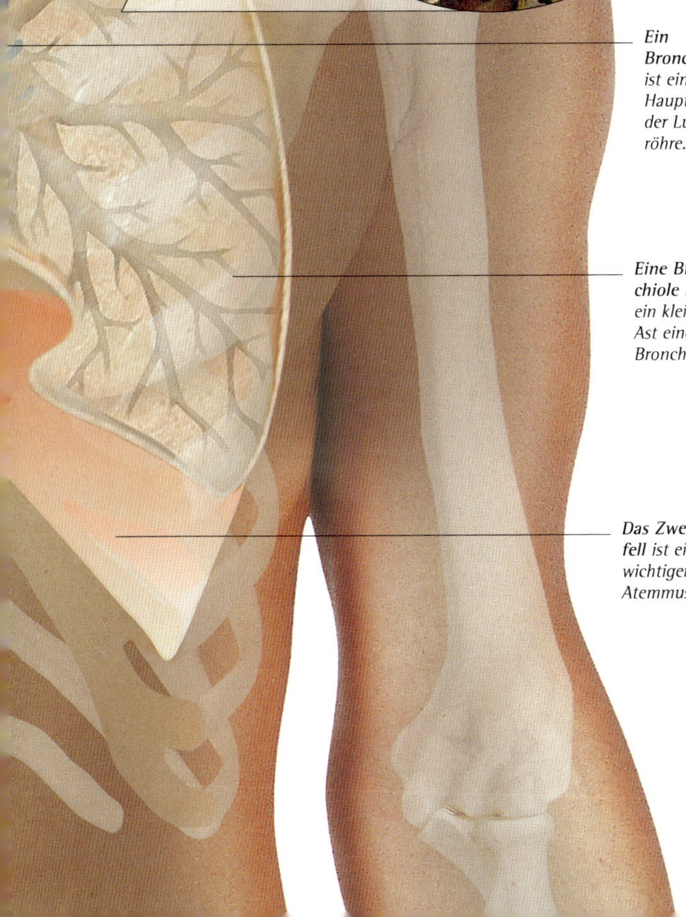

SCHUTZ DER LUNGE

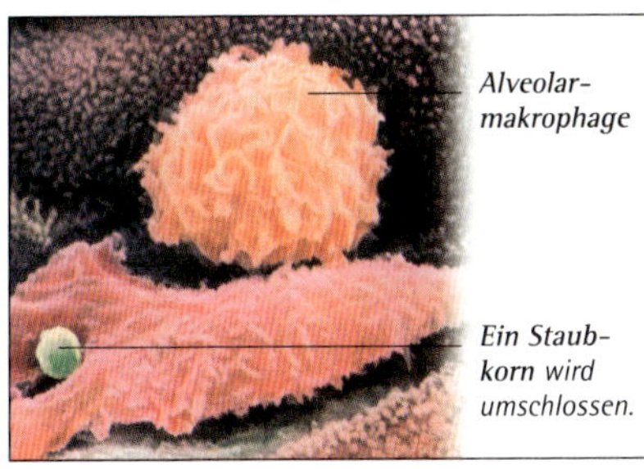

STAUBZELLEN

Diese Vergrößerung zeigt zwei Staubzellen oder Alveolarmakrophagen in einer Alveole. Sie haben die Aufgabe, Mikroorganismen und Staubkörner in den Alveolen zu umschließen und zu zerstören, damit diese den Gasaustausch nicht behindern. Eine der beiden Staubzellen ist gestreckt, um ein Staubkorn einzuschließen.

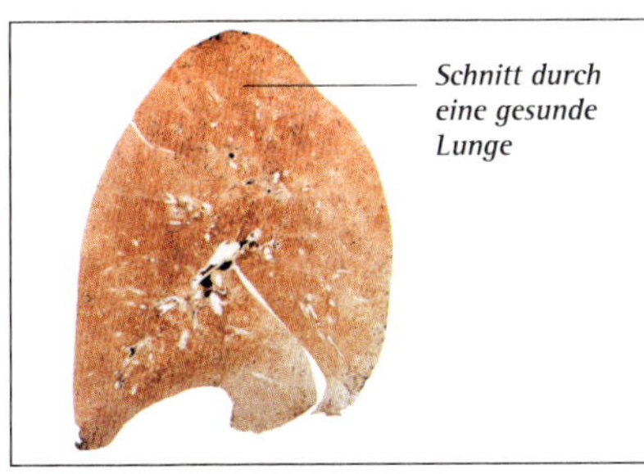

GESUNDE LUNGE

Eine gesunde Lunge hat eine hellrote Farbe, weil viele Blutgefäße in ihr verlaufen. Staubkörner und andere Luftschadstoffe werden zum größten Teil von den Zilien und vom Schleim in Nase, Luftröhre und Bronchien herausgefiltert, bevor sie das Lungengewebe erreichen. Stadtbewohner atmen jedoch mehr Teilchen ein als Landbewohner.

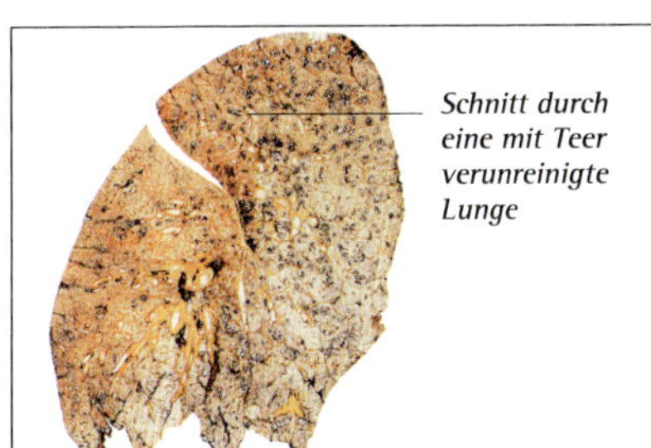

VERUNREINIGTE LUNGE

Dieses Lungengewebe stammt von einem starken Raucher. Jahrelang kondensierte Teer aus dem Zigarettenrauch in der Lunge und verfärbte sie. Teer enthält Karzinogene – Substanzen, die Krebs auslösen können. Sie können auch die Staubzellen zerstören, sodass sich Teilchen in den Alveolen anreichern und sie schädigen.

SAUERSTOFFAUFNAHME

Zellen verbrauchen ständig Sauerstoff, um aus Glukose Energie zu gewinnen. Dabei entsteht gleichzeitig Kohlendioxid als Abbauprodukt, das sie abgeben. Diesen Vorgang nennt man innere Atmung oder Zellatmung. Der Sauerstoff kommt aus der Luft und wird mit dem Blut in die Gewebe transportiert. Kohlendioxid wird über das Blut in die Lunge befördert. Die Sauerstoffaufnahme und die gleichzeitige Kohlendioxidabgabe in der Lunge nennt man Gasaustausch. Zwerchfell und Zwischenrippenmuskeln erzeugen die Atembewegungen.

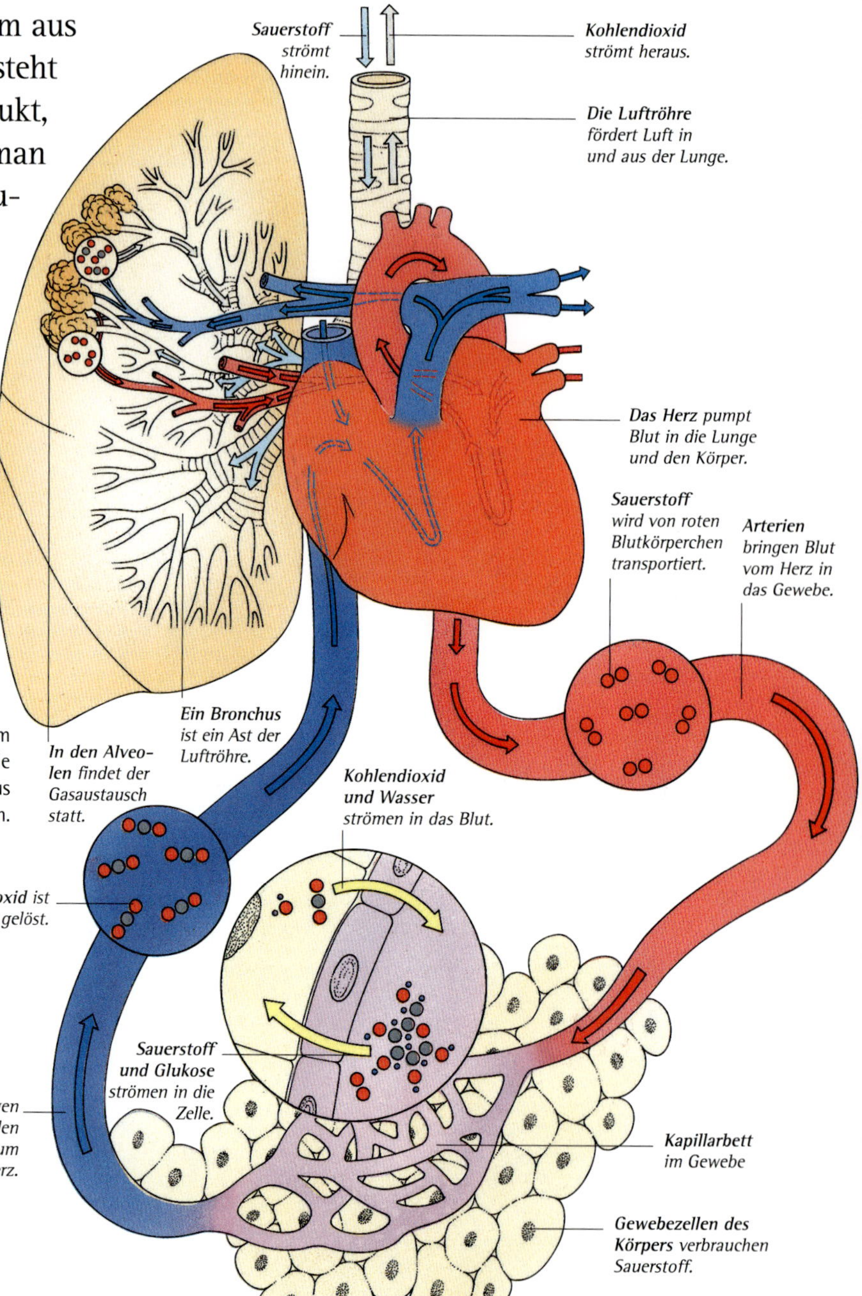

GASAUSTAUSCH IM GEWEBE ►
Nachdem das Blut in der Lunge Sauerstoff aufgenommen hat, wird es vom Herz durch die Arterien in die Körpergewebe gepumpt. In dem Kapillarbett, das die Gewebe durchzieht, wird Sauerstoff gegen Kohlendioxid ausgetauscht. Sauerstoff und Glukose strömen aus dem Blut in die Zellen, wo sie zur Energiegewinnung gebraucht werden. Die Abbauprodukte dieser Reaktion sind Kohlendioxid und Wasser, die aus dem Gewebe in das Blut übergehen.

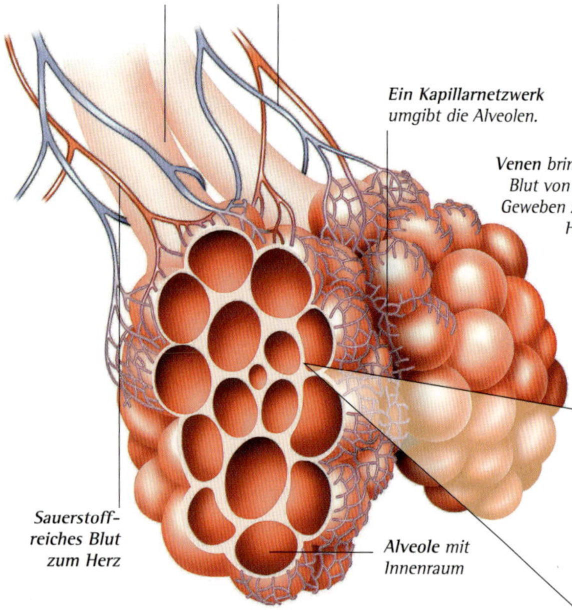

▲ ALVEOLEN
Die Alveolen oder Lungenbläschen sind der Ort, an dem der Gasaustausch stattfindet. Sie sitzen wie Weintrauben an den Enden der Bronchiolen, den kleinsten Ästen der Atemwege in der Lunge. In den Wänden der Alveolen verlaufen zahlreiche Kapillaren, die den Sauerstoff aufnehmen und aus der Lunge wegtransportieren. Gleichzeitig geben sie Kohlendioxid ab. Ungefähr 300 Millionen Alveolen vergrößern die Lungenoberfläche auf bis zu 120 m² – die Oberfläche ist etwa 35-mal größer als die der Haut.

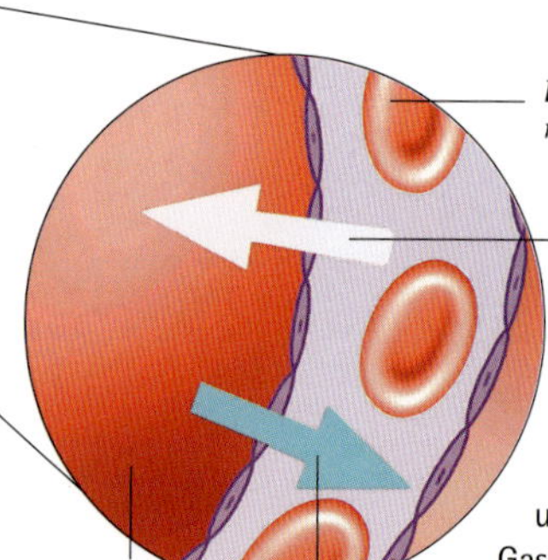

◄ GASAUSTAUSCH IN DER LUNGE
Der Abstand zwischen der Innenwand einer Alveole und der einer Kapillare ist so winzig, dass die beiden Gase wirkungsvoll ausgetauscht werden. Sauerstoff strömt schnell aus den Alveolen in die Kapillaren und bindet an Hämoglobin in den roten Blutkörperchen, die ihn in die Gewebe transportieren. Gleichzeitig strömt Kohlendioxid aus dem Blut in die Alveolen und wird ausgeatmet.

EINATMEN – AUSATMEN

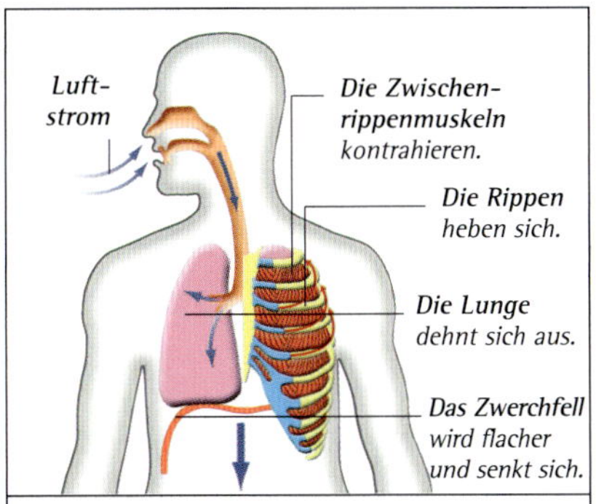

EINATMUNG
Während wir einatmen oder inhalieren spannt sich das Zwerchfell und wird flacher. Die Zwischenrippenmuskeln heben den Brustkorb nach außen und oben. Sein Volumen wird dadurch größer und die Lunge dehnt sich aus. In der Lunge ist der Luftdruck niedriger als außerhalb, sodass sie Luft ansaugt.

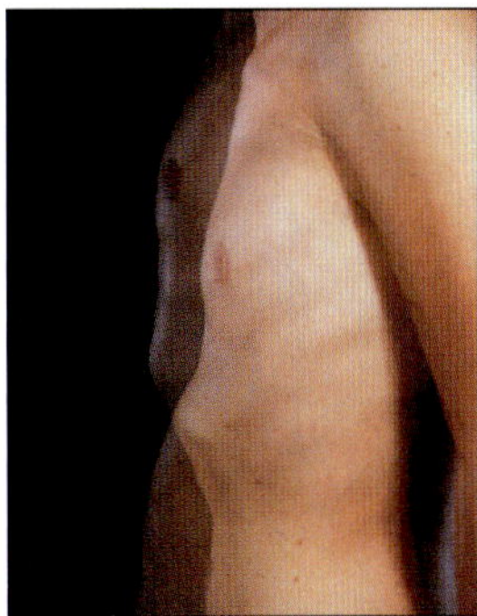

BRUST- UND BAUCHATMUNG
Die Bilder zeigen, wie sich der Brustkorb bei der Brustatmung hebt und senkt. Bei der Bauchatmung erledigt das Zwerchfell die meiste Arbeit, sodass sich nur der Bauch bewegt.

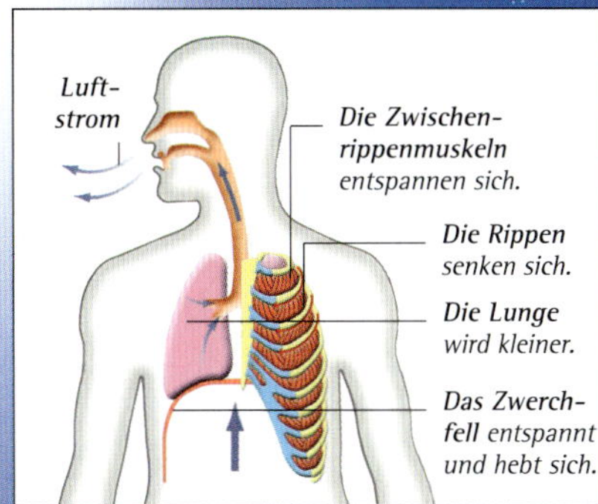

AUSATMUNG
Während wir ausatmen oder exhalieren entspannt sich das Zwerchfell und wölbt sich. Der Brustkorb kehrt in seine Ausgangslage zurück. Dadurch wird das Volumen im Brustkorb kleiner und die Lunge zieht sich zusammen. In der Lunge ist der Luftdruck größer als außerhalb, sodass Luft herausströmt.

VERGLEICH ZWISCHEN INHALIERTER UND EXHALIERTER LUFT

Die Anteile der Gase beim Ein- und Ausatmen zeigen, wie viel Sauerstoff verbraucht wurde.

GAS	*IN INHALIERTER LUFT*	*IN EXHALIERTER LUFT*
Stickstoff	78,6 %	78,6 %
Sauerstoff	20,8 %	15,6 %
Kohlendioxid	0,04 %	4,0 %
Wasserdampf	0,56 %	1,8 %
Gesamt	100 %	100 %

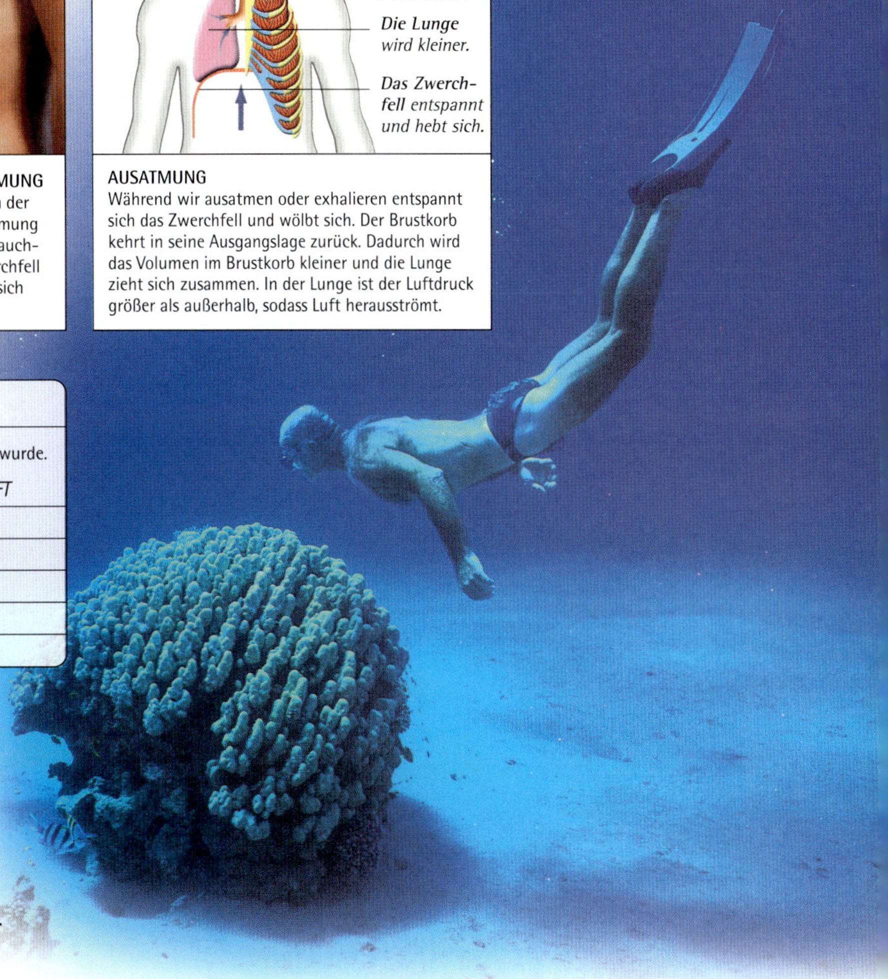

FREIES TAUCHEN ►
Menschen können unter Wasser nicht atmen. Taucher haben jedoch dieses Hindernis überwunden und atmen mit Sauerstoffflaschen, die sie auf ihrem Rücken tragen. Einige Taucher erreichen aber auch ohne Tauchgeräte große Tiefen. Sie halten die Luft an, um so lange wie möglich unter Wasser zu bleiben. In tiefen Gewässern steigt der Wasserdruck auf die Lunge, die dadurch kleiner wird. Auch das Herz schlägt langsamer und erreicht manchmal weniger als 50 Schläge pro Minute.

AUSWIRKUNGEN VON ASTHMA

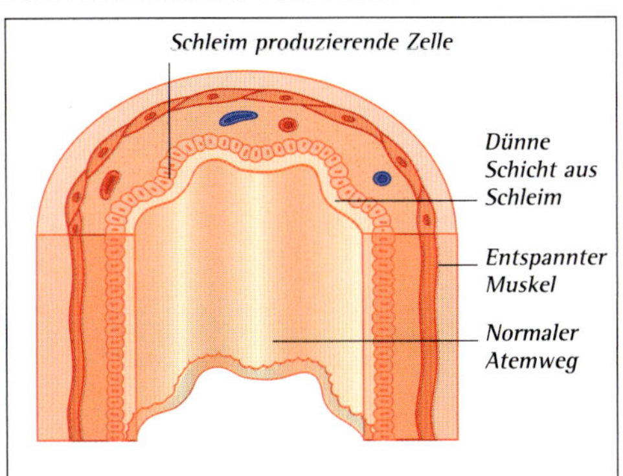

ZWISCHEN DEN ANFÄLLEN
Asthma ist eine Störung der Bronchien und Bronchiolen. Asthmatiker haben immer wieder Anfälle mit Atemnot und -geräuschen. Die Abbildung zeigt einen Schnitt durch eine Bronchiole zwischen zwei Anfällen. Die Epithelschicht produziert Schleim, während die Muskelschicht den Durchmesser der Bronchiole verengt oder erweitert.

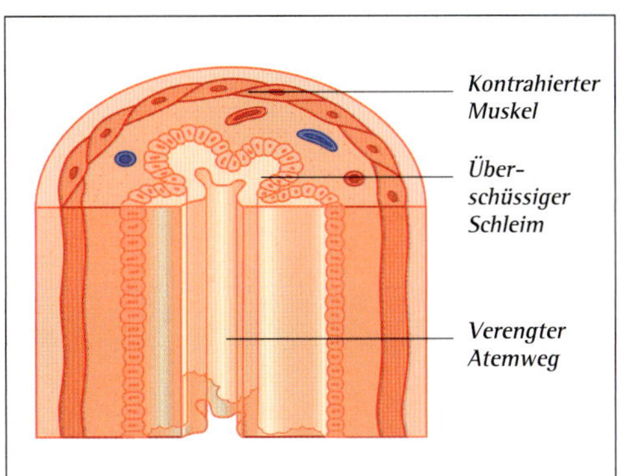

WÄHREND EINES ASTHMAANFALLS
Während eines Asthmaanfalls kontrahieren die Muskeln der Bronchiolenwand und verengen den Atemweg, sodass weniger Luft hindurchströmt. Die Epithelschicht entzündet sich und sondert überschüssigen Schleim ab, der die Atemwege weiter einengt. Asthma kann durch Allergien wie Pollen oder Hausstaub oder durch andere Ursachen ausgelöst werden.

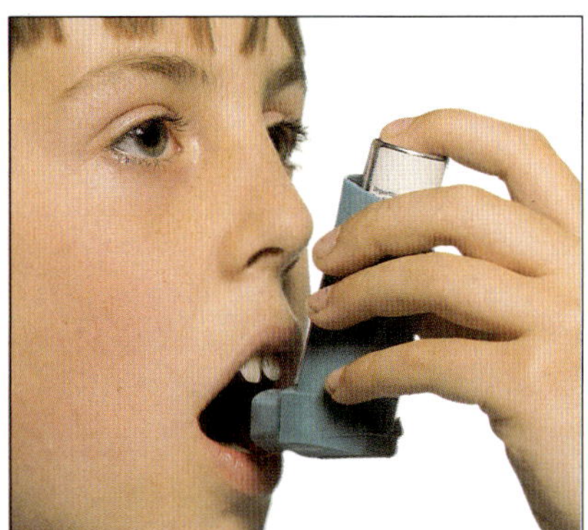

INHALATOREN
Dieser Junge benutzt einen Inhalator. Der Inhalator versprüht eine kleine Dosis Bronchodilator, ein Medikament, das die Bronchien erweitert. Sobald das Mittel die Lunge erreicht, entspannen sich die Muskeln in den Bronchiolen. Dadurch strömt mehr Luft in die Lunge und erleichtert das Atmen.

VERSTÄNDIGUNG

Als soziale Wesen müssen wir uns verständigen, um miteinander zu leben. Dadurch können wir unsere Gedanken und Gefühle vermitteln, uns an Vergangenes erinnern, die Gegenwart nicht aus den Augen verlieren, ahnen, was in der Zukunft geschieht und unser Wissen von einer Generation an die nächste weitergeben. Obwohl wir im Zeitalter der Telekommunikation leben, benutzen wir immer noch die gleichen Gebärden wie unsere Urahnen. Mit der Sprache, die es nur bei Menschen gibt, können wir unzählige Ideen weitergeben. Unser Gesichtsausdruck und unsere Körpersprache zeigen, häufig unbewusst, wie wir uns fühlen.

Verständigung

Die Sprache ist einzigartig für die Menschen.

◄ SOZIALE WESEN
Viele unserer engen Verwandten der Säugetiere, wie z. B. Schimpansen oder Brüllaffen, sind soziale Wesen, die sich auf vielfältige Art untereinander verständigen, um ihre soziale Gruppe zu erhalten. Doch keiner von ihnen besitzt ein solches Ausmaß an Intelligenz und Verständigung. Wir können die gesprochene und geschriebene Sprache benutzen und aufzeichnen – diese Fähigkeit brachte uns in den letzten 10000 Jahren enorme kulturelle und technische Fortschritte.

SCHALLERZEUGUNG ►
Die Stimmbänder, die Laute erzeugen, verlaufen horizontal durch den Kehlkopf. Wenn wir sprechen, sind sie straff gespannt. Sie vibrieren (schwingen) und erzeugen Töne, wenn Atemluft aus der Lunge durch sie gepresst wird. Mund, Zunge und Lippen verändern die Töne, sodass aus ihnen Sprache entsteht.

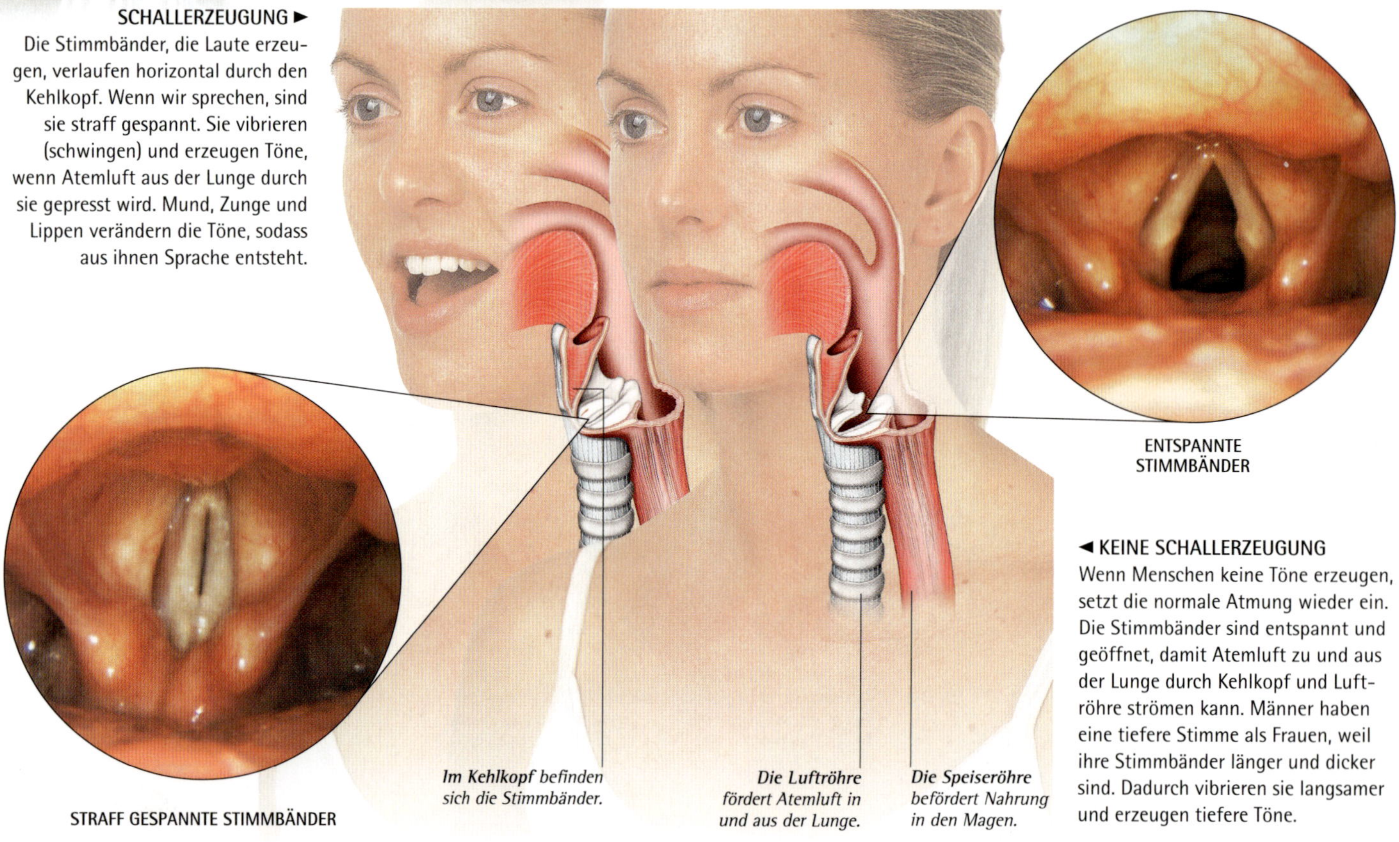

ENTSPANNTE STIMMBÄNDER

STRAFF GESPANNTE STIMMBÄNDER

Im Kehlkopf befinden sich die Stimmbänder.

Die Luftröhre fördert Atemluft in und aus der Lunge.

Die Speiseröhre befördert Nahrung in den Magen.

◄ KEINE SCHALLERZEUGUNG
Wenn Menschen keine Töne erzeugen, setzt die normale Atmung wieder ein. Die Stimmbänder sind entspannt und geöffnet, damit Atemluft zu und aus der Lunge durch Kehlkopf und Luftröhre strömen kann. Männer haben eine tiefere Stimme als Frauen, weil ihre Stimmbänder länger und dicker sind. Dadurch vibrieren sie langsamer und erzeugen tiefere Töne.

ZEICHENSPRACHE

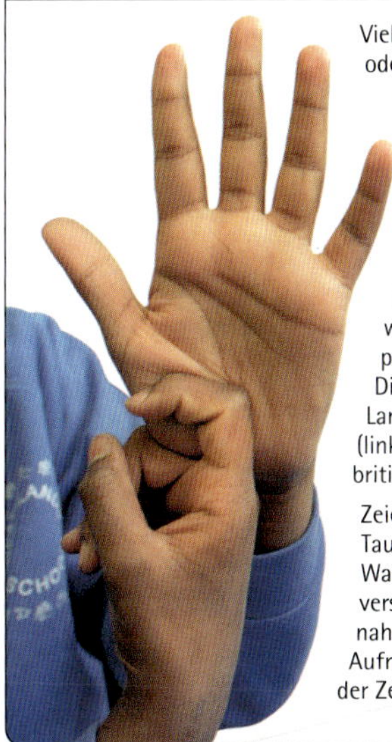

Viele Menschen, die nur sehr schwer oder gar nicht hören können, nutzen die Zeichensprache, um sich untereinander und mit ihren gesunden Freunden und Familienmitgliedern zu verständigen. Zeichensprache besteht nicht aus Tönen, sondern aus Zeichen der Finger, Hände und Arme. Sie nutzt auch Körperbewegungen, Gesten der Hände, Lippenmuster und Gesichtsausdrücke. Die Zeichensprache ist von Land zu Land unterschiedlich. Das Zeichen (links) ist der Buchstaben »R« der britischen Zeichensprache.

Zeichensprache wird z. B. auch beim Tauchen benutzt, da man unter Wasser nicht sprechen kann. Ebenso verständigen sich Techniker in Aufnahmestudios, wo man während der Aufnahme ruhig sein muss, mithilfe der Zeichensprache.

Verzweiflung wird durch erhobene Arme und gekrümmtem Körper angezeigt.

◄ KÖRPERSPRACHE

Die Verzweiflung dieses Fußballers nach einer vergebenen Torchance – und die seiner Fans – zeigt seine Körpersprache sehr offensichtlich. Diese Art der Verständigung nutzt Gesten, Haltungen und Gesichtsausdrücke, die genauso viel wie Worte ausdrücken. Eine eher unauffällige Körpersprache zeigen Menschen manchmal, wenn sie gelangweilt oder interessiert sind oder jemanden anlügen. Einige Menschen können die Körpersprache besser »lesen« als andere.

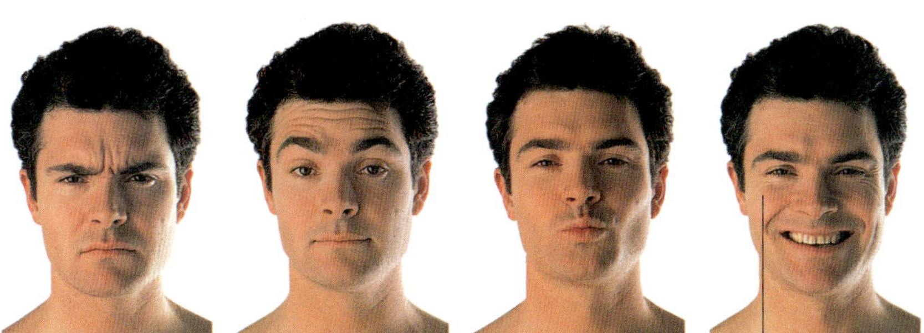

Beim Lächeln kontrahieren Ringmuskeln um die Augen und der Lachmuskel (M. risorius) am Mund.

▲ GESICHTSAUSDRÜCKE

Menschen haben vielfältige Möglichkeiten, um mit Gesichtsausdrücken ihre Gefühle zu zeigen. Ein Ausdruck kann bewusst erfolgen, wie z. B. ein strahlendes Lächeln, oder auch unbewusst, wie eine leicht gehobene Augenbraue. An den Gesichtsausdrücken sind über 30 kleine Muskeln beteiligt, die zwischen dem Schädel und der Gesichtshaut sitzen. Die meisten Muskeln arbeiten paarweise zusammen, doch einige können wir auch einzeln nutzen, wenn wir z. B. ein Auge schließen, um zu zwinkern.

GEHIRN UND VERSTÄNDIGUNG

WAS BEDEUTET DAS?

Wie andere Körperaktivitäten werden auch Sprechen und Hören vom Gehirn gesteuert. Moderne Methoden wie PET-Aufnahmen zeigen, welche Bereiche des Gehirns an den verschiedenen Stadien des Sprechens und Hörens (orange/rot) beteiligt sind. Hier sind Bereiche im Schläfenlappen aktiv, als ein Patient unbekannte Worte verstehen will.

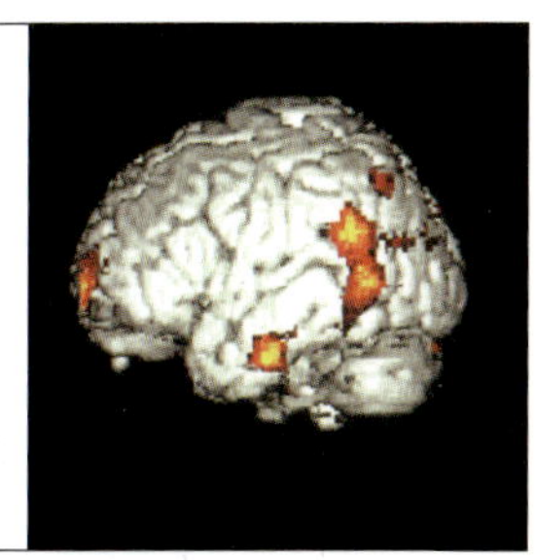

WORTE WIEDERHOLEN

Dieser Patient wiederholt laut Worte. Dabei sind das Broca-Sprachzentrum (unten links) und ein motorischer Bereich (oben Mitte) aktiv. Beide Bereiche ermöglichen das Sprechen und koordinieren die Bewegungen des Kehlkopfes und der Zunge. Das Wernicke-Zentrum (oben rechts), das für das Verständnis der Sprache sorgt, ist auch aktiv.

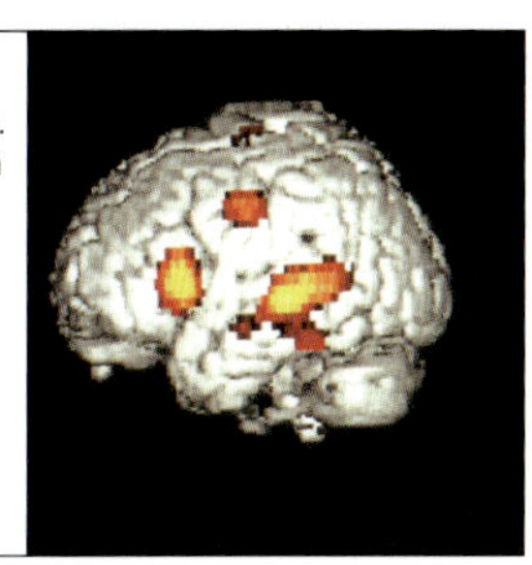

ZUHÖREN

Die letzte PET-Aufnahme zeigt einen Patienten, der einem anderen zuhört, ohne dass er selbst redet. Das Hörzentrum ist aktiv, weil es ankommende Nervenimpulse von den Gehörorganen erhält und auswertet. Beim Hören sind beide Großhirnhälften beteiligt, obwohl die Sprachbildung nur in der linken Hälfte erfolgt.

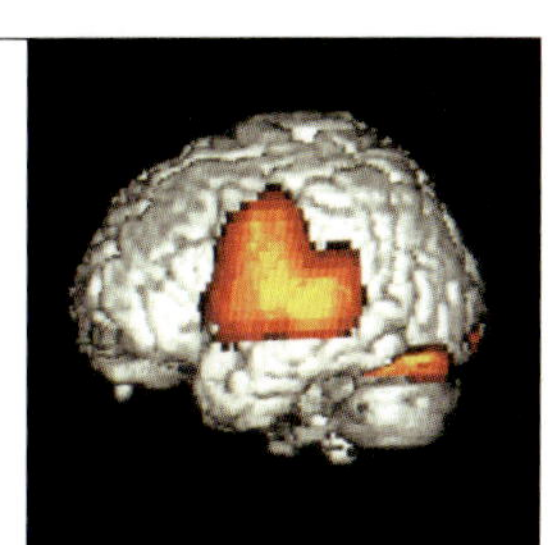

STOFFWECHSEL

Zellen sind chemische Fabriken, in denen viele tausend Reaktionen ablaufen. Als Stoffwechsel (Metabolismus) bezeichnet man alle chemischen Vorgänge, die z.B. Energie gewinnen oder Proteine herstellen. Nährstoffe, die im Darm resorbiert wurden, werden in der Leber verarbeitet und von Körperzellen verbraucht. Die Wärme aus dem Stoffwechsel hält die Körpertemperatur bei 37°C – der beste Wert für aktive Zellen.

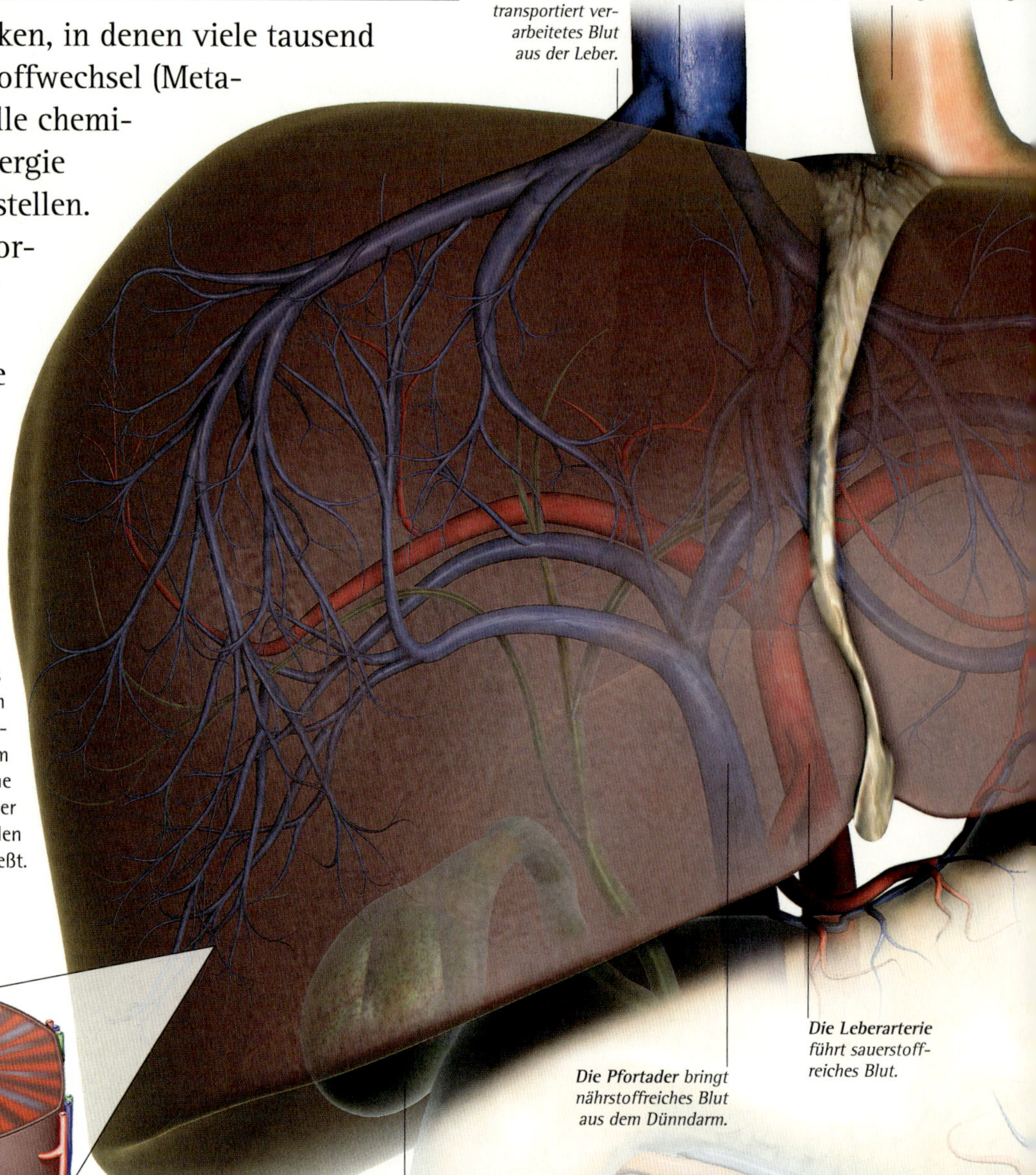

LEBER ►
Das größte innere Organ des Körpers, die Leber, liegt in der rechten, oberen Bauchhälfte. Ihre Zellen, die Hepatozyten, erfüllen mehr als 500 verschiedene Aufgaben. Sie verarbeiten hauptsächlich Nährstoffe und andere Substanzen, die sie über das Blut aus dem Dünndarm erhalten. Hepatozyten regulieren die chemische Zusammensetzung des Blutes, bevor es die Leber über die Lebervene verlässt und wieder in den Körperkreislauf zurückfließt.

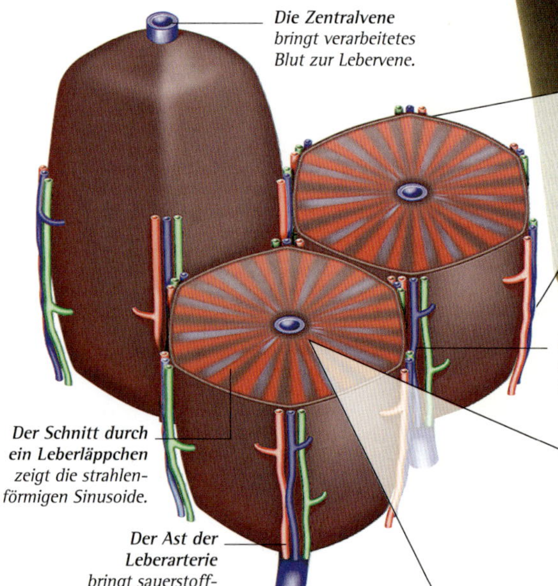

▲ LEBERLÄPPCHEN
Die Leber ist aus winzigen, sechseckigen Leberläppchen (oben) aufgebaut. Sie bestehen aus Hepatozyten, die senkrecht von der Zentralvene ausstrahlen. An jeder Ecke erhalten die Leberläppchen sauerstoffreiches Blut über Leberarterien und nährstoffreiches aus dem Dünndarm über kleine Äste der Pfortader. Das Blut aus beiden Gefäßen mischt sich in kleinen Kapillaren, den Sinusoiden, und fließt dann über die Zentralvene ab.

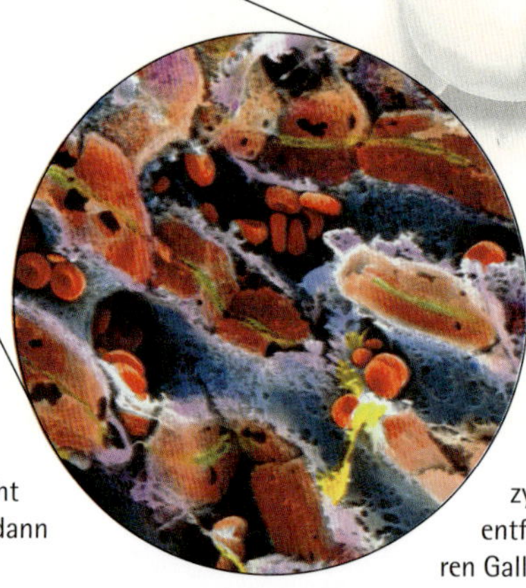

◄ HEPATOZYTEN
Diese Vergrößerung aus einem Leberläppchen zeigt die Sinusoide (blau), die zwischen den Hepatozyten (braun) verlaufen. Während das Blut durch die durchlässigen Sinusoide strömt, nehmen Hepatozyten Substanzen aus dem Blut auf, geben andere an das Blut ab und entfernen Bakterien und tote Zellen. Gallenkanälchen (gelb) transportieren Galle, die von Hepatozyten hergestellt wird, in den Gallengang ab.

LEBERFUNKTIONEN

Regulation des Blutzuckers – Speicherung überschüssiger Glukose und Freisetzung bei Mangel

Fettstoffwechsel – Speicherung und Abbau von Fetten

Proteinstoffwechsel – Abbau von Aminosäuren

Vitaminspeicher – Speicherung der Vitamine A, D, B_{12}

Mineralspeicher – Speicherung von Eisen und Kupfer

Entgiftung – Abbau von Giften aus dem Blut

Galle – Produktion von Galle für die Fettverdauung

Hormonverarbeitung – Abbau von Hormonen

Phagozytose – Entfernung von Bakterien und toten Zellen

NAHRUNG VERWERTEN ►
Jede Körperzelle braucht, um normal zu arbeiten, einfache Nährstoffe, die der Nahrung während der Verdauung entnommen werden. Verzweigte Kohlenhydrate, Fette und Proteine werden im Dünndarm verdaut und zu Glukose, Fettsäuren und Aminosäuren abgebaut. Diese einfachen Nährstoffe werden dann vom Dünndarm resorbiert und vom Blut zur Leber transportiert. Hier werden sie verarbeitet oder gespeichert, bis die Körperzellen sie brauchen.

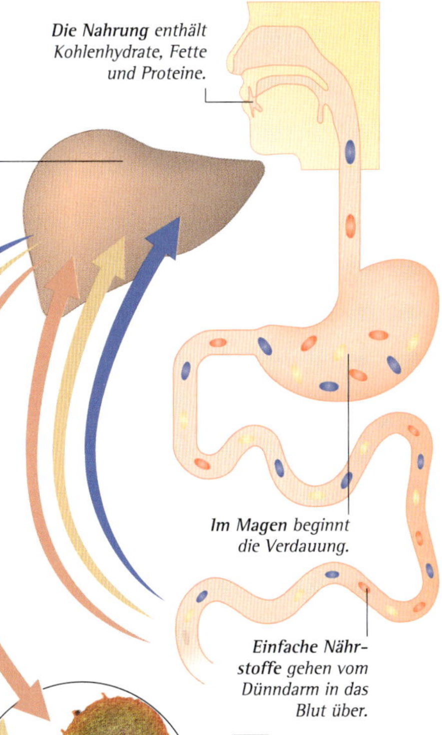

ENERGIE ▲
Glukose ist für die meisten Zellen wie für diese Gliazellen die Hauptenergiequelle. Wenn Glukose nicht vorhanden ist, verwerten sie auch Fettsäuren wie z.B. Muskeln während der aeroben Verbrennung. Aminosäuren werden dagegen nur selten verbrannt.

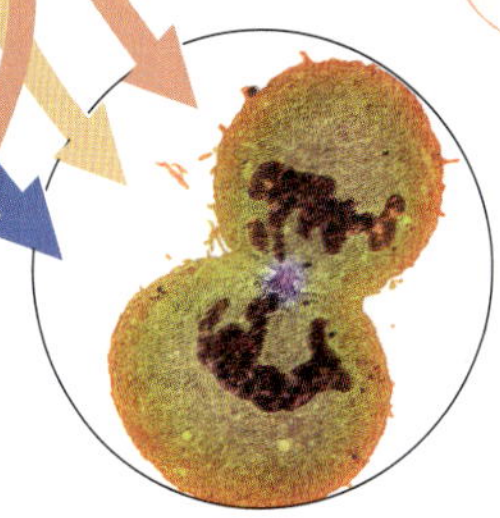

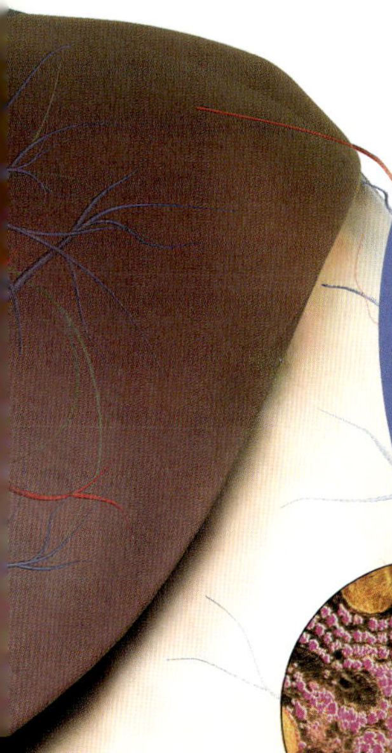

Der Magen speichert und verdaut Nahrung teilweise.

LEBERSPEICHER ▲
Wenn der Blutzucker nach dem Essen ansteigt, speichert die Leber überschüssige Glukose als verzweigte Kohlenhydrate, die man Glykogen nennt. Sobald der Blutzucker wieder sinkt, wird Glykogen zu Glukose abgebaut.

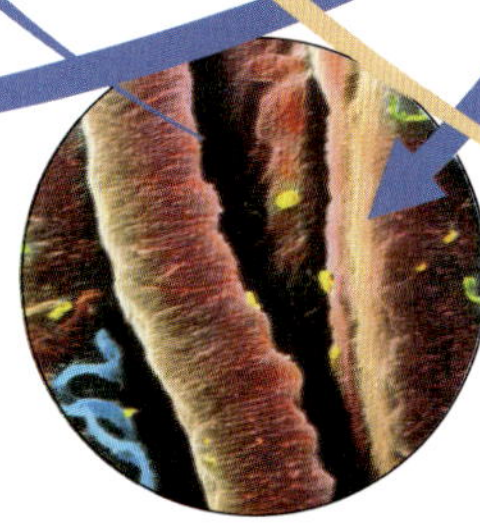

MUSKELSPEICHER ▲
Überschüssige Glukose im Blut wird von ruhenden Muskelfasern (oben) aufgenommen und in Glykogen als Energiespeicher umgewandelt. Bei Belastungen wird Glykogen wieder zu Glukose abgebaut, um Energie zu gewinnen.

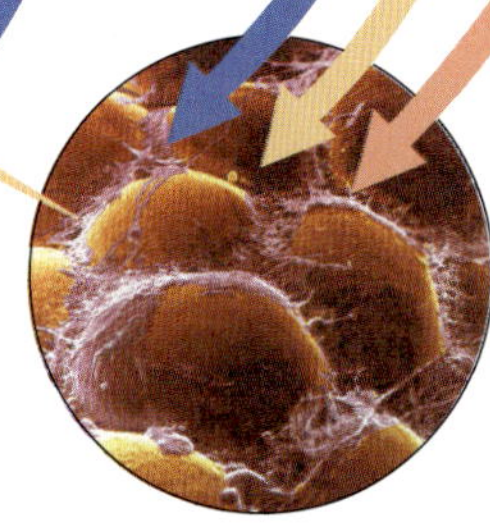

FETTSPEICHER ▲
Überschüssige Fettsäuren im Blut werden von Fettzellen (oben) gespeichert. Wenn die Glykogenspeicher gefüllt sind, wird überschüssige Glukose als Fett gespeichert. Überschüssige Aminosäuren werden abgebaut oder als Fett gespeichert.

▲ ZELLTEILUNG UND ERNEUERUNG
Glukose und Fettsäuren liefern die Energie für Zellteilung, Wachstum und Erneuerung. Die Membranen der Zelle und ihrer Organellen sind aus Fettsäuren aufgebaut. Aminosäuren sind die Bausteine der Proteine, die zu Aufbau, Teilung und Erneuerung der Zellen gebraucht werden. Den Aufbau von Zellen und anderen körpereigenen Stoffen nennt man Anabolismus (siehe unten).

@ ⏭ Stoffwechsel

TEMPERATURKONTROLLE

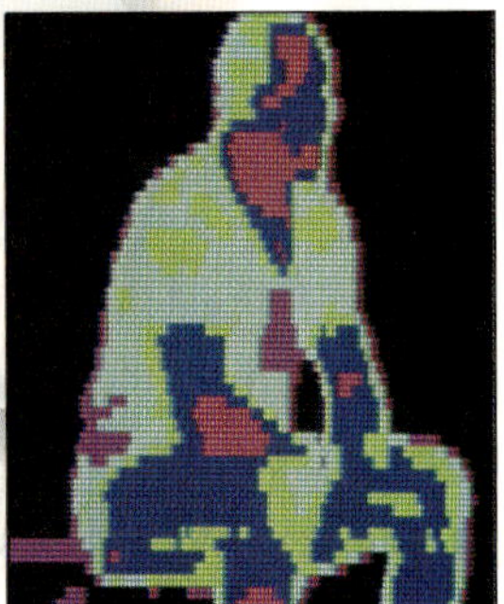

VOR DEM SQUASHSPIEL
Mit der Thermografie kann man die Änderung der Körperwärme (die durch Stoffwechsel und Muskelarbeit entsteht) messen. Die Farbskala reicht von Weiß (heiß) über Gelb, Rot, Blau, Grün, Dunkelblau, Violett bis zu Schwarz (kalt). Vor dem Spiel überwiegen bei diesem Spieler Dunkelblau und Violett (mittlere bis kalte Temperaturen).

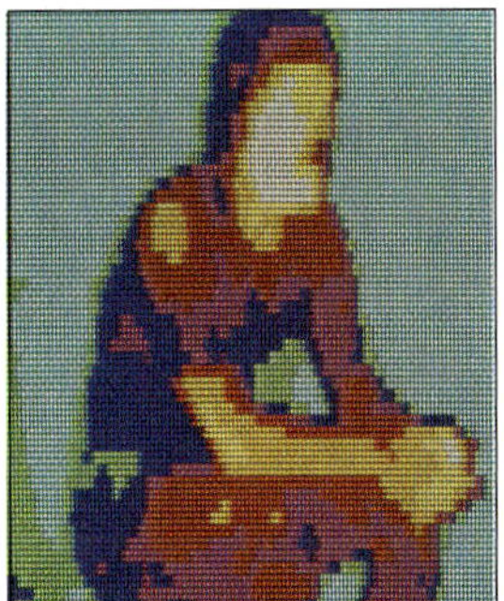

NACH DEM SQUASHSPIEL
Nach dem Spiel gibt der Körper (gesteuert vom Hypothalamus im Gehirn) zusätzliche Wärme ab, die er während des Sports erzeugt hat, um seine normale Körpertemperatur zu erreichen. Die Wärmeabstrahlung durch die Haut, besonders im Gesicht, nimmt zu. Seine Umgebung hat sich durch die Wärmeabgabe des Körpers auch erwärmt.

ZELLSTOFFWECHSEL

Der Stoffwechsel umfasst die vielen tausend Reaktionen, die unaufhörlich in den Zellen ablaufen, um den Körper am Leben zu erhalten und Energie zu gewinnen. Zellstoffwechsel besteht aus zwei Wegen, die eng verknüpft sind – Anabolismus und Katabolismus. Beide Wege benötigen Nährstoffe, die sie durch Verdauung erhalten.

Katabolische Reaktionen spalten energiereiche Substanzen in einfachere und setzen Energie frei. Glukose wird z.B. in der Zellatmung zu Kohlendioxid und Wasser abgebaut. Anabolische Reaktionen nutzen diese Energie, um aus einfachen Molekülen größere herzustellen. Aus Aminosäuren entstehen z.B. Proteine wie Enzyme oder Kollagen.

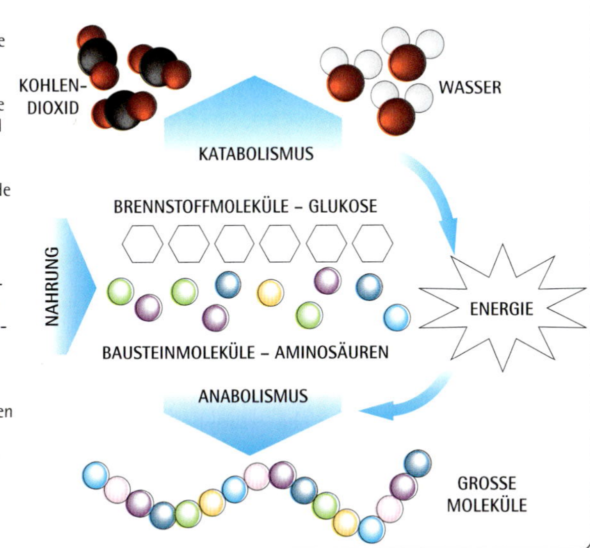

AUSSCHEIDUNGEN

Körperzellen geben ständig Abbauprodukte in das Blut ab, die ausgeschieden werden, damit sie sich nicht ansammeln und den Körper vergiften. Die Nieren, ein paariges Organ des Harnwegsystems, erfüllen dabei eine wichtige Aufgabe. Sie filtern Blut und entfernen Abbauprodukte wie z. B. Harnstoff. Überschüssiges Wasser entziehen sie dem Blut, um sein Volumen und seine Zusammensetzung zu erhalten. Abbauprodukte und Wasser bilden den Urin (Harn), den die Harnblase speichert. Wenn die Blase gefüllt ist, erhält das Gehirn Signale, dass sie bald entleert werden muss.

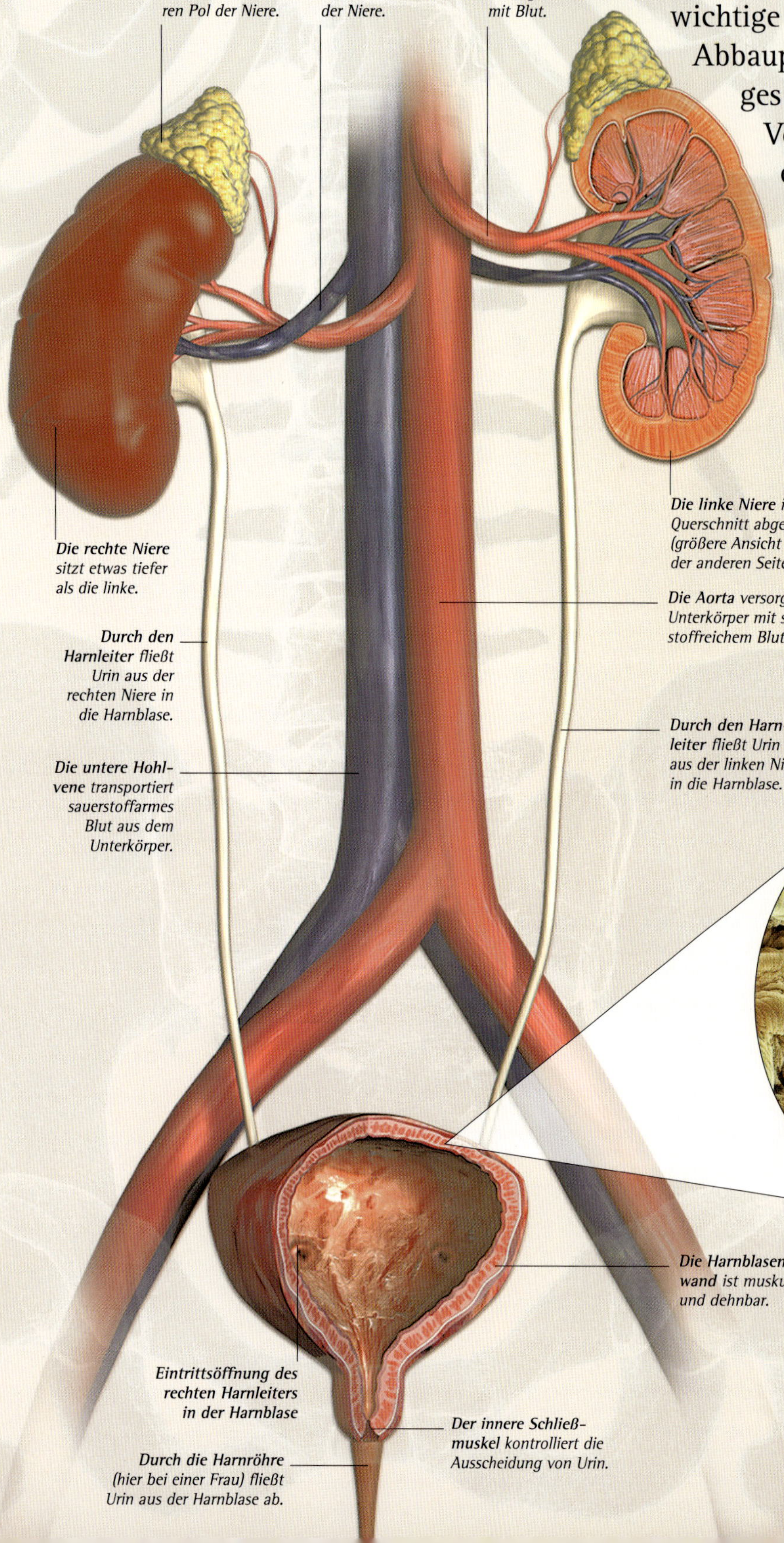

◄ HARNSYSTEM
Dieses Organsystem besteht aus den beiden Nieren, zwei Harnleitern, der Harnblase und der Harnröhre. Die Nieren enthalten viele winzige Filtereinheiten, die Nephrone, die Blut filtern und daraus Urin abscheiden. Ihr Anteil am Körpergewicht beträgt nur 1 %, sie verbrauchen jedoch 25 % der Energie – ein Zeichen für ihre lebenswichtige Aufgabe. Sie filtern täglich 1750 l Blut, um daraus etwa 1,5 l Urin herzustellen. Urin wird durch die Harnleiter gepresst und in der Blase gespeichert, bis sie gefüllt ist. Anschließend wird er über die Harnröhre abgelassen.

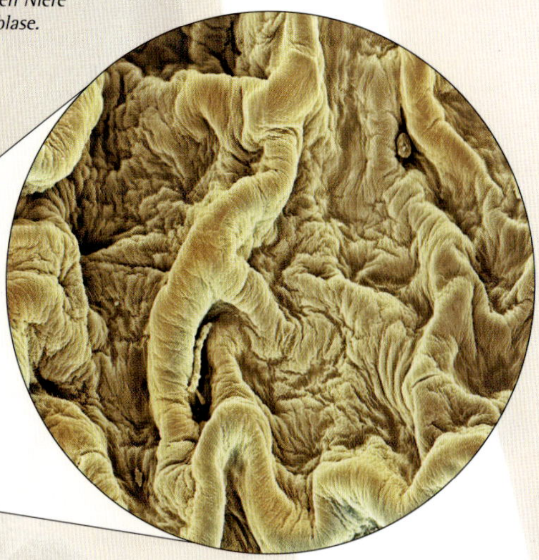

▲ INNENWAND DER HARNBLASE
Den größten Teil der Blase bildet eine Schicht aus glatten Muskelzellen. Wenn die Blase leer ist, sind sie vollständig kontrahiert. Dadurch bildet die innere Schicht, die Epithelschicht, tiefe Schleimhautfalten, wie die REM-Aufnahme zeigt (oben). Sobald sich die Blase mit bis zu 600 ml Urin füllt, entspannen sich die Muskeln, sodass sich die Falten glätten und verschwinden.

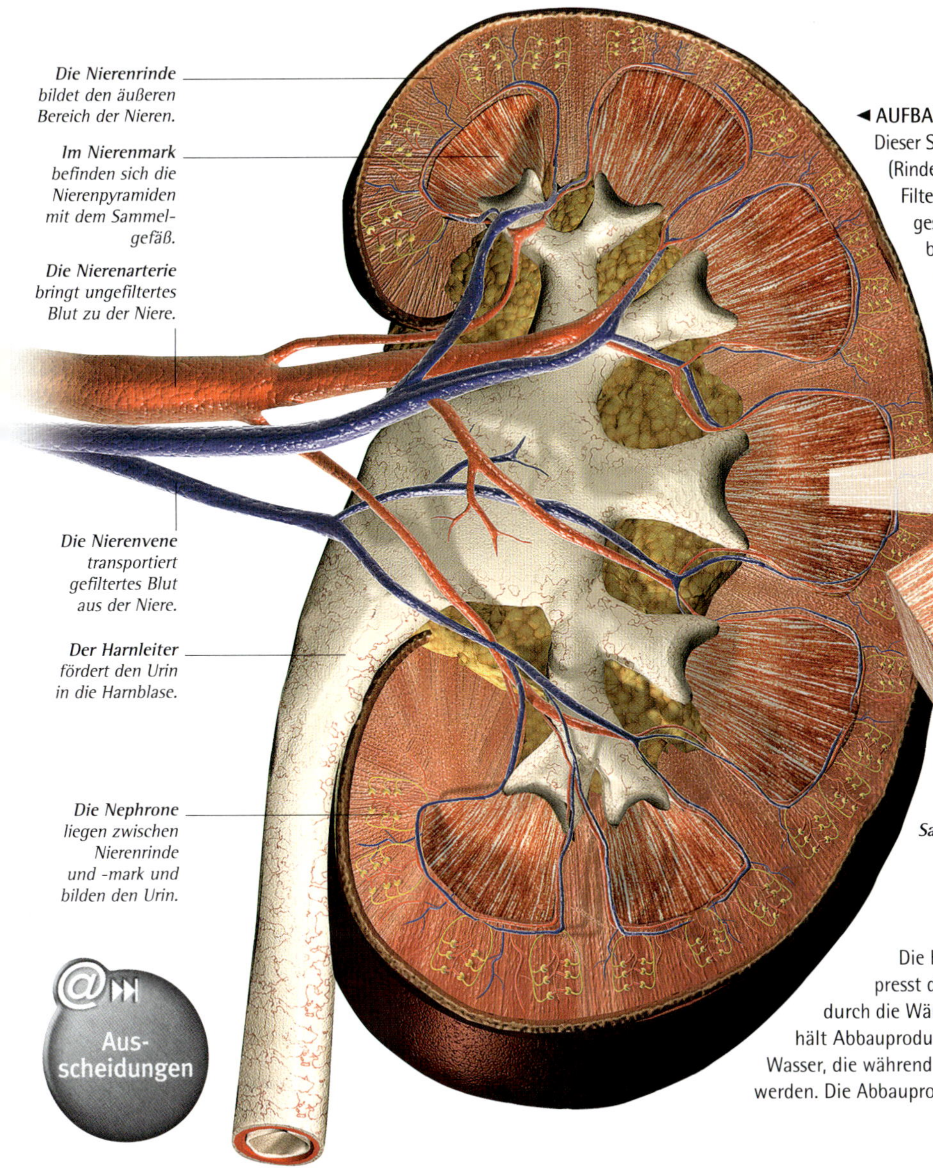

◄ AUFBAU DER NIERE

Dieser Schnitt durch eine Niere zeigt ihre äußeren und inneren Bereiche (Rinde und Mark) und hebt ein Nephron hervor – eines von Millionen Filtereinheiten. Jedes mikroskopisch kleine Nephron besitzt ein langes Nierenkanälchen, das zwischen Rinde und Mark eine Schleife bildet und in einem Sammelgefäß endet. Am anderen Ende umschließt das Nierenkanälchen den Glomerulus – ein Knäuel aus Blutkapillaren, die von der Nierenarterie abzweigen.

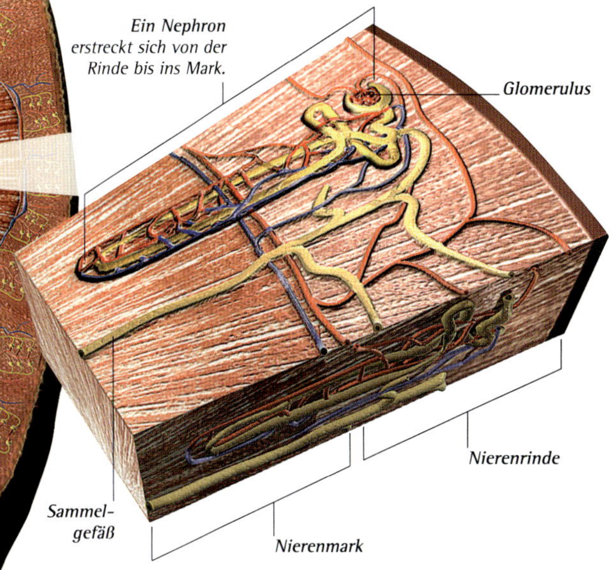

WIE EIN NEPHRON URIN BILDET ▲

Die Kapillarwände im Glomerulus wirken wie Filter. Der Blutdruck presst die wässrige Flüssigkeit (jedoch keine Blutzellen und Proteine) durch die Wände in die Nierenkanälchen. Diese Flüssigkeit, das Filtrat, enthält Abbauprodukte wie Harnstoff und nützliche Substanzen wie Glukose und Wasser, die während der Passage durch die Nierenkanälchen in das Blut resorbiert werden. Die Abbauprodukte und das restliche Wasser bilden den Urin, der die Niere durch die Harnleiter verlässt.

@ ⏭ Ausscheidungen

FÜLLEN UND ENTLEEREN DER HARNBLASE

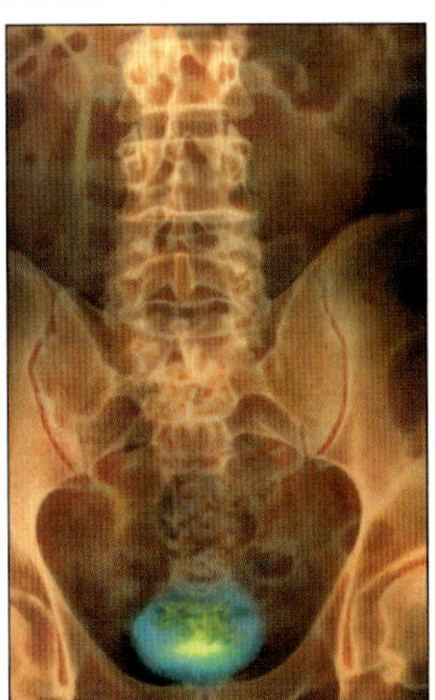

LEERE HARNBLASE
Dieses Urogramm zeigt eine kleine Blase (türkis), die erst vor Kurzem geleert wurde. Ein innerer Schließmuskel – ein Ringmuskel zwischen Harnblase und Beginn der Harnröhre – hält den Urin in der Harnblase zurück. Die Beckenbodenmuskeln bilden einen äußeren Schließmuskel am Ausgang der Harnröhre.

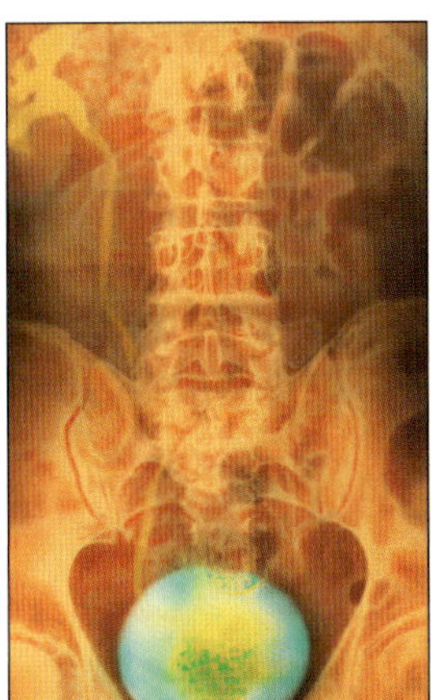

GEFÜLLTE HARNBLASE
Wenn die Blase gefüllt ist, senden Dehnungsrezeptoren in ihrer Wand Signale an das Rückenmark, damit sich der innere Schließmuskel entspannt. Das Gehirn erhält Signale, dass man urinieren muss. Bei Gelegenheit entspannt sich der äußere Schließmuskel, die Blase kontrahiert und drückt den Urin durch die Harnröhre.

WASSERHAUSHALT

Der Körper muss den Wasserverlust ausgleichen, damit wir nicht anschwellen oder austrocknen. Die Tabelle zeigt, wie viel Wasser ein Erwachsener täglich verliert und aufnimmt.

QUELLE	*WASSERAUFNAHME*
Metabolisches Wasser*	250 ml
Nahrung	750 ml
Getränke	1500 ml
Gesamt	2500 ml

QUELLE	*WASSERVERLUST*
Stuhl	100 ml
Schweiß	200 ml
Lungen und Haut**	700 ml
Urin	1500 ml
Gesamt	2500 ml

* Metabolisches Wasser = Abbauprodukt der Zellatmung
** dazu zählt Wasserverlust durch die Haut, jedoch nicht als Schweiß

URINTEST ▼

Ein Urintest zeigt ungewöhnliche Konzentrationen bestimmter Substanzen (oder solchen, die normalerweise nicht vorhanden sind) im Urin an. Das Reaktionsfeld auf dem Teststreifen ändert bei bestimmten Substanzen seine Farbe. Der Streifen wird in Urin getaucht und mit der Farbskala verglichen.

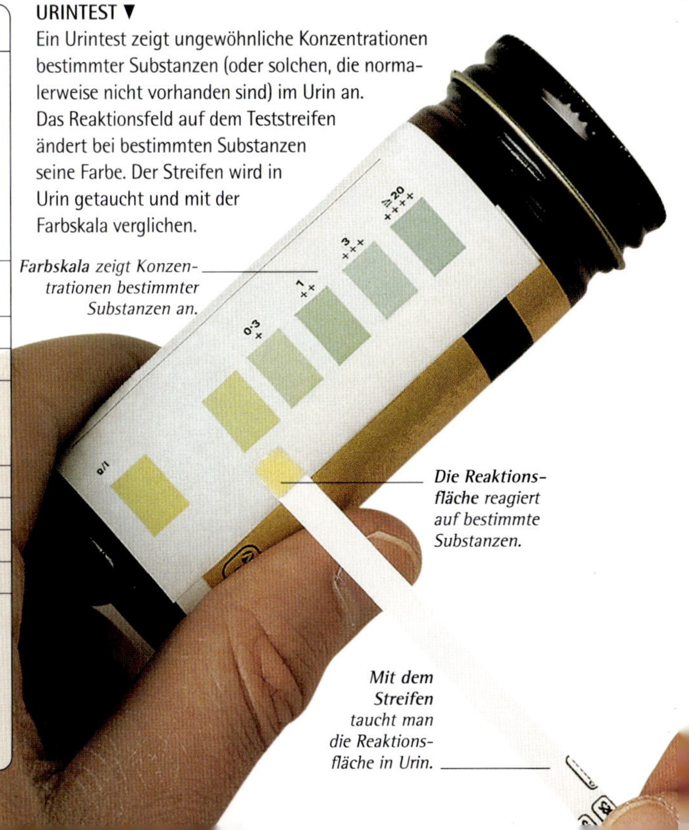

FORTPFLANZUNG

In den männlichen und weiblichen Geschlechtsorganen reifen Keimzellen, aus denen neues Leben entstehen kann. Dazu müssen männliche und weibliche Keimzellen miteinander verschmelzen (Befruchtung). Im Hodensack befinden sich ovale Drüsen, die Hoden, die ständig männliche Keimzellen (Spermien) bilden. Die weiblichen Keimzellen (Eizellen) entstehen in den Eierstöcken. In fruchtbaren Jahren wird monatlich eine Eizelle zur Mitte des Menstruationszyklus freigesetzt – der Zyklus bereitet die Gebärmutter auf eine Schwangerschaft vor.

@ ⏭ Fortpflanzung

MÄNNLICHES GESCHLECHT ►
Hierzu gehören die Hoden, das Glied (Penis) und die Leiter und Drüsen, die sie verbinden. Spermien entstehen in den Hoden und reifen in den Nebenhoden. Über den Samenleiter gelangen sie in die Harnröhre. Der Samen, ein Sekret der beiden Samenbläschen und der Vorsteherdrüse (Prostata), aktiviert und ernährt die Spermien. Während des Geschlechtsverkehrs wird das Glied steif und spritzt den Samen in die Scheide.

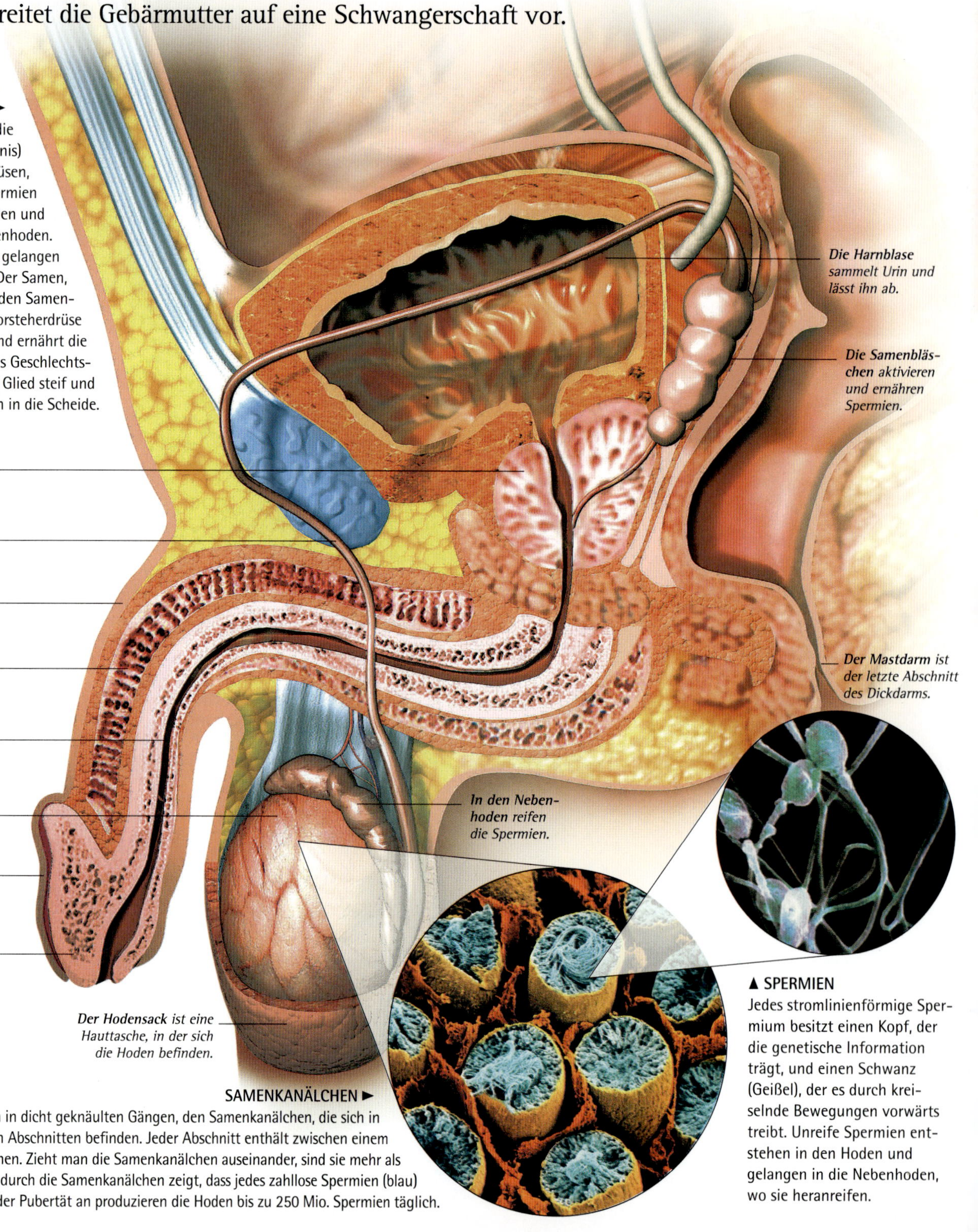

SAMENKANÄLCHEN ►
Spermien entstehen in dicht geknäulten Gängen, den Samenkanälchen, die sich in etwa 300 keilförmigen Abschnitten befinden. Jeder Abschnitt enthält zwischen einem und vier Samenkanälchen. Zieht man die Samenkanälchen auseinander, sind sie mehr als 500 m lang. Der Schnitt durch die Samenkanälchen zeigt, dass jedes zahllose Spermien (blau) enthält. Vom Beginn der Pubertät an produzieren die Hoden bis zu 250 Mio. Spermien täglich.

▲ SPERMIEN
Jedes stromlinienförmige Spermium besitzt einen Kopf, der die genetische Information trägt, und einen Schwanz (Geißel), der es durch kreiselnde Bewegungen vorwärts treibt. Unreife Spermien entstehen in den Hoden und gelangen in die Nebenhoden, wo sie heranreifen.

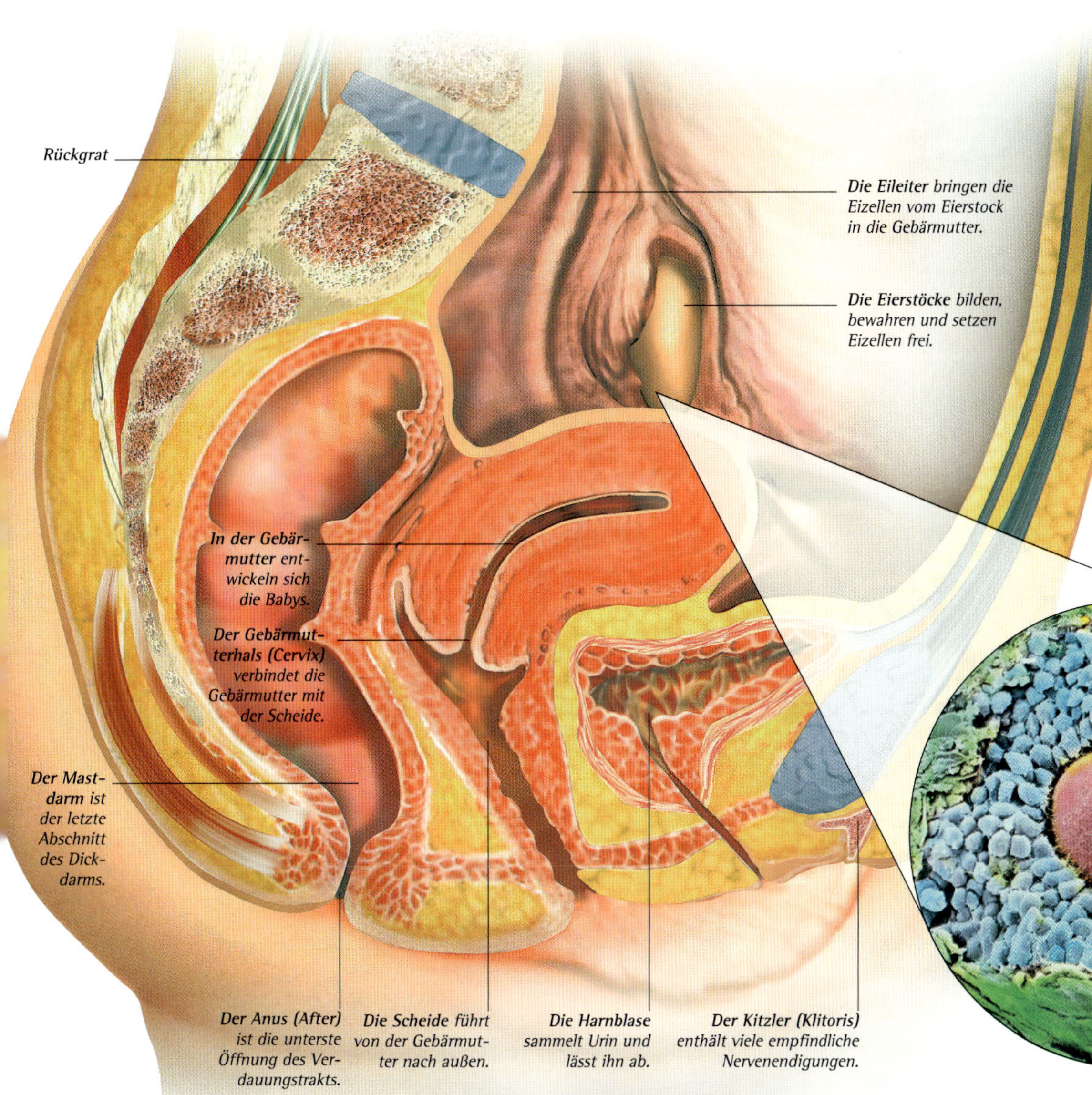

◄ **WEIBLICHES GESCHLECHT**
Hierzu zählen zwei Eierstöcke, zwei Eileiter, die Gebärmutter und die Scheide. Jeder Eierstock setzt monatlich eine Eizelle (Oozyte) frei. Sie gelangt durch den Eileiter (Tube) in die Gebärmutter (Uterus) – ein Hohlorgan, in dem Babys heranwachsen. Die Scheide (Vagina) führt von der Gebärmutter nach außen und empfängt die Spermien.

EIZELLE IM BLÄSCHEN ▲
Mädchen haben von Geburt an etwa 400 000 unreife Eizellen, die sich in Bläschen, den Follikeln, befinden. Nach der Pubertät beginnen die Follikel ihre zweite Wachstumsphase. Diese REM-Aufnahme zeigt eine Eizelle (pink) in ihrem Follikel (grün), die von Hüllzellen (blau) umgeben ist, die sie ernähren. Jeden Monat reift nur ein Follikel heran – bis es platzt und die Eizelle freisetzt.

▼ **MENSTRUATIONSZYKLUS UND EISPRUNG**
Während des Menstruationszyklus, der durchschnittlich 28 Tage dauert, wächst die Gebärmutterschleimhaut, um einen Embryo zu empfangen. Ungefähr am 14. Tag des Zyklus kommt es zum Eisprung (Ovulation) – eine Eizelle wird von einem reifen Bläschen (Follikel) freigesetzt. Wenn die Eizelle befruchtet wird, nistet sie sich in der Gebärmutter ein. Bleibt die Eizelle dagegen unbefruchtet, wird die Gebärmutterschleimhaut abgestoßen und ausgeschieden.

◄ **GEBÄRMUTTERSCHLEIMHAUT**
Diese REM-Aufnahme zeigt eine Gebärmutterschleimhaut (Endometrium) in der Mitte des Menstruationszyklus. Nahrungsreiche Kügelchen (gelb) wurden von Drüsen abgesondert, um einen Embryo zu ernähren. Wenn eine Eizelle befruchtet wird, nistet sich der Embryo in die gut durchblutete Gebärmutterschleimhaut ein und wächst zu einem Baby heran.

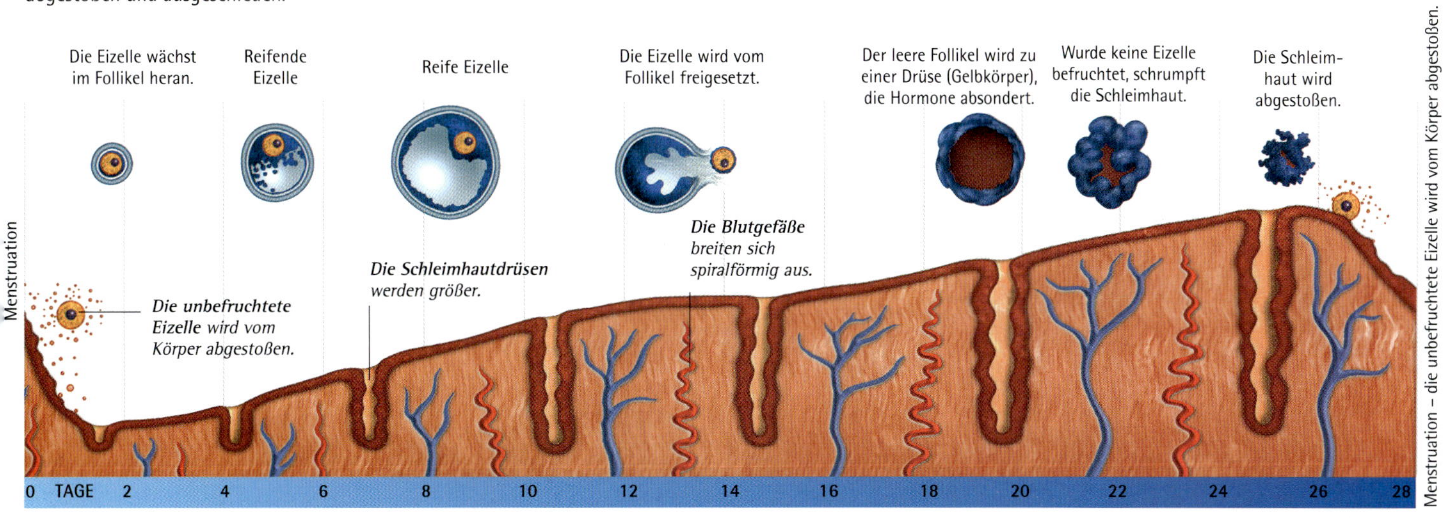

SCHWANGERSCHAFT UND GEBURT

Bei der Befruchtung trifft ein Spermium auf eine Eizelle und verschmilzt mit ihr. Das befruchtete Ei, die Zygote, nistet sich in der Gebärmutterschleimhaut ein, wo es wächst und sich zu einem Embryo entwickelt. Nach acht Wochen wird aus dem Embryo ein Fetus, der in den folgenden Wochen zu einem Baby heranwächst. Während der Geburt, die nach etwa 40 Wochen Schwangerschaft stattfindet, wird das Baby herausgepresst und erblickt das Licht der Welt.

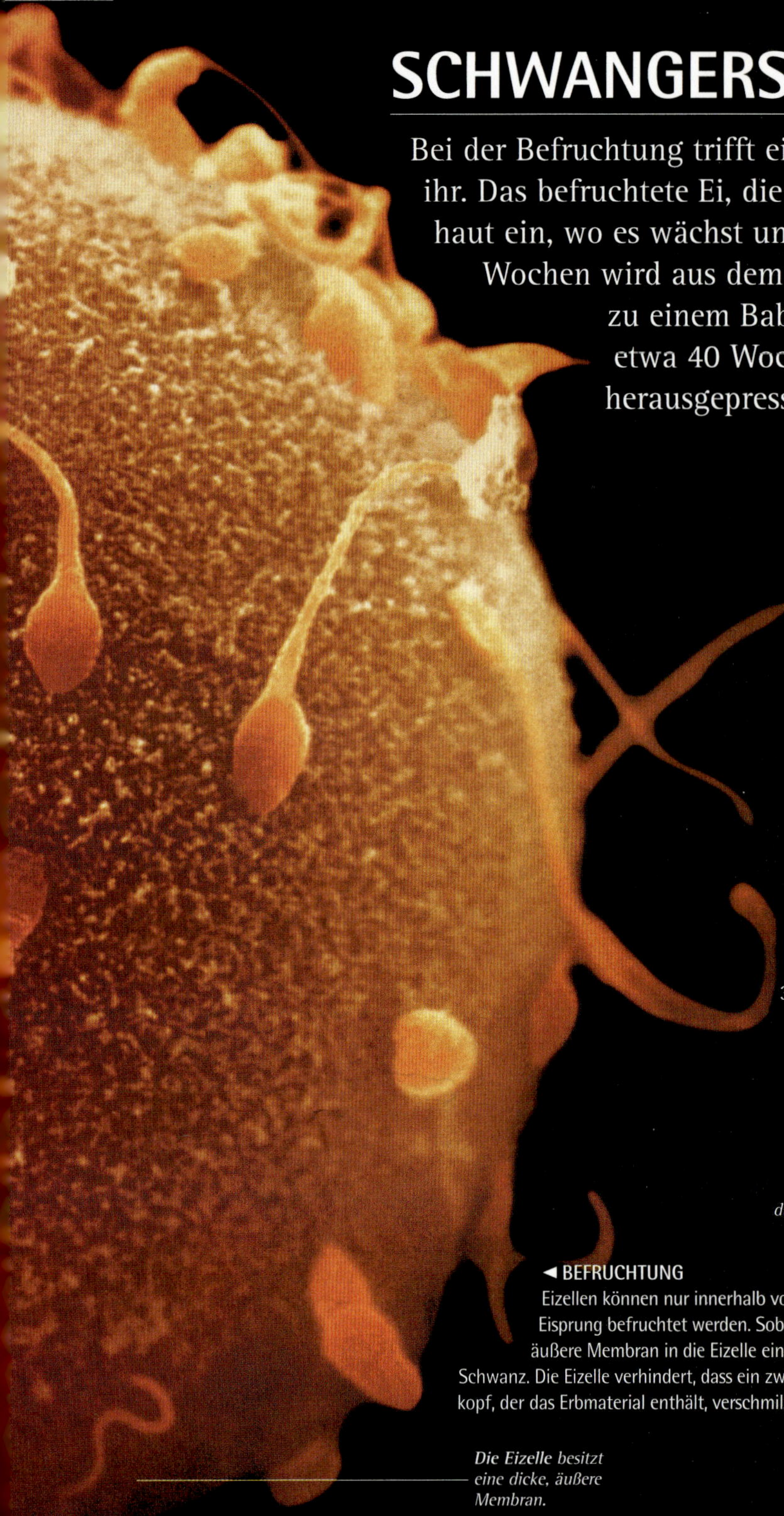

◄ BEFRUCHTUNG
Eizellen können nur innerhalb von 24 Stunden nach dem Eisprung befruchtet werden. Sobald ein Spermium durch die äußere Membran in die Eizelle eindringt, verliert es seinen Schwanz. Die Eizelle verhindert, dass ein zweites eindringt. Der Spermienkopf, der das Erbmaterial enthält, verschmilzt mit dem Kern der Eizelle.

***Die Eizelle** besitzt eine dicke, äußere Membran.*

EISPRUNG ►
Diese REM-Aufnahme zeigt eine Eizelle, die vom Eierstock freigesetzt wurde, nachdem das Bläschen (Follikel) platzte. Der Eisprung (Ovulation) findet bei Frauen zwischen Pubertät und Menopause (etwa mit 50 Jahren) einmal im Monat statt. Zilien fördern die Eizelle durch den Eileiter in die Gebärmutter.

***Die Eizelle** platzt aus ihrem Follikel.*

SPERMIEN IN GEBÄRMUTTER ►
Nach einem Geschlechtsverkehr befinden sich etwa 200 bis 300 Mio. Spermien in der Scheide. Nur ein kleiner Teil von ihnen erreicht durch den Gebärmutterhals die Gebärmutter (rechts). Sie brauchen 12 bis 24 Stunden, um auf eine Eizelle zu treffen.

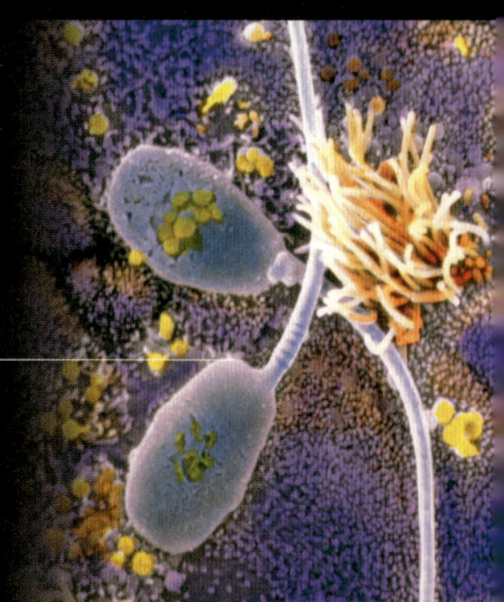

***Spermien** wandern durch die Gebärmutter.*

VIERZELL-STADIUM ►
Ungefähr 36 Stunden, nachdem die Eizelle befruchtet wurde, teilt sie sich zum ersten Mal. Nach 48 Stunden teilt sie sich erneut und bildet eine Zygote, die aus vier Zellen besteht (rechts). Die Zygote wandert durch den Eileiter in die Gebärmutter. Dabei teilen sich ihre einzelnen Zellen alle zwölf Stunden.

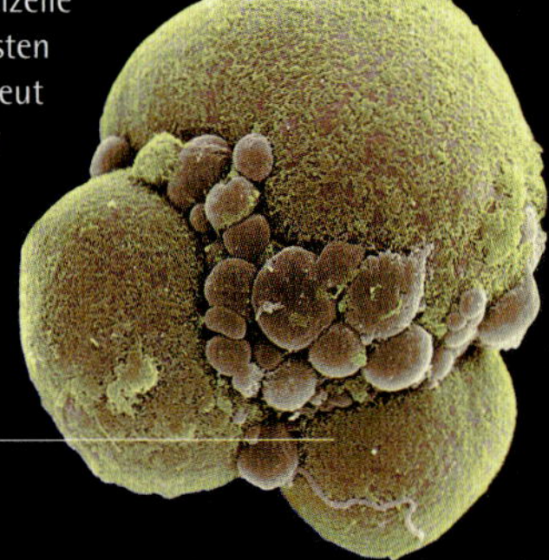

***Diese Zygote** besteht aus vier Zellen.*

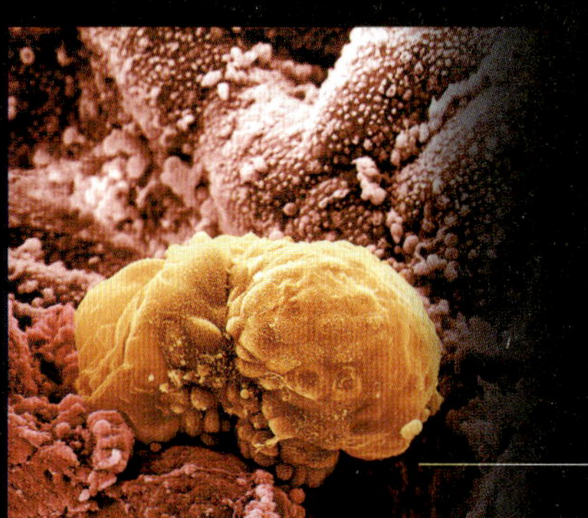

◄ EINNISTUNG
Dieser sechs Tage alte Zellhaufen, eine Blastozyste, verbindet sich mit der Gebärmutterschleimhaut und dringt in sie ein. Diesen Vorgang nennt man Einnistung (Nidation). Die Zellen der Blastozyste, die sich innen befinden, entwickeln sich zum Baby, die äußeren Zellen bilden den Mutterkuchen (Plazenta) .

***Die Blastozyste** nistet sich in der Gebärmutterschleimhaut ein.*

FETALES WACHSTUM UND ENTWICKLUNG

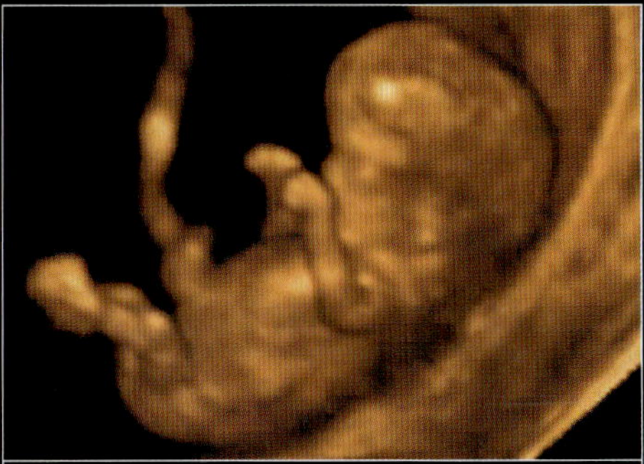

FETUS NACH 10 WOCHEN
Ultraschall ist eine schonende Methode, um die Entwicklung des Fetus zu überwachen. Diese dreidimensionalen Fotos entstanden mit der neuesten Ultraschalltechnik. Nach zehn Wochen zeigt der 5 cm lange Fetus bereits menschliche Züge, obwohl sein Kopf noch viel zu groß ist. Alle inneren Organe sind vorhanden und die Gliedmaßen entstehen.

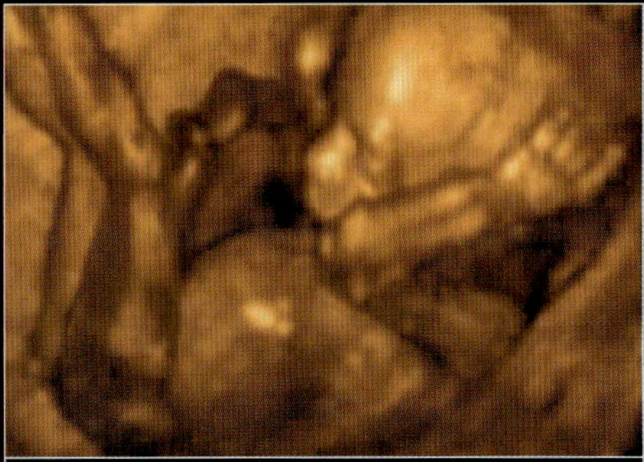

FETUS NACH 16 WOCHEN
Nach 16 Wochen ist der Fetus bereits 15 cm lang. Er bewegt sich kräftig und wächst schnell, während sich seine Körpersysteme entwickeln. Arme, Beine, Finger und Zehen sind ebenso wie seine Gesichtszüge erkennbar. Seinen Herzschlag kann man hören und sein Geschlecht erkennen. Er kann seinen Mund bereits öffnen und schließen.

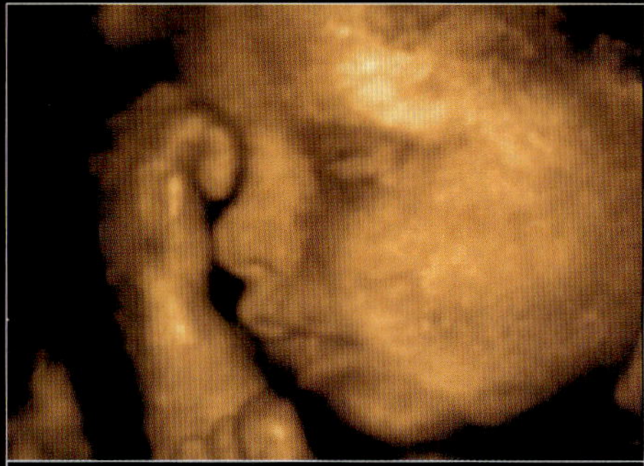

FETUS NACH 30 WOCHEN
In der 30. Woche hat der Fetus eine Länge von 35 cm erreicht und ist bald vollständig entwickelt. Während der letzten Schwangerschaftswochen bildet sich unter seiner Haut eine Fettschicht. Die Ohren hören bereits Geräusche aus dem Körper seiner Mutter und von außerhalb. Die Mutter spürt ihn, wenn er tritt und sich in der Gebärmutter dreht.

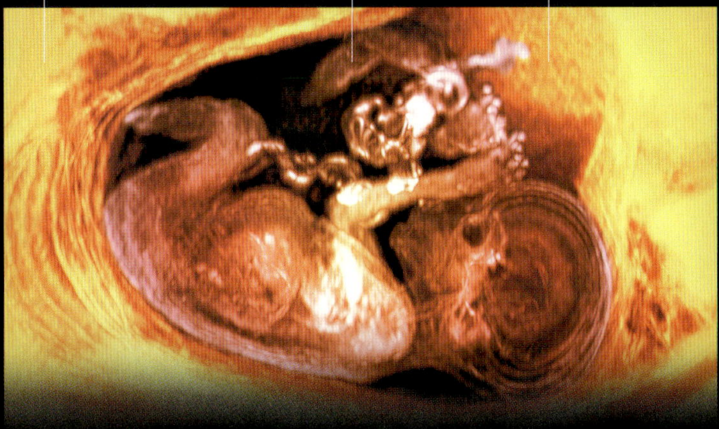

▲ MUTTERKUCHEN UND NABELSCHNUR
Diese MRT-Aufnahme zeigt Mutterkuchen und Nabelschnur, die den Fetus mit allem versorgen. Die fetalen und mütterlichen Blutgefäße sind nicht verbunden, sondern verlaufen eng nebeneinander im Mutterkuchen, einer Gewebsscheibe an der Innenseite der Gebärmutter. Sauerstoff und Nährstoffe gehen vom mütterlichen in das fetale Blut über (Abbauprodukte umgekehrt). Die Nabelschnur verbindet den Fetus mit dem Mutterkuchen.

@ ⏭ Geburt

DER SCHWANGERE KÖRPER

Eine Schwangere spürt eine Reihe von Änderungen an ihrem Körper, der sich den Bedürfnissen des Fetus anpasst.

Sie atmet tiefer und ihr Herz schlägt schneller, um den Fetus mit Sauerstoff und Nährstoffen zu versorgen und Abbauprodukte zu entfernen.

Während der Fetus wächst, werden Gebärmutter und Bauch größer. Ihre Brüste schwellen an, weil sich neue Milchdrüsen entwickeln, um das Baby nach der Geburt zu stillen.

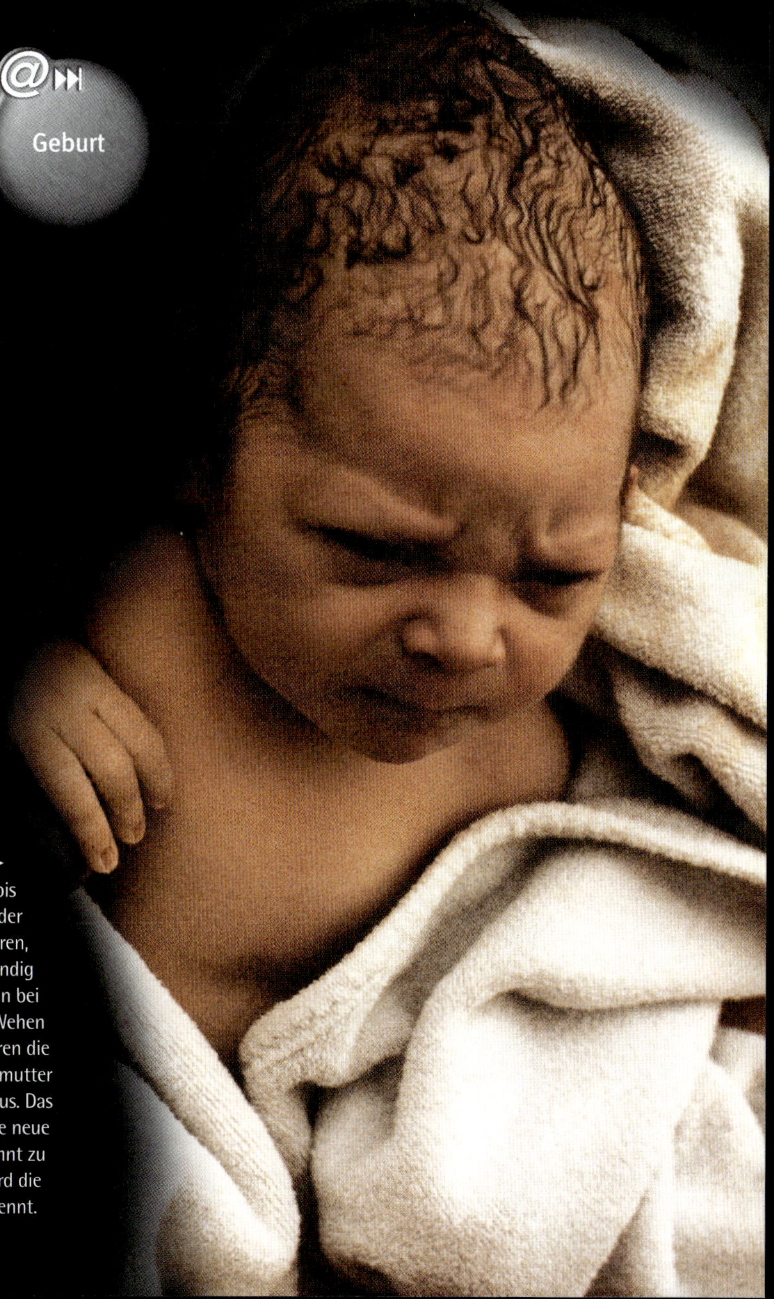

GEBURT ►
Ein Baby wird 38 bis 40 Wochen nach der Befruchtung geboren, wenn es sich vollständig entwickelt hat. Wenn bei der Mutter die Wehen einsetzen, kontrahieren die Muskeln der Gebärmutter und pressen es heraus. Das Baby reagiert auf die neue Umgebung und beginnt zu atmen. Dann wird die Nabelschnur abgetrennt.

WACHSTUM

Das kindliche Gehirn wächst in den ersten fünf Jahren schnell. Das Kind lernt Fähigkeiten, die zunehmend schwieriger werden. Die meisten sind wichtig, um zu überleben. Knochen und Muskeln wachsen, sodass das Kind nicht mehr krabbelt, sondern läuft. Es greift nach Spielsachen und anderen Dingen und wird dadurch immer geschickter. Nach dem ersten Lebensjahr nutzt es die Sprache, um sich zu verständigen, und erlernt Verhalten wie z.B. mit Messer und Gabel zu essen.

◄ NEUGEBORENE
Neugeborene Babys brauchen am Tag bis zu 18 Stunden Schlaf, der nur durch regelmäßiges Stillen unterbrochen wird. Sie zeigen bereits bestimmte Reflexe wie z.B. den Saugreflex und betrachten aufmerksam das Gesicht ihrer Mütter. Nach vier bis sechs Wochen lächeln sie zum ersten Mal.

Ein Neugeborenes schläft eingerollt wie in der Gebärmutter.

@ Wachstum

KRABBELN ►
Nach neun bis zehn Monaten können Babys krabbeln. Um zu stehen, müssen sie sich noch festhalten. Sie können Dinge zwischen Daumen und Fingern greifen, mit dem Zeigefinger etwas wegstoßen, einen Becher halten und feste Nahrung essen. Und sie schreien, um Aufmerksamkeit zu erlangen.

Die Arme unterstützen das Kind beim Krabbeln.

ENTWICKLUNGSPHASEN

Kinder durchlaufen besondere Entwicklungsphasen in einer bestimmten Reihenfolge. Diese Reihenfolge wird durch das Nervensystem festgelegt, das sich weiter ausbildet. Die Geschwindigkeit, mit der das Nervensystem reift, beeinflusst, wie schnell Kinder bestimmte Fähigkeiten erlernen. Deshalb entwickelt sich jedes Kind eigenständig.

FÄHIGKEIT	*ERSTE ENTWICKLUNG*
Erstes Lächeln	4–6 Wochen
Erste Worte	12–14 Monate
Topfbenutzung	18–30 Monate
Soziales Spielen	3–4 Jahre
Komplexe Sprache	4–5 Jahre
Lesen	5–6 Jahre
Komplexes Denken	10–12 Jahre

ZAHNANLAGEN

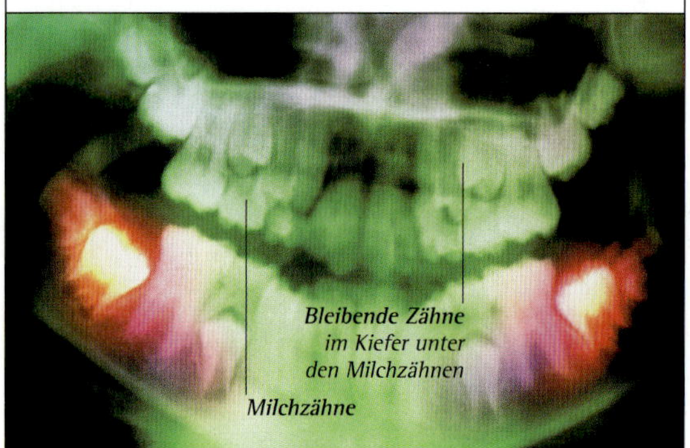

Wir bekommen in unserem Leben zweimal Zähne. Von sechs Monaten bis zum dritten Lebensjahr erscheinen zunächst 20 Milchzähne. Die bleibenden Zähne entwickeln sich im Kiefer unter den Milchzähnen und brechen ab dem sechsten Lebensjahr durch. Dabei lockern sie die Milchzähne, die daraufhin ausfallen. Mit Ende des zehnten Lebensjahrs besitzen wir alle 32 Zähne. Diese Röntgenaufnahme zeigt unter den Milchzähnen die bleibenden Zähne mit den Backenzähnen (hellgelb).

GEHIRN UND SCHÄDEL

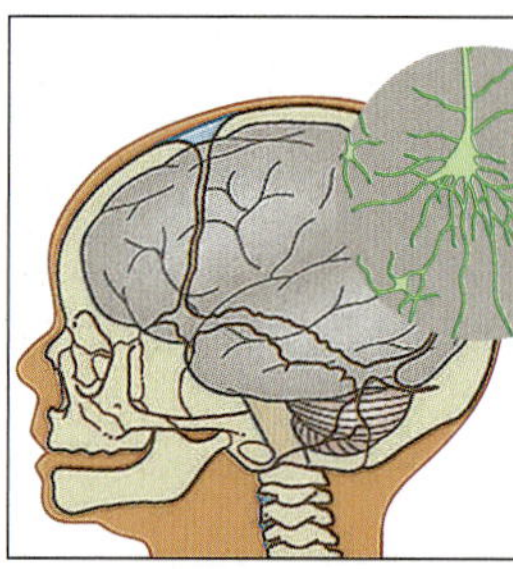

BEI DER GEBURT
Das Gehirn besitzt bei der Geburt bereits 100 Milliarden Neurone, die Kontakte knüpfen (im Kreis links). Dieses Netzwerk ist bei der Geburt kaum entwickelt. Der Schädel kann sich ausdehnen und zusammen mit dem Gehirn wachsen, weil die Schädelknochen noch Lücken aufweisen.

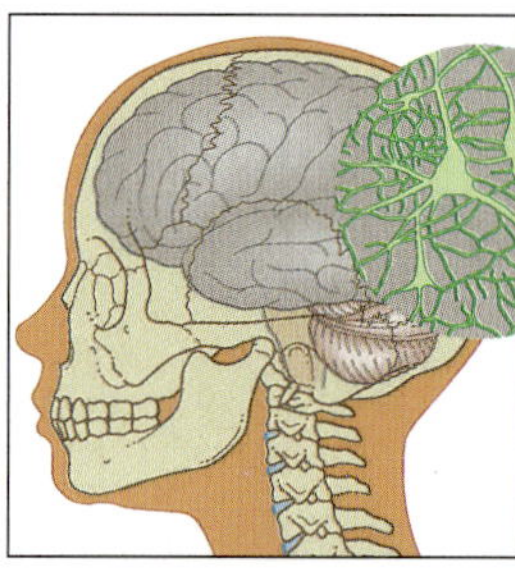

IM ALTER VON 6 JAHREN
Das Gehirn wächst schnell und erreicht im Alter von sechs Jahren fast seine endgültige Größe. Es wächst deshalb so schnell, weil viele neue Verknüpfungen im neuronalen Netzwerk entstehen, während das Kind neue Fähigkeiten erlernt. Die Lücken zwischen den Schädelknochen sind geschlossen.

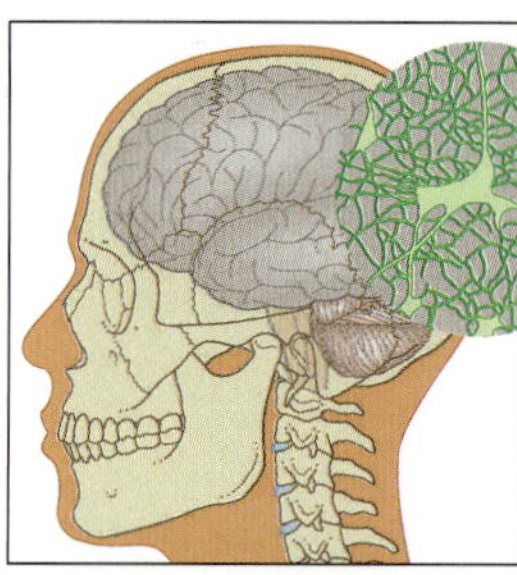

IM ALTER VON 18 JAHREN
Während der Kindheit entwickelt sich das Gehirn langsamer als zu ihrem Beginn. Im Alter von 18 Jahren hat das Gehirn seine endgültige Größe erreicht und das neuronale Netzwerk ist vollständig entwickelt, obwohl es sich ein Leben lang ständig umbildet. Der Schädel ist ausgewachsen.

Das Gleichgewicht verbessert sich durch vieles Üben.

▲ LAUFEN
Im Alter von zwölf bis 14 Monaten laufen Kinder, wenn sie sich an einer Hand festhalten, und weichen Hindernissen aus. Sie sprechen erste Worte und verstehen einfache Sätze. Beim Anziehen strecken sie Arme und Füße aus und können Sachen besser greifen, um sie dann fallen zu lassen.

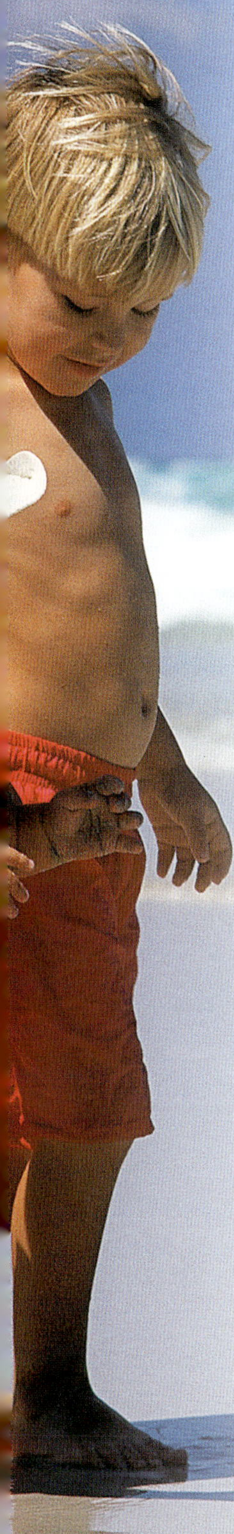

ENTWICKLUNG DER KNOCHEN

KNOCHEN VON NEUGEBORENEN
Der Schaft von Röhrenknochen besteht bei Neugeborenen aus Knochengewebe. Ihre Enden bestehen dagegen aus Knorpel. Zwischen Schaft und Ende der Röhrenknochen befindet sich ein Bereich aus Knorpel, die Wachstumszone, in der sich Zellen teilen und neuen Knorpel bilden.

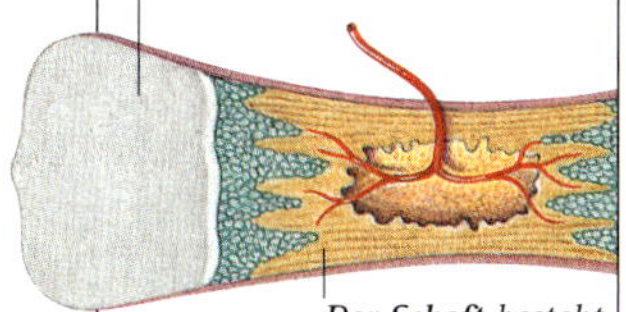

KNOCHEN VON KINDERN
Bei Babys und Kindern befinden sich zwischen Schaft und Ende der Knochen Zonen, die neues Knochengewebe bilden. In diesen Wachstumszonen, die man Epiphysenfugen nennt, teilen sich Zellen und bilden neuen Knorpel. Dadurch wird das Knochenende weiter hinausgeschoben und die Knochen werden verlängert.

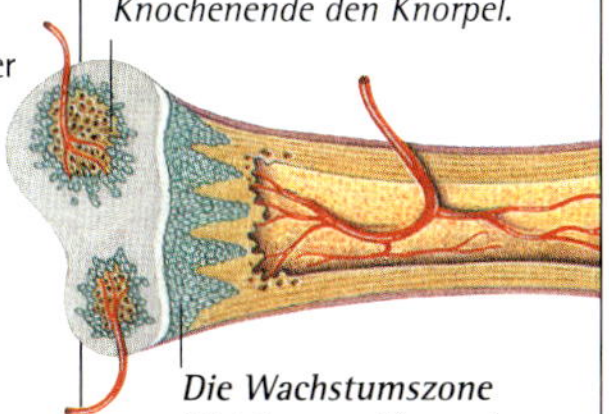

KNOCHEN VON ERWACHSENEN
Im Alter von 18 Jahren, wenn der Körper fast ausgewachsen ist, sind Schaft, Enden und Wachstumszonen der Röhrenknochen verknöchert und zu einem einzigen Knochen verschmolzen. Andere Knochen, wie z. B. die kurzen Knochen, sind ebenfalls verknöchert. Knochen werden ein Leben lang umgebaut.

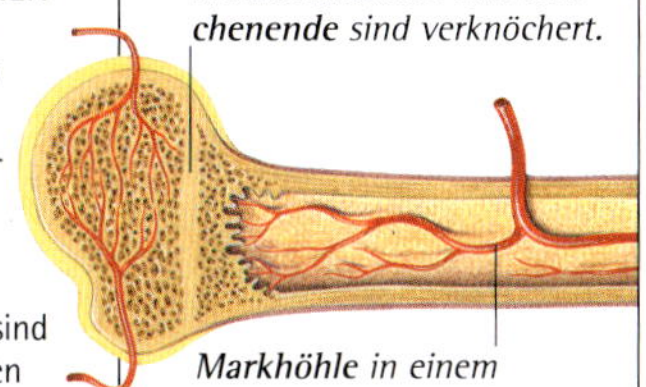

KNOCHENWACHSTUM DER HÄNDE

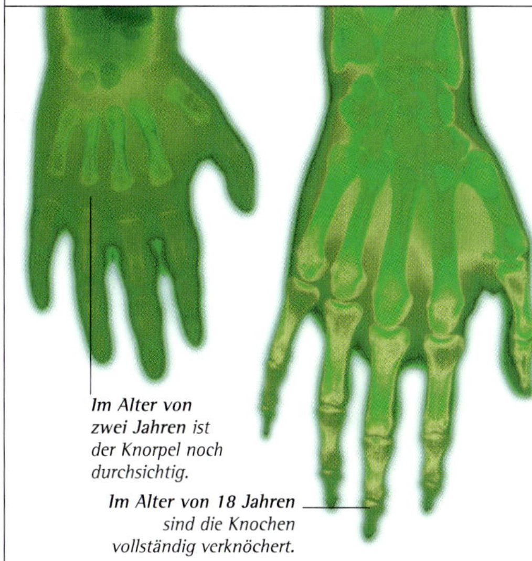

Diese Röntgenaufnahmen zeigen, wie sich Handknochen zwischen dem zweiten (links) und dem 18. Lebensjahr (rechts) verändern. Das Skelett eines jungen Fetus besteht noch aus Knorpel. Während der Fetus wächst, werden die Schäfte (mittlere Abschnitte) durch Knochen ersetzt. Diesen Vorgang nennt man Verknöcherung oder Ossifikation.

Die Röntgenaufnahme der Hand des zweijährigen Kindes zeigt die Umrisse der teilweise verknöcherten Knochen. Die helleren Bereiche sind die Knochenschäfte, während die durchsichtigen Teile aus Knorpel bestehen, die später teilweise durch Knochen ersetzt werden.

Den Fortschritt der Verknöcherung zeigt die Röntgenaufnahme rechts. Die Knochen sind ausgewachsen und vollständig verknöchert. Röntgenaufnahmen liefern einen Hinweis auf das Alter eines Kindes, weil seine Knochen ab einem bestimmten Alter verknöchern.

◄ DREIRAD FAHREN
Zwischen zwei und drei Jahren erlernen Kinder neue Fähigkeiten, weil ihre Bewegungskoordination reift. Sie laufen, fahren Dreirad, schießen Bälle weg, öffnen Türen und ziehen sich ihre Schuhe alleine an. Sie sprechen einfache Sätze und lernen durch Spielen, mit anderen Kindern zu teilen.

***Durch verbesserte Bewegungskoordination** können Kinder ein Dreirad fahren und lenken.*

***Durch die Hand-Augen-Koordination** können Kinder Bälle fangen.*

BÄLLE FANGEN UND WERFEN ►
Im Alter von fünf Jahren ist die Hand-Augen-Koordination so gut, dass Kinder Bälle fangen können. Sie können leicht über ihre Zehen abrollen, können auf Zehenspitzen stehen und tanzen nach Musik. Sie sprechen korrekt und verständlich, können lesen und schreiben, Objekte malen und Formen abmalen sowie sich an- und ausziehen.

LEBENSLAUF

Ihr ganzes Leben lang unterliegen Menschen den gleichen, vorhersehbaren Veränderungen – Säuglingsalter, Kindheit, Jugend, Erwachsensein und Alter. Kinder erlernen und entwickeln viele Fähigkeiten, während sie heranwachsen. In ihrer Jugend erleben sie körperliche Veränderungen, die Pubertät, und ändern ihr Verhalten und ihre Einstellungen. Das Erwachsensein bringt neue Herausforderungen und Verantwortungen. Im Alter lässt die Leistungsfähigkeit des Körpers nach.

◄ KINDHEIT
Die Kindheit beginnt, wenn ein Kind laufen und reden kann, und endet mit der Pubertät. In dieser Zeit erwerben Kinder viele Fähigkeiten und mehren ihr Wissen durch Lesen und Schreiben. Sie entwickeln Sozialverhalten und werden selbst disziplinierter, nachdem sie den Standpunkt eines anderen Menschen verstanden haben, spielen und schließen Freundschaften. Alle Kinder erwerben körperliche und geistige Fähigkeiten in gleicher Reihenfolge, doch jedes hat eigene Schwächen und Stärken.

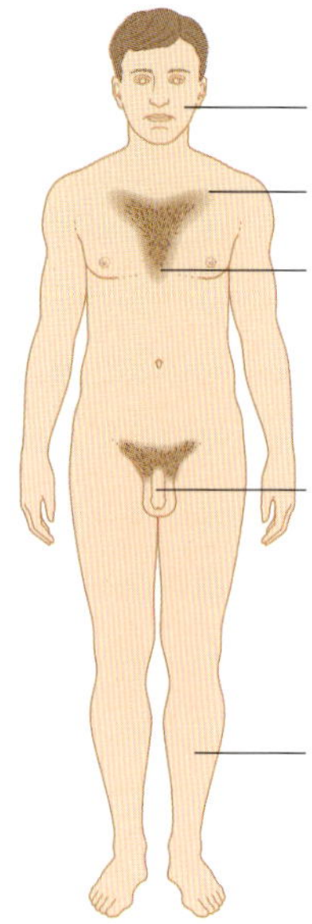

▲ PUBERTÄT – JUNGEN
Die Pubertät beginnt bei Jungen im Alter von zwölf bis 14 Jahren. Zuerst werden die Hoden größer, setzen Testosteron frei und produzieren Spermien. Das Glied ist nach etwa zwei Jahren ausgewachsen. Der Körper erreicht schnell die muskuläre Form der Erwachsenen mit breiten Schultern. In den Achselhöhlen und der Schamgegend wachsen Haare, erst später kommen Brust- und Barthaare hinzu. Die Stimme wird tiefer, weil der Kehlkopf größer wird. Der Körper wächst noch einige Jahre nach der Pubertät.

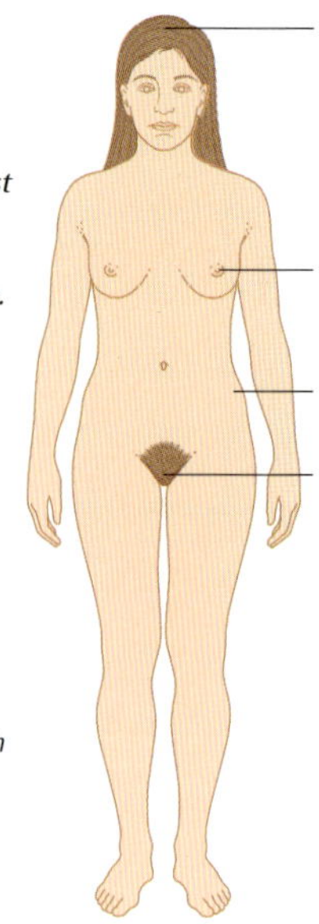

▲ PUBERTÄT – MÄDCHEN
Bei Mädchen setzt die Pubertät im Alter zwischen zehn und zwölf Jahren ein. Etwa zwei Jahre später bekommen sie ihre erste Periode. Zunächst wachsen ihre Brüste, Brustwarzen und die Eierstöcke. Nach einer Phase, in der sie schnell wachsen, lagert sich Fettgewebe an den Hüften an und ihr Becken wird breiter. Die ersten Scham- und Achselhaare erscheinen und der Menstruationszyklus setzt ein, dem die erste Freisetzung von Eizellen folgt. Mädchen sind gewöhnlich größer als gleichaltrige Jungen, doch ihr Wachstum endet früher.

VERÄNDERUNGEN IN DER PUBERTÄT

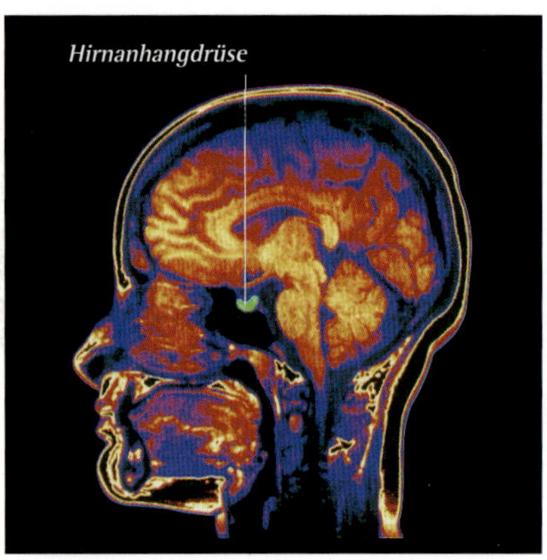

▲ HIRNANHANGDRÜSE
Die Pubertät wird vom Hypothalamus (s. S. 44) gesteuert, der Signale zur Hirnanhangdrüse sendet, um die Hormone FSH und LH freizusetzen. Bei Mädchen bewirken FSH und LH, dass die Eierstöcke Eizellen und die weiblichen Geschlechtshormone Östrogen und Progesteron freisetzen, um die weiblichen Geschlechtsmerkmale auszubilden. Bei Jungen fördern FSH und LH in den Hoden die Freisetzung des Hormons Testosteron, das die männlichen Geschlechtsmerkmale prägt.

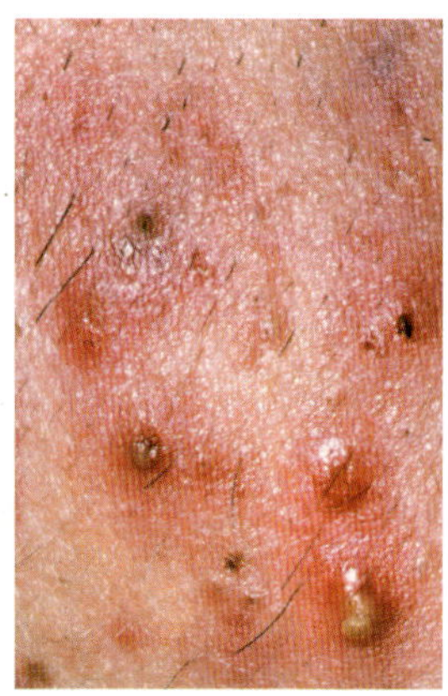

▲ AKNE
Viele Jugendliche leiden unter Akne – ein Hautausschlag mit schmerzenden Mitessern im Gesicht und am Rücken. Eine Hormonänderung stimuliert die Talgdrüsen, mehr Talg freizusetzen. Mitesser entstehen, wenn die Ausführungsgänge der Drüsen verstopft sind und sich durch Bakterien entzünden (s. S. 27).

▲ BARTWACHSTUM
Das männliche Geschlechtshormon Testosteron steuert das Wachstum des Terminalhaars (Terminus, lat.: Schluss) im Gesicht, auf der Brust und an den Beinen. Gesichtshaare kann man durch eine Rasur entfernen. Diese REM-Aufnahme zeigt Barthaare, die geschnitten wurden und nun wieder wachsen.

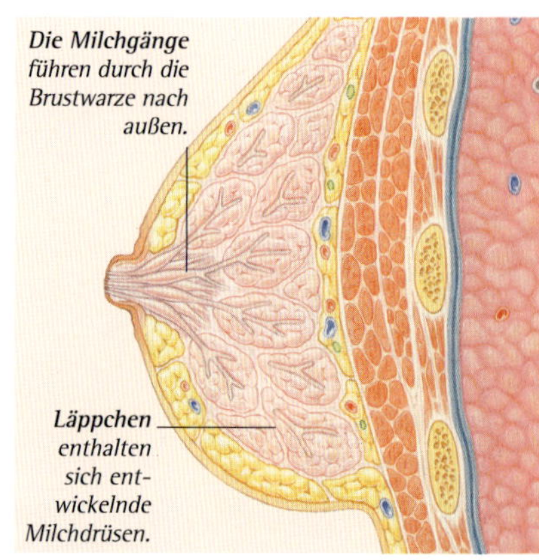

▲ BRUSTENTWICKLUNG
Das Wachstum der Brüste ist häufig das erste Anzeichen, dass Mädchen in der Pubertät sind. Die Brüste werden größer, weil die Brustdrüsen in ihnen wachsen. Dieser Schnitt zeigt, dass sie aus mehreren Drüsenläppchen besteht, die auf die Brustwarze zulaufen. In den Läppchen befinden sich die Milchdrüsen, die nach der Geburt Milch produzieren. Die Milchdrüsen geben Milch über die Milchgänge an die Brustwarzen ab, die während der Pubertät ebenfalls größer werden.

▲ DAS BESTE ALTER
Zwischen dem 20. und 40. Lebensjahr erleben Menschen ihre besten Jahre. Frauen und Männer sind körperlich fit und gesund, starten ihre Karrieren, reisen, schließen Freundschaften, gehen Beziehungen ein und gründen eine Familie. Doch bereits ab Anfang 30 lässt bei Frauen die Fruchtbarkeit nach und es wird schwieriger für sie, schwanger zu werden. Eine gesunde Ernährung, vernünftiger Lebensstil und regelmäßiger Sport verbessern die Chancen, im Alter gesund zu bleiben.

MERKMALE DES LEBENS

Bestes Alter zum Lernen	Kindheit und Jugend
Bestes Alter für körperliche Fitness	Mitte Zwanzig bis Mitte Dreißig
Bestes Alter für Schwangerschaft	Mitte Zwanzig bis Anfang Dreißig
Geistige Höhe und Dauer	Mitte Dreißig bis Ende Fünfzig
Lebenserwartung in der westlichen Welt (männlich)	74 Jahre
Lebenserwartung in der westlichen Welt (weiblich)	80 Jahre

@ Altern

Die Haut verliert an Geschmeidigkeit und bekommt Falten.

Brillen sind für viele Menschen im Alter notwendig.

ALTER ►
Um das 60. Lebensjahr altern die Menschen auch äußerlich. Falten erscheinen auf der Haut. Sehen und Hören lassen nach, Haare werden dünner und grau, Muskeln verlieren an Kraft, Knochen werden brüchiger und Gelenke unbeweglicher. Einige dieser Auswirkungen kann eine gesunde Lebensweise hinauszögern. Menschen in den Industriestaaten leben heutzutage länger, weil ihre Lebensbedingungen besser geworden sind.

PROBLEME DES ALTERNS

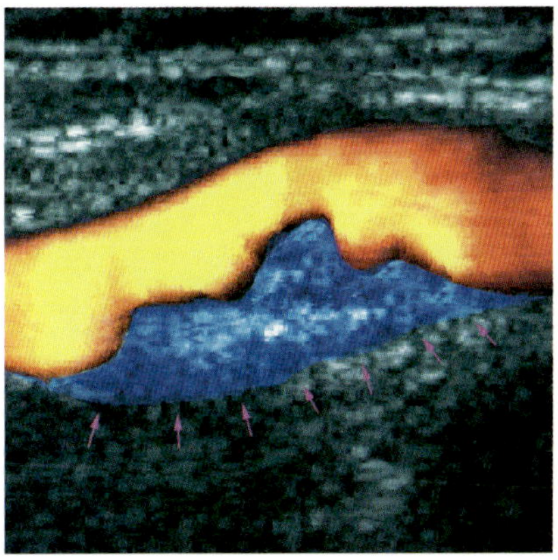

▲ VERENGTE ARTERIEN
Bei manchen älteren Menschen verengen sich die Arterien, weil sich Fette und Kalk ablagern. Diese Ablagerungen können durch fettreiches Essen oder durch Rauchen entstehen. Eine Fettablagerung (oben, mit pinkfarbenen Pfeilen markiert) behindert den Blutfluss (gelb) und führt zu Verwirbelungen, wie diese Ultraschall-Doppler-Aufnahme zeigt. Durch die Verwirbelung kann ein Gerinnsel entstehen, das die Arterie verstopft und bei Herzkranzarterien zum Herzinfarkt führt.

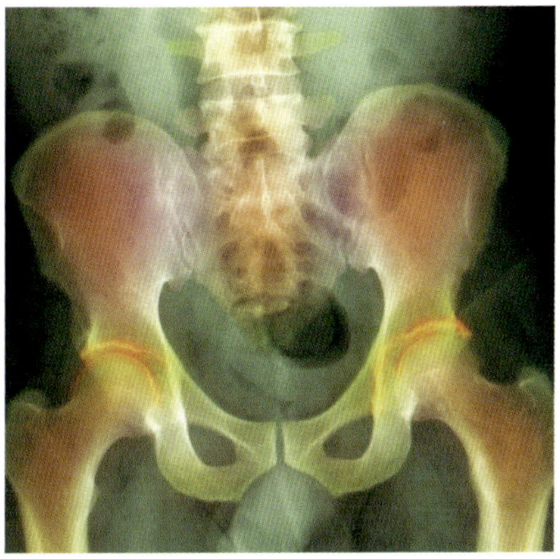

▲ OSTEOARTHRITIS
Diese Röntgenaufnahme eines männlichen Beckens zeigt Gebiete mit Osteoarthritis (orange). Diese degenerative (entartete) Änderung kommt häufig bei Gelenken wie den Knien oder Hüften vor, die das Körpergewicht tragen. Sie entsteht durch Abnutzung der Knorpelschicht auf den Gelenkköpfen. Gelenke werden steif und schmerzen. Normalerweise trennt Knorpel die beiden Oberschenkelknochen von ihren Gelenkpfannen, hier jedoch sind die Gelenkspalten verengt.

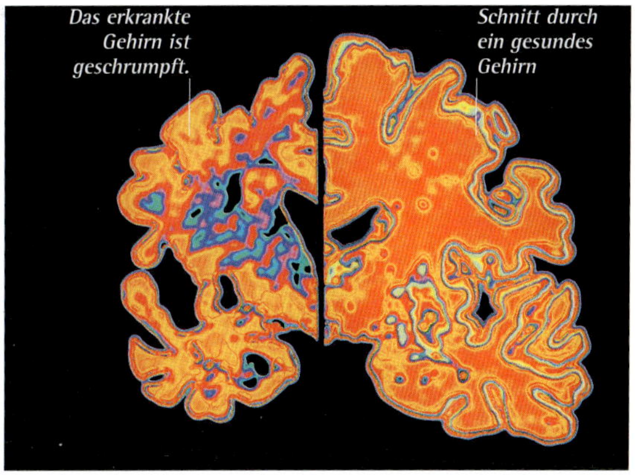

▲ ALZHEIMER
Obwohl sich die Leistung des Gehirns im Alter verschlechtert, bleiben diese Auswirkungen meist unbemerkt – die meisten Menschen können kleinere Pannen überspielen. Die Alzheimerkrankheit verursacht dagegen schwere Probleme. Der allmähliche Verfall des Gehirns betrifft sieben von 100 Menschen bei den 65-Jährigen und 30 von 100 Menschen bei den 85-Jährigen. Die Aufnahmen (oben) zeigen, wie das Gehirn eines Alzheimerkranken schrumpft, wenn es Zellen verliert und sich Proteine ablagern. Diese Degeneration führt zu Verwirrung, Gedächtnisverlust und Persönlichkeitsänderungen – und häufig auch zum Verlust der Unabhängigkeit.

CHROMOSOMEN UND DNS

Jede Körperzelle enthält Anweisungen, um Zellen zu bilden und zu erhalten. Sie sind in der DNS (Desoxyribonukleinsäure) verschlüsselt – ein langes, gewundenes Molekül, das dicht gepackt in den Chromosomen der Zellkerne sitzt. Außer den weiblichen Eizellen und den männlichen Spermienzellen enthalten alle Zellen 23 Chromosomenpaare. Gene sind kleine Abschnitte der DNS, die »Rezepte« für die Bildung (Synthese) von Proteinen enthalten. Die Informationen der Gene, die unsere Eigenschaften bestimmen, erben Kinder von ihren Eltern.

◄ **AUFBAU EINER ZELLE**
Zellen sind winzige Bausteine aller Lebewesen, in denen zu jeder Zeit tausende von Reaktionen ablaufen. Diese Reaktionen werden von Enzymen beschleunigt und dienen dazu, Energie zu gewinnen und die Zelle aufzubauen und zu erhalten. Enzyme entstehen aus einer Anweisung (oder Vorlage) der DNS, die in den Chromosomen der Zellkerne enthalten ist. Hier wurde ein Chromosom abgewickelt, um einige Moleküle der etwa 2 m langen DNS zu zeigen.

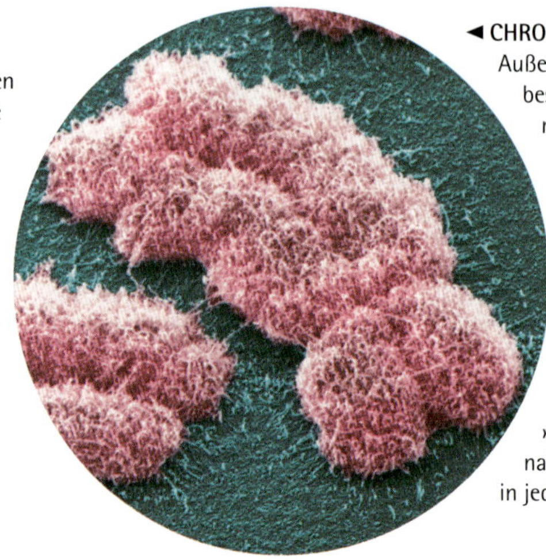

◄ **CHROMOSOMEN**
Außer den roten Blutkörperchen besitzen alle Zellen einen Kern mit Chromosomen, die normalerweise als lange, dünne Fäden vorliegen. Bei der Zellteilung verkürzen und verdoppeln sie sich, sodass zwei identische, parallele Stränge entstehen. Diese sind über eine Einschnürung (Zentromer) verbunden, das wie eine »Hüfte« aussieht (REM-Aufnahme links). Die DNS ist in jedem Strang stark verdreht.

MERKMALE DER DNS UND CHROMOSOMEN	
Anzahl der Chromosomen in den meisten Körperzellen	46 (23 Paare)
Anzahl der Chromosomen in Eizellen und Spermien	23 in jeder Keimzelle
Länge der DNS in den Chromosomen einer Zelle	2 m
Gesamtlänge aller Chromosomen des Körpers (aneinander gereiht)	200 Mrd. km
Anzahl der Basenpaare in einer Körperzelle	300 Mrd.
Andere Vorkommen von DNS	Mitochondrien und Zytoplasma

DNS

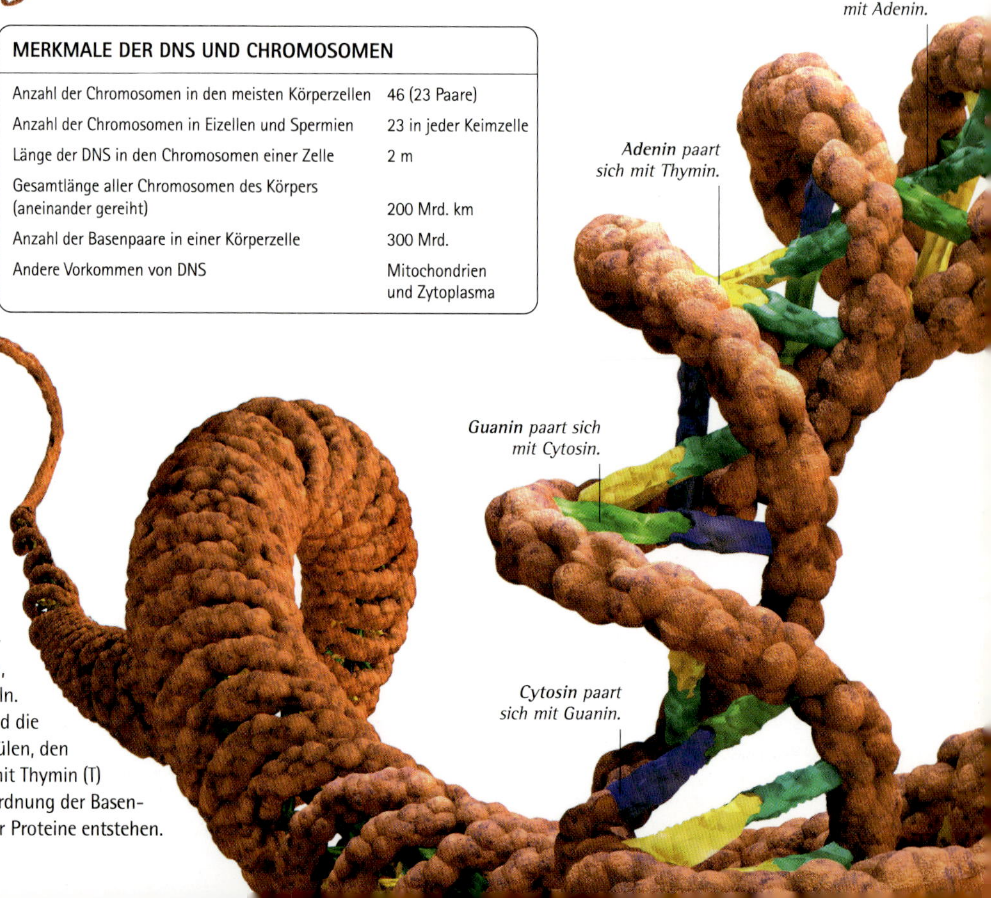

AUFBAU DER DNS ►
Das lange DNS-Molekül besteht aus zwei Strängen, die sich wie eine verdrehte Leiter umeinander wickeln. Zucker und Phosphate bilden die »Holme«, während die »Sprossen« aus Paaren von vier verschiedenen Molekülen, den Basen, bestehen. Adenin (A) bildet dabei ein Paar mit Thymin (T) und Cytosin (C) ein Paar mit Guanin (G). Diese Anordnung der Basenpaare bildet die verschlüsselte Botschaft, aus der Proteine entstehen.

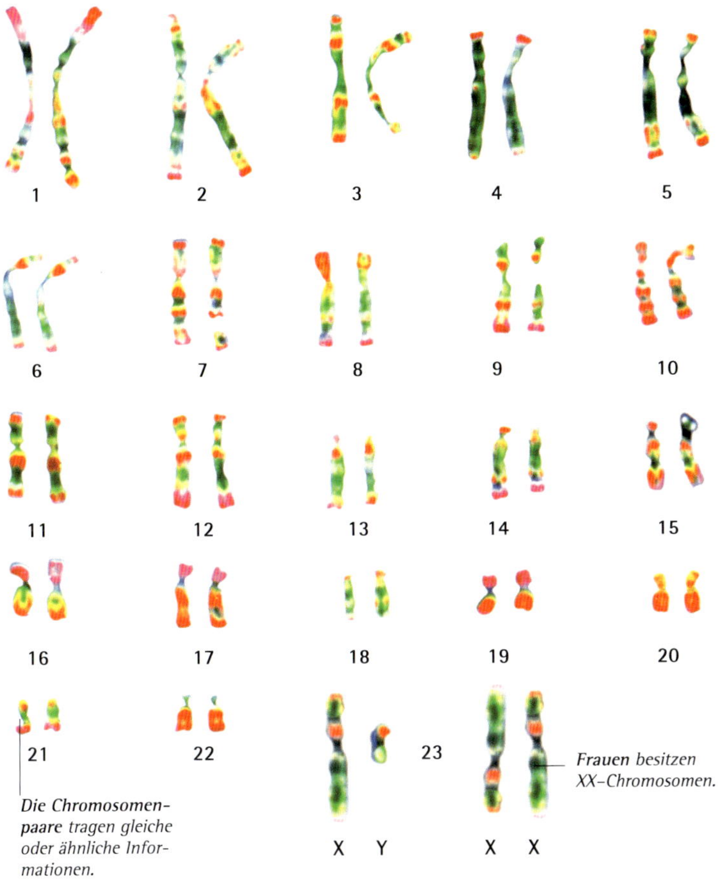

DOWN-SYNDROM

Das Down-Syndrom, das nach dem britischen Arzt John Down (1828–1896) benannt wurde, ist eine Anomalie in der Anzahl der Chromosomen, die zu Behinderungen führt. Betroffene Kinder haben gewöhnlich etwas schief stehende Augen, kurze Finger, eine große Zunge, ein abgeflachtes Gesicht und Lernschwierigkeiten. Sie sind dennoch fröhliche und herzliche Kinder, die ein erfülltes Leben führen können.

Man nennt diese Chromosomenanomalie auch Trisomie 21. Die Betroffenen besitzen ein zusätzliches Chromosom 21, das meistens von der Mutter vererbt wird, sodass sie 47 Chromosomen haben. Das zusätzliche Chromosom verursacht die Behinderungen. Die Gefahr, ein Kind mit Down-Syndrom zu bekommen, steigt mit dem Alter der Mutter.

▲ KARYOGRAMM
Ein Karyogramm (oben) enthält alle 23 Chromosomenpaare des Menschen, die der Größe nach von 1 bis 22 sortiert sind. Chromosomen kann man nur dann sehen, wenn sie sich bei der Zellteilung verkürzen und dicker werden. In jedem Paar stammt ein Chromosom von der Mutter und das andere vom Vater. Das 23. Paar ist das Geschlechtschromosom – entweder XY (Mann) oder XX (Frau). Beide sind oben abgebildet.

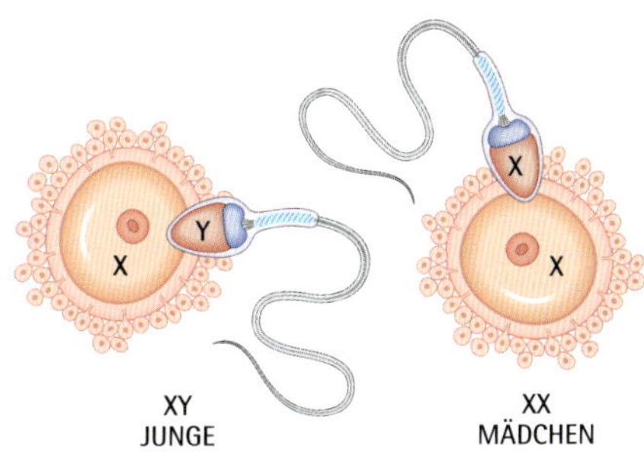

◄ GESCHLECHTSBESTIMMUNG
Keimzellen – Eizelle und Spermium – besitzen einen Satz aus 23 Chromosomen. Nach der Befruchtung enthält die befruchtete Eizelle (Zygote) 46 Chromosomen. Jeder Satz enthält ein Geschlechtschromosom. Eizellen haben immer ein X-Chromosom, während Spermien entweder ein X-Chromosom oder ein Y-Chromosom besitzen. Allein das Spermium entscheidet, ob sich aus einer befruchteten Eizelle ein Junge, wenn das Y-Chromosom vererbt wird, oder ein Mädchen (X-Chromosom) entwickelt.

PROTEINBIOSYNTHESE

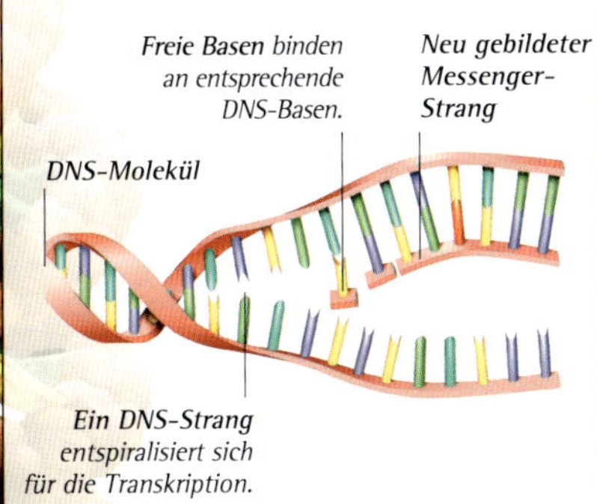

TRANSKRIPTION
Die DNS speichert die Anweisungen für die Proteinbildung. Eine Basensequenz (Reihenfolge) dient in einem kleinen Abschnitt der DNS als Vorlage. Dieser Abschnitt trennt sich auf und freie Basen binden an ihre entsprechenden Basen im DNS-Strang. Die freien Basen bilden einen neuen Strang, die mRNS (messenger Ribonukleinsäure), die in das Zytoplasma gelangt. Diesen Vorgang nennt man Transkription (DNS in mRNS umschreiben).

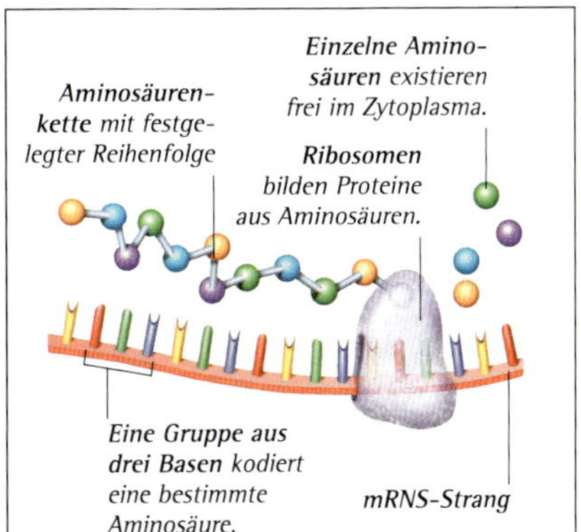

TRANSLATION
Im Zytoplasma befinden sich Organellen, die Ribosomen, die aus der mRNS als Vorlage Proteine synthetisieren. Diesen Vorgang nennt man Translation (DNS in Proteine übertragen). Eine Gruppe aus drei Basen der mRNS ist die Anweisung für eine bestimmte Aminosäure. Während die Ribosomen an der mRNS entlanggleiten, werden freie Aminosäuren in der richtigen Reihenfolge eingebaut und miteinander zu einer Proteinkette verbunden.

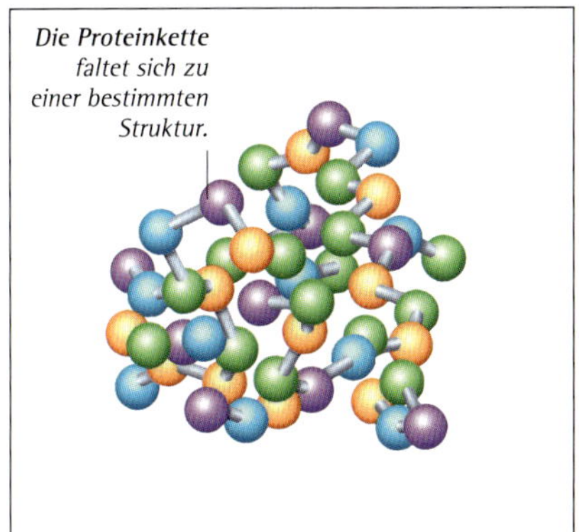

VOLLENDETES PROTEIN
Nach der Synthese faltet sich das Protein zu einer bestimmten Struktur. Diese besondere Form wird durch die Reihenfolge der Aminosäuren festgelegt. Die Reihenfolge bestimmt auch, welche Funktion es ausübt. Die DNS, die den Bauplan für diese wichtigen Bausteine speichert, enthält alle Anweisungen über Aufbau und Funktionen der Körperzellen und damit natürlich auch über Wachstum und Entwicklung aller Organe und Gewebearten.

GENE UND VERERBUNG

Jeder Zellkern besitzt Anweisungen, um Zellen zu bilden und zu erhalten. Diese Anweisungen, die Gene, befinden sich auf 23 Chromosomenpaaren. Wir erben von unseren Eltern jeweils 23 Chromosomen mit der weiblichen Eizelle und 23 mit dem männlichen Spermium. Obwohl jedes Paar die gleichen Gene trägt, gibt es manche Gene in verschiedenen Ausführungen, die man Allele nennt. Dadurch gleichen sich alle Familienmitglieder, aber sie besitzen auch einzigartige Eigenschaften. Die Genetik ist die Lehre der Vererbung von Merkmalen wie z. B. der Augenfarbe.

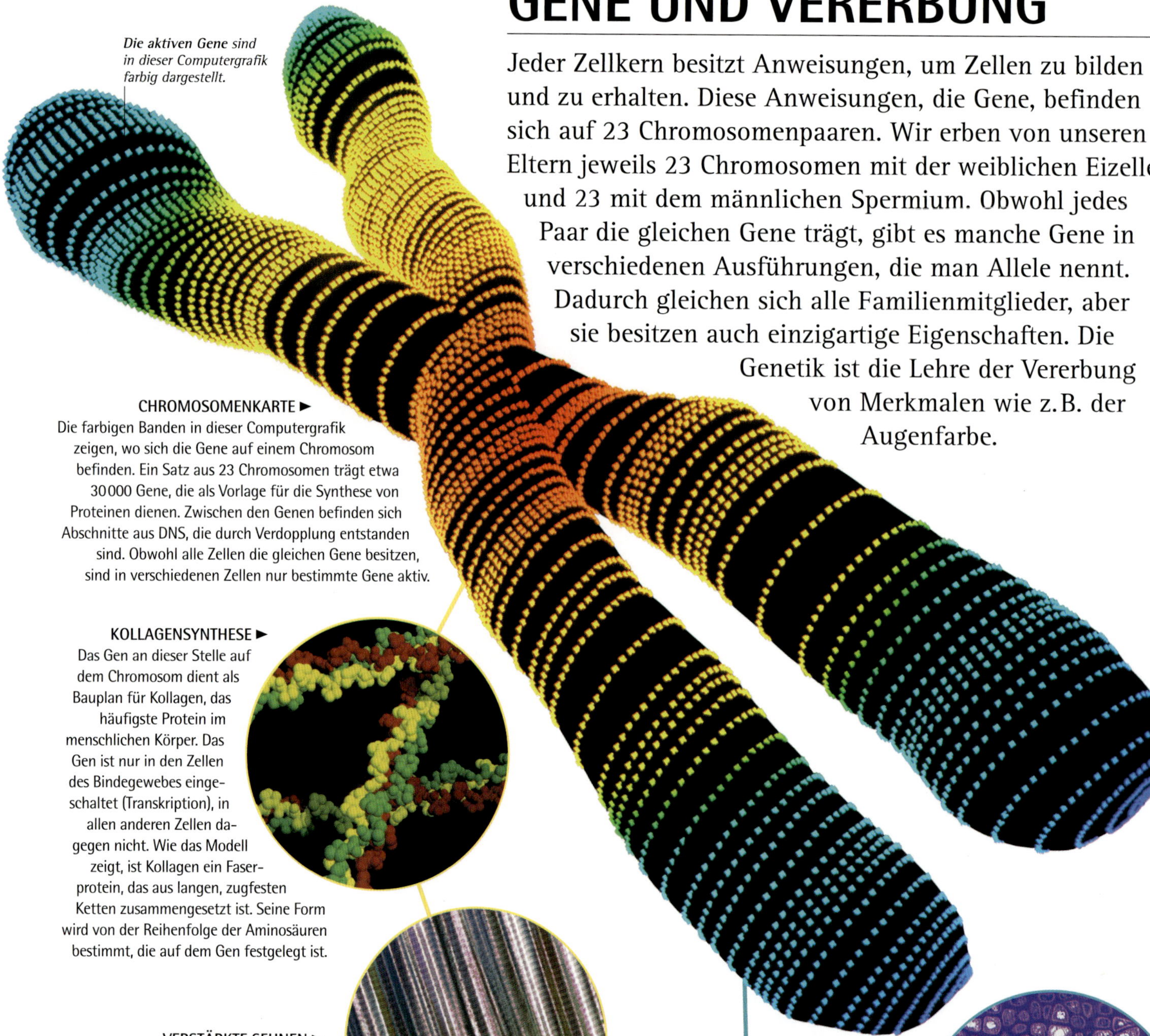

Die aktiven Gene sind in dieser Computergrafik farbig dargestellt.

CHROMOSOMENKARTE ►
Die farbigen Banden in dieser Computergrafik zeigen, wo sich die Gene auf einem Chromosom befinden. Ein Satz aus 23 Chromosomen trägt etwa 30 000 Gene, die als Vorlage für die Synthese von Proteinen dienen. Zwischen den Genen befinden sich Abschnitte aus DNS, die durch Verdopplung entstanden sind. Obwohl alle Zellen die gleichen Gene besitzen, sind in verschiedenen Zellen nur bestimmte Gene aktiv.

KOLLAGENSYNTHESE ►
Das Gen an dieser Stelle auf dem Chromosom dient als Bauplan für Kollagen, das häufigste Protein im menschlichen Körper. Das Gen ist nur in den Zellen des Bindegewebes eingeschaltet (Transkription), in allen anderen Zellen dagegen nicht. Wie das Modell zeigt, ist Kollagen ein Faserprotein, das aus langen, zugfesten Ketten zusammengesetzt ist. Seine Form wird von der Reihenfolge der Aminosäuren bestimmt, die auf dem Gen festgelegt ist.

VERSTÄRKTE SEHNEN ►
Sehnen sind zugfeste Verbindungen zwischen Muskeln und Knochen, damit Muskeln eine starke Kraft ausüben können, ohne zu reißen. Sie bestehen aus dichtem, regelmäßigem Bindegewebe und Kollagenfasern, die ihnen ihre Härte geben. Diese Fasern werden ununterbrochen von Zellen, den Fibroblasten, gebildet. In deren Zellkernen befindet sich ein eingeschaltetes Gen, das die Vorlage für Kollagen liefert.

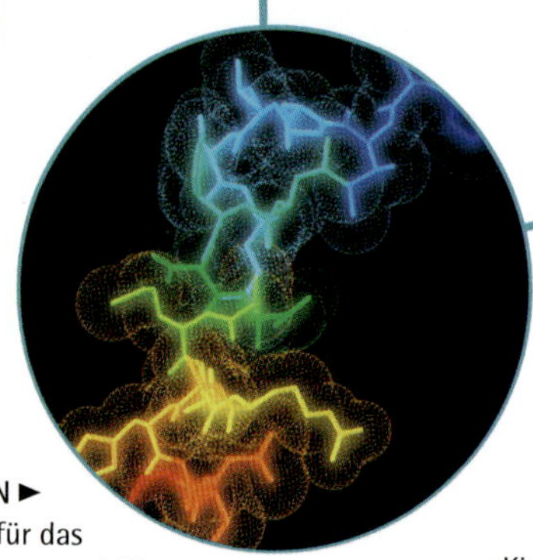

WACHSTUMSHORMON ►
An dieser Stelle sitzt ein Gen, das die Vorlage für das Wachstumshormon Somatotropin (rechts als Computermodell) liefert. Dieses Hormon entsteht in den Zellen des vorderen Teils der Hirnanhangdrüse (Hypophyse) – eine erbsengroße Drüse, die Hormone produziert und direkt an der Gehirnbasis sitzt. Dieses Gen ist ausschließlich in den Zellen der Hirnanhangdrüse eingeschaltet und bleibt in allen anderen Zellen stumm.

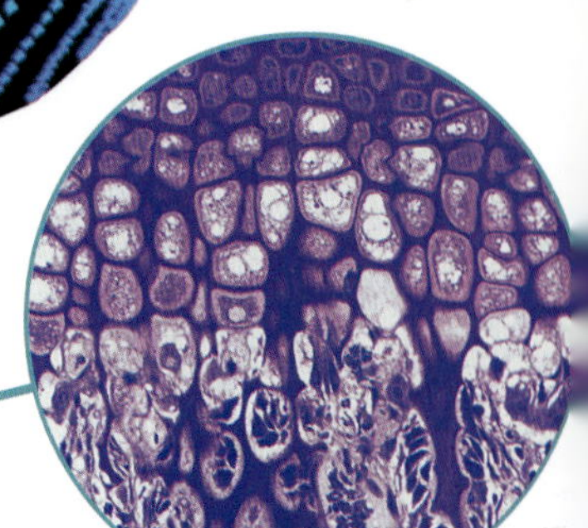

▲ AKTIVES WACHSTUMSHORMON
Das Wachstumshormon erreicht über das Blut alle Teile des Körpers. Es fördert bei Kindern das Wachstum und bei allen anderen Menschen den Stoffwechsel, indem es Zellteilung sowie die Verbrennung von Fetten anregt. Die wichtigsten Zielorte bei Kindern sind Knochen und Muskeln. Diese Vergrößerung zeigt die Verknöcherung – Knorpelsäulen werden durch Knochen ersetzt.

Genetik

▲ GENE UND GENERATIONEN
Dieses Foto zeigt vier Generationen einer Familie – Urgroßmutter, Großmutter, Mutter und Tochter. Die Ähnlichkeit ist deutlich zu erkennen. Doch jedes Familienmitglied besitzt unterschiedliche Eigenschaften, obwohl die meisten Gene identisch sind, aber einige wenige sind es nicht. Jeder Mensch ist das Produkt von Genen aus Spermium und Eizelle. Dadurch entsteht eine einzigartige Mischung, die garantiert, dass eine Tochter mit ihrer Mutter nicht völlig identisch ist.

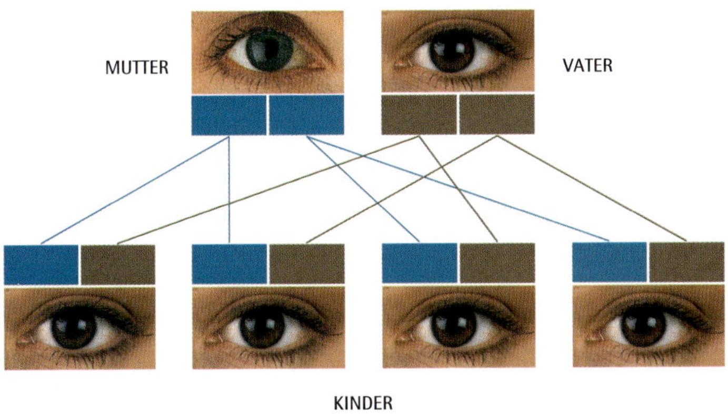

▲ GENE UND ALLELE
Gene kommen in verschiedenen Ausführungen vor, die man Allele nennt. Sie sind für die Unterschiede zwischen den Menschen verantwortlich. Das Gen z.B., das die Augenfarbe festlegt, kann zu blauen oder braunen Augen führen. Wenn beide Allele für Blau und Braun vererbt werden, überwiegt immer das braune Gen. Solche dominanten (beherrschenden) Gene unterdrücken andere Gene, die man rezessiv (unterdrückt) nennt. Die Abbildungen oben und unten zeigen, wie die Augenfarbe vererbt wird.

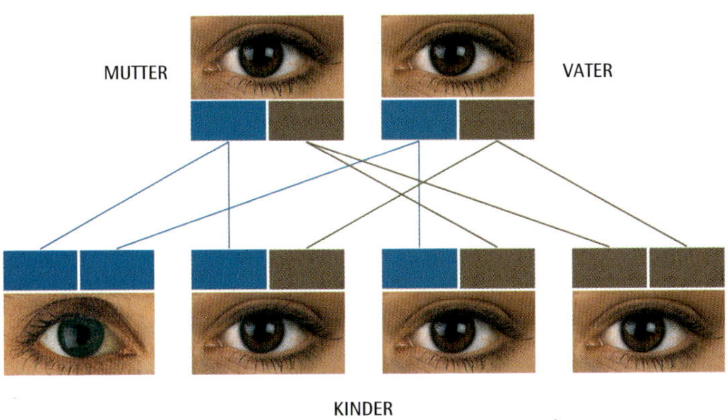

▲ DIE VERERBUNG DER AUGENFARBE
Wenn die Mutter blaue Augen hat (beide Allele für Blau) und der Vater braune (beide Allele für Braun), erben ihre Kinder ein blaues und ein braunes Allel. Sie haben immer braune Augen, weil dieses dominant ist. Wenn jedoch beide Eltern braune Augen haben und jeweils ein blaues und ein braunes Allel, beträgt die Wahrscheinlichkeit ein Viertel, dass ein Kind zwei blaue Allele erbt und somit blaue Augen hat. In drei von vier Fällen hat jedoch ein Kind braune Augen.

ALLEL FÜR BLAUE AUGEN | ALLEL FÜR BRAUNE AUGEN

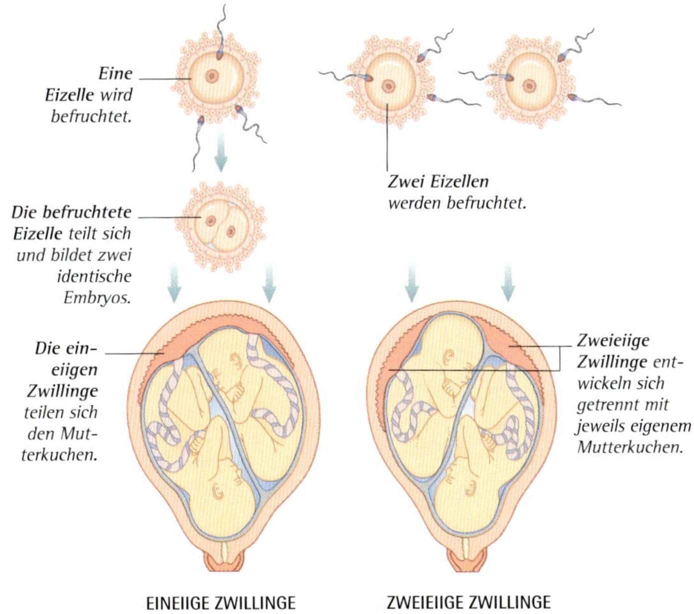

▲ ZWILLINGE
Bei einer von 66 Geburten kommen Zwillinge auf die Welt. Eineiige Zwillinge entstehen aus einer Zygote, die sich teilt. Sie besitzen identische Gene. Zweieiige Zwillinge entstehen aus zwei Eizellen, die von verschiedenen Spermien befruchtet wurden. Obwohl sie dasselbe Alter haben, sehen sie sich so ähnlich wie andere Geschwister auch, weil sie wie diese ungleiches Erbgut haben. Sie können das gleiche oder verschiedene Geschlechter haben.

GENE UND UMWELT ►
Diese beiden genetisch identischen Zwillinge kann man kaum auseinander halten, doch die Frauen können sich in ihrer Persönlichkeit oder ihrem Geschmack unterscheiden. Nicht nur die geerbten Gene bestimmen, wie wir aussehen und wie wir uns verhalten – unsere Umwelt und unsere persönlichen Erfahrungen beeinflussen uns ebenso. Deshalb ist jeder Zwilling durch das, was er in seinem Leben erlebt hat, einzigartig.

GENETISCHE ERKRANKUNG

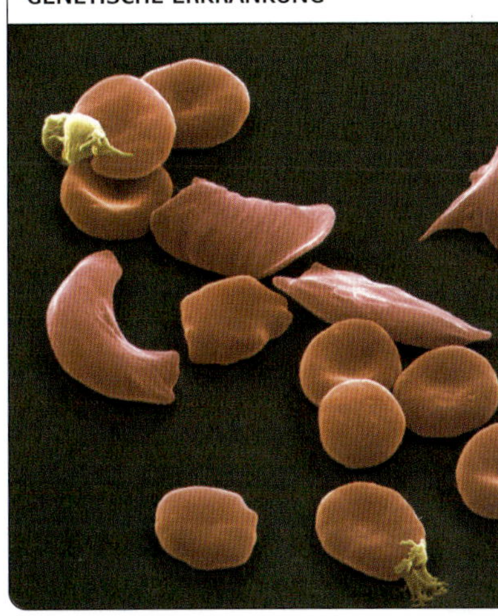

Eine genetische Erkrankung wird durch ein oder mehrere fehlerhafte Gene verursacht, die von den Eltern oder einem Elternteil vererbt wurden. Die Sichelzellenanämie (Anämie, griech.: Blutarmut) entsteht durch einen Fehler in dem Gen, das für die Produktion des Sauerstofftransporters Hämoglobin verantwortlich ist.

Ein Patient mit Sichelzellenanämie hat zwei Kopien des fehlerhaften Gens geerbt – von jedem Elternteil eins. In den Kapillaren verformen sich die roten Blutkörperchen zu einer Sichel (links) und verstopfen die Blutgefäße. Hat der Betroffene nur eine Kopie des fehlerhaften Gens geerbt, entsteht eine wesentliche mildere Form, häufig ohne Symptome.

DAS MENSCHLICHE GENOM

Das menschliche Genom besteht aus der DNS, die sich in einem Satz aus 23 Chromosomen befindet. Es enthält die Gene, aus denen wir Menschen entstehen. Forscher des Humanen Genomprojekts haben die Sequenz (Reihenfolge) der vier Basen – Adenin (A), Cytosin (C), Guanin (G) und Thymin (T) – in der DNS von einzelnen Menschen untersucht. Die Genome von zwei Menschen unterscheiden sich in nur 0,1 Prozent der 3,2 Mrd. Basenpaare. Dieser Unterschied macht uns zu Individuen. Forscher fanden auch heraus, welche Abschnitte Gene enthalten. Das Genom enthält ungefähr 30000 Gene.

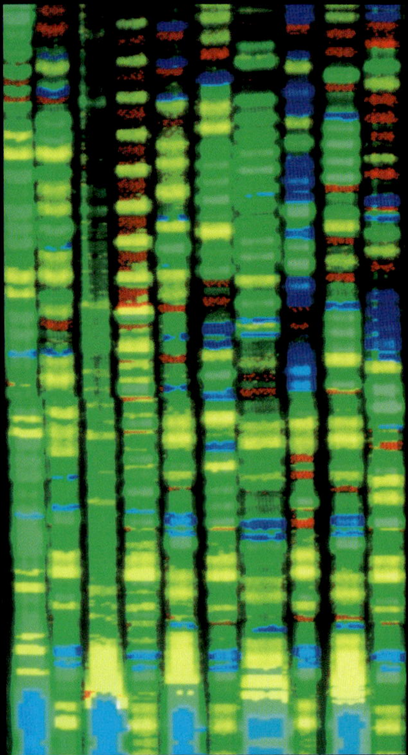

▲ DNS LESEN
Jedes DNS-Molekül besteht aus einem leiterförmigen Doppelstrang, der die vier Basen Adenin, Cytosin, Guanin und Thymin (s. S. 84) enthält. Inzwischen können Forscher die Reihenfolge der Basen wie die Buchstaben in einem Satz zu lesen. Im ersten Schritt wird die DNS in kürzere Abschnitte geschnitten, die unterschiedlich lang sind und sich teilweise überlappen. Diese Abschnitte werden getrennt und gefärbt (oben), sodass ein Computer sie »lesen« und auswerten kann. Anschließend setzt der Computer alle Abschnitte – wie bei einem Puzzle – wieder zu einem Molekül zusammen.

DAS HUMANE GENOMPROJEKT (HGP) ►
Das HGP, das 1990 begann, hat sich zwei Ziele gesetzt. Das erste Ziel – die genaue Sequenz der vier Basen A, C, G und T des menschlichen Genoms herauszufinden – wurde im April 2003 erreicht. Das zweite Ziel besteht darin, eine vollständige Karte des Genoms zu erstellen. Sie zeigt, an welcher Stelle sich die Gene befinden. Dieser Teil des HGP ist noch nicht abgeschlossen.

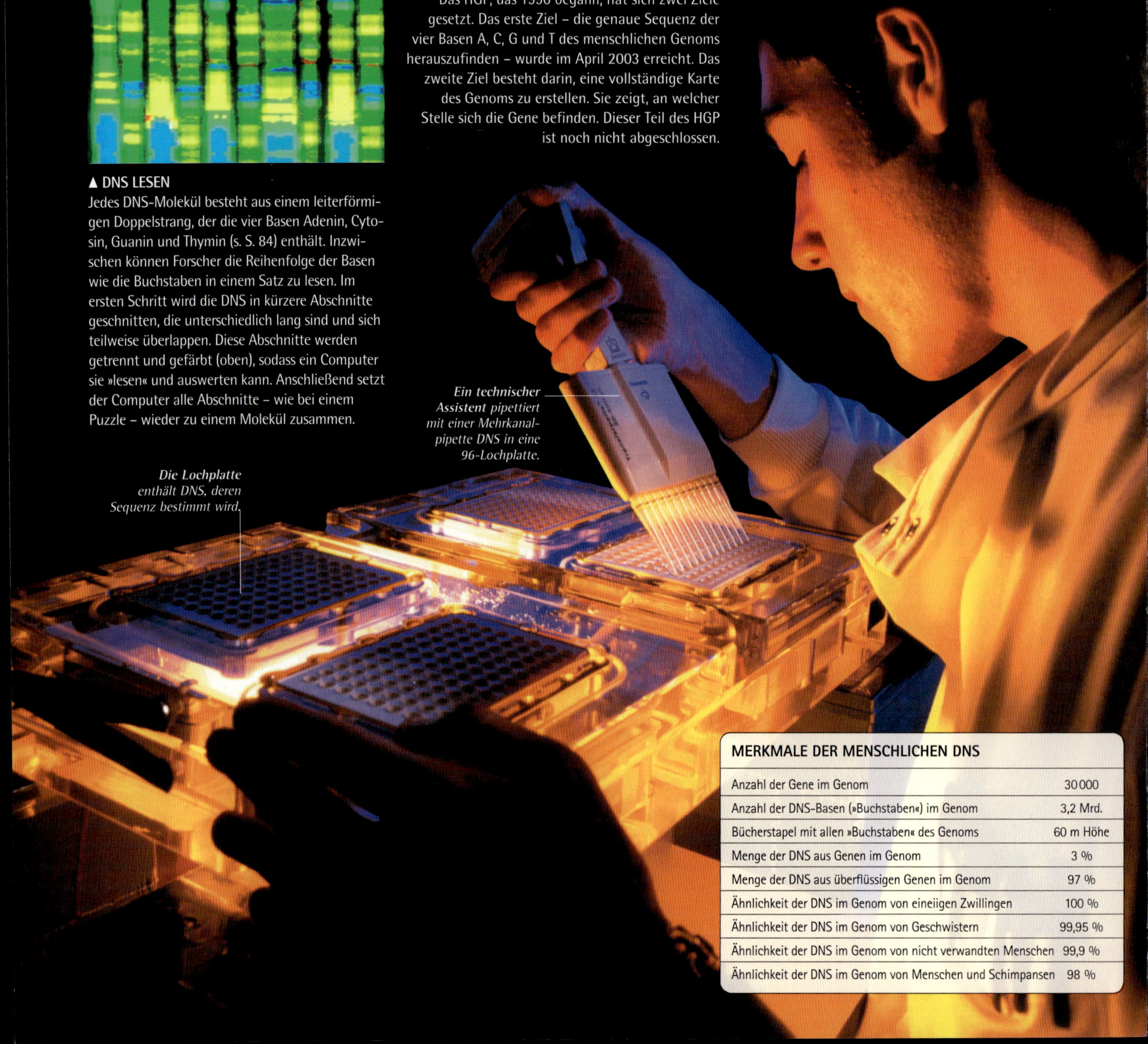

Ein technischer Assistent pipettiert mit einer Mehrkanalpipette DNS in eine 96-Lochplatte.

Die Lochplatte enthält DNS, deren Sequenz bestimmt wird.

MERKMALE DER MENSCHLICHEN DNS

Anzahl der Gene im Genom	30000
Anzahl der DNS-Basen (»Buchstaben«) im Genom	3,2 Mrd.
Bücherstapel mit allen »Buchstaben« des Genoms	60 m Höhe
Menge der DNS aus Genen im Genom	3 %
Menge der DNS aus überflüssigen Genen im Genom	97 %
Ähnlichkeit der DNS im Genom von eineiigen Zwillingen	100 %
Ähnlichkeit der DNS im Genom von Geschwistern	99,95 %
Ähnlichkeit der DNS im Genom von nicht verwandten Menschen	99,9 %
Ähnlichkeit der DNS im Genom von Menschen und Schimpansen	98 %

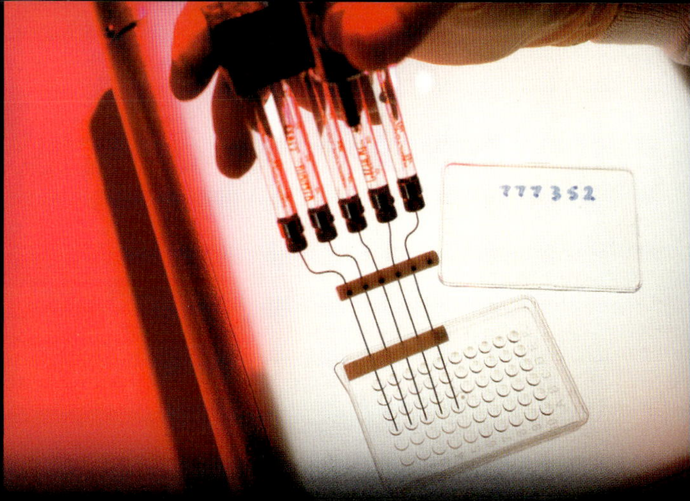

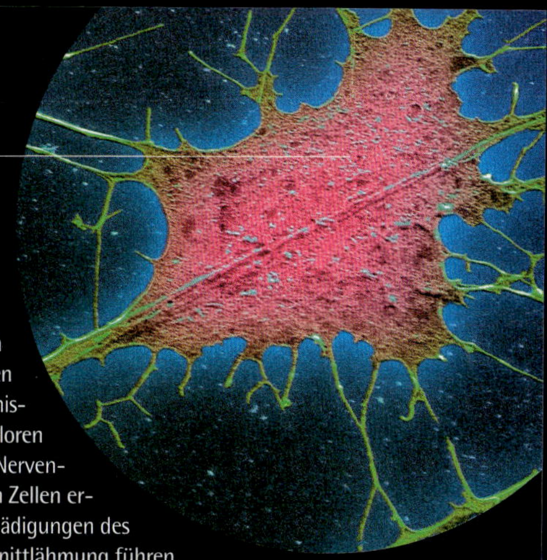

Ein menschliches **Neuron** *wächst in Kultur.*

WACHSENDE NEURONEN ►
Neurone (Nervenzellen) teilen sich nicht, sodass beschädigte Zellen verloren gehen. Doch in Zukunft können sie durch Stammzellen ersetzt werden. Patienten mit Alzheimer leiden unter Gedächtnisschwund, weil sie viele Nervenzellen verloren haben. Aus Stammzellen können sich Nervenzellen entwickeln und die zerstörten Zellen ersetzen. Stammzellen können auch Schädigungen des Rückenmarks beheben, die zur Querschnittlähmung führen.

▲ STAMMZELLEN
Wenn eine Körperzelle differenziert ist – sich zu einer bestimmten Zelle wie z. B. einem roten Blutkörperchen entwickelt hat – kann aus ihr keine andere Zelle werden. Stammzellen sind dagegen nicht differenziert und können sich zu allen Zellen entwickeln, indem sie einfach die »richtigen« Gene ein- oder ausschalten. Stammzellen kann man z. B. aus dem Blut (oben) einer Nabelschnur isolieren. Ärzte können mit ihnen in Zukunft wahrscheinlich zahlreiche Krankheiten behandeln, weil sie sich zu entsprechenden Zellen entwickeln können.

@ Erbsubstanz

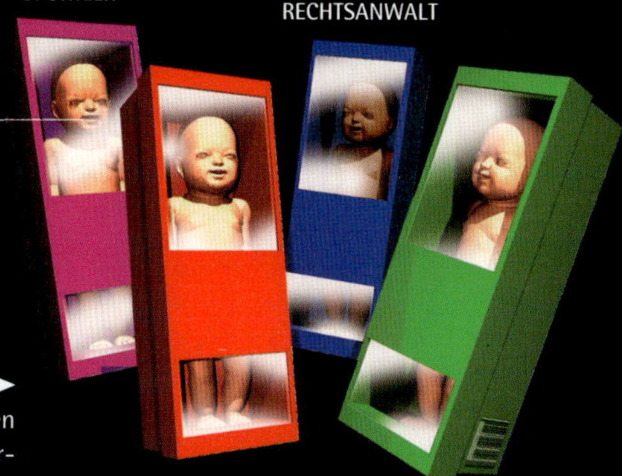

Das Genom eines **Babys** *wird verändert, um erwünschte Merkmale zu erhalten.*

DESIGNERBABY ►
Einige Krankheiten werden durch fehlerhafte Gene vererbt. Mit der Gentechnologie kann man befruchtete Eizellen, die kein fehlerhaftes Gen haben, auswählen (selektieren) und in die Gebärmutter einpflanzen. Doch es gibt auch Befürchtungen, dass die Selektion in Zukunft andere Ziele hat – Forscher können z. B. Eizellen mit »intelligenten« Genen versehen, damit Eltern die Babys bekommen, die ihren Vorstellungen entsprechen.

DNS BEI DER VERBRECHENSAUFKLÄRUNG

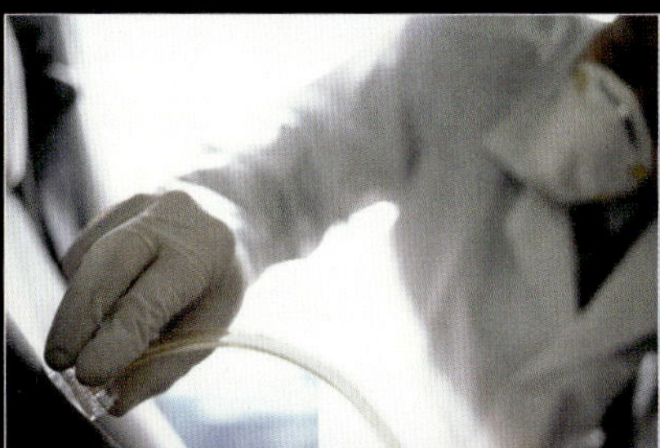

PROBE VOM TATORT
Forensische Wissenschaftler helfen mit dem genetischen Fingerabdruck der Polizei, Verbrechen aufzuklären. Gewebe wie z. B. Blut, Speichel, Haare oder Haut enthalten DNS. Entdeckt man solche Proben am Tatort, werden sie sorgfältig sichergestellt. Im Labor werden sie untersucht und mit der DNS des Verdächtigen verglichen.

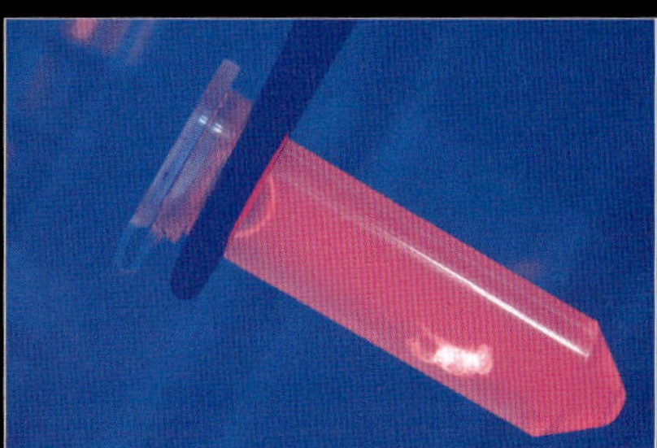

DNS-PROBE
DNS wird aus den Proben isoliert, die man am Tatort gefunden hat. Blutproben werden von Verdächtigen genommen, um sie zu vergleichen. Man braucht nur kleine Probenmengen, doch wenn die Menge zu gering ist, kann man sie mit bestimmten Enzymen vermehren. Anschließend werden die DNS-Proben (der weiße Schwebstoff, links) untersucht.

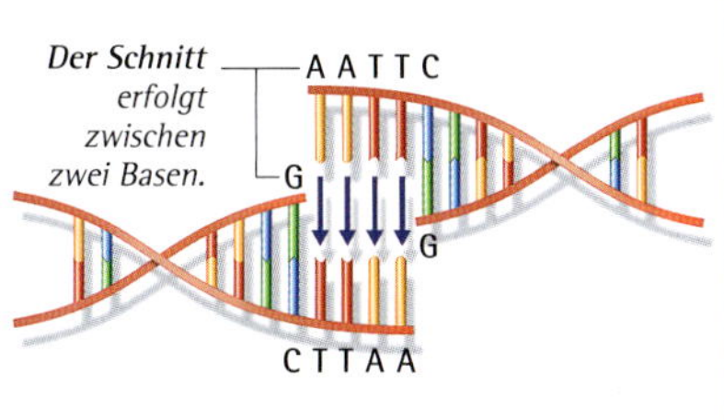

Der Schnitt erfolgt zwischen zwei Basen.

ENZYME, DIE DNS SCHNEIDEN
Das Genom besitzt Abschnitte mit überflüssiger DNS, deren Basensequenzen sich häufig wiederholen. Länge und Anzahl dieser Abschnitte sind bei jedem Menschen einzigartig, sodass man jeden wie mit seinem Fingerabdruck identifizieren kann. Enzyme schneiden diese Abschnitte an bestimmten Stellen, sodass unterschiedliche Bruchstücke entstehen.

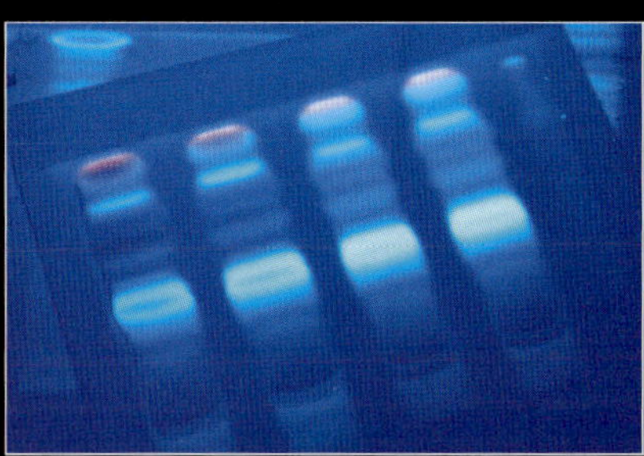

DNS-VERGLEICH
Die Abschnitte der DNS werden ihrer Größe nach mithilfe der Gelelektrophorese getrennt. Dadurch entstehen verschiedene Banden, die man den genetischen Fingerabdruck nennt. Die genetischen Fingerabdrücke vom Tatort – des Verdächtigen und des Opfers – werden verglichen (links), um den Verdächtigen zu überführen oder ihn zu entlasten.

PERSONALAUSWEIS DER ZUKUNFT

Eines Tages besitzen wir alle einen Personalausweis wie diesen. Auf ihm sind der Fingerabdruck und das Muster der Regenbogenhaut (Augenscan) zusammen mit einem Barcode gespeichert, der persönliche Daten verschlüsselt. Ein besonderer Chip enthält außerdem noch Merkmale des menschlichen Genoms. In ungefähr 20 Jahren kann man das Genom eines Menschen schnell und preiswert sequenzieren (Bestimmung der Basenreihenfolge). Die Sequenzierung kann z. B. direkt nach der Geburt erfolgen, um ein vollständiges genetisches Profil zu erhalten, das in einem Chip mit medizinischen Daten auf dem Ausweis gespeichert wird. Diese genetische Information kann Ärzten Hinweise auf Erkrankungen liefern, die möglicherweise erst sehr viel später ausbrechen.

Passbild des Ausweisinhabers

Der Barcode *speichert persönliche Daten.*

Das DNS-Logo *weist auf einen Chip mit Merkmalen des Genoms hin.*

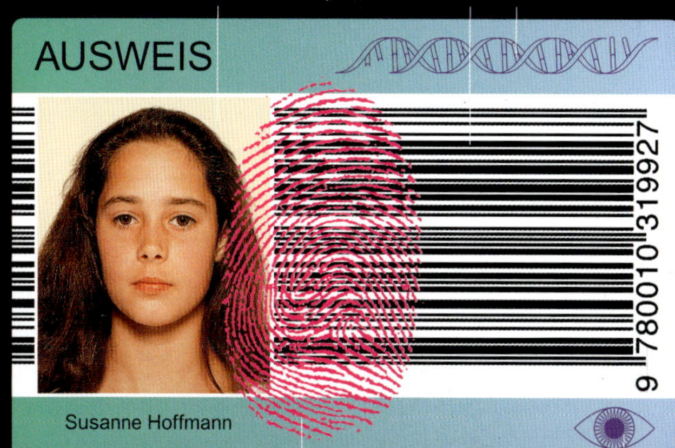

Der Fingerabdruck *identifiziert den Inhaber.*

Augenscan *– die Regenbogenhaut ist so einzigartig wie ein Fingerabdruck.*

MEDIZINISCHE ENTDECKUNGEN

Entdeckungen

um 2600 v. Chr. Der chinesische Kaiser Huangdi entwickelt die Grundlagen der chinesischen Medizin, die erst 400 v. Chr. im *Nei Ching* (»Handbuch der Medizin«) niedergeschrieben werden.

um 500 v. Chr. Der griechische Arzt Alkmaion von Kroton vermutet, dass nicht das Herz, sondern das Gehirn das Organ zum Fühlen und Denken ist.

um 420 v. Chr. Der griechische Arzt Hippokrates lehrt, dass Beobachtung und Diagnose in der Medizin wichtiger sind als Magie und Aberglaube.

um 200 Claudius Galen beschreibt die Vorgänge im Körper. Auch wenn viele seiner Thesen falsch waren, blieben sie bis um 1500 unwidersprochen.

um 1000 Die Schriften des persischen Arztes Ibn Sina beeinflussten die Medizin in Europa und im Mittleren Osten in den nächsten 500 Jahren.

um 1280 Der arabische Arzt Ibn An-Nafis beweist, dass Blut durch die Lungen strömt.

1543 Der flämische Arzt Andreas Vesal veröffentlicht in *Sieben Bücher über den Bau des menschlichen Körpers* das erste genaue Anatomiebuch, das viele Irrtümer von Galen korrigiert.

1545 In seiner Schrift *Methoden der Wundbehandlung* beschreibt der französische Chirurg Ambroise Paré, wie man eine Arterie mit einer Schnur abbindet, um die Blutung zu stillen.

1628 Der englische Arzt William Harvey entdeckt den großen Blutkreislauf. In seiner Schrift *Über die Bewegung des Herzens und des Blutes* behauptet er, dass Blut vom Herz in nur einer Richtung durch den Körper gepumpt wird.

1663 Der italienische Anatom Marcello Malpighi entdeckt die kleinsten Blutgefäße, die Kapillaren. Er bestätigt damit die Entdeckung von Harvey, dass Blut im Körper zirkuliert.

1674–77 Der niederländische Naturforscher Leeuwenhoek entdeckt mit einem selbst gebauten Mikroskop viele Einzeller, rote Blutkörperchen, Spermien und Bakterien.

1761 In seinem Buch *Von dem Sitz und den Ursachen der Krankheiten* beschreibt der italienische Arzt Giovanni Battista Morgagni, dass viele Krankheiten durch Veränderungen in den Organen entstehen.

1775 Der französische Chemiker Antoine Lavoisier entdeckt den Sauerstoff. Später beweist er, dass die Zellatmung wie die Verbrennung eine chemische Reaktion ist, bei der Sauerstoff verbraucht wird, um Energie freizusetzen.

1796 Der britische Arzt Edward Jenner führt die erste Impfung gegen die gefürchteten Pocken durch. Er behandelt ein Kind mit einem Impfstoff, der abgeschwächte Kuhpocken enthält.

1805 Der deutsche Arzt Philip Bozzini untersucht die Harnblase einer Patientin mit einem selbst gebauten Lichtleiter. Das Instrument besteht aus einem starren Rohr mit Spiegeln und wird durch eine Körperöffnung eingeführt, um z. B. die Harnblase zu untersuchen.

1816 Der französische Arzt René Théophile Hyacinthe Laennec erfindet das erste Stethoskop – ein Hörrohr aus Holz, das Herzschläge und Atemgeräusche verstärkte, wenn man es gegen die Brust presste.

1818 Der britische Arzt James Blundell führt die erste erfolgreiche Bluttransfusion an einem Menschen durch.

1833 Der amerikanische Chirurg William Beaumont veröffentlicht seine Forschungsergebnisse in seiner Schrift *Experimente und Beobachtungen über den Magensaft und die Physiologie der Verdauung.*

1846 Der amerikanische Zahnarzt William Morton setzt erstmals Äther zur Narkose ein, um einen Patienten während einer Operation des Chirurgen John Warren bewusstlos und schmerzfrei zu machen.

1848 Der französische Physiologe Claude Bernard erforscht die Leberfunktionen und beweist, dass Körperzellen nur in bestimmten Umgebungen existieren.

1851 Der deutsche Physiker Hermann von Helmholtz erfindet das Ophthalmoskop, mit dem Ärzte durch die Pupille das Augeninnere untersuchen können.

1854 Der britische Arzt John Snow entdeckt während eines Krankheitsausbruchs in London, dass sich Cholera durch verunreinigtes Wasser ausbreitet.

1858 Der deutsche Arzt Rudolf Virchow behauptet in seinem Buch *Die Cellularpathologie,* dass Zellen durch Teilung aus lebenden Zellen stammen und Krankheiten entstehen, wenn Zellen nicht funktionieren.

ab 1860 Der französische Chemiker Louis Pasteur beginnt seine Forschung, um zu beweisen, dass Infektionskrankheiten durch Mikroorganismen entstehen.

1861 Der französische Arzt Pierre Paul Broca entdeckt das Sprachzentrum in der linken Hirnhälfte, das man nach ihm Broca-Areal nennt.

1865 Der britische Chirurg Joseph Lister setzt bei einer Operation Karbolsäure zur Desinfektion ein und senkt damit die Todesfälle durch Infektionen.

1866 Der britische Arzt Thomas Albutt erfindet das Fieberthermometer, um die Temperatur von Patienten einfach und schnell zu messen.

1867 Der deutsche Anatom Wilhelm Waldeyer-Hartz beschreibt, wie durch Zellen, die sich unkontrolliert vermehren und Tumore bilden, Krebs entsteht.

1871 Der deutsche Physiologe Wilhelm Kühne führt den Begriff »Enzym« für Substanzen ein, die in lebenden Organismen chemische Reaktionen aktivieren und beschleunigen.

1881 Louis Pasteur entwickelt Schutzimpfungen gegen Milzbrand und Tollwut. Er benutzt abgeschwächte Krankheitserreger anstelle von Erregern, die eine ähnliche, jedoch mildere Krankheit verursachen.

1882 Der deutsche Arzt Robert Koch entdeckt das Bakterium (*Myobacterium tuberculosis*), das Tuberkulose (TB) auslöst.

1895 Der deutsche Physiker Wilhelm Röntgen entdeckt in einem Gas, an das er eine hohe Stromspannung anlegte, die nach ihm benannten Röntgenstrahlen.

1897 Der britische Arzt Ronald Ross entdeckt, dass der Mikroorganismus *Plasmodium*, der Malaria verursacht, durch Stechmücken (Moskitos) übertragen wird.

1898 Die Physiker Marie und Pierre Curie entdecken das radioaktive Element Radium, mit dem später Krebsgeschwüre behandelt werden.

1901 Der österreichisch-amerikanische Arzt Karl Landsteiner entdeckt die Blutgruppen, die man später A, B, AB und 0 nennt. Er hatte beobachtet, dass einige Blutproben verklumpen, wenn man sie vermischt.

1903 Der niederländische Physiologe Willem Einthoven entwickelt ein Saitengalvanometer, einen Vorläufer des Elektrokardiografen. Dieses Instrument misst die elektrischen Ströme (EKG), die bei jedem Herzschlag entstehen.

1905 Der britische Arzt Ernest Starling prägt den Begriff »Hormone« für chemische Botenstoffe, die kurz vorher entdeckt wurden. Sie gelangen über das Blut zu ihren Zielzellen und lösen bestimmte Reaktionen aus, die Körperfunktionen steuern.

1905 Der deutsche Arzt Eduard Zirm transplantiert Hornhaut am Auge, um Trachom (Körnerkrankheit) zu behandeln, das zu Blindheit führen kann.

1906 Der britische Arzt Charles Sherrington beschreibt in seinem Werk *Die vollständige Aktion des Nervensystems,* wie das Nervensystem arbeitet.

1906–12 Der britische Biochemiker Frederick Gowland Hopkins entdeckt in der Nahrung »lebensnotwendige Bestandteile« – die man später Vitamine nennt.

1909 Der deutsche Chemiker Paul Ehrlich entwickelt das Medikament Salvarsan, ein wirksames Mittel gegen gefährliche Infektionskrankheiten wie Syphilis.

1912 Der amerikanische Arzt Harvey Cushing beschreibt in seinem Werk *Die Hirnanhangdrüse und ihre Störung* ihre Funktion und Rolle als Steuerzentrum anderer Drüsen, die Hormone produzieren.

1914 Der amerikanische Arzt Joseph Goldberger beweist, dass Pellagra keine ansteckende Erkrankung ist, sondern durch einseitige Ernährung entsteht – der Nahrung fehlt das Vitamin Niacin.

1921 Die kanadischen Physiologen Frederick Banting und Charles Best isolieren das Hormon Insulin, das in der Bauchspeicheldrüse entsteht und die Zuckerkonzentration im Blut reguliert. Durch ihre Entdeckung kann Diabetes behandelt werden.

1921 Der amerikanische Forscher Otto Loewi entdeckt Substanzen, die Neurotransmitter, die Signale zwischen Nervenzellen und Synapsen weiterleiten.

1924 Der deutsche Forscher Johannes Berger entdeckt die Hirnströme – elektrische Signale, die durch Nervenzellen im Gehirn erzeugt werden.

1927 Die amerikanischen Ingenieure Philip Drinker und Louis Shaw entwerfen die »eiserne Lunge«, um Kinderlähmung (Polio) zu behandeln. Dabei umschließt eine Metallkammer den Rumpf bis zum Hals und erzeugt abwechselnd Über- und Unterdruck.

1928 Der britische Arzt Alexander Fleming entdeckt Penizillin, eine Substanz in einem Pilz, die das Bakterienwachstum hemmt. Später wird es das erste Antibiotikum – ein Medikament gegen bakterielle Infektionen.

1933 Der deutsche Physiker Ernst Ruska entwickelt das Elektronenmikroskop. Das Gerät nutzt Elektronenstrahlen, um kleinste Objekte zu stärker zu vergrößern als ein Lichtmikroskop.

1938 Der britische Chirurg John Wiles entwickelt ein künstliches Hüftgelenk aus Edelstahl.

1940 Der britische Chirurg Archibald McIndoe behandelt Piloten mit Verbrennungen durch Hauttransplantationen. Er verpflanzt auf die verbrannten Flächen Hautlappen von gesunden Körperpartien.

1943 Der niederländische Arzt Willem Kolff entwickelt die »künstliche Niere« – ein Dialysegerät, das die Reinigungsfunktion der Nieren übernimmt und aus dem Blut bestimmte Stoffe entfernt.

1943 Der ukrainisch-amerikanische Biochemiker Selman Waksman isoliert aus dem Strahlenpilz das Antibiotikum Streptomycin. Es ist das erste Medikament, das gegen Tuberkulose (TB) wirksam ist.

1944 Der amerikanische Chirurg Alfred Blalock operiert zusammen mit der Kinderärztin Helen Taussig ein Baby am Herzen. Diese bahnbrechende Operation begründet die Herzchirurgie.

1949 Der australische Psychiater John Cade entdeckt, dass mit dem Element Lithium, verabreicht als Lithiumkarbonat, Geisteserkrankungen wie Schizophrenie wirksam behandelt werden können.

1953 Mithilfe der Ergebnisse der britischen Physikerin Rosalind Franklin entdecken der amerikanische Biologe James Watson und der britische Physiker Francis Crick die Struktur der Doppelhelix der DNS.

1953 Der amerikanische Chirurg John Gibbon entwickelt die Herz-Lungen-Maschine, die während einer Operation die Funktionen von Herz und Lungen übernimmt.

1954 Der vom amerikanischen Arzt Jonas Salk entwickelte Impfstoff gegen Kinderlähmung wird erstmals genutzt.

1954 Der amerikanische Chirurg John Merrill transplantiert mit Kollegen erfolgreich eine Niere von einem eineiigen Zwilling auf den anderen. Nierentransplantationen werden bald zu Routineoperationen.

1955 Der amerikanische Physiologe Gregory Pincus entwickelt die Antibabypille.

1957 Der amerikanische Chirurg Clarence Lillehei entwickelt den ersten kompakten Herzschrittmacher.

1958 Der britische Gynäkologe Ian Donald untersucht erstmals einen Embryo im Mutterleib mithilfe von Ultraschall.

1961 Der russisch-amerikanische Biologe Albert Sabin entwickelt die Schluckimpfung – einen verbesserten Impfstoff gegen Kinderlähmung.

1967 Der britische Ingenieur Godfrey Hounsfield entwickelt den Computertomografen (CT), der den Körper mit dünnen, fächerartigen Röntgenstrahlen untersucht. Ein Computer erzeugt anschließend aus den Messwerten ein genaues Bild.

1967 Der südafrikanische Chirurg Christiaan Barnard führt die erste erfolgreiche Herztransplantation beim Menschen durch. Er verpflanzt das gesunde Herz einer 24-jährigen Frau, die bei einem Unfall starb, in einen 54-jährigen Mann.

1967 Die Mammografie wird eingeführt – eine Röntgenaufnahme der weiblichen Brust, um Brustkrebs zu entdecken.

1977 Nach weltweiten Impfungen wird in Somalia der letzte Pockenkranke registriert. Die Weltgesundheitsorganisation (WHO) erklärt die Pocken 1979 für ausgerottet.

1978 Louise Brown ist das erste »Retortenbaby«, das nach einer künstlichen Befruchtung (IVF; In-vitro-Fertilisation) geboren wird. Die britischen Ärzte Patrick Steptoe und Robert Edwards entwickelten die IVF, bei der Eizellen und Samen im Reagenzglas verschmelzen und die befruchtete Eizelle in die Gebärmutter eingepflanzt wird.

1980 Zum ersten Mal wird eine Blinddarmoperation mit einem Endoskop durchgeführt (»Knopflochchirurgie«).

ab 1980 Die Positronenemissionstomografie (PET) zeichnet Bilder von Gehirnaktivitäten auf.

1984 Der französische Virologe Luc Montagnier entdeckt das Virus – das man später menschliches Immunschwächevirus (HIV) nennt –, das die Immunschwäche AIDS auslöst. AIDS wurde bereits 1981 entdeckt.

1990 Das Humane Genomprojekt – ein internationales Forschungsprojekt, das die Gene der menschlichen Chromosomen entschlüsseln soll, startet.

2002 Eine Gentherapie wird bei Jungen angewandt, die an einer vererbten Immunschwäche leiden.

2003 Belgische Ärzte testen nach erfolgreichen Versuchen an Affen einen Impfstoff gegen HIV/AIDS an Menschen, um seine Wirksamkeit zu überprüfen.

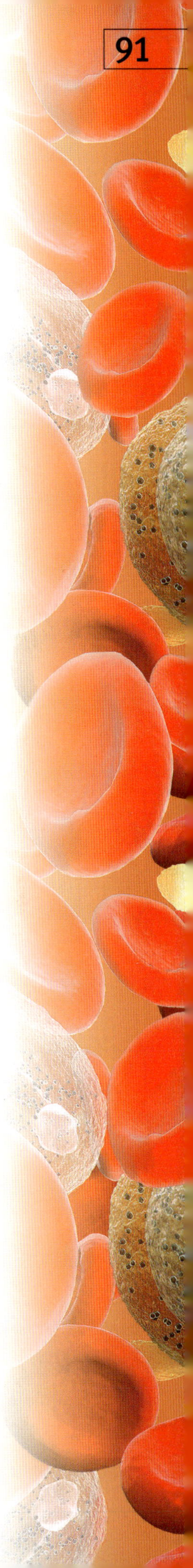

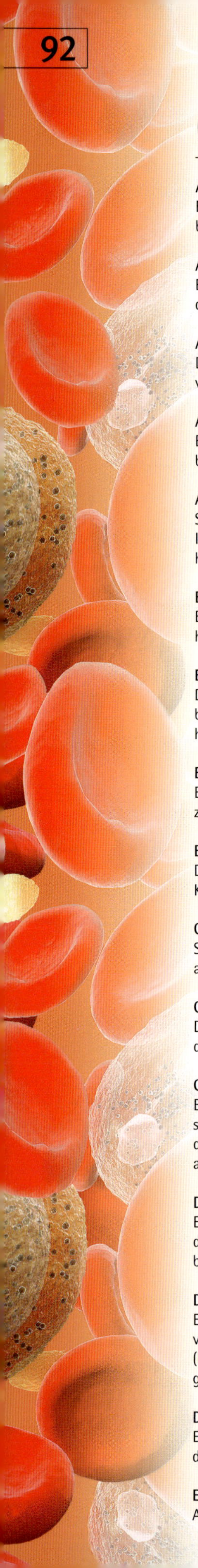

GLOSSAR

Aerobe Verbrennung
Eine Art der Zellatmung, die Sauerstoff verbraucht, um aus Glukose Energie zu gewinnen.

Allele
Eine von zwei oder mehreren Zustandsformen desselben Gens wie z. B. das Gen der Augenfarbe.

Aminosäure
Die Grundbausteine der Proteine, die aus 20 verschiedenen Aminosäuren gebildet werden.

Anaerobe Verbrennung
Eine Art der Zellatmung, die keinen Sauerstoff braucht, um aus Glukose Energie zu gewinnen.

Antikörper
Substanzen, die von bestimmten Zellen des Immunsystems freigesetzt werden und Krankheitserreger für die Zerstörung markieren.

Bakterien
Einzellige Mikroorganismen. Einige lösen Krankheiten wie z. B. Tuberkulose aus.

Bewusstsein
Die Kenntnis von sich selbst und seiner Umgebung, die durch bestimmte Bereiche der Großhirnrinde erzeugt wird.

Bindegewebe
Ein Gewebe wie z. B. Knorpel, das andere Gewebe zusammenhält und den Körper stützt.

Brustkorb (Thorax)
Der obere Teil des Rumpfes (der mittlere Teil des Körpers) zwischen Bauch und Hals.

Chemorezeptor
Sinnesrezeptoren, wie z. B. die auf der Zunge, die auf gelöste chemische Substanzen reagieren.

Chirurgie
Die Behandlung einer Krankheit oder Verletzung durch eine Operation.

Computertomografie-Aufnahme (CT)
Ein bildgebendes Verfahren, das mit Röntgenstrahlen und Computer »Schnitte« und dreidimensionale Bilder von lebendem Gewebe aufnimmt.

Diagnose
Erkennen einer Störung oder Krankheit durch die Vorgeschichte des Patienten sowie durch Beobachtungen und Untersuchungen von einem Arzt.

DNS (Desoxyribonukleinsäure)
Ein fadenförmiges Molekül aus zwei Strängen von Nukleinsäure, die sich wie eine Wendeltreppe (Helix) umeinander winden. Die DNS trägt alle genetischen Informationen.

Drüse
Ein Organ, das ein Sekret (chemische Substanz) an die Körperoberfläche oder in das Blut absondert.

Eingeweide
Andere Bezeichnung für den Darmtrakt.

Elektroenzephalogramm (EEG)
Die Aufzeichnung der elektrischen Ströme, die von Gehirnwellen ausgelöst werden, während das Gehirn aktiv ist.

Elektrokardiogramm (EKG)
Die Aufzeichnung der elektrischen Ströme, die während eines Herzschlages mit an der Brust und an Gliedmaßen befestigten Elektroden gemessen werden.

Elektronenmikroskop
Ein Mikroskop, das kleine Objekte oder Körpergewebe mit Elektronenstrahlen stark vergrößert, die von Magneten gebündelt werden.

Embryo
Die Bezeichnung eines Babys in den ersten acht Wochen nach der Befruchtung.

Endoskop
Ein biegsames Instrument, um Körperhöhlen wie z. B. den Magen von innen zu betrachten.

Energie
Eine Möglichkeit, um eine Arbeit zu verrichten; lebensnotwendig, damit Zellen funktionieren.

Enzym
Ein Protein, das bestimmte Reaktionen in lebenden Organismen beschleunigt. Enzyme erfüllen besonders bei der Verdauung eine wichtige Aufgabe.

Faserknorpel
Ein kollagenreicher Knorpel, aus dem z. B. die Bandscheiben bestehen.

Fetus (Fötus)
Bezeichnung eines Babys ab der neunten Woche nach der Befruchtung bis zur Geburt.

Fotorezeptoren
Sinnesrezeptoren im Auge, die auf Licht reagieren.

Gastrisch
Beschreibt etwas, das zum Magen gehört.

Gelelektrophorese
Eine Technik, um geladene Moleküle mit Strom in einem Gel aus z. B. Agarose zu trennen. (Elektrophorese: Wanderung im elektrischen Feld)

Genetischer Code
Der Schlüssel (Code), um die genetischen Informationen der Basenfolge der DNS in die Aminosäurenfrequenz der Proteine zu übersetzen.

Genom
Die DNS, die in den Chromosomen enthalten ist. Menschen besitzen 23 Chromosomen.

Gewebe
Ansammlung einer oder mehrerer ähnlicher Zellarten, die zusammen eine bestimmte Aufgabe erfüllen.

Hepatisch
Beschreibt etwas, das zur Leber gehört.

Herzkranzgefäßerkrankung
Eine Verengung der Herzkranzgefäße, die das Herz mit Blut versorgen und die Herzmuskeln schädigen kann.

Hormon
Ein chemischer Botenstoff, der von endokrinen Drüsen hergestellt und freigesetzt wird, um an Zielzellen bestimmte Reaktionen auszulösen.

Hyalinknorpel
Ein glasartiger, durchscheinender Knorpel, der die Gelenkenden von Knochen überzieht.

Hypothalamus
Der untere Teil des Thalamus (Sehhügel), der Körpertemperatur, Hunger, Durst und andere Körperfunktionen über das Nervensystem oder über die Hirnanhangdrüse und das endokrine System steuert.

Infektion
Ansteckung (Übertragung) von krankheitserregenden Mikroorganismen wie z. B. Bakterien.

Isotopenaufnahme
Ein bildgebendes Verfahren, das mit radioaktiven Substanzen Aktivitäten in den Knochen oder in anderen Organen aufnimmt.

Jugend
Der Lebensabschnitt zwischen Kindheit und Erwachsensein, der bereits mit der Pubertät beginnt.

Kardio
Beschreibt etwas, das zum Herz gehört.

Karyotyp (Kerntyp)
Alle Chromosomen einer Zelle. Als Abbildung nach Größe und Gestalt in einem Karyogramm sortiert.

Knorpel
Hartes Bindegewebe, das die Knochenenden in Gelenken überzieht und den Körper stützt.

Kohlendioxid
Ein Gas, das als Abbauprodukt bei der Zellatmung entsteht und vom Körper durch Ausatmen entfernt wird.

Krankheit
Ein Fehler in einem oder mehreren Steuersystemen des Körpers, der normalerweise nicht lange dauert und vom Körper selbst korrigiert wird.

Krankheitserreger
Mikroorganismen wie Bakterien, Viren, Einzeller oder Pilze, die Krankheiten auslösen.

Krebs
Eine Erkrankung, die durch Zellen entsteht, die sich unkontrolliert teilen und Tumore bilden.

Lichtmikroskop
Ein Mikroskop, das kleine Objekte oder Körpergewebe mithilfe von Licht durch Linsen vergrößert.

Magnetresonanzangiografie (MRA)
Eine MRT-Aufnahme von Blutgefäßen.

Magnetresonanztomografie (MRT)
Ein Verfahren, das in einem Magnetfeld mit Radiowellen und Computer Bilder von hartem und weichem Gewebe im Körper aufnimmt.

Mechanorezeptor
Sinnesrezeptoren wie z. B. die auf der Haut und im Ohr, die auf Druck durch Berührungen oder durch Schallwellen reagieren.

Melanin
Ein Pigment, das Augen, Haare und Haut färbt.

Messenger RNS (mRNS)
Eine Kopie von Abschnitten der DNS. Diese »Botschaft« wird aus dem Zellkern in das Zytoplasma transportiert und in Proteine übersetzt.

Metabolismus
Stoffwechsel. Alle chemischen Reaktionen, die im Körper ablaufen.

Mikroben
Allgemeine Bezeichnung für Mikroorganismen.

Mikrografie
Aufnahmen von Licht- oder Elektronenmikroskopen.

Mikroorganismen
Lebewesen wie z. B. Bakterien, die nur im Mikroskop sichtbar sind.

Millisekunde (Einheit: ms)
Ein Tausendstel einer Sekunde.

Mitochondrien
Eine Zellorganelle, in der die aerobe Verbrennung stattfindet, um Energie zu gewinnen.

Mitose
Die Trennung der Chromosomen bei der Kernteilung, um aus einem Zellkern zwei Tochterzellkerne zu bilden.

Mutterkuchen (Plazenta)
Ein weibliches Organ, das sich in der Gebärmutter entwickelt und den Fetus mit Nährstoffen und Sauerstoff versorgt und Abbauprodukte entfernt.

Myeloenzephalogramm (MEG)
Ein bildgebendes Verfahren, das Bilder der Gehirnaktivitäten aufnimmt.

Nährstoffe
Bestandteile der Nahrung, wie z. B. Kohlenhydrate, die der Körper für seine Aktivitäten braucht.

Nanotechnologie
Technologie mit mikroskopisch kleinen Einheiten.

Negative Rückkopplung
Ein Mechanismus zur Regulation von Körperaktivitäten, um einen Anstieg der Körpertemperatur oder eine überschüssige Ausschüttung von Hormonen zu vermeiden.

Nervenimpuls
Eine »Botschaft« als elektrisches Signal, die sich in einer Nervenfaser mit hoher Geschwindigkeit ausbreitet.

Neurotransmitter
Eine chemische Substanz, die von Neuronen an einer Synapse freigesetzt wird und einen Nervenimpuls im benachbarten Neuron auslöst.

Nozizeptoren
Sinnesrezeptoren, die auf mögliche Gefahren mit Schmerzgefühl reagieren.

Organ
Ein Körperteil, wie z.B. der Magen, der eine oder mehrere bestimmte Aufgaben übernimmt und der aus zwei oder mehreren Gewebearten besteht.

Organelle
Eine abgeschlossene Struktur innerhalb einer Zelle, wie z. B. Mitochondrien, die bestimmte Aufgaben übernimmt.

Phagozyten (Fresszellen)
Weiße Blutkörperchen, die eingedrungene Erreger einschließen und zerstören (z. B. Neutrophile oder Makrophagen).

Positronenemissionstomografie (PET)
Ein bildgebendes Verfahren, das mit radioaktiven Substanzen, die injiziert werden, Aktivitäten des Gehirns oder anderer Organe misst.

Protein (Eiweiß)
Eine Substanzklasse im Körper, aus der viele Moleküle, wie z. B. Enzyme, Kollagen oder Hämoglobin, der Sauerstofftransporter, bestehen.

Protozoen
Tierische Einzeller. Einige verursachen im menschlichen Körper Krankheiten wie z. B. Malaria.

Radium
Ein Element, das atomare Teilchen abstrahlt und zerfällt. Diese so genannte Radioaktivität kann den Menschen schädigen.

Reflex
Eine automatische, unwillkürliche Antwort des Körpers auf einen äußerlichen Reiz, der in einigen Fällen den Körper vor Gefahren schützt.

Renaissance (»Wiedergeburt«)
Der Zeitraum zwischen dem 14. und 16. Jahrhundert, als in Europa das Interesse an den Künsten und der Wissenschaften wieder aufblühte.

Rezeptor
Eine Sinneszelle, die auf einen Reiz wie z. B. Licht oder Berührung mit einem Nervenimpuls antwortet, der sich in einer Nervenfaser ausbreitet.

Röntgenstrahlen
Energiereiche Strahlung, die hartes Gewebe, z. B. Knochen, bei einer Untersuchung darstellt.

Sauerstoff
Ein Gas, das vom Körper durch Einatmung aufgenommen und von Zellen in der Zellatmung benutzt wird, um Energie zu gewinnen.

Schleim (Mucus)
Eine zähe Flüssigkeit, die z. B. vom Atmungs- und Verdauungssystem erzeugt wird, um Gewebe zu schützen.

Schwangerschaft
Der Zeitraum zwischen der Einnistung eines Embryos in die Gebärmutter und der Geburt, der normalerweise 38–40 Wochen dauert.

Strahlentherapie
Eine Methode, um mit radioaktiver Bestrahlung Krebszellen zu bekämpfen.

Synapse
Eine Verbindung zwischen benachbarten Neuronen, die durch einen kleinen Spalt getrennt sind.

Thermografie
Ein bildgebendes Verfahren, das mit Wärme, die der Körper ausstrahlt, Farbbilder aufnimmt.

Tumor (Geschwulst)
Ein ungewöhnliches Wachstum eines Gewebes, das durch verstärkte Zellteilung hervorgerufen wird.

Ultraschall
Ein bildgebendes Verfahren, das mit hochfrequenten Schallwellen Bilder vom wachsenden Fetus oder von Körpergeweben aufnimmt.

Ultraviolette Strahlung (UV)
Lichtstrahlen, die im natürlichen Sonnenlicht vorkommen und die Haut schädigen können.

Urogramm
Eine Röntgenaufnahme des Harnsystems, das mit Kontrastmittel sichtbar gemacht wurde.

Verknöcherung (Ossifikation)
Der Vorgang, bei dem Knochen aus Knorpel entsteht.

Virus
Ein nicht lebendes Teilchen, das bei Menschen Krankheiten wie z. B. Masern oder Grippe auslöst.

Zellatmung
Die Gewinnung von Energie aus Glukose und anderen Brennstoffen, die im Zytoplasma und den Mitochondrien stattfindet.

Zilien (Einzahl: Zilium)
Winzige, haarförmige Fortsätze von bestimmten Körperzellen, die hin und her schlagen und dadurch andere Objekte oder Substanzen, wie z. B. Schleim, bewegen.

Zwerchfell
Ein gewölbter Muskel, der den Brustkorb vom Bauch trennt und bei der Atmung eine wichtige Aufgabe übernimmt.

Zygote
Eine Eizelle, die von einem Spermium befruchtet wurde.

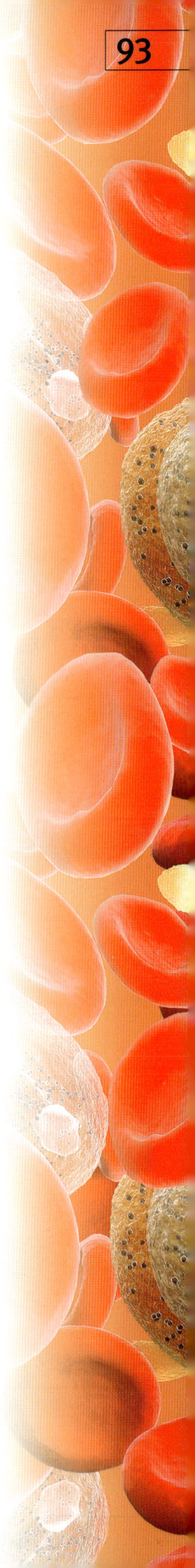

REGISTER

Fett gedruckte Seitenzahlen weisen auf einen Haupteintrag hin.

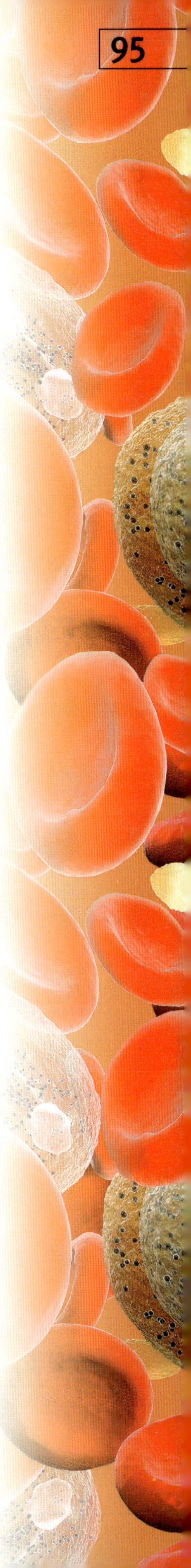

DANK UND BILDNACHWEIS

Dorling Kindersley dankt Tony Cutting für die Grafik.

Der Dorling Kindersley Verlag übernimmt keinerlei Verantwortung für die Verfügbarkeit und den Inhalt von Internetseiten – mit Ausnahme seiner eigenen – und für die Verbreitung von anstößigen, aggressiven, gefährlichen oder falschen Inhalten, die über das Internet verbreitet werden. Der Dorling Kindersley Verlag übernimmt weiterhin keine Haftung für Schäden, die durch Viren verursacht wurden, die von Internetseiten stammen, die der Verlag empfohlen hat. Für die Clip-Arts zum Herunterladen von der Internetseite des Buches besitzt der Dorling Kindersley Ltd. das alleinige Copyright und deren Reproduktion oder Weiterverbreitung in jeglicher Form für öffentliche oder kommerzielle Zwecke ohne vorherige schriftliche Genehmigung des Rechteinhabers ist nicht gestattet.

Bildnachweis
Der Verlag dankt folgenden Personen und Institutionen für die freundliche Genehmigung zum Abdruck ihrer Bilder.

Abkürzungen
o = oben, u = unten, r = rechts, l = links, m = Mitte, ü = über

4–5 Science Photo Library: D.Phillips. 8 akg-images: (ul).; The Art Archive: Dagli Orti (ol); Science Photo Library: (mr), (ur); The Wellcome Institute Library, London: (m). 9 Science Photo Library: Christian Darkin (r), Du Cane Medical Imaging Ltd. (mu), Mehau Kulyk (mü), Montreal Neurological Institute (om), PH. Saada/Eurelios (m), Simon Fraser (l), WG (um), Zephyr (muu). 10 DK Images: Geoff Dann/Donkin Models (u); Science Photo Library: Eric Grave (or). 11 Science Photo Library: David McCarthy (mr), Michael Abbey (om), (or), (omr), Prof. P. Motta/ Dept. of Anatomy/University, »La Sapienza«, Rome (ol), WG (ur). 12 Science Photo Library: Innerspace Imaging (m), WG (om), (mü). 13 Science Photo Library: Alfred Pasieka (om), Biophoto Associates (omr), Profs. P. M. Motta, K. R. Porter & P. M. Andrews (or). 14 Getty Images (or); Science Photo Library: Innerspace Imaging (ul), Institut Paoli-Calmettes, ISM (ur). 15 Science Photo Library: Michael Donne, University of Manchester (ul), (ur), (uml), (umr), Susan Leavines (ol). 16 Science Photo Library: David Scharf (or), Prof. P. Motta/Dept. of Anatomy, University »La Sapienza«, Rome (um), (omr), WG (mul). 17 NASA: (or); Science Photo Library: (ul), (uml), Andrew Syred (ol). 19 Science Photo Library: David Mooney (omr), Du Cane Medical Imaging Ltd. (mr), Mike Devlin (mlü), Sam Ogden (or), Zephyr (m). 20 Science Photo Library: (um), (umr), Biophoto Associates (ur). 21 Corbis: Roininen Juha/ Sygma (or), Corbis Royalty Free (mr). 22 Science Photo Library: David Becker (or). 23 Science Photo Library: Don Fawcett (ol), WG (ul). 24 Science Photo Library: P. Hattenberger, Publiphoto Diffusion (ml), Tony McConnell (ul); 24–25 Getty Images: Art Montes De Oca. 25 The Wellcome Institute Library, London: (mlü), (mü), (mrü). 26 Science Photo Library: David Becker (ol), Susumu Nishinaga (mü). 27 Science Photo Library: Andrew Syred (mruu) CNRI (mru), Eye of Science (m), (ur), J. C. Revy (or), WG (ol). 28 Science Photo Library: Dr. P. Marazzi (um), Sheila Terry (ul). 29 Science Photo Library: CNRI (um), J. C. Revy (m), Lawrence Lawry (or). 30 Science Photo Library: Adam Hart-Davis (mlu), (ul). 31 Science Photo Library: Geoff Bryant (ur Blumenhintergrund), WG (mr). 32 Science Photo Library: CNRI (mü), (ml), Susumu Nishinga (ur). 33 Science Photo Library: Lohn Bavosi (ur). 34 Science Photo Library: CNRI (ul). 35 Alamy Images: David Sanger (ol), Science Photo Library: Omikron (ur). 38 Science Photo Library: Zephyr (ul). 40 Photovault: (u); Science Photo Library: CNRI (or). 41 Photovault: (o); Science Photo Library: Hank Morgan (mr), Oscar Burriel (ur), Zephyr (ml), (mu). 42 Getty Images: Vera Storman (ul), (um). 43 Corbis: Charles Gupton (omr), Rick Gomez (or); Getty Images: (m); Science Photo Library: Mark Lewis (om). 45 Corbis: Nik Wheeler (ul). 47 Science Photo Library: WG (mu), Zephyr (ul). 48 Science Photo Library: (mu), Philippe Plailly (ur). 49 Science Photo Library: BSIP, Joubert (ur), Scott Camazine (um). 52 Science Photo Library: (mrüü), Biophoto Associates (ml), Dr. Linda Stannard, UCT (mrü), Eye of Science (or), John Durham (ur), Prof. P. Motta/Dept of Anatomy/University, »La Sapienza« Rome (mruu), Profs. P. M. Motta, K. R. Porter & P. M. Andrews (ul), Profs. P. M. Motta, K. R. Porter & P. M. Andrews (ul), WG (mlu). 53 Alamy Images: (ur); Science Photo Library: Eye of Science (o); WG (ml). 55 Science Photo Library: Ian Boddy (ul), NIBSC (or). 56 Corbis: David Michael Zimmerman (mru), Science Photo Library: Simon Fraser/Royal Victoria Infirmary, Newcastle Upon Tyne (um). 56–57 Corbis: Lester Lefkowitz (o). 57 Science Photo Library: AJ Photo/Hop Americain (ur), BSIP, Raguet (or), Mauro Fermariello (mlu), Pascal Goetgeluck (ul), SIU (ml), Will & Deni McIntyre (mluu). 59 Corbis: Reuters (ol); Science Photo Library: David M. Martin, M. D. (om), (ml), (ul). 61 Science Photo Library: (um), Alex Bartel (ur), BSIP VEM (or). Dr. Tony Brain (ul), Susumu Nishinaga (mr). 62 Science Photo Library: Dr. K. F. R. Schiller (ul), Eye of Science (mru), Prof. P. Motta & F. Magliocca/University »La Sapienza«, Rome (ur), Prof. P. Motta/Dept. of Anatomy/University » Sapienza«, Rome (or), (or), WG (mrü). 63 Science Photo Library: David Scharf (ul), Scimat (mr). 65 Digital Vision: (ul). 66 Science Photo Library: CNRI (ul), Pascal Goetgheluck (ml). 67 Science Photo Library: Alfred Pasieka (or), Dr. Arnold Brody (mu), Hossler, Custom Medical Stock Photo (ml), James Steveson (um), (muu). 69 Corbis: Jeffrey L. Rotman (or); Science Photo Library: Biophoto Associates (om). 70 Science Photo Library: CNRI (ul), (ur). 71 Alamy Images: Jacky Chapman (ol); Pa Photos: Phil Noble (ml); Science Photo Library: Wellcome Dept. of Cognitive Neurology (ur), (mru), (ur). 72 Science Photo Library: Prof. P. Motta/Dept. of Anatomy/University »La Sapienza«, Rome (um), Professor P. Motta & D. Palermo (om). 73 Science Photo Library: Adam Hart-Davis (ul), (uml), CNRI (ml), Dr. Gopal Murti (or), Prof. P. Motta/Dept. of Anatomy/University »La Sapienza«, Rome (mml), WG (mmr). 74 Science Photo Library: WG (mru). 75 Science Photo Library: (mlu), (ul). 76 Science Photo Library: CNRI (mru), (um). 77 Science Photo Library: Prof. P. Motta/Dept. of Anantomy/University »La Sapienza«, Rome (mu), Professors P. M. Motta, G. Macchiarelli, S. A. Nottola (mr). 78 Science Photo Library: D. Phillips (l), Dr. G. Moscoso (uml); Professor R. Motta, Department of Anatomy, Rome University (mru), Professors P. M. Motta & J. Van Blerkom (mrü); The Wellcome Institute Library, London: Yorgos Nikas (umr). 79 LOGIQlibray. (ol), (om), (or); Getty Images: Ranald Mackechnie (ul); Science Photo Library: Du Cane Medical Imaging Ltd (ml); The Wellcome Institute Library, London: Anthea Sieveking (ur). 80 Science Photo Library: (ul). 80–81 Getty Images: Photodisc Collection (m). 81 Alamy Images: David Young-Wolff (mu); Corbis: Ariel Skelley (ur); Science Photo Library: (or). 82 Getty Images: Ryan McVey (ml); Science Photo Libray: Andrew Syred (umr), Dr. P. Marazzi (uml), Scott Camazine (ul). 83 Corbis: Jim Richardson (mr), Tom Stewart (ol); Science Photo Library: (um), Alfred Pasieka (ur), Zephyr (ul). 84 DK Images: Geoff Dann/Donkin Models (ol); Science Photo Library: Andrew Syred (m). 85 Science Photo Library: CNRI (ol), Lauren Shear (or). 86 Science Photo Library: Alfred Pasieka (mu), (o), Innerspace Imaging (ur), Kenneth Eward/Biografx (ml), WG (mlu). 87 Corbis: George Shelley (mr); Getty Images: Barros & Barros (ol); Science Photo Library: Eye of Science (ur). 88 Science Photo Library: James King-Holmes (ur), Pilippe Plailly (ol). 89 Science Photo Library: Colin Cuthbert (ol), Mauro Fermariello (mlü), (ul), Philippe Plailly (ml), Victor Habbick Visions (mrü), WG (or).

Cover
Vorn: Getty Images: 3D4 Medical (m); Science Photo Library: Alfred Pasieka (ul), (ugr); BSIP Estiot (ugl), National Cancer Institute (ur). **Rücken**: Science Photo Library: National Cancer Institute. **Hinten**: Corbis: Douglas Kirkland (ogl); Science Photo Library: Astrid & Hanns-Frieder Michler (ol), Bernard Benoit (ogr), WG (or).

Wissen mit Links!

Die Sachbuchreihe:

Alles, was Kinder wissen müssen und wissen möchten – spannend präsentiert, mit tollen Bildern und ausgewählten Links zu jedem Buch. Da machen sogar Schularbeiten Spaß!

Band 1: Raumfahrt

Band 2: Dinosaurier

Band 3: Die Erde

Band 6: Steine und Mineralien

Band 5: Der Mensch

Band 11: Altes Rom

Band 4: Insekten
Band 7: Pflanzen
Band 8: Säugetiere
Band 9: Altes Griechenland
Band 10: Wetter
Band 12: Ozeane
Band 13: Frühe Kulturen

Jeweils 96 Seiten, gebunden, über 400 Farbfotografien und Zeichnungen. Ab 10 Jahren

Ideale Schülerhilfe – zur optimalen Vorbereitung von Referaten!

Die Lexika:

Schülerlexikon

448 Seiten, gebunden, über 1700 Farbfotografien, Zeichnungen und Karten
Ab 10 Jahren

Naturwissenschaften
Das Schülerlexikon

384 Seiten, gebunden, über 1500 Farbfotografien, Zeichnungen, 3-D-Modelle und Karten
Ab 10 Jahren

Tiere
Das Schülerlexikon

320 Seiten, gebunden, über 1250 Farbfotografien und Zeichnungen
Ab 10 Jahren

www.dorlingkindersleyverlag.de

www.wissenmitlinks.de